ALIDA LEIMBACH
Börsentöpfchen

TOTALVERLUST Der dritte Fall für Birthe Schöndorf und ihren neuen Kollegen Carlo Oltmann führt die Osnabrücker Kommissare in die Welt von korrupten Bankern, bodenständigen Handwerkern, Mafiosi und Kleinkriminellen. Schreiner Mario Roggenkamp hat alle Hoffnungen in einen hochspekulativen Aktienfonds gesetzt, der ihm vor vielen Jahren vom Banker Simon Birklund empfohlen worden ist. Er möchte sich von der Rendite eine eigene Existenz aufbauen. Kurz vor der Fälligkeit kündigt er seinen Job und mietet eine Werkshalle an. Als die Papiere zuteilungsreif sind, erfährt er vom Verlust seines ganzen Geldes, ausgelöst durch die Bankenkrise. Er steht vor den Scherben seiner Existenz. Bei dem Versuch, seine Lage vor seiner Familie zu verheimlichen, gerät er in mafiöse Kreise und schafft aus eigener Kraft den Absprung nicht mehr. Die Situation droht zu eskalieren, als der Banker Birklund ums Leben kommt und wenig später ein Bankautomat explodiert.

Alida Leimbach, Jahrgang 1964, ist in Lüneburg geboren und in Osnabrück aufgewachsen. Nachdem sie einige Jahre als Übersetzerin in Frankfurt am Main tätig war, studierte sie noch einmal: Evangelische Theologie, Germanistik und Englisch für das Lehramt. Sie lebt mit ihrer Familie in der Nähe von Frankfurt.

Bisherige Veröffentlichungen im Gmeiner-Verlag:
Villenzauber (2013)
Wintergruft (2011)

ALIDA LEIMBACH

Börsentöpfchen

Kriminalroman

GMEINER Original

Personen und Handlung sind frei erfunden.
Ähnlichkeiten mit lebenden oder toten Personen
sind rein zufällig und nicht beabsichtigt.

Die automatisierte Analyse des Werkes, um daraus
Informationen insbesondere über Muster, Trends und
Korrelationen gemäß § 44b UrhG (»Text und Data Mining«) zu
gewinnen, ist untersagt.

Bei Fragen zur Produktsicherheit gemäß der Verordnung über
die allgemeine Produktsicherheit (GPSR) wenden Sie sich bitte
an den Verlag.

Besuchen Sie uns im Internet:
www.gmeiner-verlag.de

© 2014 – Gmeiner-Verlag GmbH
Im Ehnried 5, 88605 Meßkirch
Telefon 07575 / 2095 - 0
info@gmeiner-verlag.de
Alle Rechte vorbehalten

Lektorat: Katja Ernst
Herstellung: Mirjam Hecht
Umschlaggestaltung: U.O.R.G. Lutz Eberle, Stuttgart
unter Verwendung eines Fotos von: © sabelfoto13 – Fotolia.com
Druck: Libri Plureos GmbH, Friedensallee 273, 22763 Hamburg
Printed in Germany
ISBN 978-3-8392-1603-3

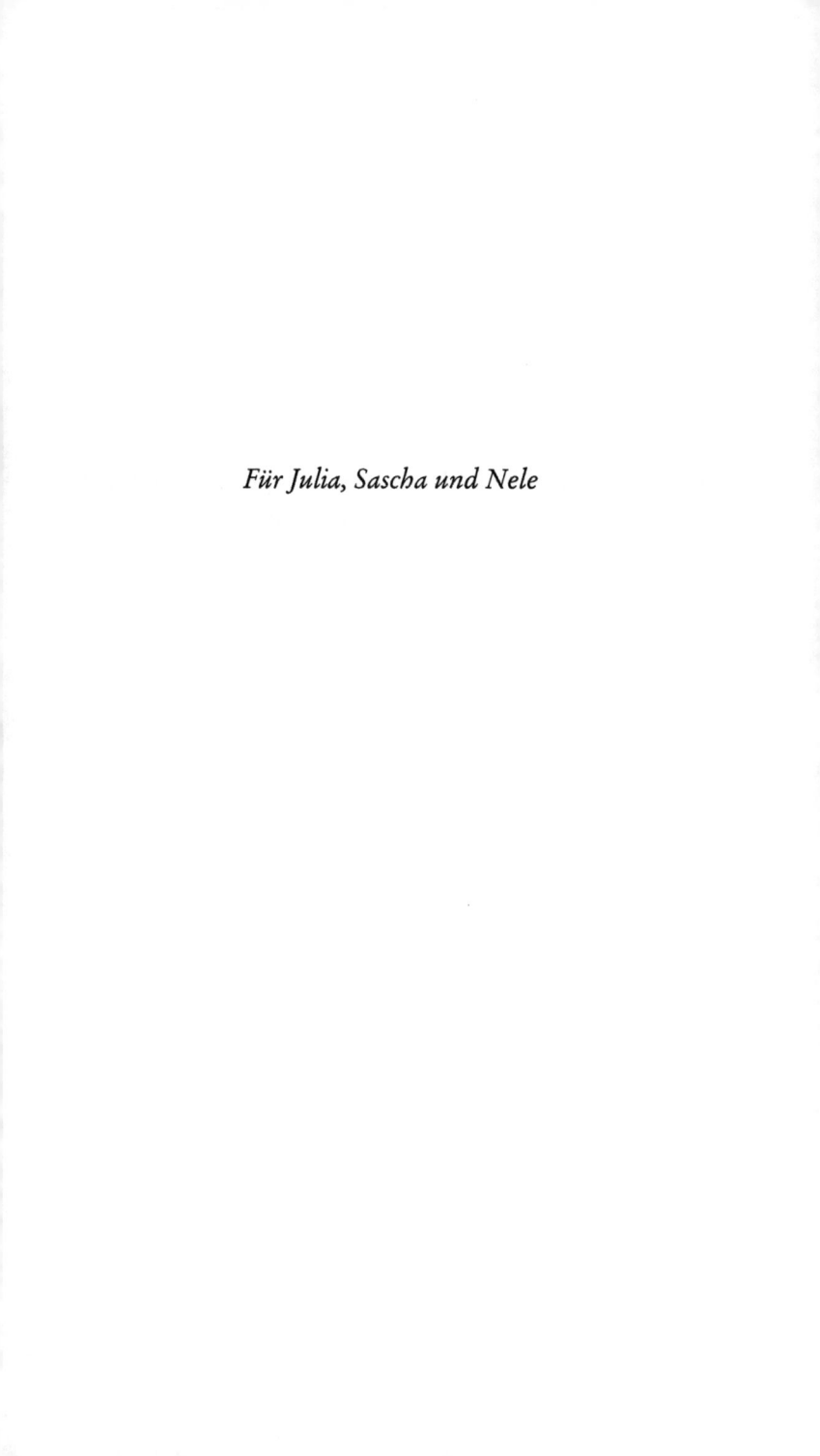

Für Julia, Sascha und Nele

Wozu die Tage zählen? Dem Menschen genügt ja ein ein-ziger Tag, um das ganze Glück zu erfahren.
   Fjodor Dostojewski

Mario rannte die Treppen zu seiner Wohnung hinauf. In der dritten Etage angekommen, verharrte er atemlos vor dem Tonschild mit den vier modellierten Köpfen seiner Familie, das seine Frau vor vielen Jahren nach einem Foto hatte anfertigen lassen. Die Jungs waren noch klein, hatten pausbäckige Gesichter und blonde Locken, die ihnen in die Stirn fielen. Anneke trug die kastanienbraunen Haare ein bisschen länger als heute und er selbst hatte noch volles, dunkelblondes Haar. *Willkommen bei Familie Roggenkamp – Mario, Anneke, Ronny und Luca.*

So genau hatte Mario das Türschild nie zuvor betrachtet. Er konnte sich nicht daran erinnern, dass es überhaupt jemals Gefühle in ihm ausgelöst hatte. Er streichelte zärtlich über das blasse Gesicht seiner Frau. Anneke. Ein Glücksgefühl durchströmte ihn. Mario liebte sie immer noch, nach über 20 Jahren, vielleicht sogar mehr denn je.

Das Licht ging aus und er schaltete es mechanisch wieder ein. Seit 20 Jahren wohnte er in diesem Haus in der Natruper Straße, das man in früheren Zeiten als »Mietskaserne« bezeichnet hätte, und genauso lange hasste er es. Er hasste den Geruch – eine unangenehme Mischung aus kaltem Zigarettenqualm, ungelüfteter Küche und Bohnerwachs –, das Abblättern des Putzes an den Flurwänden, das Kindergeschrei hinter den Türen und das Gekeife der Frau von nebenan. Doch heute störte ihn das nicht. Das alles würde er bald hinter sich lassen; er hatte soeben die Schritte in ein neues Leben getan. Den Schlüsselbund, den er bereits in der Hand gehalten hatte, steckte er wieder ein. Stattdessen drückte er auf den Klingelknopf. Er wollte, dass Anneke ihm sofort gegenüberstand, und freute sich unbändig auf ihre Reaktion, wenn er es ihr sagen würde.

Die klappernden, forschen Schritte auf den Fliesen konnten nur von ihr stammen. Wunderbar, sie war schon da! In seinem Körper begann es zu kribbeln. Unwillkürlich musste er lächeln. Gleich! Er konnte die Spannung kaum noch ertragen.

Die Wohnungstür öffnete sich, nur einen Spaltbreit.

»Du?«, fragte Anneke erstaunt und riss die Tür ganz auf. »Hast du deinen Schlüssel vergessen?« Sie sah erhitzt aus, trug ihre rotkarierte Schürze, an der sie sich die Hände abwischte. Aus der Küche strömten verführerische Düfte.

»Tadaaa«, rief Mario strahlend und zog eine Flasche Champagner hinter seinem Rücken hervor, die er auf dem Heimweg von der Arbeit im Discounter gekauft hatte.

»Champagner?«, fragte sie und sah ihn mit zusammengekniffenen Augen an. »Sag mal, hast du sie nicht alle? Habe ich irgendetwas nicht mitbekommen?«

Er fuhr sich mit der Zunge über die Lippen und trat einen Schritt näher. Seine Augen funkelten. »Komm mal her«, sagte er atemlos, nahm ihre Hand und zog sie zu sich. »Es gibt etwas zu feiern!«

»Du bist ja völlig außer Atem. Was ist los?« Sie ließ sich widerstrebend in seine Arme ziehen. »Pass auf, dass die Flasche nicht …«

»Pssst«, machte er und presste seinen Zeigefinger auf ihren Mund. Aber sie schob ihn sanft beiseite.

»Champagner, dass du so leichtsinnig bist, gerade im Moment, das finde ich …« Weiter kam sie nicht, denn sein Mund umschloss ihre Lippen mit einem feuchten Kuss. Mit dem Rücken drückte er die Tür zu. Sie machte sich von ihm frei. »Jetzt sag endlich, was passiert ist, ich habe Essen in der Röhre.«

»Was gibt's Leckeres?« Er schnupperte übertrieben und blickte sehnsüchtig in Richtung Küche.

»Blumenkohlauflauf.«

»Hm, lecker. Dauert's noch lange?«

»Noch fünf Minuten. Spann mich nicht so auf die Folter! Nun sag schon!«, bettelte sie.

Er lächelte vielsagend und holte in aller Ruhe die Teller aus dem Schrank. Mario genoss es plötzlich, sie zappeln zu lassen. Dabei hatte es ihm vorhin nicht schnell genug gehen können. »Nach dem Essen, Schatz«, war alles, was er über die Lippen brachte.

Gut gesättigt saßen sie später nebeneinander auf der abgewetzten Ledercouch. Mario ließ den Verschluss aufploppen. »Wo sind eigentlich die Jungs?« Ihm war auf einmal ganz flau. Was, wenn sie anders reagierte als erwartet?

»Schön, dass dir wenigstens auffällt, dass sie nicht da sind«, bemerkte Anneke spöttisch. »Ronny ist bei seiner Freundin und Luca beim Training. Er geht hinterher noch mit zu einem Freund. Den Auflauf können sie sich aufwärmen.«

Mario nickte geistesabwesend vor sich hin. Sein Brustkorb hob und senkte sich wie nach einem anstrengenden Lauf. Sein Mut hatte ihn auf einmal verlassen.

»Willst du mir nicht endlich sagen, was das alles soll?« Ihre Stimme klang leicht gereizt.

Er füllte abwechselnd die Gläser, wartete jedes Mal geduldig ab, bis sich der Schaum gesenkt hatte, und goss wieder nach.

»Prost«, sagte er schließlich, griff nach seinem Glas und sah ihr in die Augen. Seine Hand zitterte. Er nahm einen Schluck und stellte es wieder ab. Sie rührte ihres nicht an.

»Anneke, hör zu«, begann er und machte sogleich wieder eine Pause. Der Anfang war das Schwerste. »Du kennst doch die Hagedorns oder die Heesings. Denen geht es richtig gut, oder? Hast du das nicht auch mal gedacht? Die können sich viel mehr leisten als wir.«

»Ja und? Ich vergleiche mich nie mit anderen. Macht nur unglücklich.«

Er trank sein Glas bis zur Hälfte leer. Nun fühlte er sich stärker und gleichzeitig entspannter. »Ich habe noch fast 20 Dienstjahre vor mir. Ronny ist fertig mit seiner Ausbildung. Zusammen können wir es schaffen. Ronny und ich wären ein gutes Team, zwei Schreiner, die etwas auf dem Kasten haben. Und in drei Jahren kommt vielleicht noch Luca hinzu«, sprudelte es aus ihm heraus. »Endlich nicht mehr für andere buckeln, sich von morgens bis abends für den Chef das Hemd nass machen, um am Monatsende doch nur Ebbe im Portemonnaie zu haben. Davon hab ich endgültig genug. Und sieh dich hier um! Unsere Wohnung platzt aus allen Nähten. Die Jungs haben nicht mal jeder ein eigenes Zimmer. Als sie klein waren, ging es noch, aber jetzt? Davon abgesehen, die Natruper Straße ist nicht unbedingt das Gelbe vom Ei. Ich würde gern bei offenem Fenster schlafen, aber bei dem Lärm?« Er hatte sich frei geredet. Gleich wäre die Katze aus dem Sack! »Weißt du, wovon ich träume? Ich möchte … es jetzt machen.«

»Was?«, fragte sie und sah ihn misstrauisch von der Seite an.

»Mich selbstständig machen.«

Die Stille währte lediglich eine Sekunde. »Bist du übergeschnappt? Das kannst du doch nicht einfach so!«, platzte sie heraus. »Und wenn ich ehrlich bin, ich will es nicht. Ich will keinen Mann, der abends Rechnungen schreiben muss, während ich gemütlich vor dem Fernseher sitze. Ich will keinen Mann, der sich unruhig neben mir im Bett hin und her wälzt, weil er vor Sorgen nicht einschlafen kann, der sich ständig den Kopf darüber zerbricht, wie er die Kredite zurückzahlen soll, der auch samstags und sonntags schuftet, sich nie Ruhe gönnt, nur ans Arbeiten denkt. Ich will das alles nicht. Ich will leben. Geld ist nicht alles.«

Er schwieg und kaute auf seiner Unterlippe herum. Dass er bereits gekündigt hatte, behielt er vorerst besser für sich. Jedenfalls bis Anneke sich beruhigt hatte. »Ist ja alles noch nicht spruchreif«, sagte er niedergeschlagen.

»Und überhaupt: Wie hast du dir das vorgestellt?«, fuhr Anneke fort. »Du hast überhaupt kein Geld! Wir können im Moment nicht einen Cent zurücklegen.«

»Doch«, sagte er und sah ihr fest in die Augen. »Ich habe Geld. Mach dir keine Gedanken.« Erneut griff er nach seinem Sektglas und trank es in einem Zug leer. Er schüttelte sich. Bier wäre ihm lieber gewesen. Eigentlich hatte er seiner Frau erzählen wollen, dass er bereits vor Wochen das erste Beratungsgespräch bei der Industrie- und Handelskammer geführt und seitdem Schritt für Schritt an der Verwirklichung seines Traums gearbeitet hatte. Dass er sich wie ein Kind auf sein eigenes Firmenschild freute: *Schreinerei Mario und Ronny Roggenkamp – Innenausbau, Fenster und Türen.*

Den Mietvertrag für eine Scheune hatte er kürzlich unterschrieben. Ein Bekannter hatte bisher seinen Wohnwagen darin untergestellt. Fürs Erste würde das genügen. Sogar Strom gab es in dem Schuppen. Er wollte ihr erzählen, dass er in den nächsten Tagen beim Werkzeugverleih die Grundausstattung für seine eigene Schreinerei zusammenstellen würde. Doch er traute sich nicht. Sie würde es nicht verstehen, jedenfalls im Moment nicht.

»Von wem hast du es?«, fragte Anneke und fixierte ihn mit zusammengekniffenen Augen.

»Schatz, ich habe es noch nicht, aber ich bekomme es. In wenigen Tagen.«

»Was ist das für Geld?« Ihre Stimme nahm einen scharfen Unterton an.

Er wagte nicht, sie anzusehen. Alarmstufe rot. Er kannte sie: Sie war kurz davor zu explodieren.

»Hast du etwa …? Warst du bei so einem Heini, so einem … Kredithai? In was für einen Schlamassel hast du dich reingeritten?«

»Nein, nein, beruhige dich. Es ist mein Geld. Ich hatte es nur fest angelegt.«

»Woher hast du es?«

»Meine Mutter hat es mir vor ihrem Tod geschenkt.«

»Warum weiß ich nichts davon?«

»Es sollte eine Überraschung sein. Ich habe vor einigen Jahren Wertpapiere gekauft und sie für einen bestimmten Zeitraum fest angelegt, mit einer Rendite von zehn bis zwanzig Prozent pro Jahr, meine Liebe – pro Jahr! Mit Zinseszins! Ich wollte dir zeigen, wie so etwas funktioniert. Wie Geld für uns arbeiten kann, ohne dass wir einen Handschlag dafür tun müssen. Ich habe mir all die Jahre dein Gesicht vorgestellt, wenn ich es dir sage. Ich dachte, du freust dich!«

»Ich kann es nicht fassen. Wie viel ist es?«

Er griff seelenruhig nach der Champagnerflasche.

»Nein!«, schrie sie und hielt seinen Arm fest, »ich will jetzt nichts trinken. Verdammt noch mal, wie viel Geld?«

Seine Zunge wurde zwischen den Lippen sichtbar und seine Augen bekamen einen verklärten Ausdruck. »30.000 Euro«, sagte er genüsslich und betonte dabei jede Silbe. »So viel war es jedenfalls damals. Heute ist es viel, viel mehr. Ich habe heute Morgen einen Anruf von der Bank erhalten. Der Stichtag steht kurz bevor. Das heißt, die Wertpapiere sind zuteilungsreif. Verlängert werden können sie nicht, das sieht der Vertrag nicht vor. Nur noch wenige Tage, Schatz. Dann wissen wir mehr.«

Die Farbe wich aus ihrem Gesicht. »30.000 Euro«, wiederholte sie. »Und … du hast nie ein Wort gesagt. Wir haben uns jahrelang krummgelegt, jeden Cent hin- und hergedreht, mussten den Jungs viele Wünsche abschlagen und uns selbst natürlich auch, haben geschuftet, was das Zeug hielt, und die ganze Zeit über hatten wir so viel Geld auf der Bank liegen? Wann … wann war das denn noch mit deiner Mutter?«

»Sie ist 2008 gestorben und hat mir ein Jahr vorher das Geld geschenkt. Sie hat es mir bar in die Hand gedrückt. Ich weiß noch, wie sie mich dabei angesehen und gesagt hat: ›Besser, ich gebe es dir jetzt mit warmen Händen als später mit kalten, und Vadder Staat hält auch noch seine Hand auf.‹«

Anneke nickte. Ihre Augen glänzten feucht. »Wahnsinn«, flüsterte sie kopfschüttelnd, »Wahnsinn.«

Auf diesen Moment hatte er gewartet; er hatte ihn herbeigesehnt. Er ging zur Stereoanlage und suchte eine CD heraus. Kurz darauf dröhnte *Einmal um die Welt* von *CRO* aus den Lautsprecherboxen – ein Lied, das gerade im Radio rauf und runter gespielt wurde. Er zog Anneke zu sich heran. »Na komm, lass uns tanzen.« Er wirbelte sie im Kreis herum und hielt sie schließlich fest im Arm, wiegte sie sanft hin und her. Ihre Anspannung löste sich allmählich und sie wurde weicher in seinen Armen.

»Baby, bitte mach dir nie mehr Sorgen um Geld,
Gib mir nur deine Hand,
ich kauf dir morgen die Welt«, schmachtete er sie an.

Und sie stimmte mit ein, zunächst leise und verhalten:
»Egal wohin du willst,
wir fliegen um die Welt.
Hau'n sofort wieder ab,
wenn es dir hier nicht gefällt.«

Sie ließen sich los und tanzten ausgelassen, wie sie es lange nicht mehr getan hatten, jeder für sich. Gemeinsam brüllten sie:

»*Ost, West oder Nord,*

hab den Jackpot an Bord.

Will von hier über London

direkt nach New York.«

»Willst du da immer noch hin?«, fragte er atemlos, als der Song vorbei war und er die Stereoanlage leiser gestellt hatte.

»Was meinst du?«

»Na, nach New York.«

Sie lächelte selig. Ihre Wangen waren leuchtend rot. »Das weißt du doch! Aber du versprichst mir, dass du das mit der Selbstständigkeit schnell wieder vergisst.«

Er zwinkerte ihr zu. »Schauen wir mal.«

Ihr Strahlen war entwaffnend. »Wann bekommen wir das Geld?« Sie fasste nach seinen Händen.

Er wusste, dass der Damm gebrochen war, dass er sie endgültig auf seiner Seite hatte. »Abwarten, Schatz. Fünf Jahre. So lange hat es gearbeitet, für uns, mein Herz, für uns beide und für Ronny und Luca. Jetzt ist Erntezeit. Wir sind an der Reihe, endlich wir!« Er tätschelte ihren Po und sie ließ ein lang gezogenes Gurren ertönen. Das hatte er seit Langem nicht mehr von ihr gehört.

»Was hast du gesagt? Wie lange sind die Jungs noch unterwegs?«, flüsterte er in ihr Ohr.

»Wollen wir nicht zuerst den Abwasch machen?«, fragte sie. Ihre Wangen hatten eine leuchtend rote Farbe angenommen und ihre Augen strahlten.

»Nein«, sagte er und hielt sie fest im Arm. »Das machen wir hinterher.«

*

Robert von Hagen lehnte sich entspannt zurück. »Mensch, war das gut«, sagte er atemlos. »Ich bin noch nie einer Frau begegnet mit so viel Feuer, Temperament und Leidenschaft. Erotik pur. Das war unglaublich heiß eben, weißt du das? Damit hätte ich nicht gerechnet, ehrlich!«

Helga Hedemann lächelte mit glühenden Wangen. »Robert, es war großartig, das finde ich auch. Ich bin fast 60 und habe erst jetzt den besten Sex meines Lebens. Es ist nicht fair, dass ich nicht früher einem Mann begegnet bin wie dir. An deiner Seite fühle ich mich jung und tatsächlich, wie du sagst, erotisch. Du gibst mir das Gefühl zurück, eine Frau zu sein, und dafür danke ich dir. Ich habe wieder Spaß am Leben, genieße jeden Augenblick.«

»Dein Alter spielt für mich keine Rolle. Du bist sexy – so wie du bist, ist es genau richtig. Du bist eine Klassefrau!«

Helga lachte verlegen. »Meinst du das ernst?«

Er blickte ihr verlangend ins Gesicht. »Und wie ernst ich das meine!« Er küsste sie auf den Hals.

»Ich kann es nicht fassen«, sagte sie. »So ein attraktiver Mann wie du nimmt sich ausgerechnet eine Frau wie mich. Du bist 15 Jahre jünger als ich und siehst unglaublich gut aus. Du kannst jede haben!«

»Na und?«, sagte er und streichelte ihren runden Bauch. »Ich will aber nur dich! Jetzt vergiss endlich, wie alt du bist. Du bist einfach eine tolle Frau!« Seine Hand glitt tiefer. »Möchtest du auch noch mal?«, flüsterte er.

Helgas Wangen färbten sich rot.

Er entführte sie erneut in seine Welt, eine Welt, die ihr bisher verschlossen geblieben war und die sie umso mehr in sich aufnahm und genoss.

Später lagen sie eng beieinander. Sie hielt die Augen geschlossen und fühlte mit klopfendem Herzen dem nach, was gerade zwischen ihnen passiert war. Auf ihrem Gesicht lag ein Lächeln.

Er starrte an die Decke und seufzte. »Ich muss dir etwas sagen«, begann er stockend. Sie antwortete nicht, erstarrte jedoch instinktiv.

»Ich bin in Schwierigkeiten. Nichts Schlimmes, mit dir hat es nichts zu tun. Aber gut ist es auch nicht.«

Jetzt sah sie ihn an. »Nun sag schon«, forderte sie unruhig. »Du kannst mir alles anvertrauen. Bei mir ist es gut aufgehoben.«

Er atmete tief durch. »Es ist so, dass ich ein wenig angespannt bin aktuell. Das sollte dich allerdings nicht berühren. Eigentlich möchte ich dich da raushalten, aber ich verstehe auch, dass du wissen möchtest, was mit mir los ist. Ich versuche es dir zu erklären. Vor ein paar Jahren habe ich durch eigene Dummheit ein Projekt in den Sand gesetzt und konnte es finanziell nicht mehr stemmen, konnte meine Rechnungen nicht länger bezahlen. Eine Weile habe ich, wahrscheinlich zu lange, versucht, alles aus eigener Kraft zu regeln, es aber nicht geschafft. Auf Anraten eines Freundes und schließlich eines Anwalts habe ich mich für die Insolvenz entschieden. Ein schwerer Schritt, du glaubst nicht, wie schwer. Ich habe lange mit mir gerungen. Doch ich habe es durchgezogen und mir einen neuen Job gesucht. Zum Glück habe ich recht bald einen gefunden, der mich ausfüllt und fordert. In meinen jetzigen Job habe ich sehr viel Zeit, Kraft und Nerven investiert. Letztes Jahr habe ich ein wenig Pech gehabt. Nichts Schlimmes, aber Dinge gehen kaputt und Reparaturen lohnen sich oft nicht mehr. Ich brauchte dringend ein neues Auto und einen neuen Gefrierschrank. Weil ich bei der Bank keinen Kredit bekomme, habe ich einen Privatier kontaktiert, der mir zwar zunächst geholfen, mich jedoch anschließend übers Ohr gehauen hat. Jetzt weist mein Konto ein Soll von ein paar Euro auf. Aber es darf nicht in den roten Zahlen stehen. Die Kreditabteilung hat Wind davon bekommen und ich muss das ausgleichen. Wenn ich es bis Ende der nächsten Woche schaffe, ist alles gut. Wenn nicht, erfährt das Insolvenzgericht davon. Dann kann ich einpacken.«

»Du meine Güte«, sagte Helga und wirkte ehrlich erschrocken. »Wie kann ich dir helfen?«

»Du musst mir nicht helfen«, sagte er und zog mit seinen Fingerspitzen Kreise auf ihrem Bauch. »Das erwarte ich gar nicht. Ich wollte es dir nur sagen, damit du weißt, was mich bedrückt. Damit du weißt, dass es nichts mit dir zu tun hat. Aber ich will nicht immerzu daran denken. Lass uns lieber die schönen Dinge des Lebens genießen.« Er küsste ihren Bauchnabel.

»Und was ist, wenn ich dir helfen will? Ich kann doch nicht mit ansehen, wie du leidest. Wie all deine Bemühungen den Bach runtergehen. Um wie viel geht es?«

Er druckste herum und machte Andeutungen in Richtung seiner Bank und Versprechungen, die nicht gehalten worden waren. Das kannte sie zur Genüge, denn sie war mit einem Banker verheiratet gewesen.

»Nun sag schon, wie viel ist es?«

Er wartete einen Moment mit der Antwort. »Es fehlen noch 5.000 Euro«, sagte er schließlich mit rauer Stimme.

Irritiert atmete sie durch gespitzte Lippen aus. »5.000 Euro. Das ist in der Tat nicht gerade ein Pappenstiel.«

»Es soll dich nicht berühren. Es ist allein mein Problem. Entstanden durch meine eigene Dummheit.«

Sie streichelte ihn mechanisch und dachte nach. Robert von Hagen war der erste Lichtblick seit Langem in ihrem Leben. Sie konnte sich nicht daran erinnern, jemals so glücklich gewesen zu sein.

Hinter ihr lag eine unglückliche Ehe, die mit der Scheidung geendet hatte. Danach war sie jahrelang allein geblieben. Von ihrem Exmann, einem Banker, hatte sie keinen Cent gesehen. Der hatte sich inzwischen mit seiner Geliebten ein neues Leben aufgebaut. Melanie – sie könnte seine Tochter sein. Helga seufzte leise. Auf eine Festanstellung konnte sie in ihrem Alter nicht hoffen, deshalb blieben ihr nur diverse Putzstellen, um sich über Wasser zu halten. Besser als nichts.

Vor einigen Jahren hatte sie sich überreden lassen, Angespartes in Wertpapiere umzuwandeln. Der Tipp stammte von ihrem damaligen Mann. Wenigstens das hatte sie ihm zu verdanken. Die Bedingungen dafür hatten günstig gewirkt. Er hatte ihr eine Kurve vorgelegt, die stetig nach oben führte und sie restlos überzeugt hatte.

Ihr fiel das Schreiben von der Bank ein, das sie vor wenigen Tagen erhalten hatte. Die Wertpapiere seien zuteilungsreif, hieß es, sie könne gern telefonisch einen Termin ausmachen.

»Bevor du gehst«, sagte sie, »schreib mir bitte deine Bankverbindung auf.«

Er lächelte sie an. »Du willst mich auf den Arm nehmen!«

Sie lächelte zurück. »Nein, Robert«, sagte sie leise.

»Frau Hedemann, Sie sind ein Geschenk des Himmels. Ist das wirklich dein Ernst?«

»Das größte Geschenk bist du. Ich freue mich, dass ich etwas davon zurückgeben kann.« Nichts hätte sie in diesem Moment glücklicher machen können als das entwaffnende Strahlen in seinem Gesicht.

MONTAG, 18. FEBRUAR 2013

Marios Knie zitterten und sein Herz pochte, als er mit seiner schwarzen Aktentasche in der Hand die Bank betrat. Heute war es endlich so weit – der große Tag, den er seit Jahren herbeigesehnt hatte. Dafür hatte er sich extra den Vormittag freigenommen. Er war nun kein Bittsteller mehr, musste nicht wie sonst um einen Kredit betteln – er war Geschäftsmann. Ab heute gehörte er zur anderen Seite, zu den Besitzenden, ja durchaus schon zur Mittelschicht, dachte er zufrieden. Mit einem Lächeln im Gesicht steuerte er einen der Schalter an.

Eine Frau mit silbergrauem Pagenschnitt und dicker Hornbrille musterte ihn. Auf einem Schildchen an der Rüschenbluse stand ihr Name: Inge Kloß. »Sie wünschen, bitte?«

Mario beugte sich leicht vor. »Ich habe einen Termin bei Herrn Birklund. Um neun.«

Die Angestellte blickte auf die Digitaluhr an der gegenüberliegenden Wand. Mario wusste genau, wie spät es war. Vor drei Stunden war er aufgestanden, was gar nicht nötig gewesen wäre, er war jedoch viel zu aufgeregt gewesen, um liegen zu bleiben. Von da an hatte er alle fünf Minuten auf seine Armbanduhr geschaut. Jetzt war es 8.56 Uhr. Noch wenige Minuten, und er würde die Geldbündel in seiner großen Tasche verstauen können. Er wollte sich den Betrag unbedingt in bar auszahlen lassen. Nie zuvor hatte er so viel Geld besessen. Das wollte er nicht nur sehen, sondern auch fühlen, damit er es begreifen und Anneke zeigen konnte. Er sah die Dame mit der Hornbrille erwartungsvoll an.

»Wie ist Ihr Name?«

»Mario Roggenkamp«, sagte er mit klopfendem Herzen.

»Warten Sie bitte dort drüben.« Sie deutete auf die Sitzgruppe hinter ihm. »Herr Birklund wird gleich bei Ihnen sein.« Sie griff zum Telefon.

»Vielen Dank, Frau Kloß.«

Mit hochrotem Kopf setzte er sich auf einen der Besucherstühle und beobachtete die Kunden, die die Bank betraten. Sie hatten ernste Mienen und wirkten mehr oder weniger gestresst. Er glaubte, ihnen die Geldsorgen am Gesicht ablesen zu können. Mario kannte das zur Genüge, die meiste Zeit seines Lebens war es ihm genauso ergangen. Am Monatsende hatten sie oft nur noch Brot mit billigem Aufstrich und Spaghetti mit Ketchup zu essen sowie Leitungswasser zu trinken, weil das Geld nicht einmal mehr für den Lebensmitteleinkauf reichte. Das sollte nun der Vergangenheit angehören. Er konnte es nicht verhindern, dass er dümmlich vor sich hin grinste.

Hinter den Schaltern öffnete sich eine Tür, durch die eine ältere Frau trat, gefolgt von einem großen, stämmigen Mann, der sie leicht an der Schulter berührte. Die Frau weinte und schnäuzte sich in ein Taschentuch. Der Mann hatte eine leicht krumme Körperhaltung und warf ihr einen besorgten Blick zu. Jetzt erst erkannte Mario ihn wieder. Er hatte ihn damals beraten.

»Machen Sie es gut, Frau Hedemann«, sagte der Banker leicht verlegen. »Sie hören von mir.«

Mario griff nach seiner Aktentasche und erhob sich. Die Frau ging leise weinend an ihm vorbei zum Ausgang. Ihre Schultern bebten. Sie warf ihm einen kurzen Blick zu.

Birklund kam auf ihn zu und blieb vor ihm stehen. »Herr Roggenkamp?«, fragte er mit ernster Miene.

»Ja?«

»Folgen Sie mir bitte.«

*

Birthe Schöndorf rollte mit den Augen und hielt das Telefon von sich gestreckt, weil sie die schrille Stimme im Augenblick nicht ertragen konnte. Seit Wochen kannte ihre Mutter kein anderes Thema als die Schwangerschaft von Birthes jüngerer Schwester.

»Hörst du, Birthe? Ich habe Sophia regelrecht bearbeitet, nach Osnabrück zurückzukommen, das kannst du mir glauben. Was habe ich auf sie eingeredet, immer und immer wieder! Was soll deine Schwester in Berlin! So eine Stadt ist nichts für kleine Kinder. Viel zu unübersichtlich, zu viel Verkehr und schlechte Luft. Wie sollen sie da groß werden! Und ich kann sie noch nicht einmal oft genug sehen. Drei Stunden Zugfahrt, dann noch U- und S-Bahn. Bis ich da bin, sind fünf Stunden um.«

»Mama, Berlin ist cool und Carlotta findet das auch. Sie hat schon genauso viele Freunde wie in Osnabrück. Sie geht gern zur Schule und hat einen tollen Spielplatz direkt vor der Haustür. Was regst du dich auf!« Birthe überlegte fieberhaft, wie sie das Gespräch beenden konnte.

»Carlotta bleibt keine Wahl. Sie wurde schließlich nicht gefragt. Und in wenigen Tagen kommt mein zweites Enkelkind zur Welt, deine Nichte, und ich werde es nicht rechtzeitig schaffen.«

»Sie kommen auch ohne dich zurecht, Mama.«

»Und wer passt auf Carlotta auf?«

»Sophia hat eine nette Nachbarin. Die hat versprochen, sofort zur Stelle zu sein, wenn es losgeht. Zur Not ist ja auch noch Jörg da.«

Am anderen Ende der Leitung stöhnte Doris Schöndorf laut auf. »Sophia braucht Jörg bei der Geburt. Er muss ihr beistehen. Ach herrje, sie wird in der nächsten Zeit nicht nach Osnabrück kommen können«, lamentierte sie. »Sie ist mit zwei kleinen Kindern an die Wohnung gefesselt. Sie kann nicht weg, mit einem Säugling erst recht nicht.«

»Du kannst doch hinfahren, sooft du willst.«

»Nein, kann ich nicht, Papa will das nicht. Er will, dass ich bei ihm bleibe. Möglichst rund um die Uhr. Du kennst doch Papa.«

»Mama, ich habe gleich eine Vernehmung. Sag schnell, wie kann ich dir dabei helfen?«

Die Antwort kam prompt. »Du könntest mir endlich mal ein Enkelkind schenken.«

Birthe fuhr zusammen. War ja klar. Ihre Mutter war voll und ganz auf dem Oma-Trip. Ihre Freundinnen gaben alle mit ihren Enkeln an, je zahlreicher sie Fotos und Anekdötchen präsentieren konnten, desto besser.

»Mama!«, sagte Birthe genervt. »Du kennst meine Meinung dazu!«

»Du bist bald 32, wie lange willst du warten? Deine biologische Uhr tickt und tickt. Jünger wirst du nicht mehr. Wenn ich eines Tages einen Petersilienporsche habe, brauche ich das nicht mehr.« Doris bezog sich damit auf den Rollator ihrer Nachbarin.

Birthe holte tief Luft. »Ich denke im Moment nicht an Kinder. Und willst du den Grund dafür wissen? Weil ich glücklich bin, wie es ist. Weil ich meine abwechslungsreiche Arbeit liebe und mit nichts und niemandem tauschen möchte. Und was noch mal sein wird, irgendwann, eines Tages vielleicht, das juckt mich heute nicht. Und jetzt muss ich weitermachen!«

Sie war froh, als Carlo mit einer großen Bäckertüte hereinkam und ihr fröhlich zuwinkte. Ihr neuer Kollege stammte aus Lüneburg und ersetzte Daniel Brunner, der der Liebe wegen auf eine Dienststelle nach Hannover gewechselt war.

»Habe auch an dich gedacht, Birthe«, sagte er augenzwinkernd. »Zwei Springbrötchen, dazu ein Latte macchiato. Ist das nichts?«

Birthe nahm ihm dankbar Brötchentüte und Becher ab. Sie musste sich erst an ihren neuen Bürogenossen gewöhnen. Er war völlig anders als Daniel, mit dem sie drei Jahre lang zusammengearbeitet hatte. Daniel, der Bodybuilder und Frauenheld. Kriminaloberkommissar Carlo Oltmann war eher von der gemütlichen Sorte; er aß und trank gern, was ihm deutlich anzusehen war, wusste das Leben zu genießen. Birthe hatte schnell herausgefunden, dass er nicht nur gerne aß, sondern auch mit Vorliebe über Essen redete.

»Wie war es gestern, Carlo?«, fragte Birthe. »Hast du deine Frau schön ausgeführt?«

»Aber sicher«, sagte er kauend. »Wir waren im Parkhotel essen und hatten beide ein Börsentöpfchen, rustikal, deftig und gut.«

»Börsentöpfchen?«

»Hacksteaks mit grünen Bohnen auf Spiegelei«, sagte Carlo versonnen und rieb sich den Bauch. »Doppelte Portion für mich, einfache für Gudrun.«

»Aha – klingt gut. Hausmannskost mag ich sehr gerne. Hast du die Akte schon gesehen?« Sie schob ihm einen aktuellen Bericht zu. Darin ging es um ein minderjähriges Mädchen, das seit dem Wochenende als vermisst gemeldet war.

＊

»Was soll das heißen: äußerst verlustreiche Anlage?« Die Farbe wich schlagartig aus Marios Gesicht. Seine Hände krampften sich um den Griff der Aktentasche. Er hatte plötzlich das Gefühl, nicht mehr atmen, nicht mehr hören und nicht mehr richtig sehen zu können. Das Büro von Simon Birklund verschwand in einem Nebel aus Grau und Weiß.

»Möchten Sie nicht doch einen Kaffee? Ich kann Ihnen gerne …«

»Nein!«, lehnte Mario unwirsch ab.

»Vielleicht ein Wasser?«

»Was bedeutet das jetzt? Wie viel Geld bekomme ich? Erhalte ich wenigstens meine Einlage zurück? Meine 30.000?« Er blickte den Banker hoffnungsvoll an, der schüttelte jedoch mit ernster Miene den Kopf. Mario spürte ein unangenehmes Kribbeln und leichte Taubheit in seinen Gliedmaßen. Als hätte das Blut in seinem Körper aufgehört zu fließen. Er schwitzte und fror gleichzeitig.

Birklund stieß einen tiefen Seufzer aus und sagte mit gebrochener Stimme: »Leider nicht, Herr Roggenkamp.«

Mario riss ungläubig die Augen auf. »Was soll das heißen?« Seine Stimme glich einem Flüstern. Er hatte den Eindruck, dass alle Kraft aus ihm gewichen war.

Birklund drehte den Bildschirm seines Computers so, dass Mario ihn einsehen konnte. »Schauen Sie«, sagte er, »leider gab es enorme Kurseinbrüche, die weltweite Finanzkrise, Sie wissen schon. Wir alle haben darunter zu leiden. Glauben Sie mir, auch ich habe einiges verloren. Sie betrifft es leider in besonderem Maße. Wir haben wohl auf das falsche Pferd gesetzt. Sie haben immerhin noch ein Restguthaben. Augenblick, ich sag's Ihnen gleich. Es sind genau … warten Sie … Hier haben wir's. Es sind genau 143, 85 Euro. Ich habe eben veranlasst, den Betrag auf Ihr Konto zu überweisen. Es tut mir ausgesprochen leid.«

»Sie wollen mich ver… Sie wollen mich hochnehmen!«, platzte es aus Mario heraus. »Das ist nicht Ihr Ernst! Nicht einmal 200 Euro? Das kann nicht sein!« Das regungslose Gesicht von Simon Birklund sagte ihm, dass dieser die Wahrheit gesagt hatte.

»30.000 Euro«, rief Mario, »es waren 30.000 Euro!« Er starrte Birklund an, als hoffe er, doch noch etwas Positives erkennen zu können, so etwas wie ein Aufblitzen, gefolgt von dem Ausruf: »Scherz, Herr Roggenkamp, Sie fallen aber leicht herein!« – doch nichts geschah. Birklunds Miene blieb ernst, regungslos. Es heuchelte Mitleid, Mario erkannte keine echte Anteilnahme.

Seine Aktentasche war zu Boden gefallen. »Es sollte doch viel mehr daraus werden«, hörte er sich sagen, und er fühlte sich wie ein kleines Kind, dem Unrecht geschah. Am liebsten hätte er sich in die Arme seiner Eltern geworfen, aber die lebten beide nicht mehr.

»Ich weiß, Herr Roggenkamp. Es tut mir aufrichtig leid.«

»Ich wollte mich von dem Geld selbstständig machen. Eine eigene Schreinerei aufbauen.«

»Ich weiß. Ich habe es in meinen Unterlagen stehen.«

»Haben … haben Sie schon lange gewusst, dass daraus nichts wird?«

»Nein, Herr Roggenkamp. Ich weiß es selbst erst seit ein paar Tagen.«

»Ich verstehe das alles nicht. Sie haben mir damals zu der Wertanlage geraten! Auf Sie habe ich gehört! Ihnen habe ich vertraut! Sie haben mir eine Rendite versprochen, mir hoch und heilig geschworen, dass sich mein Geld vervielfachen würde!«

»Herr Roggenkamp, ich weiß, es ist schwer zu verstehen, aber hören Sie mir bitte zu. Niemand konnte die Finanzkrise in den USA vorhersehen. Auch wir nicht. Wir haben alle herbe Verluste einstecken müssen. Die Pleite der amerikanischen Bank Lehman Brothers hat die weltweite

Krise ausgelöst. Im Zuge dessen hat die Commerzbank mit der Dresdner Bank fusioniert. Es folgte im Oktober 2008 ein Kursverfall von 94 Prozent. Und da Sie hauptsächlich Aktien der Commerzbank hatten, die mittlerweile verstaatlicht wurde, haben Sie leider einen fast gänzlichen Verlust erlitten. Diese Aktien haben alles zum Einsturz gebracht.«

»Aber Sie sagten doch, die seien sicher.«

»Waren sie ja auch. Bis 2008. Leider waren es hochspekulative Produkte, wie sich in der Zwischenzeit herausgestellt hat.«

»Das wusste ich nicht.«

»Nein, das war nicht abzusehen. Sonst hätte ich Ihnen nicht dazu geraten.«

»Sie sind schuld!«

»Ich kann es nicht ändern, tut mir leid.«

»Ich brauche das Geld«, rief Mario verzweifelt. »Sie geben mir mein Geld zurück!«

»Ich kann Ihnen gerne eine Verlustbescheinigung für die Steuer ausstellen. Dann bekommen Sie beim Lohnsteuerjahresausgleich wenigstens einen kleinen Betrag zurückerstattet.«

Mario sah ihn entgeistert an.

»Alternativ rate ich Ihnen zu einer Lebensversicherung. Oder Sie schließen noch heute einen europäischen Immobilienfonds ab, der ist zurzeit sicherer als Aktien. Es ist ein günstiger Tag zum Kauf. Ich kann Ihnen guten Gewissens dazu raten. Eine rein konservative Anlage, Herr Roggenkamp. Da gehen Sie auf Nummer sicher. Glauben Sie mir. Oder Sie kaufen ein konservatives Aktienpaket. Damit können Sie nichts falsch machen. Oder möchten Sie einen Bausparvertrag abschließen? Betongold ist immer noch die sicherste Variante.«

Mario versuchte, auf seinem Stuhl das Gleichgewicht zu halten. Alles drehte sich vor seinen Augen. Sein Magen krampfte sich zusammen und ihm wurde übel.

»Sie müssen nicht sofort zusagen. Überlegen Sie es sich in Ruhe zu Hause und rufen Sie mich in den nächsten Tagen an. Herr Roggenkamp, kann ich Ihnen denn etwas Gutes tun? Warten Sie, ich gebe Ihnen noch einen Ordner mit für Ihre Unterlagen. Und einen Kugelschreiber habe ich sicher auch noch für Sie. Einen Moment.«

Mario sprang auf. Er drehte sich torkelnd um und wandte sich zur Tür, riss sie auf und stolperte den Gang entlang. Er wollte keinen Ordner – und einen Kugelschreiber erst recht nicht. Ihm war schwarz vor Augen und sein Gehirn ließ nur einen einzigen Gedanken zu: Nicht fallen, jetzt bloß nicht hinfallen.

Draußen setzte er sich auf eine Bank und schrieb mit zittriger Hand eine SMS an Anneke. *Schlechte Nachrichten: kein Geld. Die Frist ist verlängert worden, noch 4 Wochen.*

Er hoffte bis dahin auf ein Wunder.

DONNERSTAG, 28. FEBRUAR 2013

Der Hausarzt setzte seine Unterschrift unter den Totenschein. Über seine Lesebrille hinweg betrachtete er die Frau, die ihm gegenüber in einem Sessel saß. Sie hatte Schatten unter den Augen und wirkte sehr angespannt. Er hätte sie gern unter anderen Umständen wiedergetroffen. »Seien Sie unbesorgt, Frau Birklund, ich glaube nicht, dass Sie mit Problemen rechnen müssen. Bei der Vorgeschichte! Ich sehe keinen Grund, die Kriminalpolizei einzuschalten. Warum sollte ich? Ihr Mann war jahrelang bei mir in Behandlung.«

Iris Birklund setzte sich aufrecht hin und versuchte den Gesichtsausdruck des Arztes zu deuten. »Sind Sie sicher? Keine Obduktion? Ich habe von einer ähnlichen Geschichte gehört, da kam der Mann in die Gerichtsmedizin, obwohl der Hausarzt einen natürlichen Tod bescheinigt hatte. Das wäre eine Horrorvorstellung für mich. Der Schock von heute Morgen steckt mir noch in den Gliedern.« Sie streichelte gedankenverloren ihren kleinen Hund, der auf ihrem Schoß zusammengerollt lag.

»Warum glauben Sie denn, dass Ihr Mann obduziert werden muss?«

Iris Birklund blickte den Arzt verwirrt an. »Ich weiß nicht, könnte nicht auch Selbstmord infrage kommen?«, wollte sie leise wissen.

»Ausgeschlossen! Doch nicht bei Ihrem Mann! Wie kommen Sie denn darauf? Ich habe nicht die geringste Veranlassung zu glauben, es könnte sich unter Umständen um einen nicht natürlichen Todesfall handeln.«

»Gut«, sagte die Witwe und wurde rot.

Der Mediziner notierte etwas in sein Protokoll. »Nein, nein«, murmelte er, während er schrieb, »gewiss nicht.«

Iris Birklund wischte sich mit den Fingern vorsichtig die zerlaufene Wimperntusche unter den Augen weg. »Ich kann es nicht fassen. Ich habe kurz bei ihm reingeschaut, bevor ich das Haus verlassen habe. Simon saß an seinem Laptop und hat sich nicht einmal umgedreht.«

Dr. Rolf Olsen nickte und faltete die Hände über seinem ausladenden Bauch. »Und gestern Abend? Wie war er da? Hatten Sie den Eindruck, dass es ihm irgendwie … schlecht ging?«

»Hm, richtig wohl hat er sich nicht gefühlt«, sagte sie. »Er hat über Brustschmerzen geklagt. Ein bisschen Atemnot hatte er auch, ich habe es ihm angesehen, aber er hat es heruntergespielt. Er wollte keinen Arzt. Nach einer halben Stunde ging es wieder. Wir haben noch ein Glas Wein zusammen getrunken, dann hat er sich für seine Verhältnisse früh zurückgezogen. Es war kurz vor 22 Uhr. Ich weiß das zufällig, weil ich auf die Uhr geschaut habe. Ich war noch nicht müde und habe ein bisschen ferngesehen. Als ich zu Bett gegangen bin, schlief er bereits. Und wenn ich ehrlich bin … da habe ich nicht mehr daran gedacht, dass es ihm ein paar Stunden vorher noch so schlecht ging.«

»Also hat es doch Anzeichen gegeben. Ihr Mann hätte mich anrufen sollen. Ich wäre sofort gekommen.«

Iris Birklund lächelte unsicher. »Ich weiß, Herr Dr. Olsen.«

»Ihr Mann hat zu viel gearbeitet, Frau Birklund. Er lebte für die Bank.«

»Sie sagen es. Ich habe Simon angefleht, Sie anzurufen, aber er sagte, es sei nicht der Rede wert, ich solle mich nicht so anstellen. Schließlich sei er kein Weichei. Mein Mann war einfach besessen von seiner Arbeit. Wir haben uns lange keinen gemeinsamen Urlaub mehr gegönnt. Erst vor Kurzem ist er zum besten Mitarbeiter des Jahres gekürt worden. Das war ihm wichtig, darauf war er stolz, alles andere musste hintenanstehen. Manchmal hat er auch von zu Hause aus gearbeitet. So wie heute. Ich habe trotzdem nichts von ihm gehabt. Er wollte nicht gestört werden. Nie wollte er das. Ich hätte ihn trotzdem gelegentlich unterbrechen sollen, heute Morgen zum Beispiel. Dann hätten wir uns wenigstens voneinander verabschieden können.«

»Er konnte ja nicht ahnen, dass er Sie nicht wiedersehen würde. Und Sie waren nicht zu Hause, als es passierte?«

»Nein, leider nicht. Ich mache mir deshalb Vorwürfe, das können Sie mir glauben. Ich hätte ihm vielleicht helfen können. Und wenn es nur der Griff nach dem Telefon gewesen wäre.« Ihr kleiner Hund war aufgewacht, fixierte den fremden Mann mit wütendem Blick und stieß ein warnendes Knurren aus. »Scht, Otto-Egon!« Iris Birklund beförderte ihn unsanft von ihrem Schoß und strich die hellen Hundehaare von der Hose. »Ich wage es kaum zu sagen, aber ich hatte einen Friseurtermin. Ich war ohnehin spät dran, musste mich beeilen. Da blieb keine Zeit mehr. Kein Wort des Abschieds, kein Kuss, und eine Umarmung schon gar nicht.« Sie fuhr sich mit ihren manikürten Händen fahrig durch das Gesicht. Ihre Schminke war mittlerweile zerlaufen.

»So etwas lässt sich nicht vorhersagen, Frau Birklund. Machen Sie sich bitte keine Vorwürfe! Niemand konnte damit rechnen, dass er so schnell einen zweiten Infarkt bekommt, auch wenn Ihr Mann nicht die beste Prognose hatte.«

»Aus heiterem Himmel«, sagte sie mit verwässertem Blick, »ganz plötzlich, beim Aufstehen noch Ehefrau, jetzt Witwe. Verdammt noch mal, womit habe ich das verdient! Dafür bin ich noch viel zu jung.«

»Ja, das ist bitter«, gab Rolf Olsen ihr recht. »Es tut mir
aufrichtig leid. Ich hoffe, Ihr Mann hat sie nicht unversorgt
zurückgelassen.«

»Ehrlich gesagt, ich habe nicht die geringste Ahnung.
Mit diesen Dingen habe ich mich nie beschäftigt. Ich weiß
nicht einmal, was alles in seinen Unterlagen drinsteht. Das
war seine Sache, ich musste mich nicht darum kümmern.«

»Im Moment müssen Sie das auch nicht, andere Dinge
sind wichtiger«, sagte Dr. Olsen und blickte sich verstohlen um. Dem penibel aufgeräumten Wohnzimmer des Ein-
familienhauses in bester Wohnlage war anzusehen, dass
hier keine Kinder lebten. Alles hatte seinen Platz, selbst
die Kunstbücher auf dem niedrigen Couchtisch lagen nicht
zufällig dort, sie waren bewusst arrangiert, nach Größe und
Farbe sortiert. Der Kamin vor der grau gemauerten Wand
war sauber ausgefegt, der Schieferboden glänzte. Im ganzen Raum dominierten dunkle Farbtöne und wurden hier
und da von wenigen sorgfältig akzentuierten Farbtupfern
aufgelockert.

Dr. Olsen legte ein Bein über das andere und räusperte
sich. »Nun, wir waren eben noch in seinem Arbeitszimmer,
wo Sie ihn gefunden haben. Ich gehe davon aus, die entsprechenden Akten sind dort? Nehmen Sie sich Zeit und
schauen Sie alles in Ruhe durch. Das muss nicht heute sein.
Sie stehen unter Schock. Möchten Sie, dass ich Ihnen etwas
zur Beruhigung gebe?«

Iris Birklund schüttelte den Kopf. »Nein, so schlimm ist
es nicht, Herr Doktor, wirklich nicht. Ich bin mir sicher,
es geht ohne Medikamente. Ich habe alles im Griff.« Sie
bemühte sich um ein Lächeln.

Der Allgemeinmediziner schaute der Witwe einen
Moment zu lange in die Augen. Auch wenn er es nicht
zugegeben hätte – ihm gefiel, was er sah. Lange, hellblonde

Haare, volle Lippen, eng anliegende Kleidung, unter der sich eine kurvige Figur abzeichnete. Selbst jetzt, mit den verweinten Augen, sah Iris Birklund attraktiv, selbstbewusst und gleichzeitig schutzbedürftig aus – eine Mischung, die ihn ungemein anzog. »Tapfer sind Sie«, sagte er anerkennend und verlieh seiner Stimme einen warmen Klang. »Ich bin beeindruckt, wie gefasst Sie sind.«

»Das scheint nur so«, sagte Iris und warf einen kurzen Blick in Richtung Nebenzimmer. Sie schauderte. »Ich kann meine Trauer nicht so zeigen. Das verstehen Sie sicher. Was geschieht nun mit meinem Mann?«

»Nun, wenn Sie möchten, rufe ich den Bestatter an. Er wird Sie eingehend beraten und sich, wenn Sie das wünschen, um die Formalitäten kümmern. Er wird Ihren Mann … den Leichnam … dann mitnehmen.«

»Wo kommt er hin?«

»Nun, ich nehme an, in den Kühlraum des Bestattungsinstituts. Dort wird er entsprechend …«, er räusperte sich, »vorbereitet.«

»Mein Mann hat mir einmal anvertraut, er wolle nach seinem Tod eine Feuerbestattung. Er fand die Vorstellung grässlich, langsam von Maden zerfressen zu werden.«

»Dann würde ich dem Wunsch Ihres Gatten nachkommen. Sie können das in Ruhe mit dem Bestatter besprechen. Er wird alle Formalitäten für Sie regeln. Vertrauen Sie ihm ruhig Ihre Sorgen und Wünsche an. Kann ich sonst noch etwas für Sie tun? Brauchen Sie einen Seelsorger?« Dr. Olsen holte sein Mobiltelefon aus seiner Arzttasche und wählte auswendig eine Nummer. Dabei ließ er die Witwe nicht aus den Augen.

Nach dem kurzen Telefonat erhob sich Iris Birklund. »Ich komme zurecht. Schön, dass ich Sie erreichen konnte, Doktor, und dass Sie sich gleich Zeit genommen haben.

Mich in dieser Situation mit einem wildfremden Notarzt auseinandersetzen zu müssen, wäre mir offen gestanden zuwider gewesen.«

Ihre Augen waren rot gerändert, aber ihr Blick schon wieder klarer.

»Das ist doch selbstverständlich, Frau Birklund. Für Sie bin ich jederzeit erreichbar, unter meiner Dienst- und Privatnummer und natürlich auch nachts.« Er erhob sich nun ebenfalls, sah sie flüchtig an und reichte ihr seine Visitenkarte. »Darauf steht auch meine Mobilfunknummer. Scheuen Sie sich bitte nicht, davon Gebrauch zu machen.«

Iris nahm ihre Lesebrille ab, die sie wie einen Haarreif auf dem Kopf getragen hatte, und studierte die Karte ausführlich, bevor sie sie auf dem Tisch ablegte.

Dr. Olsen verabschiedete sich und drückte ihre Hände lange. »Ich denke an Sie. Nächste Woche würde ich Sie gerne noch einmal sehen. Machen Sie bitte einen Termin in der Praxis aus.«

»Das werde ich tun, Herr Dr. Olsen. Und – danke!«

»Wofür?«

»Für alles.« Sie entzog ihm ihre Hände und begleitete ihn noch bis zum Vorgarten, wo sie beobachtete, wie er in seinen Ford Mondeo stieg und kurz darauf in die Gutenbergstraße abbog. Sie hob die Hand wie zum Abschiedsgruß, obwohl er sie längst nicht mehr sehen konnte, und ging ins Haus zurück.

SAMSTAG, 2. MÄRZ 2013

Arthur Schlicker hatte sein Frühstück nicht angerührt. Er saß in vorgebeugter Haltung an seinem kleinen Tisch und starrte durch das Fenster auf die Straße hinunter. Schon von Weitem sah er sie. Zwei Polizeiwagen fuhren in langsamem Tempo die Möserstraße entlang. Alarmiert setzte er sich aufrecht hin und reckte seinen Hals. Sein Puls beschleunigte sich und er vergaß fast zu atmen. Sie suchten nach jemandem, es konnte nicht anders sein. Sie suchten ihn. Ihm war, als würde eisige Kälte ihn umhüllen. Er begann, am ganzen Körper zu zittern, und stellte den Kaffeebecher, den er gerade zum Mund führen wollte, ab. Dabei verschüttete er ein paar Tropfen von dem inzwischen lauwarmen Getränk auf seine Hose und fluchte leise. Sie wussten es also. Er hatte es die ganze Zeit über gespürt. Aber was genau? Wenn er nur in Erfahrung bringen könnte, welche Informationen sie bereits hatten! Was war mit dem Banker passiert? Als Arthur dessen Haus verlassen hatte, war er sich nicht sicher gewesen, ob er tot war. Und die Zeit, das zu überprüfen, hatte er nicht gehabt. Er hatte so schnell wie möglich verschwinden müssen. Im Radio, das seit Donnerstag ununterbrochen lief, war Simon Birklund bislang kein Thema. Im Fernsehen hatten sie ebenfalls nichts über ihn gebracht, nicht einmal in den Regionalnachrichten. Das machte Arthur stutzig. Vielleicht stand heute ein Artikel in der Zeitung.

Er öffnete leise die Wohnungstür und schlich die ausgetretenen Holzstufen hinunter. Im Erdgeschoss waren rostige Briefkästen angebracht, einer neben dem anderen. In einigen steckte noch die Neue Osnabrücker Zeitung. Arthur war in wenigen Schritten an der Eingangstür, öffnete sie und spähte hinaus. Niemand war zu sehen. Erleichtert drückte er den Schnappverschluss der Eisentür zurück, ließ sie los, sodass sie schwer ins Schloss fiel, und griff sich im Vorbeigehen eine der Zeitungen.

Zurück in seiner Wohnung, begab er sich sofort wieder ans Fenster und schaute hinunter auf die Straße. Alles war ruhig. Vielleicht war es einfach ein Fehlalarm gewesen und sie waren nur Streife gefahren. Das kam in der Bahnhofsgegend öfter vor, allein wegen der Fußballveranstaltungen am Wochenende. Arthur konnte wieder freier atmen und sein Herzschlag beruhigte sich. Er setzte sich an den kleinen Esstisch vor dem Fenster, schlug die Zeitung auf, wühlte sich durch die Seiten und suchte fieberhaft nach einem Foto von Simon Birklund, einer fetten Überschrift, einem Aufhänger, irgendeinem Hinweis auf eine Straftat. Nichts. Als er die Zeitung von Anfang bis Ende durchgeblättert hatte, begann er noch einmal von vorn. Schließlich landete er bei den Todesanzeigen. Und plötzlich machte sein Herz einen Satz. Genau in der Mitte der Seite prangte der Name des Gesuchten: SIMON BIRKLUND. Arthurs Blick flog über die Zeilen. *Plötzlich und unerwartet ... unfassbar traurig ... Im Namen aller Angehörigen: Iris Birklund.*

Er wischte sich über die Augen. Es gab keinen Termin für eine Beerdigung oder Beisetzung. Daneben befand sich eine zweite, etwa gleich große Todesanzeige von der Bank, in ähnlichem Wortlaut, lediglich nüchterner formuliert. Das Unternehmen bedankte sich für Birklunds jahrelangen Einsatz und erwies ihm die gebührende Ehre.

Arthur ließ das Blatt sinken. Seine Hände waren plötzlich seltsam kraftlos geworden. Sein Blick ging ins Leere. Dass der Banker tot war, wunderte ihn nicht. Er hatte es gehofft.

Aber etwas stimmte nicht. Warum tauchte Birklund hier inmitten der üblichen Todesanzeigen auf und nicht als Aufmacher auf der ersten Seite? Die Buchstaben verschwammen vor seinen Augen. Er musste sich zusammenreißen, durfte nicht die Nerven verlieren.

Vielleicht war es ein gutes Zeichen. Vielleicht musste er es als solches deuten. Für die Öffentlichkeit war Birklund eines natürlichen Todes gestorben. Also war alles gut.

Und wenn nicht? Wenn die Todesanzeige nur eine Finte war? Wenn ihm jemand eine Falle stellen wollte?

Arthur hatte sich in Birklunds Haus aufgehalten, also musste die Polizei Spuren von ihm gesichert haben. Er war ja bereits polizeilich registriert, hatte wertvolle Jahre seines Lebens im Gefängnis verbracht. Wie hatte er bloß dermaßen dumm gewesen sein können, das auch nur für einen Moment zu vergessen! Am liebsten wäre er davongelaufen, irgendwohin, wo er in Sicherheit war. Eins wusste er sicher: Nie wieder in den Knast!

Abrupt stand er auf und lief unruhig in seinem Zimmer umher. Aus purer Gewohnheit sah er nach dem Terrarium und wollte Samantha, seine Vogelspinne, mit einem Heimchen verwöhnen. Er hatte vergessen, dass sie nicht mehr da war. Er hätte sie gern zurückgeholt, wusste allerdings nicht, wann und wie er das anstellen sollte.

∗

»Sie tun ja gerade so, als sei Ihr Mann an einer ansteckenden Krankheit gestorben.« Rita Schmid, die Haushaltshilfe von Iris Birklund, hatte alle Gegenstände vom Schreibtisch geräumt und wischte nun die Oberflächen mit einer Desinfektionslösung ab. Die schwarzen Locken hatte sie hochgesteckt. Unter einem weißen Kittel trug sie ein Shirt mit Leopardenmuster. »Ich habe mich sowieso schon gewundert, warum Sie mich außer der Reihe bestellen. Samstags habe ich eigentlich frei. Da putze ich höchstens bei mir selbst.«

»Das weiß ich, Frau Schmid, und ich schätze es sehr, dass Sie sich die Zeit genommen haben. Sie bekommen einen Zuschlag, das ist klar. Ich zahle Ihnen das Doppelte«, sagte die Witwe und lief mit ihrem Hündchen unruhig auf und ab. »Ich konnte nicht schlafen letzte Nacht. Natürlich war seine Krankheit nicht ansteckend. Trotzdem habe ich das Gefühl zu ersticken, wenn ich dieses Zimmer betrete, vor allem, wenn nicht sofort gründlich saubergemacht wird. Diese ganzen Erinnerungen hier erdrücken mich. Ich würde am liebsten das Arbeitszimmer meines Mannes komplett umgestalten, es von Grund auf renovieren.«

Die Haushaltshilfe sah Iris Birklund verwundert an. »Komisch«, sagte sie mit der tiefen Stimme einer Kettenraucherin, »ich kenne das von meiner Familie und meinen Bekannten so, dass man erst mal alles so lässt, wie es ist. Aber die einen so, die anderen so.« Sie tauchte einen Lappen ins Wischwasser und wrang ihn energisch aus. Ihre Putzhandschuhe reichten fast bis zum Ellenbogen. »Ich war ja nur kurz verheiratet. Länger habe ich es nicht ausgehalten. Aber wenn mein Mann gestorben wäre ... Also, ich weiß nicht. Ich glaube, dann hätte ich aus seinen Lieblingsecken ein Museum gemacht.«

»Jeder geht mit einem Schicksalsschlag anders um«, sagte Iris und setzte sich auf einen der Ledersessel. »Mir wäre es wichtig, dass Sie gleich auch das Bett meines Mannes gründlich reinigen und desinfizieren. Sonst kann ich das Zimmer nie mehr betreten.«

»Ganz wie Sie wünschen, Frau Birklund.« Rita Schmid wischte mit einem trockenen Tuch nach, bevor sie die

Gegenstände vorsichtig zurückstellte. »Die Maus und Tastatur auch? Herr Birklund wollte nie, dass ich da rangehe.«

»Natürlich, Frau Schmid. Mir wäre es sonst unangenehm, die Sachen noch einmal in die Hand zu nehmen.«

»Ach, der Herr Birklund, ich werde ihn vermissen. Das Haus ist sehr still ohne ihn.«

»Das finde ich auch«, sagte Iris mit brüchiger Stimme. »Es war seltsam letzte Nacht. Das leere Bett neben mir – ich habe keine Minute geschlafen. Gut, dass Sie da sind, dann bin ich nicht völlig allein.«

»So, fertig«, sagte Rita Schmid und wandte sich der Schlafcouch zu. »Was soll mit dem Bettzeug passieren? In die Wäsche?«

»Nehmen Sie bitte alles herunter. Ich mag es nicht anfassen. Würde es Ihnen etwas ausmachen, es gleich zum Container zu fahren?«

Rita warf der Hausherrin einen erstaunten Blick zu. »Die guten Sachen? Die wollen Sie alle wegwerfen? Ist das Ihr Ernst? Die kann man doch noch gebrauchen!«

»Ich habe mich wahrscheinlich unklar ausgedrückt«, sagte Iris und strich sich nervös eine Strähne hinters Ohr. »Sie haben den Auftrag, die Kissen und Decken aus dem Haus zu schaffen und zum Container zu bringen. Danach reinigen Sie bitte das Bettgestell.«

»Jetzt gleich? Soll ich das Zeug gleich wegfahren?«

»Sofort, Frau Schmid.« Iris Birklund erhob sich.

Rita Schmid raffte das Bettzeug zusammen und verließ das Haus. Sie stopfte es in ihren Kofferraum und fuhr zwei Straßen weiter, wo sie ihr Auto abstellte und sich eine Zigarette anzündete. Zum Wegwerfen viel zu schade, dachte sie.

Birthe hatte die Kaffeemaschine im Büro in Gang gesetzt, als die Tür aufgerissen wurde und Carlo Oltmann mit einer Mappe unter dem Arm hereinschneite.

»Du kommst wie gerufen. Es gibt frischen Kaffee. Was hast du denn da Wichtiges?«

Er grinste verschmitzt und warf die Mappe auf seinen Schreibtisch. Als er sie öffnete, kamen jede Menge Prospekte zum Vorschein.

»Caravans und Wohnmobile?«, fragte Birthe.

»Habe ich mir gerade aus dem ersten Stock geholt. Till braucht sie nicht mehr. Hat sich ein Wohnmobil gekauft.«

»Till Hoffmann? Der geht campen?«

»Ja, er meint, das sei billiger mit zwei Kleinkindern. Ich glaube, ich muss mich mal fachlich beraten lassen, habe Blut geleckt«, sagte er und schaute versonnen auf die Hochglanzbroschüren. »Ich schaue mich nach der Arbeit mal um. In Hellern gibt es ein Riesenangebot an Wohnmobilen. Muss Gudrun ja nicht wissen. Meine Frau war noch nie beim Campen, aber ich träume seit Langem davon. Mit dem Wohnmobil durch ganz Europa. Übrigens, das verschwundene Mädchen ist wieder aufgetaucht. War seit dem Wochenende bei ihrem Freund und hatte einfach keine Lust, den Eltern Bescheid zu geben. Dass die vor Sorge fast gestorben sind, war ihr wohl völlig egal.«

Birthe zog die Augenbrauen hoch. »Tja, nicht gerade einfach zwischen 13 und 20. Meine Eltern können heute noch ein Lied davon singen.«

»Wem sagst du das, Birthe. Die Lüneburger können froh sein, dass ihre Stadt noch steht, so wild war ich in meinen besten Jahren.«

»Kann ich mir gar nicht vorstellen.«

»Ich mir heute auch nicht mehr.«

»Aus Lüneburg kommst du?«

Carlo nickte. »Und da war ich auch noch vor wenigen Wochen. Zwangsversetzung sozusagen.«

»Wieso?«

»Na, meine Frau hat ein Haus geerbt. War früher mal ein Arbeiterhäuschen, rot geklinkert, mit hübschem kleinem Garten, in der Danzigerstraße. Ihre Eltern sind kürzlich gestorben. Erst die Mutter, wenige Wochen später der Vater. Es hat ihm wohl das Herz gebrochen. Ich habe mich erst mit Händen und Füßen gewehrt, da einzuziehen, das kannst du mir glauben. Ich bin waschechter Lüneburger und wäre niemals freiwillig aus der Stadt weggezogen. Familie, Freunde, alles da, alles, was ich brauche, um glücklich zu sein. Tja, aber Gudrun ist nun mal von hier. Wir haben uns vor 20 Jahren auf der Osnabrücker Maiwoche kennengelernt. Ein halbes Jahr später sind wir in Lüneburg zusammengezogen. So schnell ging das. Sie musste sich mir zuliebe umstellen, und nun muss ich das wohl.« Er seufzte tief.

»Ach, wird schon werden«, sagte Birthe leichthin. »Die Osnabrücker sind kontaktfreudig und lebenslustig. Zumindest auf den zweiten Blick. Du wirst dich schnell heimisch fühlen.«

»Weiß ich ja alles. Aber der Abschied von Lüneburg ist mir trotzdem extrem schwer gefallen. Mir und Jana. Ganz besonders ihr.«

»Jana?«

»Meine Tochter. Sie ist 16, da tut man sich auch nicht so leicht mit Umzügen. Das ist noch gelinde ausgedrückt,

Birthe. Es ist eine Katastrophe.« Er räusperte sich und kratzte sich über den kurzgeschorenen Kopf. Er war etwas kleiner als Birthe, was bei ihrer Körpergröße von 1,83 Meter allerdings keine Besonderheit war. Seine Augen waren von einem tiefen Blau und strahlten Warmherzigkeit aus. Unzählige Lachfältchen zeugten davon, dass Carlo Oltmann Spaß verstand.

»Wenn du willst, können wir gerne mal zusammen losziehen. Ich zeig dir meine Lieblingsplätze in Osnabrück, ein paar nette Kneipen und Cafés. Ausgehmöglichkeiten gibt es genug, auch kultureller Art. Da wird schon was für dich dabei sein. Darfst deine Frau auch gerne mitbringen.« Sie zwinkerte ihm zu.

»Gerne.«

»Oder ich biete mich an für eine Shoppingtour mit deiner Tochter. Mit anschließendem Cafébesuch. Ich lade sie ein.«

»Boah, das wäre natürlich genial!« Carlo strahlte. »Ich glaube, das würde ihr gefallen!«

»Kaffee?«

Carlo nickte. »Mit viel Milch und Zucker bitte. Meine Frau sieht's ja nicht. Zu Hause werde ich zurzeit ein bisschen knapp gehalten; Gudrun ist der Meinung, dass ich mindestens 30 Pfund abspecken soll, aber das schaffe ich sowieso nicht. Was soll's, das Leben ist ohnehin so kurz.« Er klopfte sich auf den Bauch und lächelte verschmitzt.

Das Telefon klingelte und Birthe hob ab. »Herr Dr. Schröder, was gibt's Neues?«, fragte sie aufgeräumt. Am anderen Ende war der Leiter der Gerichtsmedizin in Osnabrück.

Sie kannte Dr. Schröder seit vielen Jahren und schätzte ihn wegen seiner Erfahrung. Sie wusste, dass er heimlich in sie verliebt war und sich seit der Trennung von seiner Frau Hoffnungen machte, für sie blieb er aber immer nur

Dr. Schröder. Seinen Vornamen hatte sie sich noch nie merken können, und wenn sie ehrlich war, wollte sie es auch gar nicht. Sie mochte ihn als Kollegen, mit dem sie es einige Male im Jahr zu tun hatte, aber mehr nicht, und hielt ihn absichtlich auf Distanz.

»Frau Schöndorf, ich freue mich immer, Ihre Stimme zu hören. Wissen Sie das?«

»Nein, aber wenn Sie das sagen ... Nur sind es nicht gerade die angenehmen Dinge, die uns zusammenführen.«

»Da haben Sie völlig recht, Frau Schöndorf, das ließe sich jedoch durchaus ändern, und Sie wissen genau, was ich meine.«

Birthe atmete tief durch und biss sich auf die Unterlippe. »Bei dem Wetter kann man sich zu nichts aufraffen«, sagte sie betont lustlos. »Müde macht das, einfach groggy.« Der Frühling ließ dieses Jahr lange auf sich warten und war wenigstens ein willkommener Anlass für Small Talk.

»Wir könnten essen gehen. Restaurants sollen überdacht sein, habe ich gehört.«

Hartnäckiger Bursche. Birthe versuchte, über seinen Scherz zu lachen. »Ich bin gerade auf Diät, Herr Dr. Schröder.«

»Sie dürfen gern Bernd zu mir sagen. Und Du. Und im Übrigen soll man in Restaurants Salat bestellen können, habe ich mir sagen lassen, auch wenn ich das nicht besonders sinnlich finde.«

Birthe überhörte seine offensichtlichen Versuche. »Sie rufen mich bestimmt nicht deswegen an.«

Dr. Schröder räusperte sich. »Nein, natürlich nicht. Ich bin hier gerade im Krematorium. Ein Leichnam kommt mir verdächtig vor. Er soll morgen eingeäschert werden, aber ich kann ihn nicht freigeben. Es besteht dringender Verdacht der Gewalteinwirkung. Wir nehmen ihn mit.«

Birthe war sofort hellwach. »Mann oder Frau?«

»Ein Mann mittleren Alters.«

»Wie alt?«, fragte Birthe und nahm einen Stift zur Hand.

»Das Geburtsdatum ist der 10.01.1967. Sein Name: Simon Birklund, wohnhaft in der Prof.-Haack-Straße.«

»Männliche Leiche, 46 Jahre alt«, notierte Birthe. »Wann ist er gestorben?«

»Am 28.02. Todeszeitpunkt nach Totenschein 10 Uhr. Ausgestellt wurde er um 14.30 Uhr.«

»Welcher Verdacht besteht?«

»Gewalteinwirkung gegen den Hals.«

»Erdrosselt? Erwürgt?«

»Sieht nach Erdrosseln aus, mit einem seilähnlichen Gegenstand.«

»Und was steht auf dem Totenschein? Wer hat ihn ausgestellt?«

»Dr. Rolf Olsen, der Hausarzt. Ich habe bereits mit ihm telefoniert. Für ihn ist die Sache eindeutig. Natürliche Todesursache, weil Birklund vor zwei Jahren einen leichten Herzinfarkt hatte. Entsprechend hat er es auf dem Totenschein vermerkt.«

»Die Würgemale kann er doch nicht übersehen haben.«

»Das kommt schon mal vor. Die werden oft erst nach Stunden richtig sichtbar. Mich wundert nur, dass Birklund als Herzpatient offenbar keine blutverdünnenden Mittel genommen hat. Dann sähe man die Strangulationsmale nämlich auf Anhieb. Du musst das bitte ermitteln, Birthe.«

»Für Sie immer noch Frau Schöndorf!«

»Wenn Sie darauf bestehen. Beantragen Sie bitte bei der Staatsanwaltschaft einen sofortigen Stopp der Einäscherung. Die Leiche kommt in die Gerichtsmedizin. Da sehen wir uns wieder, liebe Frau Schöndorf!« Er sprach ihren Namen übertrieben betont aus.

»Was ist mit Angehörigen?«

»Er war verheiratet. Seine Frau heißt Iris Birklund.« Er gab Birthe die vollständige Adresse durch.

»Weiß sie schon von dem Stopp?«

»Von mir nicht. Wenn nicht ihr Hausarzt inzwischen geplaudert hat … Nein, ich gehe davon aus, sie weiß nichts. Fährst du hin?«

»Ja, mache ich, Herr Dr. Schröder. Machen Sie es gut!«

»Und Sie erst! Entschuldigen Sie meinen vertraulichen Tonfall. Ich wollte nicht unhöflich erscheinen oder Ihnen zu nahe treten. Wenn man sich schon so lange kennt wie wir beide, da darf das doch mal erlaubt sein. Ich lasse nicht locker, Sie kennen mich.« Er lachte künstlich.

»Ich fürchte auch. Aber ob es Sinn hat …«

»Sag niemals nie, Frau Schöndorf«, meinte er neckisch. »So schnell werde ich die Hoffnung nicht aufgeben.«

Sie verdrehte die Augen. »So lange Aussicht besteht, wohl nicht.«

»Sie sind doch auch Single, oder etwa nicht?« In seiner Stimme schwang ein lauernder Unterton mit.

Birthe witterte sogleich ihre Chance. »Nein, eigentlich nicht mehr«, log sie.

»Ach«, sagte er enttäuscht.

»Ich habe mich gerade verliebt.« Sie war stolz auf sich, diese kleine Notlüge locker und überzeugend rübergebracht zu haben. Es ging leichter, als sie gedacht hatte. Sie wünschte, es wäre wahr.

»Na, wenn das so ist … Warum haben Sie das nicht gleich gesagt? Dann machen Sie es gut.« Schnell legte er auf.

Birthe war sich nicht, ob er nun beleidigt geklungen hatte oder nicht.

*

Birthe stand vor einem gepflegten, eher unscheinbar und bieder wirkenden 70er-Jahre-Bungalow und drückte entschlossen auf den Klingelknopf. Drinnen ertönte wütendes Gekläffe. Sekunden verstrichen, ehe die Tür geöffnet wurde. Vor ihr stand eine stark geschminkte, blondierte Frau, den Umständen entsprechend ganz in Schwarz gekleidet. Sie hatte – wie zu erwarten war – einen Winzling von Hund auf dem Arm, der Birthe böse anstarrte und ein warnendes Knurren von sich gab.

Birthe zeigte ihren Dienstausweis. »Ich bin Kriminaloberkommissarin Birthe Schöndorf. Sind Sie Frau Birklund?«

Die Hausherrin schien entsetzt. »Ja?« Es klang mehr wie eine Frage als eine Aussage.

»Darf ich hereinkommen?«

»Kriminalpolizei? Was wollen Sie denn von mir? Wegen meines Mannes? Der ist eines natürlichen Todes gestorben!«

»Können wir das bitte drinnen bereden?«

»Ja … ja, natürlich.« Iris Birklund trat einen Schritt zur Seite. »Ich wüsste aber nicht, wie ich Ihnen helfen kann.« Sie wies der Kommissarin den Weg ins Wohnzimmer. Die Innenausstattung des Hauses deckte sich nicht im Geringsten mit dem äußeren Erscheinungsbild. Birthe sah sich überrascht um. Hier wirkte nichts mehr gutbürgerlich. Schon der Eingangsbereich war in einem nüchternen, minimalistischen Stil gehalten und erinnerte stärker an eine Anwaltskanzlei als an ein Wohnhaus. Birthe erblickte nicht einmal eine Garderobe. Genau genommen sah sie nur grau in grau, aufgelockert von einer Grafik, die ebenfalls in dunklen Tönen gestaltet war und von einem Spot angestrahlt wurde.

»Ich möchte Ihnen erst einmal mein Beileid aussprechen zum Tode Ihres Mannes«, sagte Birthe, nachdem sie auf dem Sofa Platz genommen hatte.

»Danke«, hauchte Iris, setzte sich in den Kuhfellsessel und schlug ihre Beine übereinander. »Deswegen sind Sie gekommen? Ich kann das im Moment nicht einordnen. Unser Hausarzt hat meinen Mann gründlich untersucht und festgestellt, dass er eines natürlichen Todes gestorben ist. Es bestand nicht der geringste Zweifel an der Todesart. Es war ein Herzinfarkt.«

»Sagte er das?«, fragte die Kommissarin und sah sich verstohlen um. Auch hier dominierten Anthrazittöne und verliehen dem spärlich möblierten Raum einen modernen, wenngleich distanzierten Anstrich. Er sah aus wie die soeben errichtete Kulisse für ein Architekturmagazin. Aus dem Rahmen fiel der Couchtisch, der aus einer nackten, vergoldeten Frauenfigur bestand, die eine Glasplatte balancierte.

»Er hatte ein schwaches Herz«, lautete die etwas verzögerte Antwort. »Vor zwei Jahren hatte er schon einmal einen leichteren Herzinfarkt. Dieser zweite jetzt war so schwer, dass er ihn nicht überlebt hat.« Sie zuckte resigniert mit den Schultern.

»War Ihr Mann in Behandlung? Wurde er medizinisch versorgt?«

Iris Birklund antwortete nicht sofort. Birthe ließ sie nicht aus den Augen. Sie registrierte jedes Detail. Das maskenhafte Gesicht unter der dicken Schminke, die wasserstoffblonden Haare, die überlangen Acrylnägel, den pompösen Schmuck, die billig wirkende Bräune, das aufdringliche Parfüm, die offensichtlich teure Kleidung. Birthe bemühte sich, ihr Gegenüber nicht in eine Schublade zu stecken.

»Nur kurz nachdem es damals passiert war«, sagte Iris nach einem Räuspern. »Da hat er ein Medikament zur Stärkung bekommen. Er sollte moderat Sport betreiben, auf Anraten seines Hausarztes, und auf gesunde Ernährung achten, weniger Salz, Zucker, Fleisch und Fett, aber die guten Vorsätze … Sie wissen ja, wie das ist. Ein paar Wochen hat er durchgehalten und auf dem Ergometer trainiert, dann war der gute Wille schon wieder dahin. Mein Mann hatte viel Stress in seinem Beruf. Gerade in den Tagen vor seinem Tod hat er oft über Brustschmerzen geklagt. Aber ich habe ihn nicht richtig ernst genommen, was mir jetzt sehr leid tut. Mein Mann war oft wehleidig, muss ich dazu sagen, und irgendwann hört man nicht mehr richtig hin, wenn einem ständig jemand das Ohr volljammert.«

Birthe verzog keine Miene. »Der Hausarzt war Dr. Olsen? Ist das richtig?«

»Ja. Der hat ihn allerdings in der letzten Zeit nicht oft zu sehen bekommen. Mein Mann wollte das nicht, obwohl ich ihn laufend dazu ermutigt habe.«

»War Ihr Mann allein, als er gestorben ist?«

»Ja, es war niemand bei ihm. Er musste nicht jeden Tag in der Bank erscheinen. Manche Tätigkeiten konnte er von seinem Schreibtisch zu Hause aus erledigen. Ich hatte einen Termin in der Stadt. Als ich zurückkam, war er tot.«

»Wann war das?«

»Gegen Mittag.«

»Wann genau?«

»Keine Ahnung. Zwischen 12.30 Uhr und 13.00 Uhr. Ich weiß es nicht genau.«

»Der Totenschein wurde erst um 14.30 Uhr ausgestellt.«

Iris Birklund war für einen Moment sprachlos. »Es hat eine Weile gedauert, bis ich den Mut gefunden habe, meinen Arzt anzurufen«, sagte sie schließlich. »Ich hatte einen Weinkrampf.«

»Verstehe«, sagte Birthe. »Wo haben Sie ihn gefunden?«

Iris atmete tief durch. »Er lag in seinem Arbeitszimmer. Auf seinem Bett.«

»Seinem Bett?«, fragte Birthe erstaunt. »Hatte er ein Bett im Arbeitszimmer?«

»Es war früher meins«, erklärte sie, »bevor wir heirateten. Ich konnte mich nicht davon trennen. Ich wusste nicht, wohin damit. Mein Mann hatte die Idee, einen Platz dafür in seinem Arbeitszimmer zu schaffen. Er hat gerne seinen Mittagsschlaf dort gehalten. Dort war er ungestört und konnte in Ruhe Musik hören.«

»Zeigen Sie mir den Platz?«

»Natürlich, kommen Sie.«

Birthe folgte der Hausherrin und kam dabei an einem Tiger aus Porzellan in Originalgröße vorbei. Er hatte goldene Pfoten und goldene Ohren. Etwas derart Kitschiges hatte Birthe selten gesehen. Verblüfft blieb sie davor stehen. Er passte gar nicht in das ansonsten durchgestylte kühle Ambiente.

Im Nebenraum herrschte erneut die offensichtliche Vorliebe für Grau und Schwarz vor. Vor dem Bett mit verschnörkelten Eisenstäben blieb Birthe stehen. Es war mit einer grauen Tagesdecke überzogen. Auch die Kissen waren grau und schwarz. »Hier haben Sie ihn also gefunden. War Ihnen sofort klar, dass er tot war?«

»Ja, ich hatte keinen Zweifel. Seine Augen blickten starr ins Leere. Sie glänzten nicht mehr, sie waren trüb, und das sonst Weiße war gelblich. Er hatte eine sonderbare Hautfarbe. Fahl, leicht glänzend. Es hat mich an Wachs erinnert. Ja, ich weiß noch, wie ich gedacht habe: Er sieht aus wie eine Wachsfigur. Und das Erschreckendste war: Sein Mund stand weit offen, als hätte er zum Schluss geschrien. Oder verzweifelt versucht, Luft zu bekommen.«

»War die Gesichtsfarbe nicht blau?«

»Blau?«, fragte Iris irritiert.

»Ja, ich habe mal gehört, dass jemand, der einen Herzinfarkt erlitten hat, bläulich anläuft.«

»Ja, das kann schon sein. Ich glaube, er war blau im Gesicht.«

»Sind Sie sicher?«, fragte Birthe ernst. »Na gut. Haben Sie ihn berührt?«

Iris wand sich. »Ja, das habe ich.«

»Und? Wie fühlte er sich an?«

»Er war kalt. Eiskalt.«

Birthe nickte. »Ist Ihnen sonst noch irgendetwas aufgefallen?«

Iris' Gesicht nahm Farbe an. »Nein, ich weiß nicht, was Sie meinen. Es war alles wie immer.«

»Kein Hinweis darauf, dass Ihr Mann Besuch gehabt haben könnte, dass jemand außer ihm da gewesen war?«

Iris schüttelte vehement den Kopf. »Nein, niemand. Mein Mann war allein und hat auch niemanden erwartet.«

Birthe musterte sie aufmerksam. »Okay«, sagte sie und atmete tief durch. »Was haben Sie dann getan, Frau Birklund?«

»Können wir bitte ins Wohnzimmer zurückgehen?«

»Natürlich«, sagte Birthe und folgte ihr. Beide nahmen wieder die gleichen Plätze ein.

Iris schlug die Augen nieder und tat, als müsse sie nachdenken. Auf ihrem Arm lag der Chihuahua und grunzte behaglich. Sein Frauchen kraulte ihn hinter den großen, abstehenden Ohren. »Ich war wie vor den Kopf geschlagen«, sagte sie und verfiel in einen monotonen Tonfall. »Ich wusste nicht, was ich tun sollte. Das war alles zu viel für mich. Mein Mann war noch am Leben, als ich das Haus verlassen habe. Als ich zurückkam, war er tot. Ich konnte keinen klaren Gedanken fassen, ging nervös in der Wohnung auf und ab. Ich wollte mit jemandem reden, wusste aber nicht, mit wem. Schließlich habe ich Dr. Olsen angerufen.«

»Warum haben Sie nicht das Naheliegende getan und einen Rettungswagen bestellt?«

»Wie gesagt, ich stand vollkommen neben mir. Ein Notarzt hätte ihm auch nicht mehr helfen können. Ich wusste ja, dass mein Mann tot war. Aber was wollen Sie eigentlich von mir? Warum sind Sie da? Ist es ein Verbrechen, dass ich nicht den anonymen Rettungsdienst gerufen habe, sondern unseren Hausarzt Dr. Olsen, den wir gut kennen und der uns seit Jahren vertraut ist?«

»Für wann hatten Sie die Beisetzung geplant?«

»Für Freitag. Es wird sicher eine große Trauerfeier. Es gibt ein Fünfgangmenü bei Rampendahl. Ich habe Stunden gebraucht, um die Speisefolge zusammenzustellen. Was glauben Sie, was für eine Arbeit ich damit hatte. Und dann die Musiker zu finden. Es sollte schließlich nicht irgendwer sein. Ich habe mich beim Konservatorium erkundigt und die besten Streichersolisten der Stadt engagiert. Sie hatten zufällig noch den Termin frei. Es kostet mich eine Kleinigkeit, aber das ist es mir wert. Es werden Lieblingsstücke meines Mannes gespielt, *Adagio* von Albloni und *Air* von Bach. Können Sie sich das vorstellen? Ein Cello, eine Bratsche und eine Geige und dann diese wunderbaren Musikstücke. Ich bin sicher, sie rühren jeden Anwesenden zu Tränen.«

Birthe räusperte sich. »Frau Birklund, es tut mir leid, Ihnen mitteilen zu müssen, dass die Einäscherung verschoben wird. Die Staatsanwaltschaft hat eine Obduktion angeordnet, weil sich berechtigte Zweifel an der Todesursache Ihres Mannes ergeben haben. Aus der Trauerfeier am Freitag wird leider nichts.«

Iris zuckte zusammen. Ihre Gesichtszüge verhärteten sich. »Zweifel? Wie meinen Sie das?«, fragte sie kraftlos.

Birthe zog geräuschvoll Luft ein. »Bei der zweiten Leichenschau im Krematorium wurden am Körper Ihres ver-

storbenen Mannes Spuren einer Gewalteinwirkung entdeckt.«

»Wie bitte?« Iris wurde schlagartig kreidebleich. »Was
denn für Spuren? Wo denn?«

»Striemen unbekannter Herkunft – am Hals.«

Iris schluckte hörbar. »Sind Sie sicher? Vermutlich handelt es sich um eine Verwechslung. Mein Mann war nicht
verletzt, als ich ihn gefunden habe.«

»Es ist gut möglich, dass da etwas übersehen wurde, von
Ihnen und auch von Dr. Olsen. Manche Verletzungen sind
nicht sofort erkennbar.«

Iris drückte ihren Hund an sich, der das mit einem unzu-
friedenen Murren quittierte. »Warum gab es überhaupt
eine weitere Untersuchung? Herr Dr. Olsen hatte keinen
Zweifel an der Todesart. Er hätte ja etwas finden müssen,
hat er allerdings nicht. Für ihn war die Sache ganz klar:
Mein Mann ist an einem Herzinfarkt gestorben. Nichts
weiter. Warum schenkt man einem renommierten Arzt
keinen Glauben?«

»Nun, Sie wissen vielleicht nicht, dass vor jeder Einäscherung eine zweite Leichenschau angeordnet wird, die
wesentlich gründlicher ausfällt als die erste. Damit will man
mögliche Zweifel oder Unklarheiten aus dem Weg räumen,
was die Todesursache betrifft, denn nach einer Feuerbestattung kann schließlich nicht exhumiert werden.«

»Und da kommt ein Arzt zu dem Bestatter und sieht
sich alle Leichen an?«

Birthe nickte. »So ist es.«

»Nackt? Ich meine, werden die Verstorbenen dafür extra
ausgezogen?«

»Ja, Frau Birklund, natürlich, um die Todesursache auf
dem Totenschein zu bestätigen und mögliche Zweifel aus-
zuräumen.«

Iris nickte mühsam. Sie blickte Birthe aus trüben Augen an. Ihr Kreislauf schien in den Keller zu gehen. »Das habe ich nicht gewusst«, sagte sie mit zitternder Stimme. »Und jetzt? Was geschieht nun?«

»Der Staatsanwalt hat die Einäscherung gestoppt und wird sie erst freigeben, wenn die Obduktion klare Ergebnisse geliefert hat. Die Leiche wurde bereits abgeholt und befindet sich in der Gerichtsmedizin.«

»Und wann ist es so weit? Wie lange dauert so etwas?«, fragte Iris. Sie fröstelte unübersehbar und versuchte nicht länger, ihr Zähneklappern zu unterdrücken.

»Das kommt darauf an. In der Regel gibt es nach vier Tagen sichere Erkenntnisse Anschließend kann die Feuerbestattung stattfinden.«

»Nach vier Tagen? Aber dann schaffen wir es nicht rechtzeitig bis zum 8. März. Das sind ja nur noch drei Tage«, jammerte sie. »Ich habe alles vorbereitet. Es war unglaublich viel Arbeit, die Musiker sind bestellt, das Restaurant ist gebucht, der Pfarrer, alles ist fix und fertig …«

»Das glaube ich Ihnen, Frau Birklund, dass jetzt Extraarbeit auf Sie zukommt – aber wie gesagt, es bestehen Zweifel an der Todesursache.«

Iris schien nicht mehr hinzuhören. »Ich hätte meinem Mann den Frieden so gegönnt. Jetzt kommt er immer noch nicht zur Ruhe«, sagte sie wie zu sich selbst.

»Wie meinen Sie das?«

»Er war sehr unruhig in der letzten Zeit. Ständig gestresst, schlecht gelaunt. Er hat nicht darüber gesprochen, aber irgendetwas muss ihn gequält haben.«

»Wie lange ging das so?«

»Ach, bestimmt zwei Wochen oder länger«, sagte Iris matt.

»Können Sie sich einen Reim darauf machen, woher die Verletzungen am Hals stammen?«

Iris schluckte hörbar, ehe sie langsam und bedächtig den Kopf schüttelte. »Nein, absolut nicht. Ich habe keine Ahnung. Als ich ihn hier fand, hatte er keine. Zumindest ist mir nichts aufgefallen. Das habe ich Ihnen ja schon gesagt. Vielleicht … vielleicht hat er sich selbst gekratzt, aus Panik, als er merkte, dass er keine Luft bekam. Sein Mund stand ja auch weit offen. Gesehen habe ich zwar nichts, aber eine Erklärung wäre es, oder?«

Birthe lehnte sich vor und faltete ihre Hände. »Erzählen Sie mir von Ihrem Mann, Frau Birklund. Wie haben Sie sich kennengelernt? Was war er für ein Mensch?«

Iris Birklund runzelte erstaunt die Stirn, als habe sie mit einer solchen Frage nicht gerechnet. Erst zögerlich, dann immer lebhafter, erzählte sie vom Anfang ihrer Beziehung, der Zielstrebigkeit ihres Mannes, seinen beruflichen Plänen.

Birthe ließ sie reden, ohne sie zu unterbrechen. Sie bekam eine Vorstellung von der Ehe des Bankerehepaars. Er, der Karrierist, sie die attraktive, luxusverwöhnte Dame aus dem Osten. Die Ehe hatte anscheinend funktioniert, wenngleich es nicht die große Liebe gewesen war. Denn Iris Birklund schien nicht allzu sehr zu trauern. Sie zerbrach sich hauptsächlich den Kopf darüber, wie es in Zukunft in finanzieller Hinsicht mit ihr weitergehen würde.

»Ich lasse Sie jetzt allein, Frau Birklund.« Birthe erhob sich. »Sie müssen sicher über einiges nachdenken und Ihre Angehörigen und Hinterbliebenen benachrichtigen, dass die Trauerfeier verschoben wird. Und noch etwas: Ich möchte Sie bitten, im Arbeitszimmer Ihres Mannes nichts zu verändern. Jeder Brief, jede Rechnung könnte von Belang sein, möglicherweise ein Hinweis, der uns weiterhilft. Lassen Sie bitte alles, wie es ist. Sollte Ihnen noch etwas einfallen, was unser Gespräch betrifft, rufen Sie mich an.« Sie hinterließ ihre Karte auf dem gläsernen Couchtisch und verabschiedete sich. Der Chihuahua sprang kläffend vom Schoß seines Frauchens.

»Ich habe übrigens eine gute Ehe geführt«, rief Iris der Kommissarin nach. »Mein Mann hat mich sehr geliebt!«

*

Miriam Strohbecke hatte ihre Kinder Lilly und Kurt ins Bett gebracht und ihnen eine Geschichte vorgelesen, als sie Thore rufen hörte. Sie drückte ihren Kindern einen Kuss auf die Stirn und löschte das Licht, bis auf das Nachttischlämpchen, das sie erst ausknipsen würde, wenn sie selbst zu Bett ging. Leise schloss sie die Kinderzimmertür und sah ihren Mann auf der Schwelle zum Badezimmer stehen. Auf seiner Stirn hatte sich eine steile Falte gebildet. Die Lachfältchen um seine Augen waren verschwunden. »Ich habe das hier gefunden«, sagte er mit hochgezogenen Augenbrauen und zog einen Gegenstand hinter seinem Rücken hervor. »Es lag im Abfalleimer.«

Miriam erkannte den verräterischen Streifen und atmete tief durch. Es half nichts; sie konnte es sowieso nicht länger vor ihm geheim halten. »Thore, hör zu«, begann sie und wagte nicht, ihn anzusehen, »ich glaube, ich muss mit dir reden.«

»Das glaube ich allerdings auch.«

»Aber nicht hier. Lass uns ins Wohnzimmer gehen.«

Er blieb wie angewurzelt stehen, während sie an ihm vorbeiging.

»Du bist schwanger«, hörte sie seine schneidende Stimme hinter sich. »Meine Güte, Miriam, warum hast du nicht verhütet?«

Sie drehte sich wütend um. »Habe ich ja. Ich hatte eine Magen-Darm-Grippe im letzten Zyklus, schon vergessen?

Möglich, dass die Pille da versagt. Zumal es nur eine Minipille war, weil ich meinen Körper nicht mit zu viel Hormonen belasten will.«

»Soso, versagt hat sie also. Du hättest mich darauf aufmerksam machen müssen. Du weißt, da gibt es noch andere Möglichkeiten.«

»Jetzt tu nicht so! Du hast mitbekommen, dass ich krank war! Hast selbst deine Mutter angerufen, weil sie sich um die Kinder kümmern sollte. Warum hast du nichts unternommen? Weil du später genau so wenig daran gedacht hast wie ich, also gib nicht mir die Schuld!«

Sie setzte sich aufs Sofa, mit Blick auf die breite Fensterfront und den Balkon, und hielt sich instinktiv eine Hand vor den Bauch. Er war ihr gefolgt, machte allerdings keine Anstalten, sich zu setzen. Stattdessen lehnte er sich an den Schreibtisch und musterte sie mit ausdrucksloser Miene.

»Setz dich doch endlich. Du machst mich nervös«, sagte sie und stopfte sich zwei Kissen in den Rücken.

Er drehte sich von ihr weg, die Hände in den Hosentaschen, und gab vor, Vögel zu beobachten, die sich am Futterhaus auf dem Balkon zu schaffen machten. »Ausgerechnet jetzt«, sagte er tonlos. »Ausgerechnet jetzt, wo ich meinen Job verloren habe. Wo Birklund mich aus heiterem Himmel gefeuert hat. Wie soll das weitergehen? Hast du dir das überlegt? Wir wollten bauen. Daraus wird nichts. Unsere Wohnung platzt aus allen Nähten. Wir können kaum mehr die Miete bezahlen, wo mein Gehalt wegfällt. Wovon sollen wir leben, kannst du mir das sagen, etwa von Hartz IV?«

»Quatsch, ich hab doch auch noch meine Arbeit!«

Thore wandte sich ihr wieder zu, mit einem Gesichtsausdruck, den sie nie zuvor bei ihm gesehen hatte. »Und davon sollen wir alle existieren, zu fünft, von deinem erbärmlichen Erziehergehalt? Uns nichts mehr leisten können? Den BMW abschaffen und gegen einen alten Kombi eintauschen, damit drei kleine Blagen mit ihren Kindersitzen darin Platz finden? Diesen gesellschaftlichen Abstieg mache ich nicht mit, damit du es weißt!«

»Ich kann doch Stunden aufstocken«, wagte sie sich vor. »Frau Richter wird begeistert sein. Im Moment wird jede Kraft gebraucht.«

»Gar nichts kannst du. Du bist erst mal zu Hause festgenagelt mit einem Baby! Du weißt selbst, wie das ist in den ersten Wochen und Monaten. Was rede ich: in den nächsten Jahren!«

»Aber du bist doch dann zu Hause«, sagte sie leise.

Er hatte die Hände in die Hüften gestemmt, kam einen Schritt auf sie zu und funkelte sie wütend an. »Das könnte dir so passen, dass ich mit einem Baby in dieser kleinen Wohnung festsitze und vormittags den Kinderwagen um den Block schiebe, während alle anderen Männer frühmorgens das Haus verlassen. Das ist nicht mein Ding, und das weißt du ganz genau!«

»Wir könnten sparsamer leben. Ein Auto reicht doch; zur Not würde ich mich von meinem trennen. Ich kann mit dem Bus in die Stadt fahren. Meinetwegen bestellen wir die Zeitung ab. Und kündigen die anderen Abos.«

Er sagte nichts.

»Wir haben auch zu viele Versicherungen. Die eine oder andere kann wegfallen. Und wir fahren nur noch einmal im Jahr in den Urlaub. Von mir aus auch wieder mit Papas altem Wohnwagen.«

Sie wartete auf eine Antwort, er schüttelte jedoch nur den Kopf und verdrehte die Augen. Nach einer Weile des Schweigens sagte er: »Urlaub – das wird in Zukunft ein Fremdwort für uns sein.«

»Und jetzt?«, fragte sie schüchtern.

Thore lief vor dem breiten Wohnzimmerfenster auf und

ab und blieb schließlich vor der Balkontür stehen, starrte hinaus. »Es bleibt nur eins«, sagte er und atmete geräuschvoll aus, »du musst es wegmachen lassen.«

»Das meinst du nicht wirklich«, rief sie und riss die Augen auf. Sie war blass geworden.

»Doch. Das ist mein voller Ernst«, sagte er so ruhig, wie es ihm möglich war. »Es bleibt uns nichts anderes übrig, wenn wir nicht komplett in Armut leben wollen.«

»Du spinnst wohl!« Sie war aufgestanden und ging auf ihn zu. Jetzt war sie nur mehr eine Armeslänge von ihm entfernt. »Thore, ich sag dir eins: Das kommt nicht infrage! Die Situation ist zwar ausgesprochen beschissen im Moment, aber ich werde dieses Kind bekommen! Ich habe schon eine Beziehung zu ihm aufgebaut.«

Er warf einen verächtlichen Blick auf ihren Unterleib. »Eine Beziehung? Zu einem Embryo?«

»In mir wächst ein Kind heran«, sagte sie und hielt die Hände schützend über ihren Bauch. »Es ist von uns beiden, Thore. Es ist auch dein Kind. Und ich werde es genauso lieben wie Lilly und Kurt. Ich gebe es nicht mehr her, das kannst du mir glauben.«

»Dann wirst du dich entscheiden müssen.« Seine Stimme war eiskalt.

»Entscheiden?«, fragte sie. Ihr Herz klopfte zum Zerspringen.

»Ja. Zwischen dem Kind … und mir.« Er ließ sie stehen und ging aus dem Zimmer.

*

In der Wohngemeinschaftsküche traf Birthe auf Yuki und Hoi-Hoi, die etwas stark Gewürztes in der Pfanne brieten. Darunter mischte sich aufdringlicher Fischgeruch. Birthe

öffnete schwungvoll das Fenster und setzte sich an den großen Kieferntisch. Yuki, die japanische Studentin, drehte sich
nach ihr um. »Siehs nich gut aus heute, Bilthe. Irgendwas
stimm nich! Will du mit uns essen?«

Birthe warf einen unschlüssigen Blick in Richtung Herd.
Sie seufzte tief. »Na gut, vielleicht keine schlechte Idee.«

»Hattu Plobleme auf del Albeit?«

»Das nicht, aber meine Mutter nervt.«

»Sei floh, dass du sie in del Nähe hast. Meine habe ich
seit zwei Jahlen nicht mehl gesehen.«

»Zu viel Nähe ist auch nicht gut. Erst recht nicht, wenn
man eine Mutter hat, die einen ständig daran erinnert, dass
etwas nicht in Ordnung ist mit einem.«

»Abel du bis in Oldnung, Bilthe«, sagte Hoi-Hoi, die
gerade neben ihr Platz genommen hatte.

Birthe grinste. »Danke, aber das versteht ihr nicht.«

»Wenn du nich elzähls«, sagte Hoi-Hoi mit einem
Schmollmund.

»Habt ihr schon mal an Kinder gedacht?«, fragte Birthe.
»An eigene, meine ich? Ihr seid ja auch nicht mehr …«, sie
vermied es, die Worte ihrer Mutter zu benutzen, »… ich
will sagen, ihr seid in einem Alter, in dem viele bereits Kinder haben.«

»Klal«, sagte Yuki und setzte sich zu den anderen. »Jeden
Tag denke ich dalan.«

»Im Ernst?«

»Ich auch«, sagte Hoi-Hoi.

Birthe sah die beiden verblüfft an.

»Ich möchte bald heilaten.« Yuki grinste versonnen vor
sich hin.

»Hast du denn einen Freund?«, wollte Birthe wissen.

»Noch nicht. Abel kann sich schnell ändeln. Ich möchte
einen deutschen Mann. Einen, del auf del Land lebt. Ich

mag die Stadt nicht so. Osnablück ist zu gloß und zu laut. Das Osnablückel Land ist wundelschön. Melle oder Lulle oder Blamsche.«

»Ich auch«, sagte Hoi-Hoi.

»Ich will viele Kindel«, fuhr Yuki begeistert fort. »Ich mag Baueln heilaten. Abel mit Geld. Schweinestall mag ich nicht sein. Und dann mag ich den ganzen Tag in Küche stehen, viele Kindel um mich lum. Und viel kocken und backen.«

Birthe riss die Augen auf.

»Davon tläume ich auch«, sagte Hoi-Hoi. »Deshalb haben wil uns beide bei *Bauel sucht Flau* bewolben.«

»Nee, oder?«, fragte Birthe entsetzt. »Sagt bloß, seid ihr ausgewählt worden?«

»Noch nicht.« Yuki stand auf und rührte in der Pfanne herum. »Abel wil walen beim Casting und die haben gesagt, sie fänden uns intelessant.«

»Das seid ihr auch, aber ob ein Bauer der Richtige für euch ist, na, ich weiß nicht.«

»Walum?« Yuki zog verständnislos die Brauen in die Höhe.

»Ihr habt studiert, und die Bauern, die sich da im Fernsehen präsentieren, ehrlich gesagt, ich will denen nicht zu nahe treten, aber …«

»Die sind doch süß«, sagte Yuki. »Na, die meisten. Einel hat schon mal eine Asiatin zur Flau genommen. Siehste, geht doch! So schön wäle das! Den ganzen Tag für die am Held stehen und kocken.«

»Sicher?«, fragte Birthe und riskierte einen Blick in Richtung Pfanne. »Glaubst du nicht, die stehen eher auf fettes Schweinefleisch mit Klößen?«

»Wenn man liebt, geht alles«, sagte Yuki mit verträumtem Blick und befüllte Birthes Teller mit Fisch und Reis.

*

Arthur Schlicker stand fröstelnd auf Gleis 12 des Osnabrücker Hauptbahnhofs und wartete auf die Bahn aus Frankfurt, die mit zehnminütiger Verspätung eintreffen sollte. Es war dunkel und er fror. Seine Hände hatte er tief in die Hosentaschen gesteckt und die Kapuze seines dunklen Pullis über den Kopf gezogen. Darüber trug er seine schwarze Bomberjacke, ohne die er sich wie ein halber Mensch fühlte.

Endlich wurde der Zug angekündigt und rauschte Sekunden später heran. Arthur bereute es inzwischen, dass er nicht den Mut gehabt hatte, den Besuch abzusagen. Er fühlte sich nicht stark genug dafür. Gefühle stiegen in ihm auf, die er nicht zulassen wollte, gegen die er sein Leben lang angekämpft hatte. Er wusste, er konnte dieses Spiel nicht gewinnen. Unsicherheit und Angst waren keine guten Partner. Arthur biss die Zähne zusammen und krallte seine eiskalten Finger in den weichen Fleecestoff der Jacke. »Ich schaffe es, ich bin stark«, sprach er leise vor sich hin und versuchte, sich selbst Mut zuzusprechen. Dabei spürte er schon, wie die Kraft aus seinem Körper wich und er sich am liebsten irgendwo hingesetzt hätte.

Der Zug kam mit einem Ruck zum Stehen. Die Türen öffneten sich und die ersten Fahrgäste stiegen aus. Arthur schaute sich hektisch um. Er machte ein paar Schritte rückwärts, um den Bahnsteig besser überblicken zu können.

Endlich entdeckte er ihn. Der Mann bahnte sich einen Weg durch die Menschenmenge. Er hatte einen dunklen Mantel an und war von gedrungener Statur. Er hatte Arthur offenbar ebenfalls gesehen, denn er winkte, blieb plötzlich stehen und breitete seine Arme aus. Arthur setzte sich in Bewegung, beschleunigte seinen Schritt.

Sie standen sich gegenüber, ein untersetzter Mann mit weißem Haarkranz und Schnauzbart und ein hochgewachsener schlaksiger Mann. Arthur ging leicht in die Knie, um den anderen umarmen zu können. »Papa!«, sagte er atemlos und zog ihn kräftig an sich.

»Mein Sohn! Ich freue mich!« Pavel Schlicker schob ihn von sich, betrachtete ihn mit ausgestreckten Armen. »Lass dich ansehen. Hast dich kaum verändert. Ein bisschen männlicher bist du geworden. Das Gesicht voller und kantiger. Der Knast scheint dir gut bekommen zu sein.«

Arthur stieß ein heiseres Lachen aus. »Ich hätte darauf verzichten können, Papa. Ein Zuckerschlecken war es nicht gerade.«

»Ja, ja, man muss eben aufpassen, dass sie einen nicht erwischen«, sagte Arthurs Vater mit spitzbübischem Grinsen im Gesicht und wedelte mit dem Zeigefinger vor seiner Nase herum. Gleich darauf wurden seine Augen jedoch wieder ernst. »Dir ist klar, weswegen ich gekommen bin?«

»Du wirst es mir sagen, nehme ich an.«

Pavel Schlicker nickte. »Aber nicht hier. Hast du's weit?«

»Nein, wir können zu Fuß gehen. Komm, ich nehme dir dein Gepäck ab.«

Ehe Arthur zugreifen konnte, hatte Pavel den kleinen Koffer an sich gerissen. »Sein Eigentum gibt man niemals aus der Hand«, sagte er mit fester Stimme und warf seinem Sohn einen strengen Blick zu. »Niemals! Hörst du?«

Arthur wurde rot, versuchte aber, seine Unsicherheit mit einer coolen, abwehrenden Handbewegung zu überspielen. »Okay, okay, ich wollte dir nur behilflich sein.«

Auf dem Weg zur Möserstraße schwiegen sie. Je weiter sie kamen, desto mehr wuchs Arthurs Unbehagen. Es war jedoch kein unbekannter Zustand. An der Seite seines Vaters hatte er sich nie anders gefühlt als klein und unbedeutend. Er hatte sein Leben lang versucht, gegen sein Minderwertigkeitsgefühl anzukämpfen, aber es war ein Kampf gegen Windmühlen gewesen.

»Hier wohnst du also?«, fragte Pavel Schlicker harmlos. Arthur war jedoch der kritische Blick nicht entgangen, mit dem sein Vater die heruntergekommene Hausfassade in Augenschein genommen hatte.

»Es ist gar nicht mal so ungemütlich«, sagte Arthur verlegen und kratzte sich am Kopf. Insgeheim fürchtete er die Reaktion seines Vaters, wenn er erst einmal das Mini-Apartment betreten hatte. Zuvor waren jedoch einige Treppen zu bewältigen.

Pavel kam im engen, düsteren Treppenhaus schnell ins Schwitzen. »Junge, Junge«, keuchte er, »nicht mal einen Fahrstuhl gibt es hier. Luxus ist was anderes.«

»Papa, ich komme gerade aus dem Gefängnis, ich bin froh, dass ich überhaupt eine eigene Bleibe habe. Mein Bewährungshelfer hat mir die besorgt.«

»So hab ich nie gehaust«, presste Pavel hervor.

Mama und ich schon, dachte Arthur, schluckte es aber herunter.

Sie hatten die vierte Etage erreicht. Pavel lehnte sich keuchend an die Hauswand, während er sich mit einem großen Taschentuch über Stirn und Nacken wischte. Arthur schloss die Wohnungstür auf und ging voran. Er machte sich auf das Schlimmste gefasst und stellte seine Ohren auf Durchzug.

»Oh mein Gott«, schnaufte es auch schon hinter ihm. »Was ist das denn! Das ist alles? Du verscheißerst mich! So wohnt man doch nicht! Hier würde ich nicht mal meine Hunde zur Strafe reinschicken!«

»Nimm schon mal Platz«, sagte Arthur zerknirscht. »Darf ich dir etwas zu trinken anbieten?«

Pavel schnaubte verächtlich. »Wie förmlich! ›Darf ich dir etwas zu trinken anbieten?‹ – Hast du einen Benimmkurs gemacht, oder was?« Er ließ seinen Blick schweifen und schüttelte den Kopf. »Ein einziger Raum? Ich fasse es nicht. Kochen, Schlafen, Waschen, alles in einem Zimmer? Das sind ja Zustände wie in der Nachkriegszeit. Wo ist denn das WC?«

Arthur deutete mit dem Kopf zur Wohnungstür. »Gegenüber auf dem Flur. Da ist auch eine Etagendusche.«

Pavel schüttelte entsetzt den Kopf. »Grauenhaft.«

»Papa, setz' dich doch, du machst mich ganz nervös!«

»Wo denn, bitte schön? Wo ist Platz zum Sitzen? Auf dem Gartenstuhl da? Glaubst du, der hält mich aus?« Pavel ruckelte an dem billigen Plastikmöbel und schleuderte ihn ein Stück weit weg.

»Dann mach es dir auf dem Bett bequem!«

»Auf dem gammeligen Schlafsofa, das du dein Eigen nennst?« Pavel schüttelte sich. »Na schön, meinetwegen. Ich bleib sowieso nicht lange.« Keuchend ließ er sich auf Arthurs Liege nieder. Seinen Mantel behielt er an. »Mit Möbeln hast du's wohl nicht so, wie?«

»Papa, wo sollen die denn herkommen? Das bisschen, was ich habe, sind alles Spenden.«

»Spenden? Eine höfliche Umschreibung von Müll, würde ich sagen. Andere Leute werfen das Zeug weg, stellen es auf die Straße und sind froh, wenn es abgeholt wird und sie nicht noch dafür blechen müssen. Schrott ist das.« Pavel betrachtete voller Abscheu Arthurs schmalen Kleiderschrank, auf dem helle Flecken frühere Aufkleber verrieten. Wahrscheinlich hatte der Schrank in einem Kinderzimmer gestanden.

Dann wirkte Schlicker senior plötzlich in sich gekehrt, als sei er weit weg. Arthur wollte etwas sagen, traute sich allerdings nicht. Stattdessen zog er den Campingstuhl heran und setzte sich neben seinen Vater.

Nach einer Weile räusperte sich Pavel. »Es stimmt nicht ganz, was ich gesagt habe. Ich habe auch mal so gelebt. Ist aber lange her. Mit meiner Mutter, deiner Oma Erna. Mich und meine drei Geschwister hat sie in einer Bruchbude wie dieser durch die Nachkriegsjahre gebracht. Das war ein altes Haus in der Lotterstraße, steht schon gar nicht mehr. Da, wo es mal war, ist heute ein Parkplatz. Zwei Stockbetten standen in einem Raum wie diesem hier. Unsere Mutter hat auf der Küchenbank geschlafen. Ihr Bettzeug hat sie tagsüber in das Innere der Bank gestopft.« Er schüttelte traurig den Kopf. Plötzlich schien ein Ruck durch ihn zu gehen und er sagte mit veränderter Stimme: »Aber seit ich mein eigenes Geld verdiene, habe ich so was nicht mehr gesehen. Als Erwachsener ist jeder seines eigenen Glückes Schmied.«

»So etwas sucht man sich nicht aus«, warf Arthur ein und kraulte mit einer verlegenen Geste seine millimeterkurzen Haare. »Ich habe eben nicht so viel Glück gehabt wie du, Papa.«

Pavel ging nicht darauf ein. »Sag mal, hast du da ein Tattoo am Arm?«

»Ja, schon«, sagte Arthur und zog hektisch seinen Ärmel herunter.

»Zeig mal her!«

Arthur zögerte und schob schließlich unwillig den Ärmel wieder hoch. Er kannte die Meinung seines Vaters zu Piercings und Tattoos. Sie erinnerten ihn an seine frühen Knasterfahrungen und er setzte ihre Träger mit Schwächlingen und Verlierern gleich. Dementsprechend spöttisch fiel sein Urteil aus. »Lächerlich«, sagte er, während seine Mundwinkel zuckten.

»Ich weiß«, sagte Arthur mit hochrotem Kopf. »Aber mir gefällt's.«

»Damit kannst du in meinen Kreisen keinen Staat machen. Du siehst mit dem Ding aus wie ein Mädchen.«

Arthur nickte und blickte stur in Richtung Terrarium.

»Mein Gott, was ist das denn?«, rief Pavel plötzlich aus.

»Was hältst du denn da für Kreaturen?« Er war Arthurs Blick gefolgt und starrte auf das schmale Terrarium, das von einer Lampe beschienen auf einer Kommode stand.

»Das ist eine Brachypelma Vagans«, sagte Arthur traurig. »Das war eine Brachypelma Vagans, wollte ich sagen.«

»Eine … was?«

»Eine Vogelspinne. Sie hieß Samantha. Aber sie ist tot. Ich habe vergessen, das Licht auszumachen«, sagte er und holte es nach.

Pavel lachte hämisch auf. »Ich glaube, du tickst komplett aus! Samantha, dass ich nicht lache! Habe ich nicht den Schriftzug eben sogar auf deinem Arm entdeckt? Samantha! Mit Blumen und Sternen! Bist du schwul, oder was? Ich fasse es nicht! Ich halte mir zwei abgerichtete Dobermänner in meiner Villa in Frankfurt. Die schinden Eindruck draußen vor dem Tor. Da weiß jeder sofort, mit wem er es zu tun hat. Aber so eine Spinne, hier im Zimmer? Was soll das? Verstehe ich nicht.«

»Weswegen bist du hier?«, fragte Arthur mit fester Stimme.

Pavel knöpfte sein Hemd auf. Ein Goldkettchen über gräulichen, sich kräuselnden Brusthaaren wurde sichtbar.

»Geschäfte, mein Junge, nichts als Geschäfte. Habe mir gedacht, Transaktionen wie in Frankfurt lassen sich genauso gut in Osnabrück durchführen«, sagte er heiser. »Hier gibt es mittlerweile auch einige Besserverdiener, die vielleicht ein bisschen Schutz nötig hätten, was denkst du?«

»Schutzgelderpressung?«, fragte Arthur und riss die Augen auf.

»Was für ein hässliches Wort! Nein, ich rede von Dienstleistung. Wir versprechen den Osnabrücker Geschäftsleuten, dass ihnen nichts passiert, dass wir ihnen alles Böse der Welt vom Leib halten, und sie bezahlen dafür. Ein Geben und Nehmen, mehr nicht. Das funktioniert so in der Wirtschaft, glaub mir. Natürlich profitierst auch du davon, Arthur, das ist wohl wahr. Guck dich doch mal um: Willst du weiter in dieser Bude leben? Ausgegrenzt von der Gesellschaft in Armut und Verwahrlosung?«

Arthur verschränkte die Arme und schaute seinen Vater trotzig an. »Ich bin mir nicht sicher, ob ich mit deinen Geschäften was zu tun haben will. Geldwäsche und diese Dinge. Ich weiß nicht, ich will nicht wieder in den Knast. Habe genug davon, ehrlich gesagt.«

»Dann eben nicht. Wenn ich jetzt gehe, siehst du in deinem Leben keinen einzigen Cent mehr von mir.« Pavel machte Anstalten, sich zu erheben. Zwischen seinen Augen hatte sich die berüchtigte steile Falte gebildet.

»Vater, warte! Was erwartest du von mir?«, beeilte sich Arthur zu sagen.

Pavel sah ihn lange wortlos an. Dann lehnte er sich vor und stützte seine breiten Hände auf den Oberschenkeln ab. »Wir fangen hier in der Straße an. Die Bahnhofsgegend ist immer gut für Geschäfte jeglicher Art. Sind ja einige Läden da, auch Spielotheken und kleine Imbisse, wie ich gesehen habe. Ganz hervorragend. Ich schicke nächste Woche ein paar meiner Freunde vorbei, damit du sie kennenlernst. In ihrer Begleitung gehst du los und machst dich überall bekannt. Später wirst du deine Tour alleine durchziehen. Dann reicht es, wenn du den Laden betrittst, und sie zahlen freiwillig.« Er grinste.

Arthur nickte. »Kann man ja mal versuchen«, sagte er leise. »Ich bin sowieso gerade dabei, mich zu verändern.«

Pavel zog die Augenbrauen hoch. »Ach ja? Mein Sohn will etwas auf die Beine stellen, höre ich richtig? Dass ich das noch erleben darf! Und wie bitte soll das vonstattengehen? Wie lauten die hehren Pläne meines Herrn Sohns?«

Arthur berichtete stockend von Simon Birklund. »Ich

habe ihn erpresst, Vater. Ich habe einfach so behauptet, er habe Geld unterschlagen. Und er ist darauf reingefallen.«

»Und es stimmte gar nicht?«

»Keine Ahnung«, sagte Arthur, lächelte unsicher und zuckte die Schultern.

»Wie viel?«

»60.000 Euro.«

»Warum ausgerechnet 60.000 Euro?«

Arthur dachte an den Schreiner, der 30.000 Euro verloren hatte. Durch ihn war er auf die Idee mit der Erpressung gekommen. Natürlich musste das Doppelte dabei herausspringen, damit es sich für ihn selbst auch lohnte. »Einfach nur so«, erwiderte er, »mit irgendeinem Betrag müssen wir ja mal anfangen.«

Pavel Schlicker stieß einen Pfiff aus. »Donnerwetter, Junge. Zeig mir das Geld!«

»Einen Moment«, sagte Arthur und wurde rot. »Ich habe den Umschlag so gut versteckt, dass ich selbst nicht mehr weiß, wo. Kleines Blackout«, fügte er entschuldigend hinzu. »Muss erst suchen.«

»Wie, du musst suchen?« Sein Blick wanderte zu Arthurs Laptop. »Hol mir mal den Birklund auf den Schirm.«

Mit hochrotem Kopf gab Arthur den Namen Simon Birklund in die Suchmaschine ein. Langsam beruhigte sich sein Puls wieder. Arthur hatte Glück. Er fand das Foto auf Anhieb, das den Bankkaufmann mit einem großen Blumenstrauß zeigte. *Investmentbanker des Jahres 2012* stand in fett gedruckten Buchstaben darunter. Birklund war gut darauf zu erkennen. Groß und kräftig schien er zu sein, und er trug eine sogenannte Nerd-Brille mit dunklem Horngestell. Seine schütteren, grau-blonden Haare waren zurückgekämmt. Seiner Gesichtsfarbe nach zu urteilen, suchte er regelmäßig ein Solarium auf.

Daneben war seine Frau abgelichtet, eine attraktive Erscheinung mit langen, perfekt frisierten, weißblonden Haaren. Auch sie war gebräunt. Iris Birklund reichte ihrem Mann knapp bis zum Kinn. Auffallend waren ihre grünen, mandelförmigen Augen und ihre hohen Wangenknochen. Sie sah sexy aus in ihrem schwarzen Kleid, das ihr Dekolleté hervorragend zur Geltung brachte.

Pavel Schlicker studierte mit unbeweglicher Miene das Foto von Simon und Iris Birklund und las sorgfältig den darunter stehenden Text durch.

»Ich weiß nicht, was du dir davon versprichst«, sagte Arthur.

Pavel zog seine Stirn in Falten. »Hm«, machte er und starrte weiter auf den Bildschirm.

»Was siehst du denn da?«, fragte Arthur ungeduldig.

»Ich kenne sie.«

»Was?«

»Ich kenne sie von irgendwoher. Ich komme grade nicht drauf.«

»Wen? Die Frau?«

Pavel kratzte sich hinterm Ohr. »Verdammt noch mal«, sagte er. »Ich habe sie schon mal gesehen. Ich weiß es genau.«

Arthur sah seinen Vater vorsichtig von der Seite an. »Woher willst du die kennen? Du warst doch lange nicht mehr in Osnabrück.«

Pavel schüttelte den Kopf. »Nicht aus Osnabrück«, sagte er. »Und sie heißt auch nicht Iris.« Er sah aus, als sei er gedanklich weit weg.

»Ich habe ihn umgebracht, Papa.«

Pavel fuhr hektisch herum. »Was sagst du da?«

»Ich habe Birklund getötet.«

MITTWOCH, 06. MÄRZ 2013

»Hast du mit der Witwe gesprochen? Was sagt sie?« Carlo Oltmann betrachtete angewidert sein Frühstücksbrot. Es war mit dünner Halbfettmargarine bestrichen und fettarm mit einer Scheibe Sülze belegt. In einer weiteren Plastikdose gaben sich fein säuberlich geschnittene Gurken-, Karotten- und Apfelstücke ein Stelldichein. Seine Frau meinte es einfach zu gut mit ihm. »Bäh, viel zu gesund!«, knurrte er und schob die Dose von sich.

»Sie behauptet, dass Simon Birklund an einem Herzinfarkt gestorben ist. Er hätte Probleme mit dem Herzen gehabt. Von den Strangulationsmerkmalen am Hals will sie nichts gesehen haben.«

»Kann das stimmen?«

»Das ist durchaus möglich, denn sein Hausarzt Dr. Olsen, der den Totenschein ausgestellt hat, hat angegeben, dass Birklund schon einmal einen Herzinfarkt hatte und auf Marcumar eingestellt war. Er wollte das Medikament jedoch wegen seiner Nebenwirkungen nicht lange nehmen und hat es eigenhändig abgesetzt. Ihm gegenüber hat Birklund behauptet, dass er sich topfit fühle, regelmäßig Sport betreibe und sich gesund ernähre.«

»Und was sagt seine Frau?«

»In etwa das Gleiche, nur mit Sport und regelmäßigen Arztbesuchen soll er es nicht gerade genau genommen haben.«

Carlo biss verdrossen von seinem Brot ab und schaute angestrengt aus dem Fenster. »Ein bisschen verstehen kann ich ihn ja. Was die Ärzte einem immer vorschreiben wollen ... Und wenn man noch dazu eine Frau hat, die es zu gut mit einem meint ... Warum hat denn keiner diese Striemen am Hals bemerkt? Ich verstehe das nicht. Weder die Frau noch dieser Hausarzt. Irgendjemandem müssen die doch aufgefallen sein, das gibt es nicht, dass die erst bei der zweiten Leichenschau entdeckt werden.«

»Das ist wirklich seltsam. Irgendwas verschweigt uns die Dame. Mehr können wir allerdings im Moment nicht tun, wir müssen den Obduktionsbericht abwarten.«

»Möglich wäre auch, dass sich noch jemand im Haus aufgehalten hat.«

»Von der oder dem seine Witwe jedoch nichts mitbekommen hat. Oder nichts mitbekommen haben will. Tja ...« Birthe stützte ihr Kinn auf beide Hände.

»Hast du das Alibi von der Lady schon überprüft?«

»Iris Birklund war zur angegebenen Zeit beim Friseur im Lieneschweg. Ich habe mich telefonisch rückversichert, werde aber auch noch persönlich vorbeischauen.«

»Was meinst du, wollen wir gleich diesem Olsen einen Besuch abstatten?«

»Jetzt?« Birthe sah auf ihre Uhr. »Dann müssen wir uns beeilen. Mittwochs schließt die Praxis gegen Mittag. Lass uns am besten gleich losfahren.«

»Nehmen wir den Dienstwagen?«

»Müssen wir wohl. Ich bin nämlich heute mit dem Fahrrad gekommen.«

»Bei dem Wetter?«

Birthe zuckte die Schultern und lächelte. »Es gibt Regencapes.«

»Na dann, kein Wunder, dass du so schlank bist!« Carlo zwinkerte ihr verschmitzt zu und griff nach Jacke und Aktentasche. Beim Hinausgehen warf er das angebissene

Sülzebrot in den Abfalleimer. »Sorry«, sagte er zerknirscht, »ist nicht meine Art, aber geht nu mal gar nicht.«

Sie hatten den Fuhrpark erreicht und stiegen in den Dienstwagen. Da Birthe die Schlüssel hatte, setzte sich Carlo auf den Beifahrersitz und hielt sich sofort am Haltegriff fest. Er traute der forschen Fahrweise seiner neuen Kollegin noch nicht. »Was hast du über diesen Simon Birklund in Erfahrung bringen können?«

»Er war beschäftigt bei einer Bank in Osnabrück, in der Kreditabteilung, hat eine Karriere hingelegt vom einfachen Bankangestellten zum Filialleiter und sich in mehreren Fortbildungen zu einem Spezialisten im Aktien- und Wertpapiergeschäft hochgearbeitet.«

Sie fuhren den Kollegienwall hinunter.

»Macht es dir was aus, kurz bei der Konditorei da vorne zu halten?« Carlo sah Birthe mit mitleidserregendem Dackelblick an.

Sie lachte. »Wenn das deine Frau wüsste! Hat dir mit viel Liebe ein fettarmes Sülzebrot geschmiert. Und mit noch mehr Liebe Rohkost kleingeschnitten. Richtig gesund! Und dazu kalorienreduziert. Und lecker! Okay, dir zuliebe. Kannst ja nicht mit knurrendem Magen bei einer Vernehmung antreten. Beeil dich aber, ich kann da nirgendwo länger halten. Außerdem schließt die Praxis in zehn Minuten.«

*

Die Schreinerei Hagedorn befand sich in der Schlachthofstraße im Osnabrücker Viertel Gartlage. Der Chef war Horst Hagedorn, genannt der »Pfennigfuchser«, auch wenn es schon lange keine Pfennige mehr gab. Den Spitznamen hatte er vor Jahrzehnten verpasst bekommen und er würde ihn wohl für den Rest seines Lebens begleiten.

Mario Roggenkamp hatte sich einmal dazu durchgerungen, wegen einer Gehaltserhöhung nachzufragen, sich jedoch wenige Minuten später wie ein Bettler aus dem Büro getrollt. Die Erfahrung hatte wochenlang in ihm nachgewirkt. Eigentlich hätte er es wissen müssen: Derartige Verhandlungen waren zwecklos.

»Moinsen«, rief er in die Runde, als er die penibel aufgeräumte Werkstatt betrat. Hier hatte alles seinen Platz; jeden Abend prüfte Hagedorn persönlich, dass nichts fehlte. In der Tat gab es jedoch nichts, was das Begehren der Angestellten hätte wecken können.

»Moin, Mario, schön, dass du da bist«, antwortete Mick, ein jüngerer Kollege, der gerade dabei war, eine alte Kassettentür abzuschleifen. »Kann deine Hilfe gut gebrauchen!«

»Klar, bin gleich bei dir. Nur noch Arbeitsschuhe anziehen. Die Tür ist klasse. Wo stammt die her?«

»Hat ein Kunde aus seinem Frankreich-Urlaub mitgebracht. Er will sie für seinen Kotten. Sehr stabil sieht sie nicht gerade aus, als Haustür würde ich dieses verzogene Teil nicht nehmen, aber wenn er meint …«

»Wenn der Kunde alles gerade haben will, soll er sich mal Bäume anschauen.«

»So ist es, Mario. Den Rest erledigen wir. Schaum und Silikon ersetzen die Präzision.« Sie lachten.

»Mario, komm mal mit in mein Büro.« Horst Hagedorn war von hinten an ihn herangetreten, ohne dass Mario es bemerkt hatte. Hagedorn duzte jeden, während er selbst darauf bestand, von seinen Angestellten gesiezt zu werden. Seine Stimme klang freundlich, doch Mario kannte ihn lange genug, um den frostigen Unterton herauszuhören. Er folgte Hagedorn durch die Halle, an deren Ende sich das kleine Büro befand.

»Um es auf den Punkt zu bringen«, begann der Chef schlecht gelaunt und ließ sich auf seinem schwarzen Ledersessel nieder, während er Mario einen einfachen Holzstuhl anbot. Hagedorn schlug ein Bein über das andere. Mit einem Kugelschreiber malträtierte er seine Schreibtischunterlage. »So, so, dann wirst du also demnächst dein eigener Chef. Hast du dir schon überlegt, worauf du dich spezialisieren willst?«

Auf Marios Stirn bildeten sich Schweißperlen. Er versuchte, seine Unsicherheit zu überspielen. »Ich nehme erst mal alles an, was reinkommt.«

Hagedorn zog seine Augenbrauen hoch. »Ach – und die finanziellen Mittel hast du selbstverständlich? Oder glaubst du, ich werde dir das notwendige Werkzeug dafür zur Verfügung stellen?«

»Nein, nein, natürlich nicht«, stotterte Mario, »das würde ich niemals annehmen. Ich werde es aus eigener Kraft schaffen.« Es wäre so schön gewesen! Mario wollte nicht zugeben, dass sich seine Pläne zerschlagen hatten, erst recht nicht vor Hagedorn. Er hatte begonnen, Bewerbungen zu schreiben. Auf keinen Fall wollte er weiter für Hagedorn arbeiten!

»Ich würde es dir auch gar nicht erst anbieten. Wir sind demnächst Konkurrenten, Mario, vergiss das nicht. Und meine Konkurrenz habe ich wachsam im Auge. Mir entgeht nichts. Ich bin der Erste auf dem Platze, das bin ich schon verdammt lange und beabsichtige, es in Zukunft zu bleiben.«

»Na klar«, sagte Mario lapidar, »ich bin ja schon froh, wenn ich mich irgendwie über Wasser halten kann.«

»Das allerdings ist die verkehrte Einstellung, Mario. Damit wirst du es zu nichts bringen. Dann kannst du gleich einpacken. Etwas mehr Biss brauchst du schon, mein Lieber. Die Holzverarbeitungsindustrie ist ein hart umkämpftes Geschäft. Viele Firmen bestellen im Ausland, wo viel billiger produziert werden kann. Aber das weißt du ja, was erzähle ich dir. Was dich betrifft, Biss hast du noch nie gehabt. Du bist eher der Dienst-nach-Vorschrift-Typ, einer, der um Punkt vier den Hobel fallen lässt. Das meine ich wortwörtlich, wie oft habe ich hinter dir hergeräumt, weil du deinen Arbeitsplatz nicht sauber hinterlassen hast.«

»Das stimmt nicht«, platzte Mario hervor und wischte sich mit den Händen den Schweiß ab, »ich bin absolut zuverlässig. Fege den Boden für andere mit, wenn die sich schon in den Feierabend verkrümelt haben. Ich bin eher derjenige, der hinter anderen herräumt.«

»Da sieht man mal, wie falsch du dich einschätzt! Da habe ich ganz andere Beobachtungen gemacht. Mario, du bist jetzt schon ein Verlierer. Und glaub nur nicht, wenn du Pleite machst – und das wird schnell passieren, das garantiere ich dir –, wieder bei mir anklopfen zu können. Wer einmal weg ist, der ist weg. Die Tür bleibt geschlossen.«

Mario wagte nicht, seinen Chef anzusehen. »Ja, ich weiß«, sagte er leise.

»Ich habe immer schwer kämpfen müssen«, fuhr Hagedorn fort. »Ich bin leider damit gestraft, keinen Nachfolger in der Familie zu haben. Meine Tochter … du weißt ja Bescheid. Eine begnadete Schreinerin, die das Pech hat, einen Versager zum Mann zu haben. Und die beiden – verdammt noch mal! – haben ja nichts Nennenswertes zustande bekommen.«

Mario schluckte.

»Mein Enkel … – das ist eine andere Geschichte. Was ich damit sagen will, ich musste und muss mehr kämpfen als andere. Und das wirst du als mein zukünftiger Konkurrent zu spüren bekommen. Ich schenke dir nichts.«

»Das erwarte ich auch nicht«, sagte Mario kleinlaut.

»Wenn du vorhast, mir Schwierigkeiten zu machen, kannst du dir gleich deinen eigenen Sarg zimmern.«

Mario zuckte zusammen. »Wie meinen Sie das?«

Hagedorn sah ihn ungerührt an. Seine Augen waren eiskalt. Er stand auf. »Du wirst die restliche Zeit, die du noch hier bist, für Außenarbeiten eingesetzt. Die Firma Glösekötter hier in Gartlage hat ein neues Vordach bestellt. Das wirst du installieren.«

»Bei dem Wetter?«, brach es aus Mario hervor. Der Wetterbericht hatte Minustemperaturen gemeldet.

»Seit wann interessiert dich das Wetter?«, brummte der Chef.

»Und wer assistiert mir?«

»Nichts da, *du* wirst assistieren. Und zwar Igor. Ab heute bist du Hilfsarbeiter.«

»Igor?« Mario begann zu schwitzen.

»Mein tüchtigster Mitarbeiter zurzeit. Du kannst gehen. Ab morgen bist du draußen beim Kunden.«

»Und die Adresse?«, stammelte er.

»Erfährst du früh genug. Du triffst dich morgen mit Igor. Punkt 7 Uhr am Haupteingang.«

*

Dr. Olsen bat die beiden Kommissare mit einer einladenden Handbewegung ins Behandlungszimmer. »Ich kann mir denken, was Sie zu mir führt.«

»Sie waren der behandelnde Hausarzt von Simon Birklund, nicht wahr?«

»Ja, obwohl ich der Vollständigkeit halber sagen muss,

dass ich ihn äußerst selten zu Gesicht bekommen habe. Viel zu selten, sonst wäre die Sache wohl nicht passiert.«

»Was meinen Sie damit?«, fragte Birthe und nahm am anderen Ende des Schreibtisches Platz.

»Nun, er hätte wohl kaum einen zweiten Herzinfarkt erlitten, wenn er regelmäßig zum Check gekommen wäre und seine Medikamente genommen hätte!«

»Sie sind sicher, dass es ein Herzinfarkt war?«, schaltete sich Carlo ein, der sichtlich Mühe hatte, seine Leibesfülle auf dem schmalen Stuhl zu positionieren.

Dr. Olsen warf ihm über die Lesebrille hinweg einen geduldigen Blick zu. »Natürlich! Ich bin Arzt!«

»Entschuldigen Sie, so war das nicht gemeint. Ich wollte nur wissen, ob der Infarkt die alleinige Todesursache war.« Er schaute den Mediziner herausfordernd an, bevor er weitersprach: »Warum sind Ihnen die Striemen am Hals nicht aufgefallen?«

Überraschung spiegelte sich auf Dr. Olsens Gesicht. »Es tut mir leid, aber ich weiß nicht, was Sie meinen.«

»Wirklich nicht?«, fragte Birthe. »Dr. Schröder sagte, er hätte Sie bereits informiert.«

Dr. Olsen wand sich. »Ja, er sagte etwas von Striemen«, sagte er verlegen. »Aber ich kann es mir nicht vorstellen.«

»Bei der zweiten Leichenschau sind die hinzugezogenen Mediziner auf eben diese Male aufmerksam geworden und mussten daraufhin die Einäscherung stoppen«, erklärte Birthe.

Olsen schüttelte den Kopf. »Ich habe nichts dergleichen gesehen. Für mich war es ganz klar ein natürlicher Todesfall.«

»Wie sind Sie überhaupt auf die Todesursache gekommen?«

Dr. Olsen nahm die Brille ab. »Nun, aufgrund der Vorgeschichte. Herr Birklund lag auf dem Bett und erwirkte den Anschein, als hätte er kurz vor seinem Tod Schmerzen und Atemnot gehabt. Seine Gesichtsfarbe war bläulich und der Mund stand weit offen.«

»Als Todeszeitpunkt haben Sie 10 Uhr angegeben. Sie kamen aber erst um kurz vor 14 Uhr. Demnach war er schon vier Stunden tot, als Sie ihn gesehen haben. Was macht Sie so sicher?«

»Es ist eine Circa-Angabe, auf die Minute genau lässt sich das, wie Sie wissen, ohnehin nicht sagen. Ich habe seine Körpertemperatur gemessen, rektal. Sie betrug fast 33 Grad, die Zimmertemperatur 22 Grad. Unter Berücksichtigung der Außentemperatur und wenn man davon ausgeht, dass die Körpertemperatur stündlich um fast ein Grad fällt, kommen wir auf diese Zeitspanne. Gestützt wird mein Ergebnis durch die Totenstarre, die sich bereits auf die Kaumuskeln ausgedehnt hatte. Mir war es nur mit Mühe möglich, den Kiefer zu bewegen. Alles andere war noch beweglich.«

»Totenflecken?«

»Nur am unteren Rücken.«

»Also können wir davon ausgehen, dass er nicht umgelagert wurde.«

»Nein, sicher nicht. Herr Birklund ist dort gestorben, wo seine Frau ihn gefunden hat, nämlich im Bett.«

»In seinem Bett? Im Schlafzimmer?«, hakte Birthe nach.

»Nein, in dem Bett in seinem Arbeitszimmer. Er nutzte es wohl regelmäßig für seinen Mittagsschlaf, wie die Witwe mir bestätigt hat.«

Birthe nickte.

»Er ist jetzt in der Gerichtsmedizin, nehme ich an?«

»Ja, natürlich. Dem Anfangsverdacht muss nachgegangen werden.«

»Ich habe mit Sicherheit keine Striemen gesehen«, sagte

Dr. Rolf Olsen und schüttelte den Kopf. »Glauben Sie mir bitte.«

»Ist der blind, oder was?«, fragte Carlo, als sie wieder auf der belebten Lotter Straße standen. »Was ist das für ein Arzt? Der muss doch die Male am Hals gesehen haben! Das waren eindeutig Spuren einer Erdrosselung! Steckt der mit der Birklund etwa unter einer Decke? Will hier jemand was verschleiern?«

Birthe zuckte mit den Schultern. »Warum sollte er das tun? Was hat er davon? Vielleicht ist ihm wirklich nichts aufgefallen. Wer weiß, wie der untersucht hat. Vielleicht hat er sich von der Witwe blenden lassen, hat gar nicht richtig hingeschaut. Für ihn war die Sachlage klar. Vor zwei Jahren Herzinfarkt, jetzt wieder, Schluss, aus, Ende. Es gab für ihn nicht den geringsten Zweifel. Er wollte wohl schnell fertig werden, um mit der attraktiven Witwe ein Schwätzchen halten zu können.«

Birthe fischte ihr Handy aus der Seitentasche ihres Rucksacks und wählte Dr. Schröders Nummer. »Hier ist Schöndorf. Hätten Sie etwas dagegen einzuwenden, wenn ich gleich vorbeikomme?«

»Überhaupt nichts, liebe Frau Schöndorf, wenn Ihr Besuch mir persönlich gilt. Ansonsten müssen Sie sich leider ein, zwei Tage gedulden. Wir haben hier noch keine gesicherten Ergebnisse.«

»Dann rufe ich übermorgen wieder an. Auf Wiederhören, Herr Dr. Schröder«, sagte Birthe mit einem Anflug von Enttäuschung in der Stimme.

»Warten Sie, nicht so schnell, ich habe zwei Karten für *Classic Con Brio* heute Abend!«

»Das Klassik-Musikfestival? Wie sind Sie denn da herangekommen?«

»Beziehungen, liebe Frau Schöndorf, Beziehungen. Ich

habe sie gestern geschenkt bekommen und sofort an Sie gedacht.«

»Nett von Ihnen, aber die Arbeit ruft. Ein aktueller Mordfall, Sie wissen ja, ich kann im Moment nicht weg … so leid es mir tut!«

»Und mir erst, Frau Schöndorf. Dann nehme ich eben meine Assistentin mit, aber ich werde unentwegt an Sie denken!«

*

Mario sah auf die Uhr. Dieser Tag wollte kein Ende nehmen. Er hatte keine Kraft, konnte nicht mehr und sehnte den Feierabend herbei. Alle 20 Minuten kam der Chef vorbei, um sich nach dem Stand der Dinge zu erkundigen.

»So wird das nichts, Roggenkamp«, sagte er gerade kopfschüttelnd. »Du schaffst dein Pensum nicht bis heute Abend. Ich habe es gewusst.«

Mario beachtete ihn nicht und schliff, was das Zeug hielt. Die Schmerzen in seinen Schultern ignorierte er. Er biss die Zähne zusammen.

»Leg dir ein dickes Fell zu«, zischte Igor ihm zu, nachdem Hagedorn die Werkshalle verlassen hatte. »Der will dich kleinmachen, lass dir das nicht gefallen.«

»Was soll ich denn machen? Ich bin eindeutig in der schwächeren Position.«

»Feier einfach krank, wenn es dir zu viel wird.«

»Und was habe ich davon? Dass er triumphiert und sich ins Fäustchen lacht? Und mich hinterher noch mehr schikaniert? Ich bin auf ihn angewiesen im Moment, wenn ich nicht zum Sozialfall werden will, ich muss unbedingt noch mal mit ihm reden.«

»Such dir was anderes.«

»Was meinst du, wie oft ich das schon versucht habe.

Klappt aber leider nicht. Bin wohl inzwischen zu alt. Und woanders will ich nicht hin. Ich bin in Osnabrück aufgewachsen und will hier leben.«

Igor sah sich nervös um. »Mal wieder was von Arthur gehört?«

»Nein, du?«

»Auch nicht. Wir halten uns an die vereinbarte Kontaktsperre. Mit der Erpressung hat es nicht geklappt, aber er denkt über andere Möglichkeiten nach, hat er gesagt.«

»Okay«, sagte Mario und schluckte. Bedrückt arbeitete er weiter. Er dachte darüber nach, wie er sich Igor anvertraut hatte. Ihm von dem Totalverlust erzählt hatte. Und wie Igor spontan seine Hilfe angeboten hatte.

Dazu hatte Igor ihn mit einem Bekannten zusammenbringen wollen. »Er kann dir helfen, hat viele Kontakte. Über kurz oder lang kriegst du dein Geld wieder.«

Ein erster Hoffnungsschimmer.

»Was muss ich tun?«, hatte Mario gefragt.

»Arthur Schlicker wird auf dich zukommen.«

Mario hatte genickt und gesagt: »Ich will aber nicht in kriminelle Dinger verwickelt werden.«

»Die anderen sind auch nicht besser, glaub mir.«

»Weißt du, was er vorhat?«

»Schlicker ist ein guter Mann«, sagte Igor andächtig. »Du kannst dich hundertprozentig auf ihn verlassen. Was er anpackt, wird was. Er weiß, was er will, und bekommt es auch. Wirst schon sehen.«

»Ganz wohl ist mir nicht dabei«, sagte Mario mit gepresster Stimme.

»Arthur weiß, was er tut. Denk nicht zu viel nach. Sein Vater hat ihn gut erzogen.« Igor lachte.

Mario hob den Kopf. »Wie meinst du das?«, fragte er argwöhnisch.

»Sein Vater ist kein Geringerer als Pavel Schlicker. Macht Geschäfte in Frankfurt, Bahnhofsviertel, du weißt schon. Er kümmert sich um Schmuckgeschäfte in der Gegend. An- und Verkauf, du verstehst?«

Mario riss die Augen auf. »Mafia?«, fragte er heiser.

»Tja, wenn du es so nennen willst …« Igor zuckte mit den Schultern. »Er selbst würde sein Business niemals so bezeichnen. Aber ich habe mir auch schon gedacht, etwas in der Art muss es sein. Er kontrolliert die Ladeninhaber, verspricht ihnen Schutz und kassiert dafür. Mittlerweile *lässt* er eher kontrollieren, wurde mir gesagt, er hat sich wohl inzwischen mehr oder weniger zur Ruhe gesetzt. Hat es nicht mehr nötig, sich die Hände schmutzig zu machen. Ist aber immer noch gut im Geschäft. Nach außen hin blütenreine Weste. Die Bullen können ihm nichts nachweisen, darauf versteht er sich. Das war immer seine Stärke.«

»Und Arthur?«, stammelte Mario. »Gehört der dazu?«

»Würde er wohl gerne«, entgegnete Igor und zog die Augenbrauen hoch. »Er ist dabei, etwas Ähnliches in Osnabrück aufzuziehen. Das Zeug dazu hätte er. Er hat genauso wenig Skrupel wie sein Vater. Richtig knallharter Bursche, zumindest nach außen hin. Du wirst sehen.«

Hätte Mario geahnt, auf was er sich eingelassen hatte, er hätte schon früher einen Riegel vorgeschoben.

*

»Hm, hier riecht es aber gut!«, rief Anneke vom Flur aus. Sie arbeitete als Kassiererin in einem Discounter und musste zurzeit viele Überstunden machen. Mario hatte das Bedürfnis gehabt, ihr eine Freude zu bereiten, und hatte Pizza bestellt. »Sagt bloß, ihr habt was vom Italiener geholt!«

Wenig später saßen sie zusammen in der Küche und

erzählten vom Tag. Anneke berichtete ausführlich von ihrem neuen Gebietsleiter, dem sie nichts recht machen konnte. »Der steht ständig hinter mir und beobachtet mich, motzt rum, weil ich die Waren seiner Meinung nach nicht schnell genug scanne. Er schickt mir Testkäufer auf den Hals. Heute hat er mich dabei erwischt, wie ich in einem Sechserpack Weinflaschen eine teurere Flasche nicht bemerkt habe, die nicht hineingehörte. Gab das einen Ärger! Vor versammelter Mannschaft hat er mich rundgemacht. Ich bin fix und fertig!«

»Prost!«, sagte Mario und führte sein Bierglas zum Mund. »Jetzt vergessen wir alles, was hinter uns liegt, und schauen nach vorne.«

»Seit wann trinkst du aus dem Glas?«

»Seit heute.« Mario wischte sich den Schaum ab. Das Gespräch mit Igor hatte ihm Mut gemacht. Arthur hatte neue Pläne. Er fühlte sich gestärkt, voller Hoffnung.

»Das Einzige, was mich aufrichtet, ist der Gedanke an den bevorstehenden Geldsegen«, sagte Anneke. »Noch ein Monat, sagst du? Bleibt es dabei?«

Mario wich ihrem Blick aus. »Schluss mit der Knauserei«, sagte er aufgesetzt fröhlich und hielt sein Glas hoch. »Jeder hat einen Wunsch frei. Als Start sozusagen in ein neues Leben.« Er wollte gern selbst daran glauben und traute sich nicht, seiner Familie die Wahrheit zu sagen. »Ihr habt so lange verzichten müssen. Anneke, was wünscht du dir?«

Anneke lächelte selig vor sich hin. »Ach, ich brauche nichts«, sagte sie. »Ich habe ja euch.«

»Nein«, sagte Mario bestimmt. »Sag mir jetzt, wovon du träumst.«

Anneke sah ihn herausfordernd an.

»Okay, du sollst deine Reise haben. Ein verlängertes

Wochenende in New York. Über Ostern? Oder lieber noch ein bisschen warten bis zur Adventszeit zum Shopping, wie du es immer wolltest? Wie du willst, mein Hase. Such dir aus, was dir lieber ist. Und du, Luca?«

»Ich?« Er stellte sein Glas Apfelschorle ab. »Das weißt du doch, Papa.«

»Du bekommst dein neues Handy. Versprochen. Mit Vertrag, dass du so lange im Internet surfen kannst, wie du willst.«

»Boah, krass, Papa, echt«, sagte Luca und deutete ein Lächeln an.

»Und was ist mit dir, Ronny?«

»Meinst du das wirklich ernst?« Ronny schüttelte ungläubig den Kopf. »Okay, ich hätte da einen Wunsch. Aber das sprengt wahrscheinlich den Rahmen.«

»Sprich es aus.«

»Ein eigenes Auto wäre natürlich genial. Ein kleines, gebrauchtes. Es darf auch älter sein. Muss wirklich nicht viel kosten. Hauptsache, ich muss euch nicht immer anbetteln, wenn ich einen fahrbaren Untersatz brauche. Ich kann auch gerne was dazuverdienen.«

»Klar, darüber können wir reden. Das lässt sich sicher machen. Ich kenne jemanden, der mit Gebrauchtwagen handelt.«

»Und du, Papa?«, fragte Ronny. »Was wünscht du dir?«

Alle Augen ruhten auf ihm – gespannt, erwartungsvoll. Sein Blick wanderte zum Wandtattoo gegenüber der Küchenzeile. *Träume nicht dein Leben, sondern lebe deinen Traum.* »Da muss ich nicht lange überlegen«, sagte Mario. »Leben und frei sein, einfach nur frei sein.« Er köpfte eine weitere Bierflasche und führte sie zum Mund. Das Glas vor sich hatte er vergessen.

»Ich muss dir etwas sagen, Mario«, begann Anneke

zögerlich. Sie atmete tief durch, bevor sie anfing zu reden. »Ich bin bald arbeitslos. Den Job habe ich nur noch bis Ende des Monats. Ich habe … mich unglaublich über meinen Chef geärgert und direkt gekündigt. Findest du das schlimm? Wir haben ja bald das Geld, und da dachte ich … ich such mir einfach was Neues … ganz in Ruhe.«

Mario starrte sie an. »Warum so voreilig? Hättest du nicht warten können? Der Stichtag mit der Auszahlung wurde weiter nach hinten verschoben. Ich weiß nicht, wie viel es sein wird.«

Anneke seufzte. »Okay. Zum Glück hast du ja noch deinen Job. Irgendwie wird's schon gehen.«

»Ja«, sagte Mario und drehte die Bierflasche in seinen Händen. »Irgendwie.«

DONNERSTAG, 07. MÄRZ 2013

Die Polizeiautos in der kurzen Prof.-Haack-Straße am Westerberg waren eine Sensation. Einige Nachbarn hatten sich in den Vorgärten zusammengefunden, tuschelten und reckten neugierig die Köpfe über die Gartenzäune. Andere standen am Fenster und sahen auf die Straße hinaus.

Carlo hatte den Dienstwagen soeben in eine Parklücke manövriert. »Meistens kommt nichts dabei heraus, die Nachbarn zu befragen, nach dem Motto: *Nichts gesehen, nichts gehört und lass mir meine Ruhe*, aber was sein muss, muss sein«, sagte er zu Birthe und öffnete die Autotür. Die Ermittlungsgruppe hatte sich bereits in der Nachbarschaft verteilt. »Links oder rechts?«, fragte Carlo.

»Rechts. Dann nimm du dir den da vor.« Sie deutete auf einen kräftigen Mann um die 60, der damit beschäftigt war, den Rasen seines Vorgartens vom Moos zu befreien.

»Bis gleich«, sagte Carlo wenig begeistert und näherte sich dem Anwesen, das direkt an Birklunds Grundstück angrenzte. »Tach!«, rief er über den Gartenzaun. Der Angesprochene schaltete sein Gartengerät ab, das einen erheblichen Krach verursacht hatte. »Meinen Sie mich?«, fragte er aus sicherer Entfernung.

»Kommen sie bitte mal einen Schritt näher?«, bat Carlo.

Der Mann trat an den Gartenzaun. Er trug eine Schiffermütze und einen dunkelblauen Seemannspullover. Sein Bauch war kugelrund. Carlo schaute sofort zu seinem eigenen Bauch hinunter und stellt befriedigt fest, dass der durchaus noch im Rahmen war. »Darf ich fragen, wie Sie heißen?«

»Darf ich fragen, um was es hier eigentlich geht? Polizei in der Straße?«

»Es geht um Ihren Nachbarn, Herrn Simon Birklund.«

»Der ist doch tot, denke ich. Ist er nicht an einem Herzinfarkt gestorben?«

»Nein, leider nicht. Ein Kapitalverbrechen.«

Der Mann nickte wichtig. »In unserer Straße? Ist ja allerhand! Mein Name ist Reinhard Horst. Wobei Horst der Nachname ist.«

✳

Birthe unterhielt sich im Haus nebenan mit einer freundlichen, älteren Dame mit schneeweißen Haaren, die ihr gleich eine Tasse Kaffee angeboten hatte. Sie hatte sich ihr als Ruth Meier vorgestellt.

»Die Birklunds?«, fragte die Seniorin. »Sehr nette Leute. Frau Birklund hat mich mal zum Mokka eingeladen, weil ich während ihres Urlaubs ihre Rosen gegossen habe. Und als ich im Krankenhaus lag, hat sie mich besucht und mir eine riesige Schachtel Himmlische mitgebracht. Ich liebe diese zuckrigen Pralinen. Eine der besten Osnabrücker Erfindungen. Die junge Frau ist ganz entzückend. Sie ist immer so gepflegt, schön angezogen und hat einen herrlichen Duft. Chanel No. 5, erinnert mich an meine Jugendzeit, obwohl ich ihn an mir selbst nicht mehr mag. Ich finde ihn zu aufdringlich. Aber an ihr liebe ich ihn. Sie hat einen leichten russischen Akzent, das mag ich sehr gerne. Es klingt so geheimnisvoll, wenn sie spricht. Sie war oft allein, weil ihr Mann viel arbeiten musste. Aber auch er war immer höflich und nett, ganz zuvorkommend und sympathisch. Da kann ich nichts Negatives sagen. Ich werde Frau Birklund in den nächsten Tagen einladen und für sie einen Kuchen backen. Jetzt ist sie bestimmt noch einsamer und freut sich, wenn die Nachbarschaft an sie denkt. Wenigstens hat sie ihren kleinen Hund, den sie abgöttisch liebt und überall mit hinnimmt. Den süßen Chihuahua. Er hat einen seltsamen Namen. Otto-Egon heißt er, aber der Hund kann ja nichts dafür. Die arme Frau ist ungewollt kinderlos. Das hat sie mir mal anvertraut. Aber zu dem Hündchen ist sie wie eine liebevolle Mutter, ganz reizend. Ach, ist das schlimm, wenn man so früh Witwe wird, nicht wahr? Wirklich bemitleidenswert! Ich werde sie jetzt unter meine Fittiche nehmen und mich ein bisschen um sie kümmern. Vielleicht werde ich sie einfach mal zu einem Spaziergang über den Westerberg abholen. Was meinen Sie? Noch bin ich gut zu Fuß, wissen Sie, aber das kann sich schnell ändern.«

Birthe wollte sie nicht unterbrechen, war aber froh, als die alte Dame eine Redepause einlegte, um einen Schluck Kaffee zu trinken. Die nutzte sie sofort: »Haben Sie zufällig am 28. Februar etwas Ungewöhnliches beobachtet, Frau Meier? Ist jemand bei den Birklunds hinaus- oder hineingegangen? Jemand, den Sie nicht kannten?«

Ruth Meier stellte die geblümte Kaffeetasse ab und überlegte. »Am 28. Februar«, sagte sie. »Warten Sie. Nein, ich erinnere mich nicht. Es tut mir so leid, Frau Schöndorf, ich würde Ihnen gern helfen, aber ich kann nicht. Mir ist nichts aufgefallen. Darf ich Ihnen noch nachschenken?«

∗

Carlo hatte Herrn Horst am Gartenzaun in ein Gespräch verwickelt. »Können Sie sich an den Morgen des 28. Februar erinnern, Herr Horst? Hat jemand die Birklunds aufgesucht, den Sie nicht zuordnen konnten? Jemand, der sich auffällig verhalten hat?«

Reinhard Horst kratzte sich am unrasierten Kinn. »Das ist schwer zu sagen. Da gehen immer irgendwelche Leute ein und aus. Ist ne Weile her.«

»Ist Ihnen irgendetwas aufgefallen?«

Horst wackelte mit dem Kopf und stemmte die Hände in die Hüften. »Nichts Besonderes. Aber die Birklunds haben viele dienstbare Geister, da verliert man schon mal den Überblick. Viel Geld wie die müsste man haben! Wir haben uns unser Haus nach und nach renoviert und schöngemacht. Alles mit unseren eigenen Händen. Und die da sind eingezogen und hatten gleich alles perfekt. Da kommt jeden Tag eine Zugehfrau zu denen, ab und an ein Gärtner und für jeden Pipifax wird extra ein Handwerker bestellt.« Er lehnte sich über den Gartenzaun. »Die lassen sogar manchmal Essen von auswärts kommen. Aus den besten Restaurants der Stadt. Wenn Sie mich fragen, solche Nachbarn stören das soziale Nebeneinander. Die leben nur für sich. Reden mit niemandem, sind was Besseres. Zumindest glauben sie das. Unsereins kann sehen, wo er bleibt.«

»Also war Herr Birklund in dieser Straße nicht besonders beliebt?«

»Beliebt? Na, hören Sie! Letztes Jahr hatten wir ein Straßenfest, da ist er nicht erschienen. Seine Frau auch nicht. Das wundert mich nicht. Er arbeitete viel und sie machte sich ein schönes Leben auf seine Kosten. Faul wie ein Hund. Die Jalousien gehen nie vor 10 Uhr morgens hoch. Und schauen Sie: Der Gehweg ist nicht gefegt. Die Blätter von denen wehen zu mir herüber. Jetzt zwar nicht so, aber im Herbst müssen Sie sich das mal anschauen. Ein Trauerspiel, sage ich Ihnen. Und gucken Sie sich die Hecke von denen an. Da wachsen Zweige zu mir rüber. Aber nicht, dass einer von denen auf die Idee käme, die wegzumachen. Hach! Der

Apfelbaum von denen steht viel zu nah an unserem Grundstück. Im Sommer fallen Äpfel auf unsere Seite. Die muss meine Frau aufheben und dann Apfelmus daraus machen. Oder Apfelkuchen, was weiß ich. Lust hat sie dazu nie, aber was bleibt ihr anderes übrig? Und der Baum nimmt uns das Sonnenlicht. Nachmittags ab 15 Uhr haben wir Schatten.« Er ruderte wild mit seinen Armen und rückte seine Schifferkappe zurecht. »Und im Winter, hören Sie auf …«, er winkte ab. »Bei Schnee und Eis können Sie lange warten, bis da was passiert. Die leisten sich natürlich einen Schneeräumdienst, aber bis der bis in unsere Straße vorgedrungen ist, haben sich schon mindestens zehn gebrechliche Personen eine Schlitterpartie geliefert und Kopf und Kragen riskiert. Eine einzige Rutschbahn ist das vor deren Haus. Schade, dass noch nie etwas passiert ist! Da hätte ich mir ins Fäustchen gelacht, obwohl ich sonst nicht so bin. Ich bin eigentlich ganz friedlich, jeder kommt gut mit mir aus.« Er streichelte seinen Kugelbauch.

»Gibt es jemanden, mit dem Herr Birklund besonders viel Ärger hatte?«

»Ärger kann man nicht sagen. Die Leute sind nicht gut auf die Birklunds zu sprechen, weil die nicht dazugehören. Sie kapseln sich ab. Sie ist ja auch nicht von hier, kommt aus Russland, das merkt man. Und soll ich Ihnen was sagen? Die haben keine gute Ehe geführt. So wie die ihn manchmal angekeift hat. Und sie war dauernd allein. Nie hat man die beiden als Paar gesehen, immer nur ihn oder sie. Manchmal geht die aus dem Haus, da denkst du … Ah, ich sage es lieber nicht.« Er verzog den Mund zu einem vielsagenden Grinsen und machte eine vage Handbewegung. »Ich habe mir schon so meine Gedanken gemacht, ob die nicht vielleicht … Sie wissen schon … Na, wie die aussieht.«

Carlo nickte verstehend. »Ich danke Ihnen, Herr Horst.

Ich sehe gerade, der Paketdienst kommt. Ich gehe dann mal weiter.«

Das Postauto hielt direkt vor dem Haus von Iris Birklund. Der Bote stieg aus und schaute mit unverhohlenem Interesse zu Carlo hinüber.

»Darf ich Ihnen eine Frage stellen?«, fragte Carlo laut und ging auf ihn zu.

Im selben Moment kam Iris Birklund aus der Tür. »Mischen Sie hier die gesamte Nachbarschaft auf?«, rief sie in Carlos Richtung. »Trommeln Sie gefälligst Ihre Kollegen zusammen und ziehen Sie ab! Unverschämtheit! Sie brüskieren mich vor der gesamten Nachbarschaft! Was sollen die denn von mir denken?« An den Paketboten gewandt sagte sie mit völlig veränderter Stimme: »Nett von Ihnen, Herr Heßler, dass Sie nochmals gekommen sind! Ich habe Ihre Karte schon im Briefkasten gefunden.«

»Das tu ich doch gerne, Frau Birklund, Ihnen zuliebe, Sie kennen mich ja!« Er lächelte charmant und deutete eine Verbeugung an.

»Haben Sie meine Schuhe? Ich bin schon so gespannt!«

»Da könnten Schuhe drin sein«, meinte der Paketbote, »dem Gewicht nach zu urteilen. Ich habe mir gleich gedacht, das sind bestimmt wieder schicke, neue Schuhe für die Frau Birklund.«

»Das ist unser Michael Heßler«, stellte Iris den verschmitzt lächelnden Boten vor, »der netteste Paketbote ganz Osnabrücks. Er ist der einzige, der mehrmals kommt, wenn er einen nicht angetroffen hat. Und bei mir hat er einiges zu tun, nicht wahr, Herr Heßler?«

»So ist es wohl, Frau Birklund«, sagte Heßler augenzwinkernd. »Aber bei Ihnen gibt es jedes Mal ein schönes Tässchen Kaffee zur Belohnung.«

Carlo schmunzelte. »Hallo, Herr Heßler!«, sagte er mit

tiefer, warmer Stimme. »Könnten Sie heute ausnahmsweise auf den Kaffee verzichten und stattdessen kurz mit mir kommen? Ich möchte Ihnen ein paar Fragen stellen.«

*

Arthur war froh, dass sein Vater nicht bei ihm übernachtet hatte, sondern ins nahe gelegene Hotel Advena am Bahnhof gezogen war. Gleich am nächsten Morgen wollte er nach Frankfurt zurückfahren, und Arthur hatte erleichtert aufgeatmet. Das Verhältnis zwischen ihnen war angespannt wie eh und je, und er fragte sich, warum ihn sein Vater überhaupt besucht hatte. Wahrscheinlich wollte er ihm nur wieder vor Augen führen, was für ein Verlierer er in seinen Augen war und dass ihm der Mumm fehlte, in seine Geschäfte einzusteigen. Er hatte darauf bestanden, dass Arthur ihm das Versteck mit dem Geld zeigte. Warum hatte Arthur ihm überhaupt diese Lüge aufgetischt? Nur um ihn zu beeindrucken? Pavel Schlicker konnte man nicht belügen. Er hatte ihm nicht geglaubt, nichts, nicht einmal die Sache mit dem Mord an Simon Birklund.

Seit Tagen hatte sich Arthur kaum aus dem Haus getraut. Er rechnete jeden Augenblick damit, dass die Polizei bei ihm auftauchte. Noch einmal wollte er nicht in den Knast. Diese Erfahrung reichte ihm für den Rest seines Lebens!

Arthurs Frühstück bestand aus einer Scheibe Toast mit Schinken und einem Milchkaffee. Damit setzte er sich an den kleinen Tisch vor dem Fenster seines einzigen Wohnraums, das auf die belebte Möserstraße hinausging. Er war es gewohnt, allein zu sein, und es machte ihm nichts aus. Im Gegenteil, er liebte es, Menschen zu beobachten, zumindest an den Wochentagen. Er lebte gern in der Nähe des Bahnhofs, wo das Leben um ihn herum pulsierte und stets etwas los war. Arthur fand es schön, allmählich einige der Passanten unterscheiden zu können. Er erkannte sie an ihrem Gang, an ihrer Kleidung, den Frisuren, Taschen, vereinzelt sogar an den Gesichtern. Es waren Pendler, die mit der Bahn zur Arbeit fuhren, oder Studenten, die in der nahe gelegenen Universitätsstadt Münster studierten. Er sah sie frühmorgens, täglich zur gleichen Zeit, wenn sie zum Bahnhof liefen, und manchmal sogar am frühen Abend, wenn sie zurückkamen, mit müden Gesichtern, ausgelaugt von einem langen Tag. Die meisten hatten es eilig, waren mit Rucksack, Reise- oder Aktentasche unterwegs und trugen Stöpsel im Ohr. Er stellte sich vor, einer von ihnen zu sein, unterwegs zu einem Ort, an dem er gebraucht wurde und wo es Menschen gab, denen er wichtig war.

Was er weniger liebte, waren die Wochenenden. Dann kamen die Ausflügler, Kurzreisende, die Osnabrück entdecken wollten, Paare und Familien. Und Fußballfans, vor allem grölende Fußballfans. Für Arthur waren es Fremde. Er fühlte sich ausgeschlossen, einsam, und sehnte den Montag herbei. Übermorgen war es wieder so weit. Mit seinen derben Händen umklammerte er den Kaffeebecher und starrte auf die Straße hinunter. Den Toast hatte er schnell hinuntergeschlungen. Trotzdem war er noch hungrig und beschloss, seinen Magen ausnahmsweise mit Fast Food zu füllen.

Arthur griff nach seiner schweren Bomberjacke, die über der Stuhllehne hing, zog sie an, nahm seinen Rucksack und steckte seine Geldbörse ein. Zu McDonald's waren es von seiner Wohnung aus wenige Schritte. Dort bestellte er ein paar Burger und eine große Cola. Er setzte sich an einen kleinen Fenstertisch und beobachtete die Passanten, die entweder zum Bahnhof oder in die Innenstadt wollten. Es waren Pärchen dabei, die schick gestylt an ihm vorbeizogen und hin und wieder einen kurzen Blick durch die großen

Fenster warfen. Arthur beneidete sie. Er hatte seit Langem keine Freundin mehr gehabt und das machte ihn traurig. Wahrscheinlich rochen die Frauen schon von Weitem, dass er ständig knapp bei Kasse war. Vielleicht war er ihnen auch nicht attraktiv genug. Er war sehr groß, fast zwei Meter lang, aber nicht kräftig genug für seine Größe, und er hatte im Verhältnis dazu einen zu kleinen Kopf. Ihn störten außerdem seine lange Nase und seine schlechte Haut. Aus seiner Jugendzeit hatte er Aknenarben zurückbehalten. Es hätte besser um ihn bestellt sein können. Wenn er den Frauen wenigstens etwas bieten könnte. Seine Gedanken kreisten um das ewig gleiche, leidige Thema. Männer mussten nicht unbedingt jung und attraktiv sein, aber Kohle mussten sie haben. Frauen liebten nun einmal Männer mit Geld. Er brauchte dringend einen Job, einen guten, der ihn ausfüllte und der ihm den sozialen Status verlieh, nach dem er sich sehnte. Seit einiger Zeit spukte ein Gedanke in seinem Kopf herum: Tätowierer wäre ein Job, der ihm Spaß machen würde. Er hätte es mit Menschen zu tun. Mit coolen, jungen Leuten, die Ziele und Pläne hatten und mit denen er sich austauschen könnte. Er würde sie beraten, er würde auf Messen fahren, stetig Erfahrungen sammeln und wäre irgendwann der Typ, zu dem alle in der Szene aufschauten, dessen Rat sie annehmen würden.

Er spürte, dass es an der Zeit war, das Ruder herumzureißen. Ein bisschen Glück gehörte dazu. Und Startkapital. Leider hatte es nicht funktioniert, Birklund zu erpressen. Und nun war er tot. Doch noch war nicht aller Tage Abend. Eine Idee reifte in ihm heran, die schon bald in die Tat umgesetzt werden könnte.

Zurück in seiner Wohnung ging er wie gewohnt als Erstes zum Terrarium. Er vermisste Samantha, seine Vogelspinne. Dummerweise hatte er sie im Bungalow der Birklunds zurücklassen müssen, nachdem er in Panik geraten und geflüchtet war. Seitdem hatte er sich den Kopf darüber zerbrochen, wie er sie zurückholen könnte, war einmal in die Prof.-Haack-Straße zurückgekehrt, unruhig auf und ab laufend, hatte jedoch nicht gewusst, wie er sich Zutritt zu dem Haus verschaffen sollte, ohne Verdacht zu erregen. Nachdenklich führte er den Becher mit dem inzwischen kalten Kaffee zu Mund und nahm einen kleinen Schluck.

Er zuckte zusammen, als es draußen klingelte. Einmal kurz und danach gleich Sturm. Da sind sie, schoss es ihm durch den Kopf, sie kommen, um mich abzuholen. Er hielt den Atem an und wartete auf den Ausruf, mit dem sie schon einmal gekommen waren: »Aufmachen, Polizei, legen Sie Ihre Waffe weg und halten die Hände über den Kopf!« Es blieb jedoch ruhig, selbst das Klingeln war verstummt. Arthur stellte sich in einiger Entfernung vor die Tür. »Wer ist da?«, rief er zögerlich und verfluchte sich, weil seine Stimme zitterte.

»Freunde deines Vaters. Wir sollen dir von ihm Grüße ausrichten!« Die Stimme kannte er nicht; sie klang metallisch, schleppend.

Seine Hände wollten ihm nicht gehorchen, als er langsam die Tür öffnete.

Vor ihm standen drei Männer, von großer Statur wie Arthur, aber viel kräftiger. Sie waren breitschultrig und kahlgeschoren.

Einer von ihnen stieß ihn grob zur Seite und rückte gefährlich nahe an ihn heran. Die anderen schlossen die Tür. »Pavel will wissen, ob die Sache mit dem Banker stimmt. Du weißt, das hier ist kein Spaß. Und du weißt auch, was dir blüht, wenn dein alter Herr nicht zufrieden mit dir ist.«

»Alter, alles klar«, stieß Arthur heiser aus, »beruhige dich. Ich habe die Sache eiskalt durchgezogen. Der Mann ist tot.«

Der Wortführer der drei, der wie ein Türsteher aussah und sich mit dem Namen »Waldemar« vorstellte, streckte eine Hand aus. »Beweise!«, bellte er.

Arthur bemühte sich um Haltung. »Setzt euch doch erst mal.«

Waldemar stemmte die Fäuste in die Hüften. »Willst du mich hochnehmen? Das hier ist kein Kaffeekränzchen. Dein höfliches Geplauder kannst du dir für eine Lady aufsparen. Außerdem, mein Freund: Wo, bitte schön, sollen wir uns denn hinsetzen? Auf deine gammelige Matratze?« Er stieß ein höhnisches Lachen aus und trat nach dem Bett. Die beiden anderen, die ebenfalls als Türsteher Eindruck schinden könnten, brachten sich breitbeinig vor Arthur in Position.

Arthur kramte fieberhaft die Zeitung von Samstag hervor. Hektisch blätterte er die Seiten durch. »Da, bitte!«, sagte er und hielt dem Muskelprotz scheu das Blatt entgegen.

Der riss es ihm aus der Hand. »Und wo steht geschrieben, dass er kaltgemacht wurde? Dass nach dem Mörder gefahndet wird?« Sein eiskalter Blick aus stahlblauen Augen durchbohrte Arthur bis ins Mark.

»Das ist eine Todesanzeige«, sagte Arthur und schluckte.

»Das sehe ich. Todesanzeigen langweilen mich. Wozu sollen die gut sein? Und sonst? Nirgendwo was Interessantes zu lesen?«

»Das steht da nicht extra«, krähte Arthur.

»Ach nein? Und warum nicht, wenn ich fragen darf?«

»Die Polizei wird schon wissen, weshalb. Wahrscheinlich ist das eine Falle. Damit der Täter Fehler macht und sich verrät.«

»Damit der Täter Fehler macht, aha, aha«, spottete der Muskelprotz. »*Mitten aus dem Leben gerissen …*, das kann man so und so interpretieren. Deuten wir es mal so, wie du es mir verkaufen willst. Wir sind alle sehr gespannt, ob du es diesmal schaffst, der Polente zu entkommen.« Er sah ausgesprochen schlecht gelaunt aus.

»Und jetzt zeigst du mir das Geld!«, fauchte er und baute sich drohend vor Arthur auf. »Pavel glaubt dir nicht. Deshalb sollen wir dir auf den Zahn fühlen. Du hast ihm erzählt, du hättest den Banker erpresst und die Kohle im Haus. Keine Sorge, dein Geld will er nicht. Das kannst du behalten. Er will nur wissen, ob er dir vertrauen kann, sonst kann er dich nicht für seine Geschäfte gebrauchen. Was soll ich Pavel berichten?«

Arthur wand sich. Er hatte nicht geahnt, dass der Fehler, den er gemacht hatte, dermaßen groß war. »Moment, ich habe es gut versteckt. Man weiß ja nie …«

»Richtig so, immer Obacht im Leben, Amigo.«

»Gebt mir eine Minute!«

»Nur die Ruhe, die sollst du haben«, sagte Waldemar gelangweilt. Seine Rolex glitzerte unter dem Deckenlicht. Ob sie echt war oder gefälscht, konnte Arthur nicht beurteilen.

Arthur durchwühlte die Altpapierkiste. »Hier habe ich ihn reingesteckt … Er wird doch nicht …! Meine Mutter war kürzlich hier, um aufzuräumen.«

»Ja, ja, das sieht man«, schepperte Waldemar, »alles richtig clean hier, man traut sich kaum, etwas anzufassen.«

Die anderen lachten.

»Ich finde den Umschlag gerade nicht.«

»Wie sah er denn aus?«

»Braun, groß, wie ein normaler Versandumschlag eben. Ist doch egal! Jetzt gebt endlich Ruhe und verpisst euch!«

»Falscher Text. Komm mal her, Junge!«

Arthur kam mit hochrotem Kopf wieder zum Vorschein. Waldemar packte ihn am Kragen und zog ihn dicht zu sich heran, sodass sich die Nasenspitzen fast berührten. »Merk dir eins, Alter, Pavel mag es nicht, wenn man ihn belügt. Und so sprichst du nicht mit mir, verstanden? So sprichst du auch nicht mit meinen Freunden. Für Pavel bist du eine Nullnummer, ein Niemand, ein verlogenes Stück Dreck. Weißt du, was er über dich sagt? Er sagt, du wärst schon lange nicht mehr sein Sohn. Und ob ihn das da beeindruckt hat«, er reckte sein Kinn in Richtung der Zeitung, »was glaubst du, hä? Wenn du mich fragst, ich denke eher nicht.« Damit rammte er seinem Gegner das Knie in den Unterleib. Arthur stöhnte vor Schmerz laut auf. Die anderen standen breitbeinig und unbeweglich um sie herum. Gleich im Anschluss verpasste Waldemar Arthur einen Fausthieb auf die Nase. Blut rann in Strömen aus beiden Nasenlöchern und bildete einen beeindruckend großen Fleck auf Arthurs Hemd und dem verwohnten Teppichboden. Arthur war zu Boden gegangen, krümmte sich und gab erstickte Schmerzenslaute von sich.

»Wir kommen in rund zwei Stunden zurück, mein Freund. Der kleine Hunger meldet sich. Wir gehen mal ins Fastfood um die Ecke und hauen uns ein paar Burger rein. Du kannst dich in der Zeit saubermachen und in aller Ruhe nach der Kohle suchen. Wenn du sie nicht gefunden hast, bis wir wieder da sind, machen wir ein bisschen mit dir weiter, damit du endlich begreifst, dass du Pavel nicht anlügen darfst. Und dann werden wir uns die Nachbarschaft vornehmen. Wir müssen mal wieder unser Taschengeld aufpolieren und wollen den Chef in Frankfurt nicht verärgern, nicht wahr?«

Als Antwort kam nur ein leises Wimmern.

»Ich denke, der hat uns verstanden«, lachte Waldemar. »Soll fürs Erste reichen. Später kann er gerne einen Nachschlag bekommen.«

*

Miriam starrte das Bild mit den Sonnenblumen an. Sie hasste es. Sie hasste alles um sich herum, das ständige Piepen der Apparate, das geschäftige Treiben der Krankenschwestern, die überhebliche Art der Ärzte. Sie hatte ihr Kind verloren. In einem sehr frühen Stadium, das konnte sie allerdings nicht über ihr Leid hinwegtrösten.

Thore war inzwischen zu Hause ausgezogen. Vielleicht war es besser so. Als er von ihrem Zusammenbruch erfahren hatte, hatte er die Kinder von der Tagesstätte abgeholt und zu seiner Mutter gebracht.

Miriams Bettnachbarin hatte Besuch. Wahrscheinlich eine gute Freundin. Sie plauderten leise miteinander und schienen sich lange zu kennen.

Die Tür wurde vorsichtig geöffnet und ein bekanntes Gesicht erschien. Erdmuthe Richter, die Leiterin der Kindertagesstätte. Miriam lächelte zaghaft.

»Wie geht es Ihnen, Frau Strohbecke?«, erkundigte sich ihre Chefin mit tiefer Stimme. »Was machen Sie für Sachen?« Wie immer trug sie robustes Schuhwerk, eine bequeme Stoffhose und ihre geliebte Strickjacke.

Sie hatte eine ältere Stofftasche dabei und zog deren Inhalt hervor: eine Flasche Traubensaft, ein paar schrumpelige Äpfel und ein Beutel Studentenfutter. All diese Schätze breitete sie auf Miriams Nachttisch aus. Die Papiertüte verströmte den würzig-fruchtigen Geruch nach Reformhaus. Typisch Erdmuthe.

»Nett, dass Sie mich besuchen«, sagte Miriam bemüht heiter und schob sich ein Kissen in den Nacken. »Danke für die Leckereien. Da kann ich ja nur gesund werden.«

»Was ist mit dem Kind?«, flüsterte Erdmuthe.

Miriam erstarrte. Dann schüttelte sie den Kopf. Immer wieder. Ihre Augen füllten sich mit Tränen. Sie ärgerte sich über sich selbst, aber sie konnte nicht anders.

Erdmuthe sah sie mitfühlend an und zog ein Stofftaschentuch hervor, das sie Miriam mit einer steifen Geste überreichte. »Oh, das wusste ich nicht! Das tut mir leid! Ich hatte gehofft ...« Sie verstummte.

»Vielleicht sollte es so sein«, sagte Miriam deprimiert und schnäuzte sich.

»Wie geht es Ihrem Mann? Wie hat er es aufgenommen?«

»Ich glaube, er ist erleichtert.« Miriam putzte sich ausgiebig die Nase. »Er ist auf einmal wieder sehr lieb und aufmerksam, besucht mich, schickt mir SMS und ruft mich an. Das hat er schon ewig nicht mehr getan.«

»Dann geben Sie ihm doch noch eine Chance, Miriam.«

Miriam verschränkte die Arme vor ihrer Brust. »Ich glaube nicht.«

»Och, seien Sie nicht hartherzig! Wenn er sich ehrlich entschuldigt hat und sich so viel Mühe gibt, sollten Sie ihm verzeihen. Er hat es ja selbst nicht leicht zurzeit. Er hat sich doch immer sehr eingesetzt für die Bank, und auf einmal verliert er seine Arbeit.«

Mürrisch schaute Miriam zur Seite und schwieg.

»Ich weiß, was Sie denken«, fuhr Erdmuthe fort. »Die alte Schrulle war nie verheiratet, hat nicht mal einen Freund und kann nicht mitreden. Vielleicht haben Sie recht, aber ich habe im Laufe meines Lebens viel gesehen und gehört und weiß deshalb, dass eine Beziehung nur dann funktioniert, wenn man verzeihen und aufeinander zugehen kann.«

»Ich werde darüber nachdenken. Habe schließlich genug Zeit hier«, sagte Miriam zerknirscht.

Erdmuthe nickte. »Entschuldigen Sie die Frage, es ist sicher nicht ganz passend, aber wissen Sie schon, wie lange Sie ausfallen werden?«

»Nein, keine Ahnung.« Miriam schüttelte den Kopf. »Im Moment ist an Arbeit nicht zu denken.«

»Das sehe ich auch, es geht Ihnen nicht gut, keine Frage. Es ist nur so: Uns fehlt eine Kraft. Wir müssen uns nach Ersatz umschauen. Die Gruppe ist hoffnungslos unterbesetzt, Sie wissen selbst, wie das ist, wenn mehrere Drei- bis Vierjährige gleichzeitig an einem zerren.«

»Natürlich, machen Sie das. Es muss schließlich weitergehen!« Miriam versuchte zu lächeln, merkte jedoch selbst, wie schwer es ihr fiel. Erdmuthe Richter zeigte wieder ihr wahres Gesicht, eins, das lediglich Arbeit kannte, sonst nichts.

»Ich habe es ja nicht so gut wie Hildegard. Die springt nie für ihre Kolleginnen ein, wenn sie krank sind, sondern legt die Klassen zusammen. Sie macht es sich einfach!« Hildegard Richter war ihre Zwillingsschwester, die am Stadtrand eine Grundschule leitete.

Miriam antwortete nicht, sondern besah sich die Etiketten der mitgebrachten Geschenke.

»Na, wir finden schon eine Lösung«, sagte Erdmuthe forsch. »Zur Not springt meine kleine Schwester ein. Sie konnte immer schon gut mit Kindern. Gestern hat sie angerufen und mir vorgejammert, dass sie arbeitslos geworden sei. Man muss schließlich helfen, nicht wahr?«

»Sie haben noch eine Schwester? Das habe ich nicht gewusst.«

»Tja, sie ist so ... – wie soll man sagen? – ... gewissermaßen das schwarze Schaf der Familie. Aus ihr ist nichts Gescheites geworden – leider. Erst wollte sie wie meine Zwillingsschwester Lehrerin werden, hat fleißig studiert und gute Noten bekommen. Aber dann hat sie einen ganz einfachen Mann kennengelernt und sich in ihn verliebt.« Sie atmete tief durch. »Vater war außer sich. Er wollte unsere

Schwester sogar enterben. Mich würde es nicht wundern, wenn er es getan hätte. Vater kennt da nichts. Er ist Schreiner.« Sie seufzte.

»Wer?«

»Mein Schwager.«

Miriam zuckte mit den Schultern. »Und was ist daran schlimm?«

»Gar nichts, er passt einfach nicht in unsere Familie. Bei uns sind alle Pädagogen. Diese Verbindung hat unsere Schwester ruiniert. Sie ist gleich schwanger geworden und hat ihr Studium geschmissen. Später konnte sie sich zu nichts mehr aufraffen. Weil sie aber Geld verdienen musste, blieb ihr nur noch eine Möglichkeit: Kassiererin im Supermarkt.«

Verständnislos schaute Miriam sie an und schenkte sich ein Glas Wasser ein. »Sie auch?«, fragte sie aus Höflichkeit. Ihre Chefin winkte ab.

Es klopfte an der Tür. Pfleger Ben kam herein. Miriam hatte ihn einen Tag zuvor in der Teeküche kennengelernt. Er trug ein T-Shirt, das seinen durchtrainierten Oberkörper betonte. »Hallo, Frau Strohbecke – oh, Entschuldigung, ich sehe, Sie haben Besuch. Ich wollte Sie eigentlich zu einem Spaziergang abholen, aber ich möchte nicht stören. Dann komme ich ein anderes Mal wieder.«

Miriam setzte sich im Bett auf. »Vielleicht etwas später?«

Erdmuthe schraubte ihren Oberkörper in die Höhe. »Kommt gar nicht infrage, Sie gehen mit, das wird Ihnen guttun, ich wollte mich sowieso gerade verabschieden.« Sie stand abrupt auf und griff nach ihrem Stoffbeutel.

Nachdem sie gegangen war, wollte Miriam in ihren Bademantel schlüpfen, doch Ben hielt sie davon ab. »Ich habe gleich Pause und dachte, wir gehen ein bisschen raus«, sagte er mit sanfter, tiefer Stimme. »Das Wetter ist herrlich heute. Was meinen Sie?«

»Draußen, meinen Sie, im Klinikpark, oder wie?« Sie warf einen Blick auf ihre Bettnachbarin Jessica. Die unterhielt sich nach wie vor angeregt mit ihrer Freundin und beachtete sie nicht. Das Gespräch drehte sich um Kinderwagen. Die Freundin wälzte einen dicken Katalog für Kindersachen und Jessica, die mit Drillingen schwanger war, überlegte, ob sie einen Drillingswagen nehmen sollte oder lieber einen Zwillings- und einen Einzelwagen.

»Na klar, den Flur kennen wir ja nun schon, oder?«, scherzte Ben.

»Ich fühle mich gar nicht fit genug dafür«, sagte Miriam leise.

»Na klar, das schaffen Sie. Gestern ging es auch besser als gedacht. Ich bin in zehn Minuten wieder da, okay? Dann haben Sie Zeit genug, sich etwas überzuziehen.«

Er verschwand mit einem breiten Grinsen und ließ Miriam verwirrt zurück.

*

»Du willst … *was*?«

Mario ahnte, dass dieses Gespräch sinnlos war, aber einen Versuch war es immerhin wert. Am anderen Ende des Schreibtisches thronte Horst Hagedorn, auf dessen Stirn sich eine steile Falte gebildet hatte. Er blitzte Mario feindselig an.

»Das kann doch wohl nicht dein Ernst sein, Roggenkamp! Erst hü und dann hott, oder was? Und ich soll deine Eskapaden und ständig wechselnden Stimmungen kommentarlos mittragen und so tun, als sei das alles selbstverständlich? Nein, nein, mein Freund, nicht mit mir! In sechs

Wochen ist Schluss und Ende, wie besprochen. Du hast Zeit genug, dir was Neues zu suchen.«

Mario nahm seinen ganzen Mut zusammen. »Bitte, Herr Hagedorn! Es war ein großer Fehler, ich weiß, und ich flehe Sie an, mir zu verzeihen. Versuchen Sie bitte, mich zu verstehen! Man kann sich auch mal irren! Ich bin gerne hier, die Schreinerei Hagedorn liegt mir am Herzen, ich fühle mich ausgesprochen wohl bei Ihnen und würde gern weiterhin für Sie arbeiten, meinetwegen für den Rest meines Lebens. Ich bitte Sie! Ich möchte meine Kündigung zurücknehmen!«

»So ist das also«, sagte Hagedorn und lehnte sich in seinem Chefsessel zurück. »Du fühlst dich hier wohl, Roggenkamp. So wohl, dass du der Meinung warst, kündigen zu müssen? In meinen Ohren klingt das nicht richtig, das hört sich nach einem Widerspruch an, meinst du nicht? Sollte ich als Chef da nicht hellhörig werden?«

Mario wurde rot. Er wand sich auf seinem Stuhl hin und her und wusste nicht, wohin mit seinen Händen. Hagedorn hatte recht, von seinem Standpunkt aus. Er musste einen entsetzlich widersprüchlichen Eindruck erwecken, als wisse er selbst nicht, was er wollte.

»Meine Pläne haben sich zerschlagen«, sagte er mit gebrochener Stimme. »Ich flehe Sie an, Herr Hagedorn, geben Sie mir noch eine Chance! Ich werde Sie nicht enttäuschen! Meine Frau … Sie weiß von nichts.« Mario wagte nicht, seinen Chef anzusehen.

Hagedorn schnitt fein säuberlich das Endstück einer Zigarre ab und zündete sie sich in aller Ruhe an. Lange schwieg er, bis er sich räusperte. »Na, da wollen wir mal sehen, was du so drauf hast. Du baust ab heute Tische und Küchenmöbel im Akkord für den Neubau einer Mensa am Westerberg. Mit Igor wirst du ein Team bilden. Du unterstehst ihm selbstverständlich. Und du brauchst dir keine Illusionen zu machen, jemals wieder den Posten eines Vorarbeiters einzunehmen. Ich hoffe, ich drücke mich unmissverständlich aus und du enttäuschst mich nicht. Kein zweites Mal.«

Mario hob hoffnungsvoll den Kopf.

»Freu dich nicht zu früh, Roggenkamp. Das letzte Wort ist nicht gesprochen.« Genussvoll zog er an seiner Zigarre und blies Mario den Rauch ins Gesicht.

Mario hüstelte und schluckte. Er hatte Zigarrenqualm noch nie ausstehen können.

Horst Hagedorn gab ihm mit einem Wink zu verstehen, dass er das Gespräch für beendet hielt.

»Danke«, sagte Mario heiser beim Hinausgehen. Er sah sich nicht um, spürte aber Hagedorns abschätzigen Blick in seinem Rücken.

∗

Birthe saß auf ihrem pinkfarbenen Ohrensessel aus Samtvelours, die Füße auf dem dazu passenden Hocker gebettet, und las in einer Akte, während sie mit halbem Ohr ihrer Mutter am Telefon zuhörte. Sie war stolz auf ihr großes Altbauzimmer am Schnatgang, das sie mit viel Liebe zum Detail eingerichtet hatte. Die Einrichtung war eine Mischung aus alt und modern und passte gut zu dem dunklen Eichenparkett und dem Stuck an den Wänden.

»Nur kurz, Birthe. Ich habe die ganze Nacht kein Auge zugetan. Dein Vater hat mit mir geschimpft, weil ich mich dauernd im Bett umgedreht habe und immer wieder aufgestanden bin. Aber das arme Kind liegt in den Wehen. Nachts um halb eins ging es los. Ich habe keine Ruhe mehr.«

»Aha, geht es jetzt schon los? Mama, ich habe nachher eine Vernehmung und muss mich noch vorbereiten.«

»Ich will dich gar nicht stören. Nun kann es nicht mehr lange dauern. Papa und ich sind ganz aufgeregt. Ich habe schon Sachen besorgt für die Kleine. Zwei Strampler in Größe 62, einen in Rosa, einen in Weiß, Spucktücher, Mützchen, Jäckchen, eine Ausfahrgarnitur mit Bärchen, habe alles eingepackt. Sobald das Kind da ist, fahre ich los. Die Koffer stehen im Flur bereit. Papa ist einverstanden. Der muss sich eben eine Weile mit Tütensuppe und Tiefkühlpizza begnügen. Verhungern wird er nicht. Bier ist jedenfalls genug im Haus. Er könnte ja auch mitfahren, aber er will nicht. Die Aufregung verträgt er nicht, hat er gesagt.«

Birthe sah auf ihre Armbanduhr. »Ich muss dich leider abwürgen, Mama, es klopft an der Tür.«

»Bin gleich fertig. Das Kinderzimmer ist so weit eingeräumt. Schicke Möbelchen haben sie gekauft, alles in rosa und weiß. Sogar die Vorhänge und der Teppich sind rosa. Niedlich, nicht? Zum Glück kann Carlotta ihr Zimmer behalten. Sie braucht ja auch Ruhe für die Hausaufgaben und muss nachts durchschlafen. Das Bettchen fürs Baby haben sie gestern bezogen. Alles fix und fertig, jetzt muss nur noch die Kleine kommen. Sophia hat gesagt, du hättest sie in den letzten Tagen nicht angerufen, obwohl ich dich darum gebeten habe. Es hätte deiner Schwester sehr viel bedeutet, weißt du.«

»Das tut mir leid, ich habe gerade ein Kapitalverbrechen reinbekommen und sehr viel zu tun. Ich fahre gleich auf die Wache und rufe sie an, sobald ich mit der Vernehmung fertig bin.«

»Hoffentlich kann sie überhaupt noch an ihr Handy gehen. Die arme Sophia. Sie leidet gerade furchtbar. Wenn du erst mal so weit bist, weißt du, wovon ich spreche.«

»Ich muss Schluss machen«, sagte Birthe erschöpft. »Tschüss, Mama, viel Spaß in Berlin.« Ihr Blick fiel auf Eva Siebkötter, die den Staubsauger hinter sich herschleppte. Eva Siebkötter war die Putzfrau ihrer Tante gewesen, bis diese in eine Seniorenresidenz auf Mallorca gezogen war. Ihre Tante hatte sie gebeten, sie zu übernehmen, und hatte sie sogar weiterhin bezahlen wollen, was Birthe jedoch abgelehnt hatte. Seitdem putzte sie jeden Donnerstag in der Wohngemeinschaft.

»Wolln Se, dass ich hier putzen tu?«, fragte Frau Siebkötter geschäftig. »Oder lieber drüben bei den Schnesen?«

»Kommen Sie ruhig, Frau Siebkötter, ich mache Ihnen Platz.«

»Huch, was sind Se käsich im Gesicht! Kär, Kär, Kär! Erzähln Se ma. Hamse was auffer Leber?«

»Meine Schwester bekommt heute ein Kind!«

»Isses so weit? Mensch, und ich dachte, Se sind so gnötterich, weil was Schlümmes is.«

Birthe lächelte müde.

»Wissen Se was? Ich mach uns jetzt mal nen schönen Pfefformünztee und hol n paar Springbrötchen vom Bäcker. Dann machen wir zwei es uns gemütlich. Und dann erzähln Se mal. Ein Baby, Saapi noch mal! Häärlich! Und ich dachte wüaklich was Schlümmes. Ich bahalts auch für mich, bin keine Schnebbelliese, nich dass Se das denken tun, nich wahr! Und heute Middach tu ich was Leckores für Se kochen. Was mögense denn wohl? Ramanken mit Speck? Kann ich geane einholn gehen.«

»Danke, Frau Siebkötter, nicht nötig, ich esse heute in der Kantine.«

»Ich mach de Ramanken trotzdem. Steckrüben mach ich geane leidn. Dann ham Se was Waames im Maagen nache Arbeit. Ich sach auch immer zum Kalle, der is imma noch inne Puberteet, wissen Se: Kalle, du musst was Waames essen, alles andere taucht nix. Näh, ich hab ne annere Idee. Wissen Se was? Ich war neulich inne Paakhotel und hab da Klassentreffen gehabt, nich wahr. 30 Jahre Möser Realschule. Ich sach Ihnen! De ganzen ollen Schabracken von früher, jünger werden wir ja alle nich.«

Birthe stand auf und begann hektisch aufzuräumen. »Interessant«, nuschelte sie, während sie ihre Jeans zusammenlegte. »Was gab's denn zu essen?«

Frau Siebkötter ging nicht darauf ein. »Wobei, die ham sich nich dolle verändert. Sehn wa ma großzügig über de Falten und de 20 Kilo Übergepäck hinweg, näh? Manche tun auffe Sahne haun, da denkste, haste nen Promi vor dir sitzen. Die wollen nur, dasse die bewundern tust. Eine ist immer noch Schickimicki, als kämse von Hollywood. Und dann Micha, unser Hibbelkopp, der konnte noch nie stillsitzen auffe Stuhl. Ach, und de Ötti, immer noch unser Nöselpriem. An allem tut er rummeckern. Damals anne Pauker, heute anne Politikor.«

Birthe legte seufzend ihre Sachen in den Schrank. »Hm«, machte sie.

»Alle Typen immer noch wie früher. De Schleimi, de Schnebbelziege und de Waldheini, der nie mit inne Disco wollte, immer nua bei Mutti auffe Schoß. So hamwa da gesessen inne Paakhotel annen langen Tisch, ganz vornehm, glaubense. Da gipsn Bild von, kann ich Ihn ma zeigen. Was wollte ich denn sagen? Helfen Se mir ma, Frau Schöndorf. Ach ja, da hab ich was Leckores gehabt: Dings, nu sach schon! Böasentöpfchen. Hmmm, Frau Schöndorf! Ich sach Ihnen! Hab ich dem Kalle gleich am nexten Tach gemacht, fand er auch lecker. Ham Se Hack im Haus? Sonst tu ich das besorgen. Dannoch Spiegeleier, Zwiebeln und Braatkartoffeln satt. Leckor un gaarnich teuer!«

»Börsentöpfchen? Das hab ich doch neulich schon mal irgendwo gehört. Brauch ich im Moment nicht, Frau Siebkötter, ich hab genug mit Börsen und Bankern am Hals. Beruflich, meine ich.« Sie schloss die Türen ihres Kleiderschranks.

»So! Na ja, macht nix, Frau … Schöndorf. Dann eben de Ramanken. Apropos: Ham Se schon gehört von de Tussnelda unter Sie? Die hat ihren Hearbärt verlassen. Und haste nich gesehn hat sie einen anderen, son ollen Filluh mit son aufgedröselten BMW. Hat Ihre Nachbarin gerade geratscht. Aber behalten Ses bloß für sich. Ich darf auch nix sagen. Von mir wissen Se nix. Frau Schöndorf, ich sach Ihn! Unmöglich so was, näh? Der aame Hearbärt!«

»Frau Siebkötter, ich muss leider los.«

»Och, das is nu wüaklich schade! Kann man nix gegen tun, nich wahr? Tschüß dann, näh? Dann müssense wohl nache Arbeit. Arbeit geht vor«, sagte Frau Siebkötter und ging in die Küche.

＊

Carlos Kopf war tief über eine Akte gebeugt, als Birthe das Büro betrat. »Na, schon fleißig?«, fragte sie. »Was haben eigentlich deine Befragungen in Birklunds Nachbarschaft ergeben? Irgendwie sind wir bisher gar nicht dazu gekommen, uns darüber auszutauschen.«

»Nicht viel«, sagte er und schob die Akte von sich weg. »Wie du selbst weißt, bringen solche Befragungen selten etwas. Der Nachbar zur Linken hat eine wahre Hasstirade auf die Birklunds losgelassen; er verdächtigt die Frau, im Rotlichtmilieu tätig zu sein. Über Simon Birklund sagt er, er habe immer nur gearbeitet und sich um nichts gekümmert, vor allem nicht darum, dass Zweige aus seinem Garten zu den Nachbarn rüberwachsen. Das Übliche eben. Zufällig kam noch der Paketbote vorbei. Warte mal, die Namen der Zeugen habe ich hier notiert. Der Nachbar heißt Reinhard Horst und der Paketbote Michael Heßler. Herr Heßler wusste ausschließlich Gutes über die Birklunds zu berichten, besonders über Frau Birklund. Kein Wunder, sie lädt ihn wohl regelmäßig auf einen Kaffee ein. Das ist ihr lieber, als ihre Pakete bei der Poststelle abzuholen, sagt sie, also kommt er immer wieder, bis er sie zu Hause antrifft und mit ihr Kaffee trinken kann.« Er schmunzelte.

»Hat der Paketbote am 28. Februar bei denen etwas ausgeliefert? Konnte er eine verwertbare Aussage machen?«

»Er war tatsächlich an dem Tag da, hat mir das Protokoll gezeigt. Und zwar genau um 9.52 Uhr.«

»Um 9.52 Uhr? Das war kurz vor dem angegebenen Todeszeitpunkt. Demnach lebte das Opfer zu der Zeit noch. Oder wer hat dem Paketboten die Tür geöffnet?«

»Simon Birklund war es. Heßler hat ausgesagt, dass von Birklunds Frau nichts zu sehen gewesen sei. Er wäre enttäuscht gewesen, da er sich auf eine gute Tasse Kaffee gefreut hätte.«

»Ihrem Alibi zufolge war sie zu der Zeit beim Friseur. Heßler will niemanden sonst gesehen haben? Er hat auch keine Geräusche gehört?«

»Nein, nichts. Er sei nur kurz da gewesen. Simon Birklund habe die Zustellung mit seiner Unterschrift bestätigt, das Paket in Empfang genommen und dann sei Heßler weitergefahren.«

»Okay. Schade, hätte ja sein können. Die Personalien von Michael Heßler hast du sicher aufgenommen, falls wir ihn noch mal brauchen?«

»Na klar. Und bei dir? Wie waren deine Befragungen?«

Birthe zuckte mit den Schultern. »Ganz im Sinne der drei Affen, die sich Ohren, Augen und Mund zuhalten. Nichts hören, nichts sehen, nichts sagen.«

Carlo grinste.

»Eine reizende alte Dame hat mir Kaffee angeboten. Sie war ganz begeistert von Iris Birklund. Aber nichts Verwertbares für unsere Ermittlungen. Mal was anderes, dieser Nachbar, der Vermutungen in Richtung Rotlichtmilieu angestellt hat, glaubst du, da könnte etwas dran sein?«

»Ich weiß nicht, Birthe. Der hatte wohl eher ein Problem damit, dass sie keine von hier ist. Ein typischer Spießer eben.«

»Na ja, ich kann mir denken, wie er zu dem Vorurteil kommt. Ihre Kleidung, Schmuck und Make-up sollen Geld und Geschmack ausdrücken, stattdessen greift sie oft daneben, sodass es letztlich billig wirkt. Alles ist ein bisschen too much. Und die Inneneinrichtung! Hast du den vergoldeten Tiger gesehen? Und den Couchtisch mit der nackten, goldenen Frau? An Kitsch kaum zu übertreffen, oder?«

»Natürlich. Aber es eine Geschmacksfrage. Wenn sie darauf steht …«

»Klar hat jeder einen anderen Geschmack. Egal, ich gebe das mal an Schubbelkamp weiter. Der recherchiert so was gerne.«

»Ach übrigens: Danke, Birthe.«

»Wofür?«

Er grinste. »Jana hat gesagt, du hättest sie angerufen.«

»Ja, stimmt. Deine Tochter war erst etwas überrascht. Sie hat wohl nicht mit meinem Anruf gerechnet.«

»Überrascht ist nett ausgedrückt. Meine Frau hat gesagt, sie wäre ziemlich pampig am Telefon gewesen. Gudrun hat sich für sie geschämt und hat sie hinterher zur Rechenschaft gezogen.«

»Ach was, völlig okay. Deine Tochter kennt mich ja schließlich nicht. Wir gehen morgen shoppen.«

»Näh!«

»Doch«, sagte Birthe und kaute an ihrem Kugelschreiber. »Mal sehen, wer von uns beiden am Ende das coolere Outfit hat.«

Carlo schüttelte grinsend den Kopf. »Es geschehen noch Zeichen und Wunder«, murmelte er.

*

Mario war lange nicht mehr am Rubbenbruchsee gejoggt. Der See lag still in der Abenddämmerung. Es war sehr friedlich hier. In der Nacht hatte es geschneit, sodass es aussah, als sei die Landschaft von einer feinen Puderzuckerschicht überzogen. Mittlerweile hatte er den Winter satt, sehnte wie die meisten Menschen den Frühling herbei, aber in diesem Augenblick tat ihm die kalte Winterluft gut. Am Horizont türmten sich Wolkenformationen in milchigen Blau- und Rosétönen auf. Mario blieb einen Moment wie gebannt stehen und nahm den Anblick tief in sich auf. Er war kein Romantiker, aber empfand diese Stimmung als schön und wohltuend. Sonst kannte er den Rubbenbruchsee nur von Sonntagsspaziergängen mit Anneke, Luca und Ronny. Aber das war lange her. Die Jungs hatten damals ihre Kinderfahrräder, später ihre Scooter dabei und fuhren weit vor den Eltern. An irgendeiner Bank trafen sie sich immer wieder, denn die Jungs wussten, dass ihre Eltern Brot für die Enten dabei hatten – für sie stets ein Riesenspaß. Nun war er allein hier und von Tieren war nichts zu sehen. Mario ließ seinen Blick über den See schweifen. Wahrscheinlich hatten sie sich in geschützten Uferzonen zum Schlafen zusammengekuschelt. Er lief in langsamem Tempo los und inhalierte die würzige Luft tief in seine Bronchien. Augenblicklich wurde sein Kopf frei. Mario stellte sich vor, am Meer zu sein. Die Erinnerung daran stammte ebenfalls aus einer lange zurückliegenden Zeit. Als Kind war er einmal für mehrere Wochen in einem Freizeitheim auf der Nordseeinsel Borkum gewesen. Seine Gedanken schweiften ab, während ihm langsam warm wurde und er den Reißverschluss seiner Kapuzenjacke öffnete. Der Rucksack drückte unbequem auf die Schultern und stieß beim Laufen rhythmisch gegen seinen Rücken. Er versuchte, ihn zu ignorieren. Als er etwa 500 Meter zurückgelegt hatte, ging ihm die Puste aus und er bekam Seitenstechen. Er verfluchte seine schlechte Kondition, die ihn dazu zwang, seinen Lauf zu verlangsamen. Etwa 20 Meter vor ihm ging eine Frau, die er noch überholen wollte. Danach würde er sich erlauben, in ein gemächliches Schritttempo zurückzufallen. Er war froh, als er ein Stück entfernt eine Bank entdeckte. Dort würde er eine kleine Pause einlegen, etwas trinken und seinen Blick über den See schweifen lassen. Eine wunderbare Gelegenheit, seinen Gedanken nachzuhängen. Vielleicht fielen ihm endlich die richtigen Worte für Anneke ein. Es bedrückte ihn, dass er es bisher nicht geschafft hatte, ihr die Wahrheit zu sagen.

Er hatte die Wasserflasche etwa zur Hälfte geleert, als er hinter sich eine Stimme hörte.

»Erlauben Sie, dass ich mich zu Ihnen setze?«

Mario fuhr herum und erkannte an der roten Jacke die Frau, die er vorhin überholt hatte. »Ja, ja, bitte«, sagte er und rückte zur Seite.

»Ich habe mir angewöhnt, nach dem Abendessen einen kleinen Spaziergang zu machen«, sagte die Frau und setzte sich neben ihn. »Sonst kann ich nicht schlafen.«

»Hm«, machte Mario desinteressiert und nahm einen weiteren Schluck. Auch er hatte in der letzten Nacht kein Auge zugetan, das ging die Frau allerdings nichts an.

Eine Weile saßen sie schweigend nebeneinander. Mario ärgerte sich, dass er nicht mehr allein war und deshalb nicht länger seinen Gedanken nachhängen konnte. Das Seitenstechen war verflogen, also konnte er genauso gut weiterlaufen. Er machte Anstalten, aufzustehen, da räusperte sich die Frau. Mario blickte stur geradeaus. Jetzt bloß nicht den interessierten Zuhörer geben, sonst würde er die Dame so schnell nicht wieder loswerden. Hoffentlich verstand sie das Zeichen. »So«, sagte er, um ihr zuvorzukommen. »Dann wollen wir mal wieder …«

»Ich habe Sie schon einmal gesehen«, sagte sie schnell. »Ich überlege die ganze Zeit, wo, aber ich komme nicht darauf.«

Mario warf ihr einen kurzen Blick zu, mehr aus Höflichkeit als aus Interesse. Ihr Gesicht sagte ihm nichts. Eigentlich war es ihm auch egal. »Ich wüsste nicht …«

»Jetzt hab ich's: Es war in der Bank! Sie wollten zu Herrn Birklund. Sie waren nach mir dran.«

Birklund. Sein Herz tat einen Satz. Er wollte nicht mehr daran denken. Spätestens, wenn er heute Abend neben seiner Frau im Bett lag, käme das Grübeln von allein zurück und würde ihn am Einschlafen hindern. »Ja«, gab er kurz angebunden zurück, »ich glaube, ich erinnere mich.« Er sah nun die Frau neben sich genauer an. Sie hatte blonde Haare, ein rundliches, faltiges Gesicht und einen warmen, wachen Blick. Möglich, dass sie die Frau war, die in der Bank geweint hatte.

»Es ging Ihnen nicht gut, als Sie Birklunds Büro verließen«, sagte er und räusperte sich, als er sich seiner brüchigen Stimme bewusst wurde.

»Nein, es ging mir nicht gut.« Sie seufzte und blickte geradeaus, zum See. »Ganz und gar nicht. Es geht mir nach wie vor nicht besser, aber weinen kann ich nicht mehr. Ich habe es versucht, weil es mir helfen würde, aber es kommen keine Tränen.« Sie versuchte zu lachen, doch es klang verbittert.

»Möchten Sie darüber reden?«, fragte er, auch wenn er das ganz und gar nicht wollte.

Sie griff in ihre Manteltasche und holte ein Taschentuch hervor. Vielleicht würde sie doch weinen, befürchtete er. Er hatte keine Lust, sich eine fremde Tragödie anzuhören. Er hatte genug eigene Probleme.

»Sie können mich wahrscheinlich nicht verstehen«, fuhr sie fort. »Ich habe eigentlich keinen Grund, so traurig zu sein, ich weiß. Da gibt es Schlimmeres, schwere Krankheiten, Todesfälle, Scheidungen. Das habe ich selbst alles erlebt. In meinem Fall habe ich nur Geld verloren. Und einen guten Freund. Einen sehr guten, wenn Sie verstehen, was ich meine. Er hat mich ausgenutzt und betrogen. Trotzdem. Ich sollte mich wirklich schämen. Anderen geht es viel schlechter als mir.«

»Nein, nein«, sagte er lahm. »Schon okay. Es heißt zwar, Geld macht nicht glücklich, aber es heißt auch, dass es immer noch besser ist, in einem Taxi zu weinen als in einem Bus. Geld zu verlieren, ist schlimmer, als es nicht gehabt zu haben. Ich verstehe Sie. Reden Sie ruhig.«

Ihre Hände umklammerten das Taschentuch, während sie wie verloren auf den allmählich in der Dämmerung verschwindenden See hinausblickte. »Es wird gleich dunkel. Würden Sie mich eventuell ein Stück begleiten?«

»Selbstverständlich. Wenn Sie auch zum Parkplatz müssen …«

Sie standen auf. »Ich glaube nicht, dass Sie mich verstehen«, sagte die Frau neben ihm. Sie war einen Kopf kleiner als er. »Sie sind ja noch jung und haben Ihr Leben vor sich. In meinem Fall … So groß war der Verlust nun auch wieder nicht. Vielleicht lachen Sie mich aus, wenn ich Ihnen den Betrag nenne. Aber es war mein ganzes Erspartes, wissen Sie? Ich habe nie viel verdient, im Moment schon gar nicht. Trotzdem habe ich mich immer bemüht, keine Schulden zu machen, im Gegenteil, ich habe jeden Cent, den ich entbehren konnte, zurückgelegt. Ich wollte meiner Tochter und meinen Enkeln etwas davon abgeben, aber das geht nun nicht. Es ist alles weg. Dabei hatte ich immer viel Vertrauen in die Bank. Mein Mann hat dort gearbeitet, war sogar Abteilungsleiter. Er war der Vorgänger von Simon Birklund und hat dafür gesorgt, dass ich diese Wertpapiere kaufe. Wenig später hat Birklund meinen Mann mit seiner jetzigen Lebensgefährtin zusammengebracht. Sie war Birklunds Auszubildende. Er hat beide zu einem Abendessen in seine Villa eingeladen. Mich nicht. Wenn Sie mich fragen, war es ein abgekartetes Spiel. Er hat am Stuhl meines Mannes gesägt. Er wollte ihn so schnell wie möglich loswerden, um seinen Platz einzunehmen. Das ist ihm auch gelungen, denn beide wurden nicht mehr glücklich auf ihrem Posten, mussten nach Bekanntwerden ihrer Affäre die Bank verlassen. Sie leben und arbeiten jetzt zusammen in Düsseldorf, haben eine gemeinsame Tochter.«

»Da haben Sie ja einiges durchgemacht.«

»Das ist nicht alles. Dummerweise habe ich nicht nur einen, sondern gleich zwei Fehler begangen. Ich habe einem Menschen geholfen, der in Not war. Angeblich. Er hat vorgegeben, mich zu lieben, und ich bin darauf reingefallen. Sobald er Geld von mir erhalten hatte, war er weg und hat nie wieder von sich hören lassen. Falscher Name, falsche Adresse, die Handynummer muss er sofort gewechselt haben. Alles Fake, wie meine Tochter sagen würde.«

Mario hatte atemlos zugehört. »Wie viel?«

»Insgesamt bin ich nun um 10.000 Euro ärmer.«

Mario nickte. »Bei mir waren zum Großteil Aktien dabei, die einen Kursverfall von 95 Prozent hatten, und das hat alles zum Einsturz gebracht.«

»Sie wurden auch von Simon Birklund beraten?«

»Ja«, sagte er knapp. Mario war inzwischen froh, mit seinen Problemen nicht allein zu sein. Endlich hatte er jemanden, der ihn verstand. »Wie heißen Sie eigentlich?«, fragte er.

»Hedemann. Helga Hedemann. Und Sie?«

Er nannte ihr seinen Namen.

Sie hatten den Parkplatz erreicht. »Wo steht Ihr Wagen?«, fragte Mario.

»Ich habe kein Auto. Ich bin zu Fuß gekommen. So weit ist es nicht. Ich wohne in Eversburg, in der Wersener Straße. Nur jetzt ist es dunkel; sonst habe ich mich immer schon früher auf den Heimweg gemacht.«

»Kommen Sie, Frau Hedemann«, sagte Mario. »Ich bringe Sie nach Hause.«

*

Arthur wusste nicht, welcher Körperteil am meisten wehtat. Eigentlich tat alles weh, die Schmerzen fühlten sich an wie 1.000 Nadelstiche, sie stachen, hämmerten, zwickten und bohrten gleichzeitig. Am besten war es, er bewegte sich überhaupt nicht, dann war es einigermaßen auszuhalten. Er wusste, er hätte einen Krankenwagen oder wenigstens ein Taxi rufen sollen, um sich ins nahe gelegene Marienhospital bringen zu lassen. Aber dann hätten sie ihn. Er würde sich dort nicht sicher fühlen, sie würden ihn der Polizei ausliefern, also ließ er es. Seine »Freunde« aus Frankfurt waren noch einmal wiedergekommen, nachdem sie ihn das erste Mal verprügelt hatten. Er hatte weitere Schläge kassiert, als er das Geld nicht herausrücken konnte. Daraufhin musste er das Bewusstsein verloren haben. Denn das Einzige, woran er sich erinnern konnte, war der entsetzliche Schmerz, als eine Faust mit aller Wucht seinen Kopf traf, gefolgt von einem Tritt in den Bauch. Dann war er weg. Als er zu sich kam, war das Trio verschwunden und die Wohnung verwüstet. Sie hatten alles auf den Kopf gestellt, das Unterste zuoberst gefördert und umgekehrt. Arthur war sich nicht sicher, ob sie etwas mitgenommen hatten. Einen Zettel hatten sie neben ihn auf den Boden geworfen. Wert auf Rechtschreibung schien keiner von ihnen zu legen. *Wir kom wida mein Freund. Nexte Woch dan haste das Geld oda biste fellich.*

Arthur versuchte, sich trotz der Schmerzen aufzurappeln, weil Durst ihn quälte. Seine Kehle fühlte sich staubtrocken an und brannte gleichzeitig wie Feuer – kein Wunder, er konnte sich nicht erinnern, wann er das letzte Mal etwas getrunken hatte. Seine Zunge klebte ihm bereits am Gaumen und er schmatzte, um sie frei zu bekommen. Er schmeckte geronnenes Blut. Mit größter Mühe gelang es ihm, auf die Knie zu kommen und kriechend den Hocker zu erreichen, den er abends beim Fernsehen als Beistelltisch benutzte. Er zog sich daran hoch und erreichte den Tisch mit einer noch halb vollen Flasche. Sie zu öffnen kostete ihn viel Kraft. Damit hatte er nicht gerechnet. Der Schweiß brach ihm aus allen Poren. Er war unendlich erleichtert, als er es endlich geschafft hatte. Gierig führte er die Flasche zum Mund und trank sie in einem Zug aus. Nun fühlte er sich ein wenig besser. Er konnte wieder klarer denken.

Das Ganze war typisch für seinen Vater, der sich nie die

Hände schmutzig machen wollte, sondern immer Leute hatte, die das für ihn taten. Er dachte sich die Bösartigkeiten aus, die andere für ihn verrichteten. Und dann mussten andere Strafen verbüßen, die er eigentlich verdiente. Aber es half nichts. Sie würden wiederkommen, ihn nicht in Ruhe lassen. Arthur musste sehen, wie er an Geld kam, und zwar schnell. Ihm blieb nicht viel Zeit. Ein Banküberfall? Viel zu riskant. Die meisten, die es versuchten, wurden dabei geschnappt. Eine Entführung? Nur wen, bitte schön, sollte er entführen? Iris Birklund schied aus, denn er konnte niemanden mehr mit ihrem Verschwinden erpressen. Zumindest wusste er nicht, ob sie weitere Angehörige hatte. Aus der Todesanzeige war das nicht zu entnehmen gewesen. Ansonsten kannte er nur arme Schlucker, wie er selbst einer war. Da war nirgendwo etwas zu holen. Er schüttelte resigniert den Kopf, der bei der knappen Bewegung sofort stark schmerzte.

Unter dem Schemel lag sein Handy. Wenigstens das hatten die Schweine ihm gelassen. Er musste sofort prüfen, ob es noch intakt war. Und Igor anrufen. Vielleicht wusste der Rat. Wenn er Glück hatte, konnte er ihm sogar etwas gegen die Schmerzen mitbringen. Das Mobiltelefon funktionierte, wenngleich der Akku fast leer war. Ein leises Glücksgefühl durchströmte ihn. Sein Herz pochte, als er die gespeicherte Nummer wählte. Und es pochte noch stärker, als er Igors Stimme vernahm. »Igor?«, krächzte er. Er musste sich gewaltig anstrengen, um überhaupt etwas zu sagen. Er hörte sich reden, rau und fremd. »Ich sitze in der Klemme! Du musst mir helfen!«

FREITAG, 08. MÄRZ 2013

Birthe sah Dr. Schröder kühler an, als es nötig gewesen wäre. Sie wollte ihm nicht den geringsten Anlass geben, sie zum Essen, ins Theater oder ins Kino einzuladen.

»Also, Frau Schöndorf, ein erstes Update gefällig?«, sagte er in geschäftigem Ton. Er hatte offenbar verstanden.

Birthe nickte und kam einen Schritt näher. Dr. Schröder klappte das Tuch zurück, sodass der nackte Oberkörper der Leiche sichtbar wurde. Auf dem Brustkorb zeichnete sich ein großes Y ab, das mit groben Stichen zusammengenäht worden war.

»Sie sehen hier die Strangulationsmale«, erklärte er und deutete auf Birklunds Hals.

»Oh ja, sogar sehr deutlich. Die sind doch nicht zu übersehen!«

»Ich sagte bereits, dass sie unter Umständen nicht sofort sichtbar sind, je nachdem, welche Medikamente der Verstorbene genommen hat. Angenommen, es handelt sich um Marcumar oder andere blutverdünnende Mittel, dann bilden sich diese Male sofort. Marcumar enthält den Gerinnungshemmer Phenprocoumon. Das Blut wird dadurch dünnflüssiger, sodass blaue Flecken und andere Male sofort sichtbar werden und sich viel stärker ausprägen. Ist das Blut hingegen dickflüssiger, ist es möglich, dass sie sich erst nach mehreren Stunden ausbilden. Haben Sie in Erfahrung bringen können, welche Medikamente er eingenommen hat?«

»Seine Frau und Dr. Olsen sagen beide aus, er habe

nichts genommen. Birklund habe die verschriebenen Mittel nach kurzer Zeit abgesetzt, weil er sie nicht vertragen habe.«

»Das dachte ich mir. Unabhängig davon hat man gezielt versucht, etwas zu vertuschen.« Er klappte das Tuch, das die Leiche bedeckte, wieder zu.

»Vertuschen?« Birthes Augen weiteten sich eine Spur.

»Ja, es ist offensichtlich etwas nachgeholfen worden. Sehen Sie hier! Ich habe extra zur Veranschaulichung einen Rest übrig gelassen.« Dr. Schröder tunkte einen Wattebausch in Alkohol und rieb damit an der rechten Halsseite der Leiche herum.

»Was ist das denn?«, fragte Birthe ungläubig. »Make-up?«

Dr. Schröder nickte. »Jemand hat diese Spuren mit Kosmetik verdeckt. So ist es auch zu erklären, dass der Hausarzt bei der ersten Leichenschau nichts gesehen haben will. Es gab keinen Hinweis auf eine Fremdeinwirkung. Die Krankenakte des Patienten, der Herzinfarkt in der Vorgeschichte, die besondere berufliche Situation, sprich, der Druck, unter dem das Opfer gestanden haben muss, all das hat ihn nicht an einer natürlichen Todesursache zweifeln lassen.«

»Können Sie einen Herzinfarkt sicher ausschließen?«

»Ganz sicher. Wir haben es hier mit einem Mord zu tun. Simon Birklund ist erdrosselt worden.«

»In seinem Bett?«, fragte Birthe. »Ist der Fundort der Leiche identisch mit dem Tatort, wie Dr. Olsen behauptet?«

Dr. Schröder zupfte sich an der Nase. »Das ist etwas, was ich nicht mit Sicherheit bestätigen kann. Wir müssen uns auf die Aussage des Hausarztes verlassen, der angegeben hat, dass sich die Leichenflecke zum Zeitpunkt des Auffindens lediglich am unteren Rumpf befunden haben.

Das würde dafür sprechen, dass der Leichnam nicht mehr bewegt worden ist.«

»Davon gehen wir aus. Die Spurensicherung hat keine Schleifspuren auf dem Boden des Arbeitszimmers feststellen können.«

»Ich schlussfolgere, dass alle anderen Angaben Dr. Olsens, mit Ausnahme der Todesursache, stimmen. Jedenfalls spricht nichts dagegen. Er hat eine rektale Messung vorgenommen. Die Körpertemperatur betrug laut Totenschein nur noch 33 Grad. Unter Berücksichtigung der Tatsache, dass sie bei einer vorherrschenden Raumtemperatur von 22 Grad stündlich um 0,833 Grad abfällt, ist der Tod circa vier Stunden zuvor eingetreten. Das hat mein Kollege richtig errechnet.«

»Vier Stunden zuzüglich der Zeit, die vergangen ist, bis wir überhaupt von unnatürlicher Todesursache ausgehen konnten – das ist viel Zeit, um Spuren zu verwischen. Bis dahin kann eine Putzkolonne ganze Arbeit geleistet haben. Prost Mahlzeit!« Birthe verdrehte die Augen.

Sie ging im Raum auf und ab und steckte ihre Hände in die Hosentaschen. »Also gut. Wollen wir uns nicht gleich entmutigen lassen. Beginnen wir mit dem Fundort der Leiche. Das Bett. Abgesehen davon, dass ich finde, dass so ein Bett überhaupt nicht in das Arbeitszimmer eines Managers passt, verstehe ich eines nicht: Die Witwe hat ausgesagt, ihr Mann habe an seinem Schreibtisch gearbeitet und das Bett gelegentlich für seinen Mittagsschlaf genutzt. Wieso lag er dann um 10 Uhr morgens darin? Das ist nicht die übliche Zeit, um einen Mittagsschlaf zu halten, oder? Zumal er ja nicht wegen eines Herzinfarkts zusammengebrochen ist, wie Sie festgestellt haben.«

»Eigentlich nicht. Vielleicht ging es ihm trotzdem nicht gut, sodass er das Bedürfnis hatte, sich hinzulegen.«

»Das würde bedeuten, er wurde in seinem Bett erdrosselt.«

»Nehmen wir an, der Mörder wusste von der Vorerkrankung und hat sie sich zunutze gemacht, sodass es wie ein natürlicher Todesfall aussehen sollte.«

Birthe blieb vor der zugedeckten Leiche stehen, schweigend, in sich gekehrt. Dann nahm ihr Gesicht plötzlich Farbe an. »Das bringt mich auf eine Idee. Ich glaube, ich muss jemandem einen Besuch abstatten.«

*

»Du glaubst nicht, wie froh ich bin, dass du hier bist!« Arthur sah sich nervös um. »Bist du sicher, dass dir niemand gefolgt ist?« Das Sprechen fiel ihm weiterhin schwer, seine Stimme wurde jedoch allmählich wieder kräftiger.

»Beruhige dich, Arthur. Hier ist niemand. Deine Nerven liegen blank. Wie siehst du überhaupt aus? Was ist passiert? Wer hat dich so zugerichtet?«

Arthur wusste nicht, wohin mit seinen Händen. »Darüber kann ich nicht sprechen. Hast du was gegen die Schmerzen?«

Igor gab ihm zwei Tabletten und zog zwei kleine Schnapsflaschen unter seiner Lederjacke hervor. Eine davon reichte er Arthur. »Da, zum Nachspülen. Wärmt den Magen und betäubt den Schmerz. Dann erzähle ich dir von meinem Plan«, zwinkerte er und ließ sich hart auf das Bett fallen, dass die Sprungfedern krachten. »Also. Du brauchst Geld.« Er strich über das Bettlaken. »Und mein Kollege Mario braucht Geld. Da habt ihr was gemeinsam. Und wenn du mich fragst …« Er verzog das Gesicht zu einer Grimasse.

Arthur nickte. »Auch du könntest etwas gebrauchen, ist

klar. Es müssten schon 100.000 sein, damit wir es unter uns aufteilen können, und das am liebsten gestern.« Er klimperte nervös mit den Augen. »Ich weiß, das ist unmöglich. Sonst bin ich derjenige, dem was einfällt. Diesmal nicht. Allein weiß ich nicht mehr weiter. Ich kriege im Moment keinen klaren Gedanken zustande.«

Igor nickte verständnisvoll. »Ich weiß.«

»Erzähl von deinem Plan.« Arthurs Stimme brach. Er saß verkrampft auf seinem Campingstuhl und hielt sich den Bauch.

»Ich glaube, ich habe eine Idee«, sagte Igor. »Deine Erpressungsversuche bei Simon Birklund waren ja alles andere als erfolgreich. Er hatte wohl doch kein Geld unterschlagen und so hattest du kein Druckmittel. Einen Versuch war es immerhin wert. Jetzt probieren wir was anderes. Ob es klappt, weiß ich nicht, habe so ein Ding noch nie durchgezogen.«

»Lass hören.« Arthur versuchte, die Position zu verändern, ließ es jedoch, als er merkte, dass die Schmerzen dadurch stärker wurden.

»Ich habe ein bisschen gegoogelt, nur so, weißt du. Ist schon länger her. Ich bin auf etwas Interessantes gestoßen, aber du wirst denken, ich spinne.« Igor bog nervös seine Finger durch, bis es in den Gelenken krachte.

»Ja und?«

»Sprengstoff!«, platzte Igor heraus.

Arthur hob die Augenbrauen.

Igor grinste. »Na siehst du, du hältst mich für bekloppt!«

»Was ist mit Sprengstoff? Was hast du recherchiert?«, krächzte Arthur. Sein Mund war wieder staubtrocken.

»Jetzt mal von vorne.« Igor holte tief Luft. »Die Recherche liegt eine Weile zurück. Ich bin schon viel weiter. Ein alter Plan sozusagen. Wollte ich immer mal ausprobieren, aber du gibst mir den letzten Anstoß, es jetzt zu machen. Im Grunde genommen ganz easy. Jedes Grundschulkind kann das.«

»Was?«, stieß Arthur hervor. »Was bitte schön willst du in die Luft jagen? Die Bank?«

»Nein, Blödsinn, nicht die ganze Bank.«

»Die halbe, oder was?«

»Hör zu.« Igor rieb sich die Handflächen an den Hosenbeinen ab. »Nur den Geldautomaten.«

»Den Geldautomaten?«, wiederholte Arthur und seine Stimme überschlug sich fast. »Sonst noch was? Du kannst doch nicht einfach den Geldautomaten sprengen. Wenn das so leicht ginge, hätten es zig andere vor dir gemacht.«

»Haben sie mit Sicherheit auch«, sagte Igor und kaute an seinen Fingernägeln. »Hast du eine bessere Idee?«

Arthur war aufgestanden und humpelte wie ein verletztes Huhn im Raum hin und her. Mehrfach schüttelte er den Kopf, als könne er es nicht fassen. Igor erhob sich ebenfalls. »Na ja, war nur ein Vorschlag. Du musst ihn nicht annehmen. Vergessen wir die Sache.« Er nahm seine Jacke und ging in Richtung Ausgang. »Ich kann's auch ohne dich durchziehen, weißt du? Dann gehört die Kohle eben mir allein.«

»Jetzt warte doch mal!«, rief ihm Arthur hinterher. »Setz dich wieder, du machst mich nervös. Also, was ist dein Plan?«

Beide Männer hockten sich auf die Bettkante. Igor zog einen Zettel aus seiner Brieftasche hervor. »Unter diesem Link kannst du selbst nachschauen, falls es dich interessiert. Ich habe die Bauteile bei mir zu Hause und in meiner Garage schon erste Versuche mit wenig Schwarzpulver gemacht. Interessiert mich eben. Es funktioniert, wobei die Wucht der Explosion nicht abzuschätzen ist.«

Arthur runzelte die Stirn. »Verdammt, zu gefährlich.«

»Arthur, denk an deinen Vater! Scheint so, als habe er noch eine Rechnung mit dir offen.«

Arthur schwieg. »Ich will nur meine Ruhe, weiter nichts.«

»Aber du träumst von einem anderen Leben. Hier, in dieser Wohnung, bekommst du deine Ruhe nicht, niemals. Du machst einen Fehler nach dem anderen.«

»Ich weiß. Ich schaffe es einfach nicht. Ich habe eine Pechsträhne, im Moment klappt einfach nichts. Ich bin mir nicht einmal sicher, ob ich wirklich meinen Vater beeindrucken will oder nur mich selbst. Weißt du, mein Vater … Ich dachte, ich liebe ihn. Aber inzwischen habe ich meine Meinung geändert.« Er schluckte.

»Wie soll ich das verstehen?«

»Habe ich dir mal erzählt, was er mir als Kind angetan hat?«

Igor schüttelte den Kopf.

Arthur atmete tief durch. Es war ihm anzusehen, wie schwer ihm das Sprechen fiel. »Ich hatte mal eine Katze«, begann er stockend. »Mika. Sie war schwarz-weiß. Ich habe sie gefunden, als sie noch ein Baby war. Jemand hatte sie achtlos in eine Mülltonne geworfen. Ich habe sie mit nach Hause genommen. Meine Mutter war vor Freude ganz aus dem Häuschen, also durfte ich sie behalten. Sie hat in einem Körbchen neben meinem Bett geschlafen. Tag für Tag. Irgendwann habe ich sie auch mal rausgelassen.«

»Und weiter?«, fragte Igor ungeduldig. »Dein Vater war nicht dafür, nehme ich an?«

Arthur zuckte die Schultern. »Meinem Vater war sie anfangs egal. Er hat sich nicht um sie gekümmert. Eigentlich hat er sie überhaupt nicht beachtet. Er war viel unterwegs, lebte sein eigenes Leben. Damals war er noch Friseur. Hatte seinen Laden mit vielen Angestellten in der Osnabrücker Innenstadt. Da hat er viele Kontakte geknüpft. Irgendwann in der Zeit muss er auf Abwege geraten sein. Hat neue Kontakte geknüpft, keine Ahnung. Er muss angefangen haben, die Konkurrenz zu beobachten. Später hat es dann angefangen mit der Schutzgelderpressung.«

»Und die Katze?«, fragte Igor.

»Die Katze bekam Junge. Ich fand's klasse. Winzige Wollknäuel, völlig tollpatschig und süß. Ich habe mit ihnen gespielt und sie beobachtet, habe zugesehen, wie die Katzenmutter sie gesäugt hat. Aber eines Tages waren sie verschwunden. Einfach so. Meine Mutter wusste nichts, war selbst ganz aufgelöst und hat mitgesucht. Dann habe ich meinen Vater gefragt. Und er hat mir eiskalt ins Gesicht gesagt, dass er …« Er schluckte. »Er hat sie einem Kumpel mitgegeben. Und der hat sie ertränkt, alle fünf. In der Hase.«

Igor zog die Augenbrauen hoch. »Ich habe es geahnt«, sagte er. »Nicht schön, vor allem nicht für ein Kind, aber ich habe geahnt, dass jetzt so was kommt.«

»Schon damals hat er sich nicht selbst die Hände schmutzig gemacht, sondern andere gehabt, die ihm die Drecksarbeit abgenommen haben«, sagte Arthur mit erstickter Stimme. »Das ist noch nicht alles. Eines Tages war auch Mika verschwunden. Ich habe überall nach ihr gesucht. Du kannst dir nicht vorstellen, was für eine Angst ich hatte. Und eine bestimmte Vorahnung, aber ich habe sie verdrängt, solange es ging. Tagelang habe ich mich nicht getraut, meinen Vater zu fragen, obwohl ich die Antwort bereits kannte.« Er suchte Igors Blickkontakt. Der nickte.

»Der Kumpel meines Vaters hat auch sie umgebracht«, sagte Arthur und seine Stimme brach. »Er hat ihr den Hals umgedreht und sie achtlos in ein Gebüsch geworfen. Einfach wie Müll entsorgt. Als ich meinen Vater zur Rede gestellt habe, hat er gesagt, ihr Geschrei und ihr Gemaunze hätte ihn beim Mittagsschlaf gestört.«

»Hm«, sagte Igor und zupfte sich verlegen am Ohrläppchen. »Nicht schön.«

»Ich war gerade zehn geworden. Und er hat sich nicht einmal bei mir entschuldigt. Es hat ihm kein bisschen leidgetan. Ungerührt hat er mit angesehen, wie ich stundenlang geheult habe, gar nicht mehr aufhören konnte. Ich glaube, er war einfach froh, dass er wieder seine Ruhe hatte. Seitdem hasse ich ihn, das weiß ich heute. Ich werde ihm nie verzeihen.«

»Und trotzdem eiferst du ihm nach. Versuchst, ihm zu gefallen. Das ist etwas, was ich nicht verstehen kann.«

Arthur sah an ihm vorbei. »Vielleicht will ich ihm nur ebenbürtig werden«, sagte er, »damit ich ihm auf Augenhöhe begegnen kann. Denn das habe ich mich nie getraut. Ich hatte nie den Mut, ihm die Meinung zu sagen. Ja, ich will Anerkennung von ihm. Aus dem einzigen Grund, dass er mir endlich zuhört und mich ausreden lässt. Das hindert mich jedoch nicht daran, ihn zu hassen.«

»Ich kann nicht mitreden«, sagte Igor, »ich hatte gar nicht erst einen Vater. Nur mehrere Pflegeväter, die sich nicht die Bohne für mich interessierten. Die Mütter übrigens auch nicht. Ich war froh, als ich irgendwann im Heim landete.«

Arthur schwieg eine Weile. »Hast auch dein Päckchen zu tragen, was?«, meinte er schließlich.

Igor lehnte sich zurück und stieß geräuschvoll die Luft aus. Lange starrte er an die Zimmerdecke, als suche er dort etwas. »Was sind deine Ziele, Arthur? Wovon träumst du? Abgesehen von Ruhe?«

»Da muss ich nicht lange überlegen. Ein eigenes Tattoostudio wäre genial. Irgendwo im Süden, wo es warm ist und die Menschen ihr Leben genießen und andere leben lassen.« Er schob den Ärmel hoch, sodass sein Tattoo sichtbar wurde, und suchte Igors Blick, doch der reagierte nicht. »Ich würde das gerne lernen«, sagte er, »mit allem Drum und Dran. Und mich selbstständig machen. Wenn ich es geschafft habe, möchte ich eine Frau kennenlernen, die mich versteht und zu mir passt. Und ein bis zwei Kinder hätte ich auch gern. Die sollen es gut haben. Ich will ihnen all das bieten, was ich selbst nicht hatte.«

»Ein bürgerliches Leben also«, sagte Igor. »Willst du das?«

Arthur nickte. »Auch wenn es spießig klingt: Ja, ich will in Zukunft mit ehrlicher Arbeit mein Geld verdienen und ein gewisses Ansehen in der Gesellschaft erreichen. Mit Frau, Kind, Hund und Katze.« Er lächelte zaghaft. »Ganz normal eben.«

»Das Tattoo auf deinem Arm. Samantha, die Spinne, ist das eine Art Protest gegen deinen Alten?«

»Weiß nicht. Ich liebe halt Tiere. Besonders die, die sonst nur wenige Leute mögen. Und ganz besonders die, die andere für wertlos halten.«

»Du imponierst mir, Arthur, Hut ab, ehrlich. Ich habe dich ganz anders eingeschätzt. Wir haben übrigens die gleichen Ziele. Ich will auch auswandern, irgendwo ganz neu beginnen. Aber mit dem, was ich kann und worin ich gut bin: Schreiner. Ich will nichts anderes machen. Und ja, Frau und Kind könnte ich mir ebenfalls gut vorstellen. Trotzdem möchte ich dir gerne eine Frage stellen: Bürgerliches Leben hin oder her, aber einmal bist du noch mit dabei, oder?«

»Ein letztes Mal. Ich brauche einfach die Kohle. Anders geht es nicht. Sag mal, kann ich eine Weile bei dir pennen?«

»Warum?«

»Ja oder nein? Für ein paar Tage vielleicht? Hier bin ich nicht mehr sicher.«

Igor sagte eine Weile nichts. Schließlich räusperte er sich. »Im Moment ist es schwierig. Habe ein Mädel ab und zu bei mir zu Besuch. Sie bleibt noch bis Sonntagabend. Danach kannst du kommen.«

»Sonntagabend ist ein Wort. Besser als nichts.«

»Vielleicht ist es sogar praktisch. Dann können wir gemeinsam losziehen, ohne uns verabreden zu müssen. Man weiß nie, ob Handys abgehört werden. Wir machen das sowieso nachts, wenn alle schlafen. Unter der Woche zwischen 3 und 5 Uhr, da ist am wenigsten los. Vertrau mir einfach.«

»Hast du schon einen bestimmten Tag im Visier?«

»Ich will es so schnell wie möglich über die Bühne bringen. In der nächsten Woche habe ich Urlaub und dann kann ich gleich verschwinden, ohne dass es auffällt. Ich dachte an Montag. Falls ich bis dahin ein Fluchtauto habe.«

»Sind wir allein?«

»Ich und du und noch ein Dritter. Jemand muss Schmiere stehen und in einem Fluchtfahrzeug auf uns warten, sonst kannst du das vergessen.«

»Habe ich mir gedacht. Und der dritte Mann?«

Igor zögerte. »Ich habe an Mario gedacht.«

Arthur verzog schmerzvoll das Gesicht. »Dieser ängstliche Typ, dieser Jammerlappen, der einen pausenlos mit nervigen Fragen löchert und selbst null Erfahrung mitbringt. Hast du dir das gut überlegt?«

»Er hat seine gesamte Kohle verloren. Er brennt dafür,

weil er seiner Frau nichts von seiner Pleite erzählt hat. Du, der hat sogar seinen Job geschmissen. Mittlerweile tut es ihm leid und er hat versucht, unseren Chef umzustimmen, dass er ihn wieder einstellt. Aber der lässt ihn zappeln, was nicht anders zu erwarten war. Der Mann ist am Ende. Also wird er funktionieren.«

»Okay, ich vertraue dir. Dann wird er Schmiere stehen, das wird er ja hoffentlich hinkriegen«, sagte Arthur nachdenklich.

*

Während der Fahrt sprudelte Carlo wie ein Wasserfall. Birthe konnte sich zunächst keinen Reim darauf machen, wovon er sprach. Sie hatte den Anfang seines Vortrags verpasst, weil sie sich auf den Verkehr hatte konzentrieren müssen, der gerade am Heger-Tor-Wall ziemlich dicht war.

»Ein Traum, sag ich dir, ein Traum!«, rief er begeistert. »Hochgesetztes Heckdoppelbett mit Federkernmatratze. Elektrische Entlüftung für die Toilette. Bad mit großer flexibler Dusche. Voll funktionsfähige Küche mit reichlich Stauraum und – als Highlight – gemütliche und superbequeme Sitzecke«, schwärmte er. »Fliegenschutzrollo an der Eingangstür.«

»Wovon sprichst du? Willst du ausziehen?«

»Pass auf, sowohl Fahrer- als auch Beifahrersitz sind drehbar. Kompakt, schmal und wendig durch 2,14 Meter Außenbreite. Im Innenraum enorm viel Platz. Hugo kann sich gemütlich ausstrecken. Allererste Sahne, sage ich dir!«

»Hugo?«

»Mein allerbester Freund. Unsere Fellnase.«

»Stimmt, du hast mir ein Foto gezeigt. Ich denke, deine Frau will nicht campen.«

»Tja«, sagte Carlo und zog die Stirn kraus. »Das ist allerdings ein Problem. Meine Tochter würde gern noch mal mit, für Hugo wäre so etwas allemal besser als Hotel oder Ferienwohnung, aber ich kann meine Frau ja schlecht zu Hause lassen.« Er zog eine Bäckertüte aus seiner Aktentasche und biss herzhaft in ein Croissant.

»Warum nicht? Vielleicht fände sie es gerade gut. Ein getrennter Urlaub ist oft die reinste Frischzellenkur für eine Beziehung.«

Carlo schüttelte kauend den Kopf. »Damit darf ich Gudrun nicht kommen. Sie ist hochgradig eifersüchtig.«

»Okay«, sagte sie gedehnt. »Ist ja noch etwas hin bis zum Sommer.«

Sie hatten die Prof.-Haack-Straße erreicht, manövrierten den Dienstwagen in die nächstbeste Parklücke und stiegen aus.

»So, dann wollen wir mal sehen, was die Dame zu den neuesten Erkenntnissen zu sagen hat!«, meinte Carlo und ging mit weitgreifenden Bewegungen hinter Birthe her.

»Sie geben ja immer noch keine Ruhe!« Iris Birklund schien nicht bester Laune zu sein. »Es gibt nichts, was ich Ihnen nicht bereits gesagt hätte.«

»Sind Sie sicher?«, fragte Birthe und bemerkte zum ersten Mal die halb zugezogenen braunen Vorhänge mit goldenen Tigern. »Sie haben ausgesagt, Ihr Mann sei herzkrank gewesen und an einem Infarkt gestorben.«

Iris spielte an ihren künstlichen Fingernägeln herum. »Das ist Tatsache. Fragen Sie doch unseren Hausarzt.«

»Tatsache ist nach Aussage von Herrn Dr. Olsen, dass Ihr Mann herzkrank war. Allerdings hat er sich mit hoher

Wahrscheinlichkeit geirrt, was die Todesursache anbelangt.«

»Ich vertraue Herrn Dr. Olsen.«

»Wie Sie wissen, ist Ihr Mann inzwischen in der Gerichtsmedizin obduziert worden.«

»Ja … und? Was hat die Untersuchung Interessantes zutage befördert?«

»Wir haben Sie ja schon darauf vorbereitet, dass es kein natürlicher Todesfall gewesen sein könnte. Die Bestätigung liegt mittlerweile vor.«

Iris Birklund atmete flach. »Sondern?«, fragte sie kehlig.

»Ihr Mann wurde erdrosselt«, sagte Birthe und beobachtete gespannt ihre Gesprächspartnerin.

»Nein!«, rief sie aus. »Das kann nicht sein! Sie irren sich! Bestimmt nicht.«

»Frau Birklund, ich muss Ihnen die Frage stellen, was Sie am 28. Februar zwischen 9.30 Uhr und 11.30 Uhr gemacht haben.«

Iris Birklund fixierte Birthe mit eisigem Blick. »Bitte, was? Das soll jetzt nicht heißen, dass Sie mich für tatverdächtig halten?! Sollte das der Fall sein, werde ich auf der Stelle meinen Anwalt informieren. Vorher werde ich kein Wort mehr sagen.«

»Wir brauchen lediglich Ihr Alibi, rein routinemäßig. Seien Sie unbesorgt, Sie sind nicht die Einzige, von der wir das verlangen.«

»Von wem denn noch? Und warum ausgerechnet von mir? Ich bin seine Frau. Wir haben uns geliebt.«

Birthe wartete in aller Ruhe ab.

Iris Birklund wand sich. »Ich sagte Ihnen doch schon, da war ich beim Friseur.«

»Die ganze Zeit?«

»Ja, sogar länger. Ich habe Strähnchen bekommen und

einen neuen Schnitt, das dauert eben. Ich bin erst gegen 13 Uhr nach Hause gefahren.«

Birthe zog zweifelnd ihre Augenbrauen in die Höhe.

»Glauben Sie mir etwa nicht? Dann fragen Sie doch meine Friseurin. Sie heißt Mariella und wird es Ihnen bestätigen.«

»Das hat sie getan. Allerdings hat sie ebenfalls ausgesagt, dass Sie wieder gegangen sind, als Sie gehört haben, dass Sie eine Dreiviertelstunde hätten warten müssen. Sie seien zu spät gekommen und darum habe man eine andere Kundin vorgezogen.«

»Ja, das stimmt, ich habe mich wahnsinnig darüber geärgert, aber ich bin wiedergekommen.«

»45 Minuten später.«

»Nicht ganz. Es waren höchstens 30 Minuten.«

»Was haben Sie in der Zwischenzeit gemacht?«, schaltete sich Carlo Oltmann ein.

»Ich habe meine Lesebrille geholt, die hatte ich vergessen. Und bei einer so langen Prozedur … da wird es einem schnell langweilig. Wo ich sowieso hätte warten müssen.«

»Sie sind also nach Hause gefahren«, fasste Birthe zusammen.

»Ja, aber nur kurz.«

»Und ist Ihnen da etwas aufgefallen?«

»Nein, nichts.«

»Haben Sie Ihren Mann gesehen?«

»Nein, die Tür zu seinem Arbeitszimmer war geschlossen.«

»Was haben Sie als Erstes gemacht, als Sie ins Haus zurückgekehrt sind?«

»Ich bin ins Schlafzimmer gegangen und habe meine Brille geholt. Ich wusste, dass sie da war, weil ich am Abend vorher im Bett gelesen hatte.«

»Und danach?«

»Dann bin ich zurückgefahren.«

Birthe spielte an ihren Fingerringen. »Frau Birklund, ich muss Sie mal so direkt fragen: Hatte Ihr Mann Feinde?«

»Wie bitte?«

Carlo räusperte sich. »Hat er sich mit jemandem angelegt?« Er zupfte sich einen Krümel vom Pullover, vermutlich vom Croissant.

»Ich habe Ihre Kollegin durchaus verstanden«, sagte Iris kühl. »Zumindest akustisch.«

»Natürlich. Ich will Ihnen nicht zu nahe treten, Ihre Sprache und Ausdrucksweise ist nahezu perfekt, aber Ihrem Akzent ist dennoch anzumerken, dass Deutsch nicht Ihre Muttersprache ist, habe ich recht?«

»Ich komme aus Russland.«

»Man hört es ein wenig. Wie lange sind Sie schon hier?«

»Ich habe 2009 geheiratet. Seitdem lebe ich in Deutschland.«

»Dafür ist Ihr Deutsch erstaunlich gut.«

»Danke, ich habe deutsche Vorfahren. Meine Großmutter hat mit mir Deutsch gesprochen, und ich war als Kind für einige Monate in Hamburg.«

»Gut. Nun zurück zu unserer Frage.«

»Welcher Frage?«

»Ob Ihr Mann Feinde hatte.«

»Nein, hatte er nicht. Vielleicht ein bisschen Stress und manchmal auch Ärger auf der Arbeit, aber er hat sich mit allen gut verstanden.«

»Mit allen?«, fragte Carlo.

»Ja, mit allen.«

»Es soll Entlassungen gegeben haben.«

»Davon weiß ich nichts.«

»Seltsam, dass Ihr Mann nicht mit Ihnen darüber gesprochen hat. Es ging sogar durch die Medien.«

Iris zuckte mit den Schultern. »Mein Mann hat mit mir nicht über seine Arbeit gesprochen.«

Carlo verschränkte die Arme vor der Brust. »Was haben Sie in Russland gemacht? Beruflich, meine ich?«

»Sekretärin«, sagte sie, ohne aufzuschauen, »Assistentin der Geschäftsleitung.«

»Frau Birklund, ich würde gerne Ihr Bad aufsuchen«, sagte Birthe und griff nach ihrem Rucksack.

Iris sah die Kommissarin irritiert an. »Gut, wenn Sie meinen …«, sagte sie und erhob sich. »Folgen Sie mir bitte.«

»Ist das Ihr einziges Bad?«, wollte Birthe wissen, als sie den großzügig geschnittenen Raum betrat. Wie zu erwarten dominierte hier ebenfalls die Farbe Grau in allen Schattierungen. Mit einem Whirlpool und einer Sauna ähnelte es eher dem Wellnessbereich eines guten Hotels als einem gewöhnlichen Badezimmer.

»Ja, sonst gibt es nur noch eine Gästetoilette.«

»Wo ist die?«

Iris erklärte es ihr.

»Sie gehen bitte zu meinem Kollegen zurück und warten da«, sagte Birthe freundlich, aber bestimmt.

Iris blieb wie angewurzelt stehen.

»Haben Sie mich gehört?«

»Gehört ja, aber nicht verstanden«, meinte Iris beleidigt und zog sich zurück.

Nachdem Birthe die Tür hinter sich geschlossen hatte, suchte sie die Ablagen ab. Parfümflakons, Cremedosen, Seifenspender, Nagellacke. Die Make-up-Tuben mussten sich woanders befinden. Sie öffnete den großen Spiegelschrank, der sich über dem Waschtisch befand. Fehlanzeige. Außer den üblichen Haushaltsreinigern fanden sich hier diverse Toilettenartikel, allerdings keine Kosmetika. In einem schmalen Regal lagen Handtücher in verschiedenen Größen, ordentlich übereinandergestapelt.

Birthe verließ das Bad und sah sich in der Gästetoilette um. Sie hatte es geahnt: Hier schien sich die Dame des Hauses ebenfalls nicht zu schminken. Dafür entdeckte Birthe Iris Birklunds Haarbürste. Sie öffnete ihren Rucksack und vergewisserte sich kurz, dass sie niemand beobachtete. Mit einem Einmalhandschuh zog sie ein paar Haare heraus, die sie in eine Beweismitteltüte steckte. Anschließend ging sie zurück Richtung Wohnzimmer, wo sie im Türrahmen stehen blieb. Iris Birklund und Carlo Oltmann unterbrachen ihr Gespräch und sahen zu ihr herüber.

»Frau Birklund, ich muss Sie bitten, mir Ihre dekorative Kosmetik zu zeigen«, sagte Birthe mit klarer Stimme.

Ein Schatten glitt über Iris' Gesicht, legte sich über ihre Züge, verdunkelte und verschloss sie. »Was meinen Sie mit ›dekorativer Kosmetik‹?«, fragte sie leise.

»Make-up«, erklärte Birthe knapp.

Iris' Mund stand einen Moment offen, bevor sie sich fasste und die Frage stellte: »Warum?«

Birthe zögerte mit der Antwort. »Ganz einfach. Aus ermittlungsrelevanten Gründen.«

Iris stieß einen künstlichen Lacher aus. »Sie glauben doch nicht im Ernst, dass ich mit dem Tod meines Mannes etwas zu tun habe! Weshalb sollte ich denn eine Leiche schminken? Bin ich pervers, oder was?«

»Zeigen Sie mir bitte Ihre gesamte Kosmetik, Frau Birklund«, sagte Birthe bestimmt.

»Sie behandeln mich wie eine Verdächtige! Ich muss mir das nicht gefallen lassen!«

»Frau Birklund, tun Sie bitte, was meine Kollegin sagt«, schaltete sich Carlo in ruhigem Tonfall ein. »Ihr Mann ist Opfer einer Straftat geworden und wir müssen in alle Richtungen ermitteln.«

»Und da ist es am bequemsten, bei der Witwe anzufangen!«

»Sie haben die Möglichkeit, jeden Anfangsverdacht sofort aus dem Weg zu räumen«, sagte Carlo.

»Und wenn Sie jetzt die Make-up-Tube finden, mit dem mein Mann geschminkt wurde, nehmen Sie mich fest?«

Birthe gab ihren Posten am Türrahmen auf und setzte sich wieder. »Frau Birklund, wenn Sie uns irgendetwas zu sagen haben, dann tun Sie es jetzt. Sie helfen uns damit weiter und entlasten Ihr Gewissen. Sie wollen doch sicher auch, dass die Tat aufgeklärt wird und Ruhe einkehrt.«

»Ich habe nichts, aber auch gar nichts damit zu tun.«

»Wenn Sie nichts damit zu tun haben, Frau Birklund, dann war es jemand anders. Es muss aber jemand gewesen sein, dem Ihr Mann selbst die Tür geöffnet hat, denn die Spurensicherung, die inzwischen bei Ihnen war, hat keinerlei Einbruchspuren festgestellt. Alle Türen sind überprüft worden, auch von Terrassen und Keller. Auch an den Fenstern gab es keine Manipulation. Also?«

Iris zuckte die Schultern.

»Zeigen Sie mir bitte Ihr Make-up.«

Wütend stand Iris auf. Sie vermied es, Birthe oder Carlo anzusehen. »Also gut, ich hole es. Warten Sie bitte hier.«

Birthe erhob sich ebenfalls. »Nein, ich werde Sie begleiten.«

Iris ging hoch erhobenen Hauptes in ihr Schlafzimmer. »Da, bitte«, sagte sie trotzig und wies mit ihren manikürten Fingern auf ein weißes Sideboard. »Bedienen Sie sich! Steht alles zu Ihrer Verfügung!«

Birthes Blick fiel sofort auf zwei Make-up-Fläschchen. Sie zog eine neue Beweismitteltüte hervor. »Nur diese beiden?«, fragte sie und suchte inmitten der unzähligen Dosen, Tiegel, Nagellacke und Lippenstifte nach weiteren Fläschchen und Tuben.

»Auch wenn Sie mit der Antwort nicht zufrieden sind – mehr habe ich nicht«, erklärte Iris spöttisch.

Birthe tütete die Fläschchen vorsichtig ein. »Gut, ich muss sie leider mitnehmen.«

»Ich hoffe, ich bekomme sie wieder, sie waren teuer!«

»Natürlich, Frau Birklund.«

»Und womit soll ich mich in der Zwischenzeit schminken?«

Birthe ließ sie einfach stehen und ging an ihr vorbei zu Carlo, der im Wohnzimmer auf sie wartete.

»Haben Sie jetzt alles, was Sie brauchen, oder wollen Sie sich noch irgendwo bedienen?«, rief Iris ironisch hinter ihr her.

»Frau Birklund, bitte nehmen Sie es nicht persönlich«, sagte Birthe. »Sie bekommen alles zurück, keine Sorge. Sie können mich jederzeit telefonisch erreichen, wenn Ihnen noch etwas einfällt.«

✳

Mario und Igor erreichten die Firmenadresse im Osnabrücker Stadtteil Schinkel und besahen sich die Baustelle. Das alte Vordach musste abgebaut und durch ein neues ersetzt werden. Die Holz- und Glaskonstruktion lag schon halb vormontiert in der Werkshalle der Schreinerei. Heute stand jedoch nur die Demontage an. Wenn es gut lief, mussten sie gegen Mittag fertig sein.

»Na, dann los. Lass uns Maße nehmen«, sagte Mario.

Igor machte keine Anstalten dazu, sondern blickte ernst in seine Richtung. »Willst du nicht erst mal das Mauerwerk prüfen?«

Mario sah ihn entgeistert an. Es stimmte, er war ja kein Vorarbeiter mehr. An diesen Gedanken musste er sich noch gewöhnen. Igor hatte jetzt das Sagen. Mario versuchte, sich seinen Ärger nicht anmerken zu lassen. Gemeinsam schlugen sie das Vordach ab und brachten es zum Transporter. Dann nahmen sie die Maße für die neuen Befestigungen.

»'n bisken Schwund ist immer«, sagte Igor.

Mario ignorierte ihn. »Bring mir mal den Schlagbohrer!«

»Entschuldige … Ich soll dir …?«

Mario warf ihm einen stechenden Blick zu.

Igor nahm eine dominante Körperhaltung ein.

»Himmelarsch, ich geh ja schon«, sagte Mario beleidigt.

Igor war es nun, der die Schlagbohrmaschine hielt und ihm Instruktionen gab. Verkehrte Welt!

»Siebhülsen«, knurrte Igor.

»Was? Doch nicht jetzt schon. Erst die Luftpumpe, Kumpel. Freipusten.«

»Hab ich nie gemacht.«

»Machen wir aber so. Erst dann kommt der Zweikomponentenkleber ins Spiel. Und ich hoffe, du hast den richtigen dabei. Den Winterkleber, es ist noch zu kalt, sonst härtet der nie.«

Igor winkte genervt ab.

»Dann sei froh, dass ich daran gedacht habe.« Mario verbiss sich einen weiteren Kommentar; es war so schwer, sich zurückzuhalten. Er versuchte, sich auf andere Gedanken zu bringen. In einem Laden in der Fußgängerzone hatte er eine amerikanische Freiheitsstatue als Briefbeschwerer gesehen. Das wäre etwas für Anneke, sozusagen als Vorgeschmack auf ihren großen Traum. Alles andere zählte nicht, war nur vorübergehend. Nichts blieb, wie es war, und im Moment war das ein tröstlicher Gedanke.

Er arbeitete still weiter, als sein Handy in der Hosentasche vibrierte. Es war Arthur. »Hi«, schnaufte Mario in den Hörer. »Ich habe schon auf deinen Anruf gewartet! Ist jetzt alles klar?«

»Fast. Hör zu, Roggenkamp, bald ist es so weit.«

»Bald?«, fragte Mario argwöhnisch.

»Du hast dich an mich gewandt, weil ich dir helfen sollte. Du willst dein Geld wieder haben, oder nicht?«

»Klar!«

»Also pass auf! Montagnacht kriegst du die Mäuse. Aber ich brauche deine Hilfe.«

»Wie … Montagnacht?«

»Na, in der Nacht auf Dienstag.«

»Was muss ich tun?«

»Nichts weiter. Bloß aufpassen, dass niemand kommt.«

»Schmiere stehen, oder was?«

»Nenn es, wie du willst. Ohne deine Unterstützung läuft jedenfalls nichts.«

»Es ist aber nichts Illegales? Mache ich mich strafbar dabei?«

»Wenn du dich richtig verhältst, passiert dir nichts. Eigentlich kannst du nichts falsch machen. Du sitzt bequem in einem Auto und passt auf. Informierst uns sofort über das Handy, wenn dir was auffällt.«

»Uns? Wer noch?«

»Erfährst du früh genug.«

Arthur gab ihm die Adresse der Bankfiliale durch und Mario bekam weiche Knie. Nähere Einzelheiten erfuhr er nicht. Es konnte sich nur um einen Banküberfall handeln. Aber mitten in der Nacht?

»Sag mal, kann ich dafür verknackt werden?«

»Frag nicht so viel.«

Mario sah sich hektisch um, bewegte sich noch weiter von Igor weg und schirmte sein Handy mit der Hand ab. »Ihr habt doch nicht vor, nachts in die Bank einzubrechen? Das ist absoluter Schwachsinn, sage ich dir, da ist alles gesichert. Ihr bekommt sowieso nichts. Innerhalb weniger Minuten ist die Polizei da!« Er konnte vor Aufregung kaum sprechen. »Du reißt uns alle mit in den Abgrund! Ich habe Familie, Frau und Söhne, trage Verantwortung, das kann ich nicht machen!«, flüsterte er.

»Dann siehst du keinen Cent. Überleg es dir, die Sache ist sicher, bombensicher, verlass dich auf mich. Die Bankmenschen haben dich doch auch übers Ohr gehauen. Dein sauer verdientes Geld hat die Besitzer gewechselt. Die machen sich mit deiner schwer verdienten Kohle ein geiles Leben! Ist das etwa legal? Du holst dir nur dein Eigentum zurück, nichts weiter. Du nimmst niemandem etwas weg. Die hingegen haben dir einen ganzen Haufen Kohle geklaut, vergiss das nicht! Ich melde mich wieder.« Er legte auf.

Mario steckte sein Handy ein und lehnte sich gegen die Hauswand. Alles um ihn herum schien sich plötzlich zu drehen.

»He, Mario, was ist los?«, rief Igor harmlos. »Bist ja ganz blass um die Nase!« Mit wenigen Schritten war er bei ihm.

»Kann sein«, sagte Mario und räusperte sich. »Ich mach mal eine kurze Zigarettenpause.«

»Seit wann rauchst du wieder?«

»Seit heute.«

*

Birthe und Carlo hatten nur mit Mühe einen Termin bei Birklunds Vorgesetzten Stuckenbrock in der Osnabrücker Zentrale der Bank bekommen. Er sei vielbeschäftigt, ständig unterwegs, eigentlich unerreichbar, hieß es am Telefon. Doch plötzlich ging es schneller als erwartet. Eine junge, schlanke Sekretärin mit hochgesteckten dunklen Haaren zeigte ihnen den Weg und führte sie in Stuckenbrocks Büro, wo sie auf ihn warten sollten.

Es war eingerichtet wie das Vorstandsbüro in einem alten Film, mit edlen, dunklen Hölzern, englischen Ledergarnituren, dezenten Grafiken an den Wänden und einem rotgemusterten Orientteppich in der Mitte. Den imposanten Schreibtisch mit dunkelgrüner Lederplatte und glänzenden Messingbeschlägen schmückte eine Wallstreet-Leuchte mit Kettenzug. Stuckenbrocks Büro repräsentierte Macht, Eleganz und Stil.

Carlo fächelte sich Luft zu; ihm war auf einmal sehr warm. Er sah zu Birthe hinüber und stellte fest, dass sie entspannt wirkte. Das alles schien keinen großen Eindruck auf sie zu machen. Carlo beruhigte sich wieder und warf einen Blick auf seine Armbanduhr. Erst jetzt nahm er das Ticken der altenglischen Wanduhr mit Mondphasen und Verzierungen wahr und verglich die Uhrzeit. Die Mondphasenuhr ging fünf Minuten vor.

Stuckenbrock trat ein, gefolgt von seiner hübschen Sekretärin. »Bringen Sie mir bitte einen Kaffee, und dann möchte ich nicht mehr gestört werden.« Er lächelte der Brünetten zu, die sich daraufhin mit einem angedeuteten Kopfnicken zurückzog.

»Frau Schöndorf und Herr Oltmann von der Osnabrücker Kripo, habe ich mir sagen lassen«, dröhnte Stuckenbrock jovial, »was führt Sie zu mir?« Er begrüßte die beiden Kommissare mit festem Händedruck und nahm ihnen gegenüber in einem Ledersessel Platz.

»Es geht um einen Ihrer Mitarbeiter«, sagte Birthe.

Stuckenbrock runzelte die Stirn. »Helfen Sie mir!«

»Simon Birklund.«

»Simon Birklund?« Zwischen Stuckenbrocks Augen bildete sich eine steile Falte. »Ich verstehe nicht. Er ist doch an einem Herzinfarkt gestorben! Wir haben bereits einen Nachruf geschrieben und der Witwe kondoliert.«

»Nun, es ist so: Bei der zweiten Leichenschau hat sich herausgestellt, dass er keines natürlichen Todes gestorben ist.«

»Nicht?«

»Nein. Es war kein Herzinfarkt. Simon Birklund ist ermordet worden.«

Stuckenbrock schüttelte stumm den Kopf. »Tatsächlich. Das glaube ich nicht.« Er knete nervös seine Hände und spielte mit seinem Ehering. »Wie denn?«, fragte er verwirrt.

»Jemand hat ihn erdrosselt.«

»Mein Gott.« Stuckenbrock schien völlig abwesend. Er wirkte wie in sich zusammengefallen. »Das gibt es doch nicht.« Er sagte es zweimal hintereinander.

Carlo räusperte sich. »Uns ist zu Ohren gekommen, dass es in Ihrer Bank Entlassungen gegeben haben soll.«

Stuckenbrock schaute auf. Er schien sich wieder etwas gefangen zu haben. »Ja, leider. Die weltweite Finanzkrise ist auch an uns nicht spurlos vorbeigegangen. Wir haben Federn lassen müssen.«

»Nach dem Motto: Die Guten ins Börsentöpfchen, die Schlechten ins Anlegerkröpfchen«, sagte Carlo stirnrunzelnd.

»Wie bitte?«, fragte Stuckenbrock.

»Wir müssen Sie bitten, uns eine Liste der entlassenen Mitarbeiter auszuhändigen. Es wäre nett, wenn Sie uns

Namen, Anschriften und Telefonnummern mitteilen könnten«, forderte Birthe ihn auf.

»Von allen Mitarbeitern? Aus sämtlichen Filialen?«

»Nein, das wird nicht nötig sein. Es reicht die Filiale, die Simon Birklund geleitet hat.«

»Selbstverständlich. Das wird kein Problem sein. Ich meine, es wären nur zwei oder drei gewesen.«

»Wer hat es den Angestellten mitgeteilt? Sie oder Herr Birklund?«

»Das war die Aufgabe von Herrn Birklund. Er hat es selbst übernommen.«

»Hat es ihn belastet?«

»Ja, sehr sogar. Er hat sich schwer damit getan. Ich weiß noch, wie er hier in meinem Büro saß und sich gewunden hat. Wie ich ihn überreden musste.«

»Wann genau ist das gewesen?«

»Warten Sie, ich schaue nach.« Er holte den Terminplaner von seinem Schreibtisch und schlug ihn auf. »Es war am 15. Februar.«

»Und rund zwei Wochen später wurde Birklund ermordet«, sagte Birthe. »Erzählen Sie von dem Gespräch.«

»Nun, ich habe ihm gesagt, dass er keine Wahl hat, dass es nicht allzu rosig um die Bank bestellt ist. Aber das wusste er ja selbst. Und dass überall Entlassungen anstehen. Ihm war bekannt, dass die Commerzbank, mit der wir kooperiert haben, in den kommenden Jahren an die 6.000 Mitarbeiter entlassen wird. Das wird nicht spurlos an uns vorbeigehen. Birklund sah aus wie ein verängstigtes Kaninchen. Vielleicht hat er sich Sorgen gemacht, dass es ihn selbst treffen könnte. Ich habe ihn beruhigt und ihm gesagt, dass die Geschäftsleitung zufrieden mit ihm ist, sehr zufrieden sogar. Er hat gute Abschlüsse getätigt und ist mit einer entsprechenden Provision entlohnt worden.« Stuckenbrock hatte seine Fassung offenbar wiedergefunden. »Ich habe ihm die Namen genannt, die auf der Liste standen. Einen Augenblick, warten Sie, ich schau jetzt sofort nach, dann haben Sie sie.« Er begab sich wieder an seinen Schreibtisch und öffnete die oberste Schublade.

»Da haben wir es auch schon. Thore Strohbecke und Andreas Middendorf«, rief er aus und nahm wieder an der Tischgruppe Platz. »Zwei ehemals solide Mitarbeiter, die leider in der letzten Zeit geschwächelt haben. Zu wenig Abschlüsse, das konnte nicht lange gut gehen. Birklund hat sich gesträubt, aber letztlich doch die Notwendigkeit der Maßnahme eingesehen und zugesagt, dass er sich darum kümmern würde.«

Carlo und Birthe wechselten einen Blick.

Die Sekretärin trat lautlos ein und brachte Kaffee und Kekse auf einem silbernen Tablett.

»Danke, Christine, stellen Sie es hierhin. Herr Oltmann und Frau Schöndorf wollten sich allerdings gerade verabschieden. Es wäre nett, wenn Sie die beiden hinausbegleiten würden. Und bitte geben Sie den Herrschaften die Adressdaten von Andreas Middendorf und Thore Strohbecke.«

»Selbstverständlich, Herr Stuckenbrock«, sagte die Sekretärin.

Carlo stand beleidigt auf und warf einen sehnsüchtigen Blick auf das silberne Tablett. »Sie hören von uns«, sagte er unfreundlich beim Hinausgehen.

»Nur falls unbedingt nötig«, erwiderte Stuckenbrock kühl. »Sie können sich sicherlich denken, dass ich ein vielbeschäftigter Manager bin.«

*

»Roggenkamp, du kannst deine Sachen packen und gehen.«

»Was?« Mario starrte Hagedorn ungläubig an.

»Hast du mich nicht verstanden?«

Mario wurde rot. »Wie meinen Sie das?«

»So, wie ich gesagt habe. Du kannst gehen. Jetzt.«

»Jetzt gleich?«

Hagedorn bekam eine ungesunde Gesichtsfarbe. »Habe ich mich unklar ausgedrückt? Du bist freigestellt. Ab sofort.« Das letzte Wort hatte er betont, als spräche er mit einem ungezogenen Kind.

»Aber warum? Ich habe doch noch Kündigungsfrist«, stotterte Mario und spürte, wie seine Knie nachgaben.

»Du bist fristlos entlassen, Roggenkamp. Mehr habe ich nicht zu sagen.«

Mario nahm all seinen Mut zusammen. »Sie sind mir eine Begründung schuldig!«

»Gar nichts bin ich. Du schaffst deinen Akkord nicht. Überziehst Pausen. Hältst Kollegen von der Arbeit ab. Ich kann gerne noch nachträglich Abmahnungen ausstellen, wenn dir das lieber ist. Vielleicht reicht dir das als Erklärung. Wenn nicht, ist es mir auch egal. Wenn du klein beigibst, stelle ich dir ein wohlwollendes Zeugnis aus und bezahle dir noch die nächsten beiden Monatslöhne. Wenn nicht und du traust dich zum Arbeitsgericht, bekommst du überhaupt kein Zeugnis und keinen Pfennig mehr von mir. Und jetzt pack deine Sachen und verschwinde.«

»Das war nur ein einziges Mal, als ich … Ich kann das erklären. Eine Familienangelegenheit. Sie haben das doch sonst auch immer verstanden.«

Hagedorn hatte ihm bereits den Rücken zugekehrt und wackelte auf seinen kurzen, stämmigen Beinen in Richtung Büro. »Gestern war gestern und heute ist heute«, dröhnte er.

Mario ließ die Schultern hängen und versuchte, weiterzuarbeiten, als habe er nicht verstanden, was der Chef gerade zu ihm gesagt hatte.

»Mach dir nichts draus«, versuchte Igor zu trösten, als Hagedorn außer Hörweite war. »Der hat sie nicht alle.«

»Wenn es wenigstens einen Betriebsrat gäbe.«

»Den hat Pfennigfuchser erfolgreich verhindern können. Er wusste wohl, weshalb.«

»Mistkerl«, zischte Mario. »Und jetzt?«

»Jetzt gehst du nach Hause, legst dich hin und hörst Musik, die dir guttut. Ziehst einen dicken Schlussstrich. Und morgen … morgen fängt dein neues Leben an.«

Mario lachte höhnisch. »Neues Leben? Mit was? Hartz IV? Was glaubst du, was Anneke dazu sagt?«

»Beantrage das ruhig. Schaden kann das nicht und es steht dir ja zu. Arthur hat mich gestern angerufen. Er ist guter Dinge. Wenn ich ihn richtig verstanden habe, bekommst du bald dein Geld zurück.«

Mario stand da, als habe er einen Stock verschluckt. »Er hat auch mich angerufen.«

Igor lächelte wichtig. »Du weißt es also schon. Wir drei machen gemeinsame Sache. Und? Was sagst du dazu?« Er lächelte breit.

»Dass du auch mit dabei bist? Keine Ahnung, was ich davon halten soll. Ist mir jetzt auch egal. Weißt du wenigstens, was er vorhat?«

Igor schüttelte stumm den Kopf.

»Ich habe Angst, mich strafbar zu machen.«

»Diese Ängste musst du ablegen. Arthur weiß, was er tut. Er will ja selbst nicht wieder in den Bau. Wird schon schiefgehen.«

Mario nickte. »Hoffentlich hast du recht. Mir bleibt auch nichts anderes übrig. Blöderweise habe ich alles schon wieder rückgängig gemacht.«

»Was?«

»Na, den Pachtvertrag. Den Werkzeugverleih. Alles.«

Igor verdrehte die Augen. »Warum so voreilig, Mario? Damit wartet man doch erst mal ab.« Er packte ihn am Arm. »Na komm, lass dich nicht hängen. Irgendwas findet sich schon. Vielleicht sogar etwas Besseres. Die Hauptsache ist doch, du bekommst deine Kohle wieder, oder? Kauf Anneke einen Blumenstrauß, darüber freuen sich die Frauen, und schütte ihr dein Herz aus. Mach ein bisschen auf Mitleid. Dann wird sie weich und nimmt dich in den Arm. Frauen sind so. Sie brauchen immer etwas zu betüddeln, dann merken sie, dass sie zu was nütze sind.« Er zwinkerte ihm zu.

»Ich hab ihr noch nichts erzählt«, sagte Mario verzweifelt, »nicht mal die Sache mit dem Geld, also, dass ich es immer noch nicht habe. Sie weiß gar nichts. Ich dachte, alles klärt sich nach und nach. Anneke rechnet immer noch damit, dass ich ab April in meiner Scheune sitze und mein eigener Chef bin.«

Igor kratzte sich am Kopf und verzog sein Gesicht zu einem schiefen Grinsen. »Da hast du ein Problem, Amigo. Dann belass es auch vorerst dabei.«

»Und wie soll ich ihr erklären, dass ich morgens nicht mehr zur gewohnten Zeit aufstehe?«

»Hm, gute Frage. Steh einfach auf!«

»Hallo? Wie meinst du das?«

»Tu so, als sei nichts. Bis Ende März kannst du das ja wohl durchziehen. Verlass zur gewohnten Zeit die Wohnung und treib dich irgendwo rum. Musst halt ein bisschen nach der Uhr leben, Kreativität entwickeln. Das wirst du schon hinkriegen, bist ja sonst nicht auf den Kopf gefallen. Und jetzt komm her, ich helfe dir beim Zusammenpacken.«

*

Endlich kam die Sonne heraus. Miriam blinzelte und blickte zum Teich auf dem Gelände des Klinikums. »Was sagen denn deine Kollegen dazu, dass du schon wieder die Mittagspause mit einer Patientin verbringst?«, fragte sie mit einem Zwinkern.

»Keine Ahnung.« Ben reichte ihr eine Wasserflasche, aber Miriam lehnte ab. »Bin doch erwachsen. Kann machen, was ich will.« Er grinste sie an. »Und morgen wirst du entlassen?«

»Mir reicht es. Ich mag keine Krankenhäuser.«

»Kann ich verstehen. Wer mag die schon?«

Sie lachte. »Das sagst du über deinen Arbeitsplatz?«

Er sah sie lange an. »Miriam, ich werde dich vermissen!«

»Kannst mir ja mal schreiben. Ich werde dir eine Freundschaftsanfrage bei Facebook schicken.«

Er schmunzelte. »Sei gewiss, sie wird auf der Stelle beantwortet!« Im nächsten Moment wurde er ernster. »Dein Mann will zurückkommen, sagst du?«

Sie zuckte mit den Schultern. »Keine Ahnung. Wir werden es noch mal miteinander versuchen, vermute ich.«

»Glaubst du, dass das Sinn hat? Hast du vergessen, dass er dein Kind nicht wollte? Und wie er dich behandelt hat?«

»Nein, natürlich nicht. Aber immerhin ist er der Vater von Lilly und Kurt und wir waren acht Jahre zusammen. Ich will den Kindern ihren Vater nicht nehmen, solange sie noch so klein sind.«

»Liebst du ihn noch?«

Miriam schüttelte den Kopf.

»Ich weiß nicht, ob du dann deinen Kindern einen Gefallen tust. Ich glaube, Eltern, die lieblos miteinander umgehen, sind für Kinder schwerer zu ertragen als Eltern, die sich trennen. Ich glaube es nicht nur, ich weiß es. Aus eigener

Erfahrung.« Er nahm einen großen Schluck aus der Wasserflasche. Anschließend wandte er sich ihr wieder zu und sagte mit sanfterer Stimme: »Du weißt, falls es Probleme gibt, ich habe immer ein offenes Ohr für dich.«

»Danke, Ben.«

Eine Weile schwiegen sie. Beide waren in ihren Gedanken versunken. Irgendwann spürte Miriam, wie Bens Blick auf ihr ruhte. »Meinst du, wir sollten langsam zurückgehen?«, fragte sie.

»Gleich«, sagte er und betrachtete ihr Profil, ihre Nase, ihr Kinn, ihre Augen, die fein geschwungenen Brauen, den blonden Pferdeschwanz. Er rückte ein Stück näher und strich ihr eine Strähne aus dem Gesicht. Als sie ihn nicht abwehrte, wurde er mutiger. Behutsam drehte er ihren Kopf zu sich hin. Sie senkte die Augenlider, ohne sie zu schließen. Dann küsste er sie.

Er küsste gut. So war sie lange nicht mehr geküsst worden. Wenn überhaupt jemals. In ihren Ohren rauschte es. Sie war weit weg. Irgendwo, wo es nichts außer Ben und sie gab.

Eine ältere Frau, die nach einem Kind rief, riss sie in die Gegenwart zurück. Es war Zeit, zu gehen.

Benommen stand sie auf. »Ich weiß gar nicht, was mit mir los ist«, presste sie atemlos hervor. »Vorgestern habe ich mein Kind verloren, alles war schwarz und schwer, ich dachte, ich werde nie wieder glücklich, und heute bin ich mit dir im Park und küsse dich. Ich finde, das ist irgendwie nicht richtig.«

»So ist das Leben«, sagte er, stand nun ebenfalls auf und nahm ihre Hand. »Wir sind nicht dazu bestimmt, lange traurig zu sein. Wenn ich dir dabei ein bisschen helfen konnte …«

»Wie meinst du das? Verbringst du nur deshalb Zeit mit

mir, um mir zu helfen, mit meinem Schmerz fertig zu werden?« Sie fühlte einen leisen Stachel des Misstrauens und versuchte, ihn zu ignorieren.

Er zog sie an sich und raunte in ihr Ohr: »Wenn das mein Bestreben wäre, liebe Miriam, müsste ich tagtäglich mit mindestens einem Dutzend Patienten im Park spazieren gehen. Ich versuche zwar, ein guter Pfleger zu sein, aber ein Heiliger bin ich nicht. Glaub mir bitte, ich habe nie zuvor eine Patientin geküsst!« Er streichelte ihre Wange. »Glaubst du mir?«

Sie sah ihm ernst in die Augen. »Ich würde es gern genießen können«, sagte sie.

»Kannst du nicht?«

Sie schüttelte den Kopf. »Weiß nicht. Nicht richtig. Noch nicht.«

»Weil noch so viel zwischen uns liegt?«

Sie nickte.

»Dann lassen wir uns Zeit, okay?« Er legte einen Arm um sie. Langsam gingen sie zurück in Richtung Klinikgebäude.

*

Dr. Schröder brachte die Make-up-Fläschchen sofort ins Labor. Birthe hatte sich auch nach vielen Dienstjahren nicht an die Atmosphäre und den Geruch in der Gerichtsmedizin gewöhnt. Es roch nach Desinfektionsmittel, Verwesung und verbranntem Gummi. Aus dem Nebenraum dröhnten Sägegeräusche, die bei ihr Zahnschmerzen verursachten.

Nach einer Weile kam der Gerichtsmediziner zurück und zog sich einen Hocker heran, um sich zu Birthe zu setzen. »Ich habe Neuigkeiten bezüglich der Todesursache«, sagte er.

»Doch keine Strangulation?«

»Jein. Das Mordopfer ist durch Erhängen zu Tode gekommen. Es handelt sich allerdings um kein gewöhnliches Erhängen, sondern um eine atypische Form.«

»Was ist der Unterschied?«

»Beim gewöhnlichen Erhängen findet man die Leiche irgendwo baumelnd, im Wald an einem starken Ast, an einem Dachbalken, einem Giebel oder sonstigem. Beim atypischen Erhängen hingegen besteht noch Bodenkontakt. Es ist sogar viel leichter, sich im Sitzen oder Liegen zu erhängen als im Stehen; es genügt ein Gewicht von ungefähr drei Kilogramm auf die empfindlichen Stellen am Hals. Was dann passiert, hat mit Ersticken nichts zu tun. Auch nichts mit dem vielbeschworenen Genickbruch, einem weit verbreiteten Irrtum, wenn es um Erhängen geht. Durch das Abklemmen von Venen und Arterien im Hals tritt augenblicklich eine Ischämie ein, eine sofortige Blutleere des Gehirns. Das Opfer ist nicht augenblicklich tot, es verliert das Bewusstsein. Dadurch ist es nicht mehr in der Lage, sich aus der Schlinge zu befreien. Für Selbstmörder ist das eine einfache und sichere Methode.«

»Also doch Selbstmord?«, fragte Birthe zweifelnd.

»Warten Sie, ich bin noch nicht fertig. Nicht allein für Selbstmörder ist es eine sichere Methode, wollte ich sagen. Daraus folgt, dass kein Mörder sein Opfer irgendwo an einen Baum hängen muss, um einen Selbstmord vorzutäuschen. Er muss den Kopf nur durch eine Schlinge ziehen und diese irgendwo über dem Opfer festmachen.«

»An den Eisenstäben des Bettes«, fiel Birthe ein.

»Zum Beispiel. Der augenblickliche Hirnkollaps verhindert, dass das Opfer die Beine ausstrecken, geschweige denn die Beine auf dem Boden aufsetzen kann. Er hat einfach keine Kraft mehr in den Beinen, kann sich aus seiner verhängnisvollen Lage nicht befreien, kollabiert und stirbt.«

»Worauf wollen Sie hinaus?«

Dr. Schröder rieb sich die Schläfe. »Da, schauen Sie«, sagte er und zeigte der Kommissarin zwei Fotos. »Es ist nur minimal zu sehen, aber doch erkennbar, wenn man genau hinschaut. Hier verlaufen zwei Strangfurchen am Hals, eine waagerechte, dünne, vom Strangulieren durch fremde Hand, und eine senkrechte, die eher breit ist. Diese breite Strangfurche hier geht nach oben, vom Gegenstand, der der Leiche um den Hals gelegt worden war. Es sollte so aussehen, als habe er sich selbst im Liegen erhängt.«

»Komplizierter geht es wohl nicht. Was soll das?«

»Da wollte wohl jemand etwas nachahmen. Einen Selbstmord auf diese Art habe ich kürzlich in einem amerikanischen Krimi gesehen. Vielleicht hat der Mörder sich dadurch inspirieren lassen.«

»Und Birklund hat sich freiwillig ins Bett gelegt, um zu sterben?« Sie konnte dem Gerichtsmediziner nicht ganz folgen.

»Natürlich nicht. In seinem Blut haben wir GHB gefunden, Gamma-Hydroxy-Buttersäure, besser bekannt als K.-o.-Tropfen. Sie dienen dazu, das Opfer bewusst- und hilflos sowie handlungsunfähig zu machen, während der Täter seine Straftaten an dem Opfer verübt. Sie können diese Tropfen problemlos im Internet bestellen.«

Birthe nickte. »Das wäre meine nächste Frage gewesen«, sagte sie.

»Ich denke, Sie wissen, wie die Tropfen wirken«, fuhr Dr. Schröder fort. »Sie verursachen eine generelle Handlungsunfähigkeit und einen tiefen Schlaf bis hin zu einer unter Umständen lebensbedrohlichen Bewusstlosigkeit. Die Wirkung ist von Mensch zu Mensch verschieden und hängt stark von der körperlichen Konstitution, dem Gewicht, dem zeitlichen Abstand zur letzten Mahlzeit und dem gleichzeitigen Alkohol- oder Medikamentenkonsum ab. Sie können allerdings in jedem Fall davon ausgehen, dass sie wirken.«

»Und Birklund hat nichts gemerkt? Wie wurden die Tropfen verabreicht? In einem Getränk?«

»Sehr wahrscheinlich in einem Drink. In Birklunds Mageninhalt fand sich etwas Hochprozentiges. Gegessen hatte er an diesem Tag nichts. K.-o.-Tropfen sind farblos; ein Eigengeschmack ist kaum vorhanden und wird meist vom jeweiligen Getränk überlagert. Aus diesem Grund wird er bei der Einnahme nichts bemerkt haben.«

Ein Laborant in einem weißen Kittel steckte seinen Kopf zur Tür herein. »Volltreffer«, sagte er. »Der Inhalt eines der Make-up-Fläschchen ist identisch mit den Spuren an der Leiche. Mit diesem Produkt wurden die Strangulationsmale abgedeckt. Nicht allein das, auch die DNS, die wir sowohl an dem Fläschchen als auch am Körper des Getöteten gefunden haben, ist identisch.«

»Wie sicher?«, fragte Dr. Schröder.

»Zu 96 Prozent.«

Eine halbe Stunde später wurde Birthe ungeduldig von Carlo im Büro erwartet.

»Schade«, sagte sie, »ich dachte, der Kaffee wäre schon fertig. Daniel wusste, wie man mich um den kleinen Finger wickeln kann, zum Beispiel mit frisch aufgebrühtem, starkem Kaffee.« Sie zwinkerte ihm lächelnd zu. »Der beste Stimmungsaufheller, den ich mir denken kann.«

»Muss noch ein bisschen üben, bin schließlich der Neue«,

sagte Carlo. Seine breite Hand umklammerte ein Pudding-teilchen.

Birthe erzählte ihm von dem Gespräch mit dem Gerichts-mediziner.

»Darf ich raten, was dir durch den Kopf geht?«

»Was denn?«, fragte Birthe harmlos und füllte Wasser in die Kaffeemaschine.

»Sie hat ihn umgebracht und wollte die Tat verschlei-ern, indem sie die Würgemale am Hals mit ihrer Kosme-tik abgedeckt hat.«

»Denkst du das nicht?« Birthe öffnete eine neue Packung mit Filtertüten und zog eine heraus.

»Im Prinzip hat sie es doch bereits zugegeben.«

»Ich bin ganz bei dir«, sagte Birthe nachdenklich und ließ den Schnappverschluss der Kaffeedose aufploppen. »Der Hinweis, dass das Opfer post mortem geschminkt wurde, ist nicht von uns gekommen.«

»So ist es, Birthe. Sie hat sich selbst verraten. Ihr Alibi ist zudem nicht lückenlos. Laut Aussage der Nachbarn hat sie außerdem ein Motiv. Lieblosigkeit und Gleichgültigkeit des Ehemannes. Sie soll sehr oft allein unterwegs gewesen sein. Reicht das nicht für einen Haftbefehl?«

Birthe ordnete sich die hellblonden Haare. »Ich weiß nicht. Irgendetwas ist faul an der Sache. Angenommen, es war vorgetäuschter Mord. Was hat sie davon? Das Motiv scheint mir nicht stark genug. Bisher habe ich nicht her-aushören können, dass sie ihren Mann gehasst hat. Sie war enttäuscht von ihm, aber Hass? Ich habe nicht den Eindruck.« Birthe füllte Kaffee in den Filter und stellte die Maschine an. »Du?«, fragte sie und drehte sich zu Carlo um.

»Und wenn eine weitere Person mit im Spiel war? Angenommen, sie konnte es nicht selbst tun und hat jemanden engagiert? Vielleicht ein Liebhaber, der den Gatten loswerden wollte? Möglich ist doch, dass die beiden Birklund gemeinsam aus dem Weg räumen wollten.« Carlo biss in sein Puddingteil und dachte nach. Kauend sah er aus dem Fenster und beobachtete drei Kollegen, die in ein Dienstfahrzeug stiegen. Dann räusperte er sich: »Okay. Ich würde sagen, Hausdurchsuchung, oder was meinst du? Falls das überhaupt noch Sinn ergibt nach der langen Zeit.«

»Die Idee ist mir auch gekommen. Beantragst du den Durchsuchungsbeschluss?«

Er hustete. »Warum ich?«

»Weil du neu bist. Damit du die Staatsanwältin kennenlernst.«

»Die Koswalla? Ist sie hübsch?«

Birthe lächelte vielsagend. Maria Koswalla wäre in einem alten Film die ideale Besetzung für eine strenge, ältliche Jungfer gewesen.

»Gut, dann mache ich das.«

»Im Eilverfahren, bitte. Wenn wir Glück haben, bekommen wir ihn noch heute.«

»Darf ich vielleicht erst aufessen?«, fragte Carlo mit treuherzigem Blick und biss vorsichtshalber erneut herzhaft in sein Kuchenstück.

»Kannst du nicht zwei Sachen gleichzeitig machen?«, fragte Birthe kopfschüttelnd.

»Ich versuche es gar nicht erst. Multitasking ist nichts für mich. Da kann ich bloß verlieren. Komm, schau nicht so. Auf die paar Minuten kommt es nicht an«, sagte er und schielte sehnsüchtig in Richtung Kaffeemaschine.

»Denkst du«, sagte Birthe und stand auf. »Mach das bitte gleich. Ich muss nämlich weg.«

»Wohin?«

Sie griff nach ihrer Tasche, holte einen kleinen Spiegel und einen Lipgloss heraus und zog sich in aller Ruhe die Lippen nach. »Ist nur für Mädels, Carlo.«

Carlo grinste. »Ach, wie konnte ich das nur vergessen. Deshalb hast du heute keinen Rucksack, sondern eine Tussi-Tasche dabei. Dass du so etwas überhaupt besitzt, na ja. Nimm Blasenpflaster mit und grüß mir die Jana.«

*

Sie saßen im Vapiano in der Herrenteichsstraße und hatten einen Tisch am Fenster ergattert. Ihre Handtaschen hingen an den Stuhllehnen. Unter dem Tisch stapelten sich diverse Einkaufstüten.

»Wie findest du meinen Papa?«, fragte Jana und wickelte ihre Spaghetti gekonnt um die Gabel. Ihre langen, braunen Haare fielen ihr wie ein Vorhang über die nackten Schultern. Sie trug eine ausgeschnittene Carmenbluse und hatte etwas zu viel Make-up aufgetragen.

»Nett«, sagte Birthe und nippte an ihrer Cola. »Erst war ich ein bisschen skeptisch, weil ich mich mit Daniel so gut verstanden habe, seinem Vorgänger. Carlo ist ganz anders, aber völlig unkompliziert. Wir ergänzen uns super und haben viel Spaß. Und du? Kommst du gut mit ihm klar?«

»Besser als mit meiner Mutter. Die ist extrem anstrengend. Ständig guckt sie, ob ich warm genug angezogen bin, meckert mich an, weil mein Zimmer nicht aufgeräumt ist oder weil ich nicht genug für die Schule mache und macht Theater, wenn ich mal ne halbe Stunde zu spät bin. Sie kann es auch nicht haben, wenn ich in mein Handy schaue. Wegen jeder Kleinigkeit regt sie sich auf und oft rastet sie völlig aus. Das nervt mich.«

»Das kenne ich«, sagte Birthe. »Das gibt sich aber wieder. Wenigstens ein bisschen.« Sie schmunzelte.

»Mein Papa ist da ganz anders. Er ist echt locker drauf. Der meckert eigentlich nie, höchstens wenn ich an seine Sachen gehe. Sein Computer und seine Anlage – das sind seine Heiligtümer. Keiner darf die berühren. Ansonsten ist er okay.«

»Hast du Geschwister?«

»Nein, ich bin Einzelkind. Ich habe einen Hund, der heißt Hugo. Der reicht mir völlig, Geschwister brauche ich nicht unbedingt. Und du?«

Birthe erzählte von ihrer Schwester. »Fühlst du dich inzwischen wohl in Osnabrück?«, schloss sie.

Jana zog die Stirn kraus. »Ich bin sauer auf meine Mutter, dass sie mich aus meiner Clique rausgerissen hat, nur weil sie von Oma das Haus geerbt hat. Sie hätte es ja auch vermieten können. Meine Freunde in Lüneburg fehlen mir total. Ich bin froh, dass ich wenigstens per WhatsApp und Facebook Kontakt zu ihnen halten kann. Aber das wird auch schon weniger. Und Osnabrück? Erst habe ich gedacht: Warum ausgerechnet Osnabrück? Warum nicht wenigstens Hamburg oder Berlin? Das wäre cool gewesen! Da hat's wenigstens ne U-Bahn. Na ja, es geht. Ganz gute Geschäfte gibt's hier. Shoppen macht sogar mehr Spaß als in Lüneburg. Ich habe auch schon ein paar Leute kennengelernt.«

»Als ich so alt war wie du, wollte ich auch immer raus. Diese Stadt war mir zu eng. Meine Schwester wohnt in Berlin. Ich besuche sie gerne, bin aber jedes Mal froh, nach Osnabrück zurückzukommen. Inzwischen finde ich, die Stadt ist genau richtig, nicht zu groß, nicht zu klein. Ich finde es genial, hier zu leben. Was anderes brauche ich nicht.«

Jana spielte mit ihrem Bierdeckel. Ihr Gesicht spiegelte Nachdenklichkeit.

»Auf welche Schule gehst du?«

»Gymnasium in der Wüste, 11. Klasse.«

»Da war ich auch. Habe vor 13 Jahren mein Abi gemacht. Jahrgang 2000 – yeah!«

»Echt? Cool.«

»Was willst du mal werden? Weißt du das schon?«

»Schauspielerin. Ich bin in der Theater-AG. Aber Mama will, dass ich was Vernünftiges lerne. Bankkauffrau zum Beispiel. Oder Versicherungskauffrau. Dazu habe ich aber überhaupt keine Lust.«

»Hm«, machte Birthe. »Ein bisschen kann ich das sogar verstehen. Und dein Vater? Was meint der dazu?«

»Dem ist das egal. Aber ich glaube, der hätte gern, dass ich auch zur Polizei gehe. Er hat sich tierisch gefreut, dass wir beide uns heute treffen. Wahrscheinlich hofft er, dass du mein Vorbild wirst. Aber das wirst du nicht. Mein Vorbild kann niemand sein. Die Schule macht keinen Spaß und am liebsten würde ich alles hinschmeißen. Ich weiß echt nicht, was das alles soll und welchen Sinn das hat. Als ob man nicht auch ohne Abitur glücklich werden kann.«

»Lass dir von niemandem etwas einreden. Ich kann dir nur sagen, dass es irgendwann besser wird. Es wird auf jeden Fall besser, vielleicht sogar richtig gut. Das Abitur ist dazu ein ganz hilfreiches Sprungbrett; bereuen kannst du es jedenfalls nicht. Und das mit dem Sinn erschließt sich oft später von ganz allein. Irgendein kluger Kopf, ich glaube, es war Kierkegaard, hat mal gesagt: Das Leben wird vorwärts gelebt und rückwärts verstanden.«

Jana zwirbelte in aller Ruhe Spaghettifäden auf. »Ich muss also nicht alles gleich verstehen.«

»Nein, musst du nicht. Du kannst geduldig alles auf dich

zukommen lassen. Egal, wie dein Weg aussieht und welche Entscheidungen du triffst, im Nachhinein merkst du, dass sie richtig waren.«

»Ich kann mich super schlecht entscheiden. Selbst bei einfachen Dingen habe ich ein Problem.«

»Kenne ich, aber je länger man überlegt, desto schwieriger wird es. Oft ist es am besten, man entscheidet spontan, aus dem Bauch heraus. Das Erste, was einem einfällt, ist häufig das Beste.«

Jana legte ihr Besteck ab und sah Birthe herausfordernd an. »Dann hätte ich gern spontan ein Eis.«

Birthe schmunzelte. »Klar, kannst du haben. Und ich nehme einen Espresso.«

Er legte seine Hand auf ihr Knie. »Schatz, ich bin unglaublich froh, dass du wieder da bist!«

Miriam riss ihren Kopf herum und starrte Thore an. Ihr wurde gleichzeitig heiß und kalt. Neben ihr im Auto saß der Mann, den sie einmal geliebt hatte, mit dem sie verheiratet war, aber von dem sie glaubte, ihn nicht mehr zu kennen. Er war ihr innerhalb kurzer Zeit fremd geworden. Doch er schien es nicht einmal zu merken.

»Ich wieder da?«, fragte sie leise. »War ich denn weg?«

Er sah sie erstaunt an. »Du warst im Krankenhaus. Schon vergessen?«

»Das meine ich nicht. Ich meine: Wer ist ausgezogen? Wer hat seine Familie im Stich gelassen?«

Er riss brutal das Steuer herum, obwohl er die Kurve hatte kommen sehen. »Verdammt! Ich habe euch nicht im Stich gelassen, ich brauchte eine Auszeit. Das ist ein Unterschied.«

»Es ist aber ganz anders rübergekommen. Du wolltest mich dafür bestrafen, dass ich meine eigene Entscheidung getroffen habe.«

»Das wollte ich nicht.«

»Du wolltest vieles nicht, Thore, vor allem nicht das Kind.« Sie kämpfte mit den Tränen.

Er stöhnte demonstrativ. »Nein, du hast recht. Ich wollte es nicht. Kann man mir das wirklich vorwerfen? Wir haben schon zwei Kinder, die uns viele Nerven und schlaflose Nächte gekostet haben und immer noch kosten. Ganz abgesehen von dem Geld. Unsere Beziehung hat schon genug darunter gelitten. Und nicht nur das. Ich will selbst ein bisschen leben, nicht allein für die Kinder, wenn das nicht zu viel verlangt ist. Tolle Reisen wie früher haben wir uns schon lange nicht mehr leisten können. Jetzt ist mir auch noch gekündigt worden und ich muss wieder mal Bewerbungen schreiben. Leider werde ich, so wie es aussieht, in Osnabrück und Umgebung nichts finden. Wahrscheinlich muss ich irgendwohin, wo es größere Banken gibt. Frankfurt zum Beispiel. Ich habe aus reiner Vernunft gehandelt und gehofft, du würdest es letztlich genauso sehen.«

In Miriams Augen schwammen Tränen und sie ärgerte sich darüber. »An mich hast du überhaupt nicht gedacht. Mir hätte es etwas bedeutet!«

»Nun fang nicht wieder damit an. Wer weiß, wozu es gut war. Es musste wohl so sein.«

Miriam starrte aus dem Fenster, ohne die Umgebung wahrzunehmen. Sie hatte keine Lust, mit Thore zu diskutieren. Er war in der Zwischenzeit wieder zu Hause eingezogen. Die Kinder hatten sich gefreut, sie hingegen wusste nicht, was sie empfinden sollte. Außer vollkommener Leere war da nichts.

»Wie lange bist du eigentlich noch krankgeschrieben?«, fragte er ohne großes Interesse.

»Ich fange Montag wieder an.«

»Übernimm dich nicht!«

»Ich hätte noch länger daheim bleiben können, aber warum soll ich zu Hause rumhängen und Trübsal blasen? Ich glaube, die Arbeit mit den Kindern lenkt mich ab und tut mir gut.«

»Ich habe am Montagmorgen einen Termin beim Arbeitsamt«, sagte er bitter. »Eine völlig ungewohnte Situation für mich.«

»Du findest bestimmt bald was Neues.«

»Ja, das sagten sie mir auch am Telefon. Aber wie ich schon angedeutet habe, möglicherweise kommt ein Umzug auf euch zu. Wenn es nicht anders geht ... Meine Arbeit geht vor.«

Niemals, dachte sie, und sagte möglichst ruhig: »Warum glaubst du, dass deine Arbeit vorgeht?«

Er blickte erstaunt zu ihr hinüber. »Weil ich nun einmal mehr verdiene als du. Wesentlich mehr, und das wird sich auch beim nächsten Job nicht ändern, reicht das als Erklärung?«

Sie hatte keine Lust, darauf zu antworten, und schaute erneut aus dem Fenster.

»Ich habe mit deiner Mutter gesprochen. Sie würde es verstehen, hat sie gesagt. Hauptsache, ich habe eine neue Arbeit. In Frankfurt lebt es sich bestimmt nicht schlecht. Da gibt es jede Menge Banken. Du würdest dich eingewöhnen und die Kinder auch. Noch gehen sie nicht zur Schule, der Zeitpunkt wäre also günstig. Sie könnten dort eingeschult werden und würden nichts vermissen.«

»Ich will jetzt nicht darüber reden«, sagte sie tonlos.

Sie hatten die Hiärm-Grupe-Straße erreicht. Thore lenkte das Auto ein bisschen zu schwungvoll auf den Parkplatz. Miriam stöhnte, weil ein heftiger Druck im Unterleib daran erinnerte, was sie gerade erlitten hatte.

»Wer ist eigentlich im Moment bei den Kindern?«, fragte sie mit schmerzverzerrtem Gesicht.

»Meine Mutter ist da. Sie wird uns eine Weile unterstützen.«

Miriam sah ihn erschrocken an. »Für wie lange?«, fragte sie atemlos.

»Bis es dir wieder richtig gut geht.«

»Mir geht es gut.«

Er warf ihr einen spöttischen Blick zu. »Das sehe ich«, bemerkte er spitz.

»Aber sie wohnt nicht bei uns?«

»Natürlich. Ich habe ihr Lillys Zimmer gegeben. Lilly schläft bei Kurt.«

Miriam verdrehte die Augen. Alles war ihr auf einmal zu viel. Erschöpft stieg sie aus dem Wagen. Thore holte ihr Gepäck aus dem Kofferraum.

In dem Moment kam Sabine Strohbecke mit den Kindern um die Hausecke gelaufen. Sie strahlte übers ganze Gesicht. »Wir haben auf dem Rasen gespielt und dein Auto gehört, Thore«, rief sie atemlos. »Hallo erst mal! Schön, dass du wieder da bist, Miriam!«

»Dein Auto«, dachte Miriam, klar, es war alles seins, sein Auto, seine Wohnung, sein Fernseher, seine Möbel, sein Computer, sein Beruf. Sie selbst war nur schmückendes Beiwerk, höchstens noch die Mutter der Enkel. Sie grüßte kühl zurück und wandte sich ihren Kindern zu. Kurt warf sich in ihre Arme. Am liebsten hätte sie ihn herumgewirbelt. Dazu reichte allerdings ihre Kraft im Augenblick nicht.

»Mama, guck mal, was ich hier habe!«, schrie Lilly und zog an ihrer Mutter, die daraufhin Kurt absetzte.

»Was ist das denn? Ein Springseil?« Miriam drückte ihre kleine Tochter fest an sich.

»Ja, hat mir Papa geschenkt. Ich schaffe schon 20 Sprünge hintereinander. Und Kurt hat einen neuen Fußball, einen echten sogar, aus Leder. Kommst du mit hinters Haus? Dann zeige ich dir, was ich kann.«

»Später, okay, Lilly? Ich will erst mal ankommen.« Sie nahm ihre beiden Kinder rechts und links an die Hand und ging mit ihnen ins Haus.

*

»Sie kommen ungelegen. Ich wollte gerade ein Bad nehmen.«

Iris Birklund steckte in einem pinkfarbenen Bademantel und hatte die blonden Haare hochgesteckt. »Mir wäre es lieber, wir würden für nächste Woche einen Termin ausmachen. Heute passt es mir nicht.«

Birthe Schöndorf hielt ihr ein gestempeltes Schreiben unter die Nase.

»Was ist das?«, fragte Iris und starrte genervt auf das Papier.

»Ich bin heute nicht allein gekommen, Frau Birklund. Es liegt ein richterlicher Durchsuchungsbeschluss vor«, erklärte Birthe höflich.

»Was soll das heißen? Dass Sie mein Haus auf den Kopf stellen? Wie bei einer Verbrecherin? Und dazu am Wochenende?« Iris stieß ein gekünsteltes Lachen aus.

»Ich kann es Ihnen leider nicht ersparen. Für uns ist es ein normaler Arbeitstag. Wir werden gut mit Ihren Sachen umgehen, Sie werden alles wiederfinden und es wird nichts zu Schaden kommen.«

»Aber warum?«, fragte die Hausherrin. Sie hatte die Hände in die Hüften gestemmt und funkelte die Kommissarin wütend an. »Ich habe nichts getan. Sie verschwenden Ihre Zeit. Suchen Sie lieber woanders!«

»Weil ein Verdacht gegen Sie besteht. Und es liegt in Ihrem Interesse, diesen so schnell wie möglich aus dem Weg zu räumen.«

Iris Birklund spähte auf die Straße. »Mit zwei Polizeiautos sind Sie gekommen? Wollen Sie mich jetzt vollkommen vor der Nachbarschaft bloßstellen?«

»Frau Birklund, wir sind dabei, den Todesfall Ihres Mannes aufzuklären. Da sich der Verdacht erhärtet hat, dass Sie etwas damit zu tun haben, können wir nicht so viel Rücksicht auf Ihre Befindlichkeit nehmen. Es tut mir leid.« Birthe gab ihren Kollegen ein Zeichen. Daraufhin stiegen sie aus den Dienstfahrzeugen und näherten sich dem Haus.

»Darf ich mich wenigstens noch anziehen?«, fragte Iris gereizt und raffte den Bademantel eng um ihren Körper.

»Natürlich«, sagte Birthe »wenn Sie meiner Anwesenheit oder der einer Kollegin zustimmen. Während einer Hausdurchsuchung haben Sie nicht die Möglichkeit, sich zurückzuziehen. Sie bleiben bitte in unserer Nähe und stehen uns für Fragen zur Verfügung.«

»Dann verzichte ich darauf«, sagte Iris bockig und folgte Birthe und zwei Kollegen ins Arbeitszimmer. Sie wollte sich auf die Bettcouch setzen, doch Birthe hielt sie davon ab. »Hier nicht, bitte. Sie können bei der Besuchergruppe Platz nehmen.«

Iris ließ sich beleidigt auf einem der schwarzen Ledersessel nieder. Sie bedachte Birthe Schöndorf und ihre Kollegen mit abschätzigen Blicken, aber keiner beachtete sie. Argwöhnisch beobachtete sie, wie die Beamten Simons Schreibtischschubladen öffneten und ausräumten, die Akten in Beschlag nahmen und den Laptop ausstöpselten.

»Ihr Mann trug eine Brille?«, fragte Birthe Schöndorf und griff nach einem gerahmten Foto, das das Ehepaar während eines Urlaubs zeigte.

»Ja, wie Sie sehen«, sagte Iris schnippisch.

Die Kommissarin stellte das Foto zurück und gesellte sich zu ihren Kollegen, die gerade dabei waren, die Bettcouch zu untersuchen. Mit routinierter Geschäftigkeit nahmen sie die grauen und schwarzen Kissen herunter, legten die Tagesdecke beiseite, rückten das Bett von der Wand ab und schauten dahinter und darunter.

Plötzlich stieß Iris einen markerschütternden Schrei aus.

»Warum kreischen Sie denn so hysterisch?«, rief einer der Polizisten, der vor Schreck zusammengefahren war. »Lassen Sie uns gefälligst unsere Arbeit machen! Wenn das hier nicht funktioniert, bringt Frau Schöndorf Sie zu den Kollegen nach nebenan!«

»Da!«, rief Iris mit erstickter Stimme und zeigte auf den Parkettboden. »Da ist grad was langgehuscht. Handtellergroß.«

Nun hatten es die Beamten ebenfalls bemerkt und blieben wie angewurzelt stehen. Birthe folgte ihrem Blick.

»Sieht aus wie eine Vogelspinne, aber ich bin mir nicht sicher.« Gebannt starrte sie das Tier an, das wie schockgefroren mitten im Raum verharrte.

»Ist es tot?«, schrie Iris außer sich.

»Nein, ich glaube nicht. Es ist wohl genauso geschockt wie wir«, sagte Birthe.

»Wie kommen Sie zu dieser Spinne?«, fragte ein Polizeibeamter und räusperte sich kräftig.

»Ich weiß nicht. Ich weiß wirklich nicht, wo das Viech herkommt. Ich habe es noch nie gesehen«, stotterte Iris. Ihr Gesicht war kalkweiß.

»Ich rufe das Veterinäramt an«, sagte Birthe und zückte ihr Handy. »Hoffentlich nimmt jemand ab.« Sie drehte sich zu Iris Birklund um und fragte: »Und Sie sind sicher, dass die Spinne nicht Ihnen gehört?«

Iris nickte mit weit aufgerissenen Augen. »Klar!«

»Vielleicht Ihrem Mann?«

»Niemals! Mein Mann hatte genauso viel Angst vor Spinnen wie ich.«

Während Birthe darauf wartete, dass die Verbindung zustande kam, wandte sie sich erneut an Iris: »Irgendwie muss sie hierher gekommen sein. Jemand muss sie mitgebracht haben. Oder wollen Sie mir weismachen, dass eine

Vogelspinne mir nichts, dir nichts hier hereinspaziert? Soweit ich weiß, gehört diese Gattung nicht unbedingt zur Flora und Fauna des Westerbergs.«

Iris zuckte die Schultern. Sie war den Tränen nahe.

»Von wem hatten Sie zuletzt Besuch?«, fragte Birthe.

Iris überlegte, ehe sie zögernd sagte: »Von einer Freundin. Ist aber schon etwas länger her.«

»Nennen Sie mir den Namen der Freundin!«

Iris wirkte völlig abwesend und machte keine Anstalten, auf die Frage zu antworten. Birthe trat mit ihrem Handy am Ohr zum Fenster. Am anderen Ende hatte jemand abgehoben. Sie erklärte den Mitarbeitern vom Veterinäramt die Sachlage und bat sie um Unterstützung.

Eine Stunde später schleppten die Beamten mehrere Kisten sowie Simon Birklunds Laptop aus dem Haus. Die Vogelspinne war kurz zuvor von zwei Tierschutzbeauftragten mühelos eingefangen und abtransportiert worden. Sie hatte sich bis dahin nicht von der Stelle gerührt.

»Die nicht!«, schrie Iris, als sie ihre Hutschachtel bei den Dingen erblickte, die die Polizisten zu ihren Wagen trugen.

»Und warum nicht, wenn ich fragen darf?«, wollte Birthe wissen.

»Das ist sehr privat und geht keinen etwas an.«

Birthe schmunzelte. »In einem Mordfall gibt es keine Privatsphäre mehr.«

»Es ist kein Mord. Dr. Olsen hat selbst gesagt …«

»Dr. Olsen hat sich geirrt, Frau Birklund, wie wir inzwischen wissen, aber das hatten wir schon«, fiel Birthe ihr ins Wort. »Jetzt begreifen Sie doch endlich, dass Ihr Mann ermordet wurde.«

»Sie liegen völlig falsch.«

»Sie scheinen das ja ganz genau zu wissen! Dann sagen Sie mir doch, wie es wirklich war!«

Iris holte tief Luft. »Sie werden es herausfinden. Sie haben den Computer meines Mannes, dann erfahren Sie alles.«

*

Die Türklingel riss Arthur aus seiner Benommenheit. Er legte die Zeitung beiseite, in der er gerade gelesen hatte. Nun hatten sie doch herausgefunden, dass Simon Birklund keines natürlichen Todes gestorben, sondern einem Mord zum Opfer gefallen war. Er wurde erdrosselt.

Mit zittrigen Beinen wankte er über den kurzen Flur. Beim zweiten Klingeln öffnete er. »Papa! Du?«, krächzte er und hatte augenblicklich das Gefühl, den Halt zu verlieren. Am ganzen Körper brach ihm der Schweiß aus.

»Überraschung, mein Sohn«, sagte Pavel Schlicker heiser und nahm seine Sonnenbrille ab. Seine Augen waren rot gerändert und vollkommen ausdruckslos. Sein weißer Schnurrbart vibrierte. »Damit hast du nicht gerechnet, nicht wahr?«

»Nein, habe ich nicht. Nicht so bald«, stotterte Arthur.

»Ja, ich bin sozusagen geschäftlich hier. Meine Freunde haben mir verraten, dass man auch in Osnabrück Big Business machen kann. Besonders hier in der Bahnhofsgegend soll es recht gut bestellt sein. Aber auch in der Innenstadt gibt es angeblich Läden, bei denen es sich lohnen würde. Davon will ich mir persönlich einen Eindruck verschaffen. Und du darfst mich gerne begleiten.« Er setzte sich unaufgefordert auf die Bettcouch, während Arthur wie gewöhnlich auf dem alten Campingstuhl Platz nahm.

»Papa, ich weiß nicht … Ich habe gerade selber einen

Coup am Start. Ein ganz großes Ding. Wollte gerade zu einem Freund, der mir dabei hilft. Kannst du nicht alleine gehen? Dieses eine Mal?«

»Dieses eine Mal«, Pavel lachte höhnisch. »Du bist gut, mein Sohn! Aber ich habe schon gehört, du machst dich. Hast zum ersten Mal in deinem Leben einen Menschen ins Jenseits befördert. Alle Achtung! Hätte nie gedacht, dass du den Mumm dafür aufbringst. Nein, du hast mich überrascht.« Pavel zog ein Taschentuch aus seiner Sakkotasche, mit dem er sich über Hals und Stirn fuhr. »Erzähl doch mal, Junge, wie es dazu gekommen ist und wie du es angestellt hast.«

»Und ich dachte, du hättest mir nicht geglaubt. Zumindest haben deine Freunde das gesagt.«

»Da haben sie sicher etwas falsch verstanden.«

»Was willst du denn hören?«, fragte Arthur ängstlich.

»Na, die Geschichte von Anfang an! Du hast sicher einiges zu erzählen. Willst doch, dass dein Papa stolz auf dich ist, oder?«

Arthur nickte und schluckte.

»Na los, dann fang an!«

»Also, der Banker … der Birklund«, begann Arthur zögerlich, »der …« Er leckte sich über die Lippen.

»Ich höre?«

»Er wollte nicht zahlen. Auf meine Erpressungsversuche hat er nicht reagiert. Ich habe ja einfach behauptet, er habe Geld unterschlagen. Aus dem hohlen Bauch heraus. Hat leider nicht geklappt. Und dann …«

»Ja?«

»Daraufhin habe ich beschlossen, seine Frau zu entführen.«

»Ach! Die kleine Bordsteinschwalbe!«

»Wie meinst du das, Papa?«

»Nachdem du mir das Foto von ihr im Internet gezeigt hast, ist mir eingefallen, woher ich sie kenne. Sie heißt eigentlich Irina Popowa und arbeitete in der Ukraine in einem Edel-Puff. Sie war gut, sage ich dir. Jeder wollte sie haben, aber sie kannte ihren Wert. Sie war teuer, verdammt teuer.«

Arthur sah seinen Vater verblüfft an. »Was sagst du da? Iris Birklund war mal ne Nutte? Das ist ja ein Ding! Und du kanntest sie persönlich? Wie klein die Welt doch ist! Sie hat bestimmt ihrer Vergangenheit abgeschworen, sonst hätte sie sich nicht so einen urdeutschen Namen zugelegt. Aus Irina wird Iris. Hm. Schade, dass ich das nicht früher gewusst habe. Das wäre ja ein super Druckmittel gewesen, um damit ihren Mann zu erpressen. Der hätte jeden Preis gezahlt, wetten?«

»Tja, im Leben läuft es selten rund.«

»So blieb mir nur die Idee mit der Entführung. Das war der zweite Versuch, nachdem es beim ersten Mal nicht geklappt hatte.«

»Soso, jetzt also eine Entführung«, sagte Pavel gelangweilt.

»Ich hatte alles vorbereitet. In der Gartenkolonie am Westerberg konnte ich dank eines Freundes auf einem geeigneten Grundstück plus Wochenendhäuschen für einige Zeit unterkommen. Dort wollte ich mich mit der Frau zurückziehen. Ich dachte, wenn Birklund sie vermisst und sich Sorgen macht, ist er eher bereit zu zahlen.«

Pavel Schlicker stieß ein heiseres Lachen aus. »Herrlich! Mein Gott, bist du naiv, mein Sohn.«

»Mag sein. Dazu ist es ja auch nicht mehr gekommen.«

»Nun mal weiter. Du bist also zu den Birklunds gegangen, um die Kleine zu entführen. Und dann?«

»Sie geht keiner geregelten Arbeit nach. Ich habe sie ein

paar Tage lang beobachtet. Morgens schläft sie lange. Die Jalousien werden nicht vor 9.30 Uhr hochgezogen.«

»Sie ist nicht mehr berufstätig? Das ist schade, wirklich schade.« Pavel verzog seine Mundwinkel zu einem süffisanten Lächeln.

Arthur ließ sich nicht beirren. »Ich bin also hingefahren und wollte sie holen. Aber sie war nicht da.«

»Sie war nicht da? Soso. Wo steckte denn unser Goldschätzchen?«

»Papa, wenn du mich dauernd unterbrichst, kann ich nicht …«

»Ich unterbreche dich nicht mehr.«

»Stattdessen hat mir der Banker selbst die Tür geöffnet.«

»Ach. Er hat dich reingelassen?« Pavel Schlicker lehnte sich vor und verschränkte die Hände wie zum Gebet.

»Du wolltest mich doch nicht mehr unterbrechen. Ich habe mich als Handwerker verkleidet. Alter Einbrechertrick, ich weiß, das hast du nie nötig gehabt, aber ich bin nicht du. Ich finde den Trick gar nicht so schlecht. Auf die Weise kommst du überall rein, wenn du tagsüber einen Bruch machen willst. Das größte Risiko sind ja immer aufmerksame Nachbarn. Aber ich habe vorgesorgt. Einen Tag vorher bin ich da gewesen und habe Iris Birklund fachmännisch beraten.« Er grinste verlegen und machte eine Kunstpause.

»Na denn, du bist gescheiter, als ich dachte. Hast anscheinend doch etwas von deinem alten Vater gelernt. Aber du wolltest ja nicht einbrechen, wenn ich dich recht verstanden habe.«

»Nein, ich wollte mir nur Zugang zum Haus verschaffen.«

»Was geschah dann?«

Arthur hatte durch den Zeitungsartikel Mut gefasst.

Er könnte seinem Vater gleich plausibel machen, dass es doch ein Mord war und kein natürlicher Todesfall. »Es war anders, als ich erwartet hatte. Erst war ich perplex, weil ich damit gerechnet habe, dass die Frau zu Hause ist und der Typ auf der Bank. Dann habe ich mich gefasst und gefragt: ›Ist Ihre Frau zu Hause?‹, und der Kerl hat verneint. Ich habe blitzschnell reagiert und gesagt: ›Ihre Frau hat mich bestellt. Ich soll nach der Heizung schauen.‹ So ungefähr war es ja auch. Nur, dass sie mich nicht bestellt hat.« Erneut grinste er.

»Weiter!«, forderte Pavel gespannt.

Arthur sonnte sich in der seltenen Aufmerksamkeit. »Birklund ging in sein Arbeitszimmer. Ich folgte ihm. Er setzte sich an seinen Schreibtisch und beachtete mich nicht weiter. Ich machte mich an der Heizung zu schaffen. Nahm einen Hammer aus meiner Monteurtasche und klopfte ein bisschen herum. Schließlich holte ich das Kabel aus meiner Tasche.«

Arthur beobachtete mit Genugtuung seinen Vater, der immer noch vornüber gebeugt saß und für seine Verhältnisse höchst konzentriert aussah. Zum Glück stellte er keine weiteren Zwischenfragen.

»Ich ging zu der anderen Heizung, die sich auf der gegenüberliegenden Seite des Zimmers befand, schräg hinter Birklund. Auch da klopfte ich eine Weile herum, schön darauf bedacht, Lärm zu machen und beschäftigt zu wirken. Ganz der Profi. Ich hatte inzwischen meinen Plan geändert. Ich wollte nicht mehr über den Umweg der Entführung an das Geld kommen, sondern auf direktem Wege. Warum auch nicht, wenn sich die Gelegenheit bot.«

Pavel nickte und zog die buschigen Augenbrauen zusammen, Zeichen höchster Anspannung. Arthur nahm es mit Zufriedenheit zur Kenntnis. Es lief besser, als er gedacht hatte. Sein Vater war beeindruckt und glaubte ihm; was wollte er mehr!

»Dann war er plötzlich da, der Moment. Auf einmal wusste ich, nun würde es passieren. Ich habe nicht nachgedacht, meinen Kopf ausgeschaltet, nur noch gehandelt. Es gab kein Zurück. Den Hammer habe ich im Koffer verstaut und bei der Gelegenheit den Transportbehälter mit Samantha, meiner Vogelspinne, herausgeholt. Eigentlich wollte ich damit seine Frau erschrecken, um sie leichter überwältigen zu können. Deswegen hatte ich sie mitgebracht.

Das Kabel hatte ich nach wie vor in der anderen Hand. Dann ging es blitzschnell. Ich habe den Plastikbehälter vor Birklund abgestellt, dass er ihn sofort im Auge hatte. Er hat sich furchtbar erschrocken und einen Schrei ausgestoßen. Den Moment habe ich genutzt, um ihm das Kabel um den Hals zu legen. Fest, sehr fest, aber nicht mit der Absicht, ihn direkt zu töten. Dann habe ich ihm zugeraunt: ›So, Birklund, nun hat dein Stündlein geschlagen. Du gibst mir sofort das Geld. Du weißt, wovon ich spreche. Du weißt, wer ich bin, mit wem du es zu tun hast. Hattest genug Zeit, es zu besorgen. 100.000 Euro, und zwar jetzt. Auf der Stelle! Oder du bist tot!‹ Birklund hat geröchelt und gekeucht, ich solle ihn sofort losmachen und er habe nicht vor, einem Verbrecher wie mir auch nur einen einzigen Euro zu überlassen. Dann habe ich rot gesehen und mit aller Kraft zugedrückt. Für ihn kam es wohl so überraschend, dass er sich kaum gewehrt hat. Das Ganze hat vielleicht zwei, maximal drei Minuten gedauert. Dann sackte er in sich zusammen und war tot. Ich habe ihn dann zu seinem Bett geschleift und ihn da reingelegt. Deswegen dachten wohl alle erst, er wäre an einer Krankheit gestorben oder so.« Arthur hatte sich in Rage geredet. Er war vor Anstrengung dunkelrot im Gesicht. An Hals und Nacken traten die Adern deutlich hervor.

Pavel lehnte sich entspannt zurück. Er schürzte seine Lippen und stieß anerkennend die Luft aus. »Gut gemacht, mein Sohn«, sagte er knapp. Es war das größte Lob, das er je aus dem Munde seines Vaters gehört hatte. Doch es ging noch weiter. »Hätte ich nicht gedacht, bin wirklich beeindruckt. Dann kann ich dich ja in Zukunft losschicken, oder? Wenn du endlich jegliche Skrupel abgelegt hast, dein Trauma vom Anblick der ersten Leiche im zarten Kindesalter überwunden hast, dann bist du ein Mann. Nun hast du es geschafft, bist endlich ein Kerl. Ich bin stolz auf dich.«

Arthur lächelte unwillkürlich. Sein ganzes Leben hatte er auf diesen einen Satz gewartet. Er war glücklich wie nie zuvor.

Pavel reckte seinen Kopf in Richtung Terrarium. »Wo ist eigentlich dein Tierchen? Du hast gesagt, es sei tot.«

»Samantha ist nicht mehr da«, sagte Arthur leise. Er zuckte zusammen, als er das Gesicht seines Vaters bemerkte. Er wusste, er hatte einen Fehler gemacht.

»Wo ist sie? Hast du sie etwa dort zurückgelassen?« Seine Stimme nahm einen bedrohlichen Klang an.

Arthur ließ die Schultern sinken. »Ja, leider. Ich habe plötzlich ein Geräusch gehört und musste fliehen. Dabei ist die Box mit Samantha aufgesprungen und sie konnte raus.« Warum war er nicht dabei geblieben, dass sie tot war? Er hätte sich ohrfeigen können!

Pavels Oberkörper schnellte vor. Sein Gesicht war zornesrot. »Dummkopf! Wusste ich's doch, irgendwas läuft immer aus dem Ruder. Von Perfektion keine Spur, davon bist du meilenweit entfernt. Du bist ein Dilettant! Weiß jemand von der Spinne?«

Arthur schüttelte heftig den Kopf. »Nein, sie können keine Rückschlüsse auf mich ziehen. Jedenfalls nicht durch Samantha. Die Box habe ich ja mitgenommen und an der Spinne werden kaum Fingerabdrücke sein.«

Sein kleiner Scherz kam nicht an. »Du bist ein Hohlkopf!«, spottete Pavel, »zu nichts zu gebrauchen! Ich nehme all mein Lob von vorhin zurück. Vergiss es!« Er machte eine abwehrende Handbewegung.

Arthur bekam einen starren Blick. Er zog sich in sich zurück, wie früher, wie in unzähligen Situationen zuvor. Er fühlte sich klein und unbedeutend. Er sah die Kätzchen vor sich. Die Katzenmutter und die Kleinen. Er sah sie zusammengekuschelt auf einem großen Kissen liegen, fühlte ihr Fell. Das Trauma seiner Kindheit – er wurde es nicht los. Es waren nur Momente, in denen er von der Erinnerung übermannt wurde, doch sie kamen immer wieder und immer öfter. Er konnte nichts dagegen tun.

»Ich frage mich nur«, Pavels Blick wanderte erst zur Zimmerdecke und dann zurück zu Arthur, »warum mir meine Freunde erzählt haben, dass in Osnabrück noch nichts von einem Mord bekannt ist. In der Zeitung haben sie nichts darüber berichtet. Eigenartig, oder?«

Arthur wurde gleichzeitig heiß und kalt. In diesem Augenblick begriff er, dass sein Vater ihm kein einziges Wort geglaubt hatte. Wieder einmal hatte er nur Interesse geheuchelt und Bewunderung vorgetäuscht, um ihn am Ende umso dümmer dastehen zu lassen.

»Doch, Papa«, sagte Arthur, nachdem er sich wieder gefangen hatte, und griff hektisch nach der aktuellen Ausgabe der Neuen Osnabrücker Zeitung. Stimmt, diese eine Chance hatte er ja noch, um seinen Vater wieder auf seine Seite zu ziehen. Das hatte er für einen Moment vergessen. »Heute steht was drin. Ich hab's gleich«, sagte er mit klopfendem Herzen und blätterte zur entsprechenden Seite. Mit zittrigen Händen reichte er seinem Vater die Zeitung, die er stirnrunzelnd überflog.

»Ich glaube, sie sind mir bereits auf der Spur, Papa. Ich bin sicher, sie beschatten mich.«

»Sie beschatten dich?«

»Ja, klar, schau aus dem Fenster. Da eben schon wieder. Fahren ständig um den Block. Die suchen mich.« Er zwang sich, nicht mehr an die Katzen zu denken. Er musste jetzt hellwach sein.

»Und wenn es so wäre: Warum kommen sie nicht einfach und holen dich? Was hält sie davon ab?«

»Das frage ich mich auch, aber ich habe das Gefühl, sie warten ab. Vielleicht denken sie, ich habe die Tat nicht allein begangen. Sie warten auf den Hintermann.«

»Hattest du denn einen?«

»Nein, natürlich nicht!«

Pavel nickte. Er schien jedoch nicht überzeugt zu sein. Er hüstelte künstlich. »Du hattest Besuch von meinen Freunden, habe ich gehört?«

Arthur schluckte. »Ja, Vater. Aber wie du jetzt weißt, war dieser Besuch vollkommen überflüssig.«

»War er das?«, fragte Pavel und seine Stimme nahm einen eigentümlichen Klang an. »Wenn das so ist, werde ich meine Freunde bitten, noch einmal vorbeizukommen, um sich bei dir zu entschuldigen.«

Arthur wurde bleich. »Muss nicht sein, Vater«, sagte er mit trockener Kehle. Er beschloss, noch an diesem Abend mit seiner gepackten Tasche vor Igors Tür zu stehen.

SONNTAG, 10. MÄRZ 2013

Den Weg in den Osnabrücker Stadtteil Dodesheide hätte Birthe im Schlaf bewältigen können. Hier war sie aufgewachsen, hier kannte sie jeden Stein.

Ihre Mutter hatte sie zum Mittagessen eingeladen. Noch vor zwei Jahren hatte Birthe jeden Sonntagmittag bei ihren Eltern verbracht, doch mit der Zeit wurden die Abstände größer. Inzwischen war sie bei einem etwa sechswöchigen Turnus angelangt, was ihre Mutter ihr sehr übel nahm.

Vor dem Einfamilienhaus aus den 60er-Jahren parkte ein Van mit Berliner Nummernschild. Birthe lenkte ihren grauen Seat Ibiza in die Lücke daneben und stieg mit einem mulmigen Gefühl aus. Ihre Schwester war also da. Sie hatten es ihr nicht gesagt. Hätte sie es gewusst, hätte sie noch ein Geschenk für Carlotta besorgen können, ihre siebenjährige Nichte. Noch ehe sie aus dem Auto gestiegen war, sah sie ihre Mutter schon in der Haustür stehen, mit einem Baby auf dem Arm.

»Überraschung!«, schrie Doris Schöndorf und hielt den Säugling hoch. »Schau mal, wen wir hier haben, damit hast du nicht gerechnet, nicht wahr?«

»Ehrlich gesagt nicht«, sagte Birthe laut und ging auf sie zu.

»Ei gucke mal, ei gucke mal«, schnurrte Doris in Richtung des Babys, »da kommt deine Tante. Du wirst sie gleich kennenlernen, die Tante Birthe!« An ihre Älteste gewandt sagte sie: »Schätzchen, wir haben Sonntag. Konntest du dich nicht feiner herrichten? Wir haben uns alle schick gemacht.« Kritisch beäugte sie Birthes alten Parka, ihre Lieblingsjeans mit den abgewetzten Stellen und ihre ausgetretenen Doc Martens. »Hast du kein Geld für neue Sachen? Bezahlen sie dich bei der Polizei so schlecht?«

»Das auch, aber ich mag diese Sachen, Mama. Auch wenn's dir nicht gefällt. Darunter habe ich übrigens eine weiße Bluse an. Extra für dich.«

»Na, wenigstens etwas«, seufzte Doris. »Jetzt komm her und lass dich drücken!«

Ein wenig widerstrebend ließ sich Birthe in den Arm nehmen. »Süß«, sagte sie anerkennend mit Blick auf das schlafende Baby, »diese winzigen Händchen.«

»Nicht wahr? Das haben Sophia und Jörg wieder richtig gut hingekriegt.« In den Flur rief sie: »Manfred, Sophia, Carlotta! Birthe ist da!«

»Geht das nicht leiser?«, flüsterte Birthe. »Das Baby wacht ja auf.«

»Ach was, so empfindlich sind diese kleinen Hosenscheißerchen gar nicht. Sie schlafen am besten, wenn es richtig turbulent zugeht. Das scheinen sie zu mögen. Nicht wahr, kleine Maus?« Sie schaukelte das Neugeborene in ihrem kräftigen Arm, das die Bewegung mit einem zarten Stöhnen quittierte.

Carlotta kam sofort angelaufen und blieb direkt vor Birthe stehen. »Toll, dass du da bist!«, rief sie. »Hast du mir etwas mitgebracht?«

»Och, Maus«, sagte Birthe, »ich wusste doch nicht, dass ihr hier seid! Sonst hätte ich bestimmt daran gedacht!«

»Macht nichts«, sagte Carlotta. »Ich bin doch schon groß!«

»Stimmt! Du bist jetzt die große Schwester. Findest du das toll?«

Carlotta wiegte den Kopf. »Manchmal ja, manchmal nein.«

Birthe schmunzelte. »Stell dir vor, mir geht es genauso.«

Nach dem Mittagessen, bei dem sich Birthes Vater wie gewöhnlich sehr detailliert nach ihrem Job erkundigt hatte, saß Birthe noch eine Weile mit Sophia in der Küche. Doris hatte sich zu einem Mittagsschläfchen zurückgezogen und Manfred spielte im Wohnzimmer mit seiner Enkelin Memory.

»Bist du jetzt glücklich?«, fragte Birthe und führte ihren Kaffeebecher zum Mund. »Ich meine, mit zwei Kindern hast du doch dein Ziel erreicht, oder nicht?«

»Ich bin da, wo ich immer sein wollte«, sagte Sophia nachdenklich, »aber ob ich deswegen glücklich bin? Ich weiß nicht. Es gibt glückliche Momente, klar, es ist schön, wenn beide Kinder zufrieden sind und ich sehe, dass es ihnen gut geht. Aber ich fühle mich oft einsam. So viel allein war ich noch nie in meinem Leben. Jörg arbeitet ständig; er musste ja auch heute Morgen gleich wieder los. Hat uns nur hergebracht, weil ich mit den beiden Kleinen nicht allein fahren wollte, und holt uns Ende der Woche wieder ab. Seitdem Carlotta nicht mehr in den Kindergarten geht, fehlt mir der Kontakt mit anderen Müttern. Und ich kenne bisher nicht viele Leute in Berlin. Offen gestanden, fehlt mir ganz viel. Auch ihr fehlt mir. Sehr sogar.«

»Gibt es bei euch keine Babykreise?«, fragte Birthe.

»Doch, allerdings bekommen wir vor dem Sommer keinen Platz.« Sophia zuckte resigniert mit den Schultern. »Weißt du, dass ich dich beneide?«

Birthe sah überrascht auf. »Nein.«

»Doch, ich würde gern mit dir tauschen. Jeden Morgen ins Büro gehen, spannende Fälle lösen, mit Kollegen plaudern, Kaffee trinken, mit dem Streifenwagen durch die Stadt brausen …«

»Einen Rüffel vom Chef kassieren, sich über die Verschrobenheit und Sturheit mancher Leute ärgern …«, fuhr Birthe fort.

»Na und? Dann eben auch das. Gerne, liebend gerne.«
Sophia seufzte.

»Jetzt mal im Ernst: Du beneidest mich nicht wirklich?«
Sophia hob den Kopf. Birthe bemerkte erst jetzt, dass
sie tiefe Ringe unter den Augen hatte. Das war ihr bisher
nie aufgefallen. Genauso wenig die feinen Linien, die sich
plötzlich durch das Gesicht ihrer Schwester zogen.

»Soll ich dir etwas verraten? Aber versprich mir, es nicht
Mama zu sagen«, sagte Birthe.

»Versprochen.«

»Es gibt Tage, da würde auch ich mit dir tauschen. Ich
finde Kinder klasse. Ich würde gern, furchtbar gern mal
eine Weile vom Beruf pausieren und einfach nur Haus-
frau und Mutter sein. Frei über meine Zeit verfügen. Dieses ganz Neue ausprobieren. Kinder heranwachsen sehen
und mit ihnen viel Zeit verbringen. Selber wieder Kind werden. Aber wenn ich das Mama sage, gibt sie erst recht keine
Ruhe mehr. Ständig erinnert sie mich an meine biologische
Uhr und daran, dass noch etwas fehlt in meinem Leben. Du
glaubst nicht, wie mich das nervt.«

»Das überrascht mich, ehrlich gesagt. Ich dachte, du
wolltest bewusst keine Kinder. Weil du dann deinen Job
nicht mehr so machen könntest.«

»Das habe ich selbst lange gedacht. Aber im Moment …«
Birthe lächelte. »Mia und Carlotta sind einfach zu schnu-
ckelig.«

»Was hält dich davon ab?

Ihre Blicke begegneten sich. »Das Wichtigste«, schmunzelte Birthe. »Der Richtige ist einfach noch nicht aufgetaucht.«

»Du findest ihn«, sagte Sophia. »Eines Tages wirst du
ihm begegnen. Und du weißt es dann sofort. Wollen wir
darauf trinken?«

»Darfst du das denn wieder? Ich dachte, du stillst noch.«

»Komm, ein Schlückchen Sekt kann nicht schaden.« Sie holte einen Piccolo aus dem Kühlschrank und schenkte ein.

»Auf uns beide«, sagte sie. »Darauf, dass wir glücklich werden!«

»Hm, wäre das nicht zu viel verlangt? Wie wäre es mit: auf viele kleine und große glückliche Momente?«, sagte Birthe und stieß mit ihrer Schwester an.

»Spinnengift? Das Gift einer Vogelspinne, meinen Sie? Nein, Frau Schöndorf, da muss ich Sie leider enttäuschen. Die Blutprobe des Toten liefert nicht den geringsten Hinweis darauf.«

»Sind Sie sicher?«, fragte Birthe und hielt den Telefonhörer dicht ans Ohr gepresst.

»Absolut«, sagte Dr. Schröder mit einer Vehemenz, die keinen Zweifel offen ließ. »Wie kommen Sie darauf?«

Birthe berichtete von der Vogelspinne. Ein Mitarbeiter des Tierschutzes, der sich mit Exoten auskannte, hatte sie mit nach Hause genommen und in ein geeignetes Terrarium gesetzt, wo es ihr nach seiner Aussage gut ging.

»Frau Birklund behauptet, sie noch nie gesehen zu haben. Aber kann ich ihr das glauben? Sie hat sich von Anfang an in Lügen verstrickt. Wie soll denn die Vogelspinne in ihr Haus geraten sein? Das ist ein Exote. Ein Tier wie dieses läuft nicht irgendwo im Garten herum und verirrt sich zufällig in einem Wohnhaus. Ich habe natürlich die Nachbarn der Birklunds befragt. Niemand will etwas wissen. Wir behalten das im Auge, müssen uns aber erst einmal um andere Dinge kümmern, zum Beispiel um Birklunds Akten und die Festplatte seines Computers.«

»Darüber können wir uns ja heute Abend in Ruhe unterhalten. Bei einem guten Burgunder bei Weinkrüger. Was halten Sie davon?«

»Nichts«, antwortete sie knapp. Als sie die Stille durch die Telefonleitung spürte, fügte sie ein wenig freundlicher hinzu: »Seien Sie mir nicht böse. Ich habe einfach vor, heute früh zu Bett zu gehen. Ich muss im Augenblick so viele Dinge überdenken, dass ich abends völlig platt bin.«

»Das verstehe ich natürlich. Darf ich fragen, was Sie besonders umtreibt?«

»Wenn es Sie interessiert: Gleich zum Beispiel habe ich ein Gespräch bei der Bank. Ich habe endlich einen richterlichen Beschluss erwirkt, um an die Konten von Simon Birklund zu kommen.«

»Mit einer bestimmten Fragestellung?«

Birthe wiegte den Kopf. »Vielleicht …«

»Und das Bankgeheimnis wird in dem Fall ausgesetzt?«

»Ja, natürlich. Das Bankgeheimnis gilt bei Straftatenermittlungen nicht. Mit einem richterlichen Beschluss habe ich grünes Licht.«

»Halten Sie mich auf dem Laufenden, Frau Schöndorf. Weinkrüger kann warten.«

*

Michael Stuckenbrock trat ein, ohne anzuklopfen. Die Belegschaft der Bankfiliale hatte sich im Personalraum versammelt und machte gerade Mittagspause. Die fünf Mitarbeiter erhoben sich, als sie ihren Chef erblickten.

»Guten Tag, Herr Stuckenbrock«, sagte Inge Kloß, die ältere Angestellte mit dicker Hornbrille. »Hat es einen besonderen Grund, dass Sie uns besuchen?«

»Setzen Sie sich doch bitte wieder«, sagte Stuckenbrock und nahm ebenfalls Platz. »Ich bin hier, um Ihnen etwas mitzuteilen.« Er sah über seine randlose Brille hinweg in die Runde, bedachte jeden Mitarbeiter mit einem längeren Blick. »Ich möchte nicht lange um den heißen Brei herumreden, das macht die Sache nicht leichter. Vielleicht haben Sie es bereits aus der Zeitung erfahren, obwohl sich erstaunlicherweise nur ein kleiner Abschnitt darum drehte, der leicht überlesen werden konnte. Unser geschätzter Herr Birklund ist keines natürlichen Todes gestorben. Er wurde ermordet.«

Alle verharrten in ihrer Bewegung und starrten ihren Vorgesetzten erschrocken an. »Also nicht. Ich habe es mir fast gedacht. Ich möchte Sie darauf vorbereiten, dass die Kriminalpolizei sicherlich hier auftauchen und Fragen stellen wird.«

»Ermordet? Kriminalpolizei?«, rief Inge Kloß und hielt sich die Hand vor den Mund. Sie schüttelte ihren grauen Pagenschnitt und rückte ihre Brille zurecht. Vor ihr lag eine angebissene Banane. »Oh Gott!«

»Wie denn, wenn ich fragen darf?« Thore Strohbecke schien äußerlich gefasst.

»Er wurde erdrosselt.«

Schweigen im Raum. Michael Stuckenbrock goss sich ein Glas Wasser ein. »Die Kommissarin war gerade bei mir und wollte Einsicht in die Konten. Und dabei sind Dinge zutage befördert worden, die mich in Erstaunen versetzt haben, um nicht zu sagen, die mich schockiert haben. Simon Birklund hat Gelder unterschlagen, wussten Sie davon?«

Alle schüttelten den Kopf.

Michael Stuckenbrock wandte sich an einen Mitarbeiter, der ihm gegenüber saß. »Herr Middendorf, Sie waren doch sein engster Vertrauter, haben Sie etwas mitbekommen?«

Andreas Middendorf wand sich. Der gut aussehende Mittvierziger sah seine Chance gekommen. Er lockerte seinen Krawattenknoten und strich sich über die gegelten schwarzen Haare. »Ich habe mich oft gefragt«, sagte er ruhig, »weshalb Herr Birklund so viele Überstunden gemacht hat. Warum er keinen Urlaub nehmen wollte. Seine Frau hat häufig hier angerufen. Dauernd wollte sie ihn sprechen, ihn irgendwo zum Mittagessen in der Stadt treffen. Und er hat ständig abgeblockt, sie abgewiesen. Sie tat mir richtig leid. Mir kam das komisch vor. Ich habe oft gedacht, der hat Dreck am Stecken.«

Günter Meier, ein langjähriger Mitarbeiter der Bank, stützte sich mit den Händen auf dem Tisch ab. Er war zornesrot. »Mach mal halblang, Andreas, keiner hier hat was gewusst. Das sagst du jetzt nur, weil du nichts mehr zu verlieren hast. Wäre dir nicht gekündigt worden, würdest du schön deine Klappe halten.«

Andreas Middendorf warf ihm einen schneidenden Blick zu. »Günter, mit dir rede ich gar nicht darüber. Wer sich in den letzten 30 Jahren nicht verändert hat, immer nur mit dem Hintern auf dem gleichen Stuhl hockt, ist meiner Meinung nach mehr als fragwürdig.«

»Und Sie, Frau Sieben?«, fragte Stuckenbrock die junge Kollegin. Nadja Sieben war mit Anfang 30 die Jüngste in der Filiale.

»Mir ist nichts aufgefallen«, sagte Nadja Sieben brav und strich ihre langen, glatten Haare hinters Ohr, sodass kleine Zuchtperlen sichtbar wurden. »Ich hatte immer den Eindruck, Herr Birklund war äußerst korrekt. Ich hatte großen Respekt vor ihm.«

»Den Eindruck hatten wir wohl alle.« Inge Kloß stand auf, um ein Fenster zu schließen. »Wie man sich doch täuschen kann.«

Michael Stuckenbrock erhob sich. »Herr Middendorf und Herr Strohbecke, ich darf Sie bitten, mitzukommen. Ich möchte mich gerne mit Ihnen persönlich in meinem Büro unterhalten und mich bei der Gelegenheit auch noch einmal entschuldigen für die Maßnahmen, die wir ergreifen mussten und die Unannehmlichkeiten, die damit für Sie entstanden sind. Es tut mir leid, dass Ihnen gekündigt wurde. Ich möchte Ihnen die Umstände noch einmal persönlich erklären. Mein Fahrer wird Sie anschließend selbstverständlich zurückbringen.«

*

»Dass Andreas dem Birklund nach seinem Tod so in den Rücken gefallen ist, ist mir völlig unverständlich«, schimpfte Günter Meier, kaum dass der Chef mit den beiden Kollegen den Raum verlassen hatte. »Ohne jede Handhabe, ohne Beweis, völlig aus der Luft gegriffen. Was fällt dem ein? Warum kann der nicht seine Klappe halten? Tote soll man ruhen lassen, was bringt das noch?«

»Richtig fand ich es auch nicht«, sagte Inge Kloß. »Trotzdem – musste das eben sein, vor dem Chef? Ich finde das gefährlich. Am Beispiel von Thore und Andreas siehst du doch, wie schnell es gehen kann.« Sie biss gedankenverloren in ihre Banane.

»Es ist noch niemand entlassen worden, weil er seine Meinung sagt.« Günter Meier rührte Zucker in seinen Kaffee. »Warum hackt Andreas immer auf mir herum? Auf meinen Brieftauben, auf meiner freiwilligen Feuerwehr, warum kann er einen nicht in Ruhe lassen?«

Inge wedelte mit dem Zeigefinger. »Im Moment ist alles möglich. Du, Günter, könntest der Nächste sein, da wäre ich lieber ganz vorsichtig«, sagte sie mit vollem Mund.

»Ich sehe mich nicht in Gefahr«, sagte Günter. »Ich habe nie jemandem etwas missgönnt oder gar streitig gemacht. Soll jeder glücklich werden auf seinem Posten. Auch wenn ich in der Tat keine Karriere gemacht habe, bin ich zufrieden. Ich habe sie ja nie ins Auge gefasst. So habe ich mehr Zeit für meine Hobbys. Vielleicht ist mir das tatsächlich wichtiger, na und?«

»Nicht jeder denkt wie du, Günter, und findet seine Leidenschaft und seine Bestätigung im Verein. Andreas ist jung, er hat Familie, du musst ihn verstehen.«

»Das tu ich ja, Inge, jedem das Seine, sage ich immer. Nur die Leute müssen gehen, die anderen gefährlich nahe kommen. Das war immer so.«

»Da magst du recht haben. Birklund ist viel zu schnell befördert worden, wenn du mich fragst«, sagte Inge. »Wenn Dieter sich damals nicht mit der Kleinen eingelassen hätte, wäre er heute noch auf diesem Posten. Der war viel fähiger als Birklund. Der hat nicht so viele Bankkunden enttäuschen müssen. Man konnte ihm vertrauen. Hast du den eigentlich noch miterlebt?«, wandte sie sich an Nadja Sieben. »Den Dieter Hedemann, Birklunds Vorgänger?«

»Klar«, sagte Nadja, »der war noch da, als ich kam, bestimmt ein Jahr. Ein ganz Netter fand ich, sehr sympathisch. Seine Frau hat doch oft Kuchen gebacken für die gesamte Belegschaft.«

»Stimmt, die Helga«, sagte Inge versonnen. »Mit der habe ich mich gut verstanden. Auf den Betriebsfeiern war sie immer mit dabei, eine ganz Heitere, Herzliche, hat für unser leibliches Wohl gesorgt. – Eine Schweinerei war das. Jeder wusste, dass Birklund es auf Dieters Posten abgesehen hatte. Wenn ihr mich fragt, er hat das Abendessen bei sich zu Hause absichtlich arrangiert. Dieter Hedemann sollte sich in Melanie verlieben.«

»Um dann in eine handfeste Affäre hineinzuschliddern, aus der er nicht mehr herauskam. Denn Birklund war klar, dass Dieter Hedemann ein Auge auf Melanie geworfen hatte. Alle haben das gewusst. Vielleicht wäre er standhaft geblieben, wenn es nicht zu diesem Abendessen in Birklunds Villa gekommen wäre. Die Konsequenz war allen schnell klar: Hedemann musste gehen. Den Platz frei machen für Birklund.«

»Birklund hat indirekt zugegeben, dass es so war. Er hat sich damit gebrüstet, Hedemann einen enormen Gefallen erwiesen zu haben. Das blöde Grinsen auf seinem Gesicht werde ich nie vergessen. Mich würde brennend interessieren, wer ihn umgebracht hat«, sagte Inge und rückte ihre Hornbrille zurecht. »Mir fehlt er, offen gestanden, nicht. Fehlt er euch?«

Nadja Sieben und Günter Meier schüttelten den Kopf und standen auf. Die Mittagspause war beendet.

DIENSTAG, 12. MÄRZ 2013

Mario Roggenkamp zog sich leise an. Der Wecker auf dem Nachttisch zeigte 1.20 Uhr an. Neben ihm, im gemeinsamen Ehebett, schlief seine Frau tief und fest. Sie würde um diese Uhrzeit nicht aufwachen, das wusste er genau. Und er hoffte, dass alles vorbei sein würde, wenn um 6.30 Uhr ihr Wecker klingelte.

Ein mulmiges Gefühl beschlich ihn. Er hatte sich das ganze Wochenende damit herumgeplagt, nun war es fast nicht mehr auszuhalten. Sein Magen krampfte sich zusammen und es war ihm, als müsse er sich übergeben. Er zwang sich, ruhig zu atmen, um seinen Kopf frei zu bekommen. Was tat er nur! Worauf hatte er sich eingelassen? Er war kein Verbrecher! Mit solchen Leuten hatte er nie etwas zu tun haben wollen und nun steckte er mittendrin. Er hatte sich in eine Geschichte verstrickt, die ihm eigentlich zuwider war, und nun war es zu spät. Mitgehangen, mitgefangen, hatte sein Vater stets gesagt. Es gab kein Zurück. Arthur und Igor verließen sich auf ihn. Er hatte noch nie jemanden im Stich gelassen, und er würde es auch diesmal nicht tun.

Mario nahm die Fahrradschlüssel von der Flurkommode und zog die Haustür hinter sich zu.

Im Treppenhaus roch es wie gewohnt nach abgestandenem Zigarettenrauch, Bohnerwachs und Sauerkraut. Egal zu welcher Tageszeit – irgendjemand im Haus schien ständig Sauerkraut auf dem Herd zu haben. Manchmal gelang es ihm, die Gerüche auszublenden, heute hingegen, da ihm ohnehin übel war, fand er sie geradezu unerträglich. Er zog seine Strickjacke aus und hielt sie vor Mund und Nase. So schnell er konnte, hastete er die Treppen hinunter und holte sein Fahrrad aus dem Keller. Igor hatte ihm gesagt, er solle damit kommen, das wäre sicherer. Sie selbst würden alte Fahrräder vom Bahnhofsvorplatz klauen. Niemand würde es bemerken; sie standen dort zu Hunderten herum und warteten auf ihre Besitzer, meistens Studenten, die in der nahe gelegenen Universitätsstadt Münster studierten. Einige Fahrräder sahen derart verrostet aus, dass sie bestimmt seit Jahren vor sich hingammelten und von niemandem vermisst wurden.

Draußen holte er tief Luft. Es war kalt und er konnte seinen eigenen Atem sehen. Auf der Straße herrschte eine beklemmende Stille. Kein Mensch weit und breit. Selbst in die sonst vielbefahrene Natruper Straße war Ruhe eingekehrt. Die Laternen tauchten die Straße in diffuses Licht und verstärkten den Eindruck einer gespenstischen Szenerie. Er fühlte sich wie in einem alten Kriminalfilm und versuchte sich einzureden, dass alles nicht real war. Beklommen radelte Mario durch die nächtliche Stadt. Er bereute es, keine Handschuhe mitgenommen zu haben, und konnte sich nicht erinnern, sich jemals derart verloren gefühlt zu haben.

Am verabredeten Treffpunkt vor der Bankfiliale warteten Arthur und Igor. Sie waren dunkel gekleidet und hatten Rucksäcke bei sich. Fast war Mario erleichtert, nicht länger allein zu sein. »Hi!«, rief er ihnen zu und wollte in seiner Aufregung gerade anfangen zu plappern, doch Arthur stoppte ihn mit einer resoluten Handbewegung.

»Schaff dein Rad weg«, raunte Arthur, »das kannst du hier nicht stehen lassen. Viel zu auffällig! Da, um die Ecke.« Er deutete mit dem Kopf nach rechts und Mario schwang sich wieder in den Sattel. »Wo habt ihr eure Räder?«

»200 Meter von hier«, sagte Igor. »Hinter der Hecke eines leerstehenden Hauses.«

Als Mario zurückkam, führte Arthur ihn zu dem gestohlenen Fluchtfahrzeug, das auf der gegenüberliegenden Straßenseite geparkt war. Seinen Rucksack hatte Mario Igor überlassen.

»Ein Opel«, sagte Mario erleichtert. »Ich fahre selbst einen Kadett. Damit kenne ich mich aus.«

»Extra für dich organisiert«, sagte Arthur mit einem schiefen Lächeln. »Gestern Abend in der Innenstadt. Nein, ist purer Zufall. Ich zeige dir, wie das mit dem Kurzschließen funktioniert. Dein Handy ist eingeschaltet?«

»Ja, natürlich.«

»Aufgeladen?«

Mario nickte.

Arthur öffnete die Tür des dunklen, fünftürigen Opel Corsa und nahm auf dem Fahrersitz Platz. Mario setzte sich neben ihn und starrte erschrocken auf den Kabelsalat, der aus der gewaltsam geöffneten Verblendung rund um das Zündschloss heraushing.

»Pass auf«, sagte Arthur, »du siehst hier die Kabel. Die musst du miteinander verbinden, um das Auto zu starten. Schau zu.«

Mario versuchte, sich trotz aller Nervosität zu konzentrieren. Er hatte nie zuvor ein Auto kurzgeschlossen.

»Wenn du dieses Kabel von der Stellung *Start* hier heranführst, springt der Motor an und der Wagen läuft. Dann kannst du losfahren. Um das Fahrzeug abzuschalten, musst du die Kabel entsprechend wieder auseinanderziehen. Fertig. Aber da sind wir ja mit dabei und können helfen. Hast du alles verstanden?«

Mario nickte und schluckte kräftig. Ihm war eiskalt. Er wollte mit Arthur zusammen aussteigen, doch Arthur drückte seine Schulter nieder. »Du bleibst hier und passt auf. Wenn jemand kommt und sich auffällig verhält, gibst du Bescheid. Es geht los.«

Mario saß zusammengekauert in dem Fluchtfahrzeug, den Blick starr auf den Vorraum der Bank gerichtet, in dem sich der Bankautomat befand. Zwei dunkle Gestalten machten sich hektisch daran zu schaffen. Er konnte sie nicht mehr auseinanderhalten. Arthur und Igor hatten in etwa die gleiche Größe, die gleiche Statur und waren ähnlich gekleidet. Irgendwie gehörten sie jetzt zu ihm, ob er wollte oder nicht. Sie mussten zusammenhalten; es war ihr erster gemeinsamer Coup. Und mit Sicherheit auch der letzte, dachte er grimmig. Wenn das nur gut ausging! Taschenlampen flackerten in der Dunkelheit. Mario schluckte. Sein Mund war staubtrocken. Seine Gedanken überschlugen sich. Er fühlte sich gefangen. Er gehörte nicht hierhin. Er hatte das alles nicht gewollt. Wie gern wäre er nach Hause gefahren und hätte sich in sein weiches Bett gelegt, neben die schlafende Anneke, würde sie im Halbdunkel lange ansehen, sich an sie kuscheln und ihrem tiefen Atem lauschen. Dann würde auch er wieder in den wohl verdienten, alles vergessen machenden Schlaf zurückfinden. Stattdessen saß er hier in dem nach kaltem Rauch stinkenden Auto und bereute jetzt schon, was er getan hatte und noch tun würde.

Als Kind hatte er die Idee spannend gefunden, für unangenehme Situationen eine Tarnkappe zu besitzen. Er wunderte sich, dass diese kindliche Fantasie auf einmal in ihm auflöderte und seufzte tief auf. Irgendwann kam Igor zurück, öffnete die Heckklappe und warf die Rucksäcke hinein. »Kann nicht mehr lange dauern«, rief er gehetzt.

Und Mario wartete. Das Warten kam ihm vor wie Stunden, obwohl es in Wirklichkeit wohl wenige Minuten waren. Er fror und rieb immer wieder seine klammen Hände und seine Arme, um sich einigermaßen warm zu halten.

Als er zum wiederholten Mal auf sein Handy sah, war es 2.31 Uhr. In diesem Moment hörte er einen lauten Knall, gefolgt von einer Druckwelle, die ihn an ein Erdbeben denken hätte lassen, wenn er es nicht besser gewusst hätte. So hatte er es sich nicht vorgestellt. Erst nach langen Schrecksekunden traute er sich, die Augen wieder zu öffnen. Er sah Arthur und Igor mit ihren Taschenlampen aus dem Vorraum der Bank laufen. Sie waren von Rauch umhüllt. Mario kurbelte das beschlagene Fenster herunter und beobachtete entsetzt das Geschehen. Da, wo vorher der Geldautomat gestanden hatte, war nur noch eine Staubwolke zu sehen. Überall lagen Steine herum, Schutt und Dreck flackerte immer wieder kurz im Schein der hellen Lampen auf. Ein strenger Geruch nach Schießpulver lag in der Luft. Er erinnerte ihn an Silvester. Nach kurzer Zeit verschwanden die beiden Männer erneut im stark beschädigten Vorraum. Marios Rollkragen wurde ihm plötzlich zu eng und er zog kräftig daran, weil er das Gefühl hatte, keine Luft zu bekommen. In seinen Ohren rauschte es. Der entscheidende Moment war gekommen. Jetzt kam es auf ihn an. Die Leute in den umliegenden Häusern mussten ebenfalls den Knall gehört und die Druckwelle gespürt haben. Er musste auf alles gefasst sein. Marios Blick huschte die Straße entlang, scannte hektisch die Umgebung ab. Es war niemand zu sehen. Kein Auto weit und breit, kein Fußgänger. Es machte ihn jedoch nervös, dass er nicht wissen konnte, ob jemand das Geschehen vom Fenster aus beobachtete. Das war das Restrisiko, das sie in Kauf hatten nehmen müssen. Sie mussten einfach schneller sein als die Polizei, die möglicherweise bereits informiert war.

Er nahm die Kabel in die Hand und versuchte, sich zu erinnern, wie sie zum Anlassen des Motors zusammengefügt werden sollten. Seine Hände zitterten, er schaffte es nicht. Er wusste nicht mehr, wie es ging, hatte in den eiskalten Händen kein Gefühl, wurde immer hektischer. Kurz sah er zu seinen Komplizen hinüber, die ihm bereits Zeichen gaben. Er musste den Motor zum Laufen bringen, ehe Arthur und Igor das Auto erreicht hatten. Sie verließen sich auf ihn. Nun zählte jede Sekunde.

Die Beifahrertür wurde aufgerissen. »Los, Motor an!«, schrie Arthur. »Was treibst du da? Warum ist der noch nicht an, du Idiot!«

Nun wurde auch die hintere Tür ruckartig geöffnet und Igor wuchtete einen schweren Gegenstand hinein. Er schnaufte, als er sich auf die Rückbank zwängte.

»Schmeiß den Motor an, Mann!«, wiederholte Arthur seine Ansage. Seine Stimme duldete keinen Widerspruch.

»Ich kann nicht«, jammerte Mario, »ich schaffe es einfach nicht.«

»Lass uns Plätze tauschen. Scheiße, Alter!«, fluchte Arthur. »Dich kann man nicht gebrauchen, ich habe es gewusst! Steig aus, schnell, lass mich dahin.«

Mario gehorchte und Arthur rutschte auf den Fahrersitz. Das Anlassen des Motors war ein Kinderspiel für ihn. Wenige, geschickte Handgriffe, schon hatte er es geschafft. Mario ließ sich erleichtert auf den Beifahrersitz fallen. In dem Moment setzte sich der Wagen mit quietschenden Reifen in Bewegung. Mario stieß einen kurzen Schrei aus und zog mit letzter Kraft im Fahren die Tür zu.

»Puh«, sagte Mario mit scheuem Seitenblick. »Das war knapp! Tut mir leid, Jungs! Ich hab so was noch nie gemacht. Wart ihr erfolgreich? Habt ihr die Kohle?«

»Halt die Klappe!«, fuhr ihn Arthur barsch an.

Mario schwieg beleidigt.

»Was denkst du denn?«, ertönte wenige Minuten später Igors Stimme von der Rückbank. »Schau mal, was ich hier habe.« Er klopfte auf einen metallenen Gegenstand.

»Geldkassetten?«

»Bingo.«

»Und wie viel ist drin?«

»Keine Ahnung«, sagte Igor, »müssen wir gleich erst mal nachsehen.«

»Und die sind nicht mit explodiert?«

»Nee, die sind absolut feuer- und bruchfest. Denen passiert nichts, die bleiben selbst bei einer Explosion ganz.«

»Wo fahren wir hin?«, fragte Mario.

»Wart's ab und schnall dich an.«

In atemberaubender Geschwindigkeit raste der Wagen über die Landstraße.

*

Miriam kam es vor, als sei sie seit Wochen nicht mehr in der Tagesstätte gewesen, dabei waren es nur wenige Tage. Viel hatte sich in der Zwischenzeit verändert, vor allem sie selbst.

Die Tür zu ihrem Gruppenraum flog auf und Erdmuthe Richter trat ein. »Schön, dass Sie wieder bei uns sind, Frau Strohbecke«, sagte sie mütterlich. »Ich möchte Ihnen jemanden vorstellen. Das ist Anneke Roggenkamp, meine Schwester. Sie macht zurzeit hier ein Praktikum und überlegt, ob der Beruf das Richtige für sie sein könnte. In der letzten Woche war sie bei den Hummeln und jetzt kommt sie zu Ihnen in die Bärengruppe. Ich hoffe, dass Sie sich gut verstehen.«

Miriam stand auf und gab Anneke die Hand. »Warum nicht?«, sagte sie freundlich. »Ich bin Miriam Strohbecke.

Kommen Sie, ich zeig Ihnen alles. Möchten Sie einen Kaffee?«

Als sich die Kindergartenleiterin zurückgezogen hatte, bot Miriam ihrer neuen Kollegin das Du an. »Damit lebt und arbeitet es sich leichter, auch wenn unsere Chefin da anderer Meinung ist.«

»Stimmt«, sagte Anneke und nahm Miriam den Kaffeepot ab. Die Kinder spielten mit Knete und waren völlig versunken darin. »Ja, meine Schwestern sind ein bisschen eigen. Sie hätten wohl besser in die 50er-Jahre des vergangenen Jahrhunderts gepasst.«

Miriam lachte. »Und du bist tatsächlich die Schwester von Erdmuthe?«, fragte sie zweifelnd und studierte Annekes Gesichtszüge. Sie konnte beim besten Willen nicht die geringste Ähnlichkeit feststellen.

Anneke grinste und strich sich die dunklen, kurzen Strähnen aus dem Gesicht. »Erdmuthe und Hildegard sind Zwillinge. Ich wurde elf Jahre später als Nachzüglerin geboren, das Nesthäkchen der Familie. Meine beiden Schwestern sind das Gegenteil von mir.«

»Das Gegenteil?«

»Ja, zielstrebig und ehrgeizig und ich … ich bin halt das schwarze Schaf der Familie.«

Miriam runzelte ungläubig die Stirn. »Wie bitte? Ich hätte es genau anders herum vermutet. Du, die zierliche Hübsche, überall beliebt, die früh einen Freund hatte, und Erdmuthe das grobschlächtige Mädel vom Lande, das sich hart ins Leben kämpfen musste. Hildegard kenne ich ja nicht. Entschuldige, dass ich es so drastisch sage, es bleibt bitte unter uns!«

»Kein Problem«, sagte Anneke. »Auf den ersten Blick magst du recht haben, aber das mit dem schwarzen Schaf ist anders gemeint. Ich habe im Gegensatz zu meinen Schwestern nie etwas zu Ende gebracht. Ich habe keinen guten Schulabschluss, keine Ausbildung, keinen Beruf, was in den Augen meiner Eltern, besonders meines Vaters, einer Katastrophe gleichkommt. Nun bin ich über 40 und muss noch einmal ganz von vorn anfangen.«

»Und warum, wenn ich fragen darf? Was ist passiert?«

»Ich wollte Lehrerin werden wie Hilde, habe dann aber meinen Mann kennengelernt und bin sofort schwanger geworden. Mir ging es in der Zeit nicht gut und ich habe das Studium geschmissen. Danach fehlte mir mit einem Kleinkind die Motivation, weiterzumachen. Also habe ich es gelassen. Als Ronny aus dem Gröbsten raus war, kam Luca, und das Ganze fing von vorne an. Tja, und als Luca in den Kindergarten ging, dachte ich zum ersten Mal wieder daran, wie schön es wäre, berufstätig zu sein, hatte aber keine Lust auf Lernen und war froh, als ich eine Stelle als Kassiererin im Supermarkt bekam.«

Miriam nickte. »Verstehe. Und jetzt willst du noch mal durchstarten?«

»Warum nicht? Die Gelegenheit ist da. Im Supermarkt habe ich gekündigt und muss mir sowieso eine neue Stelle suchen. Meine Jungs sind groß und brauchen mich nicht mehr rund um die Uhr. Eigentlich wollte ich nicht mit Kindern arbeiten, bei dem ständigen Trubel zu Hause, und ich hatte bestimmt kein Interesse daran, meinen Schwestern nachzueifern. Aber Stolz hin oder her, die Arbeit hier macht mir Spaß und ich könnte es mir vorstellen. Ich war sogar schon beim Arbeitsamt und habe mich nach einer Umschulung erkundigt. Die Chancen stehen gut.«

»Super, ich finde die Idee großartig. Mach das ruhig. Wenn es für dich das Richtige ist, dann fang noch einmal an.«

Anneke sah Miriam aufmerksam an. Der Klang ihrer Stimme passte nicht zu dem, was sie sagte. Sie hörte sich

ernst und deprimiert an. Etwas stimmte nicht, dachte sie.
»Du warst krank, habe ich gehört?«, fragte sie mitfühlend.

Miriam nickte und schluckte. »Ich habe mein Kind verloren«, sagte sie leise.

»Oh nein.«

»Doch, leider.«

Zwei Jungs waren aufgestanden und bewarfen sich mit
Knete. Sofort machten es andere nach.

»Lass uns später weiterreden, okay?«, schlug Miriam
vor. Sie klatschte in die Hände: »Aufräumen, wir wollen
rausgehen.«

Nachdem sie gemeinsam mit den Kindern den Raum in
Ordnung gebracht und ihnen beim Anziehen geholfen hatten, saßen sie auf der Bank in der Sonne. Die Kinder schau-
kelten, tobten und kletterten, sodass Miriam und Anneke
in Ruhe weiterreden konnten.

»Und jetzt weißt du nicht, wie es weitergeht?«, fragte
Anneke.

Miriam zupfte sich Fussel vom Pullover. »Ehrlich gesagt
nicht. Mein Mann ist wieder eingezogen, aber es passt nicht
mehr zwischen uns. Zu allem Überfluss hat er seine Mutter bei uns einquartiert, die sich ständig einmischt und alles
besser weiß. Am liebsten würde ich mit den Kindern ausziehen, aber wohin dann? Ins Frauenhaus? Nee.« Sie dachte
an Ben und dass sie ihn heute Nachmittag in der Stadt treffen würde. Sie freute sich auf die Verabredung, gleichzeitig
hatte sie Angst davor. »Was macht eigentlich dein Mann?«,
fragte sie Anneke. »Oder bist du nicht verheiratet?«

»Doch. Mein Mann ist Schreiner. Aber irgendwie …«
Sie stockte. Als sie Miriams Blick begegnete, offen und ver-
trauensvoll, gab sie sich einen Ruck und sprach weiter: »Ich
verstehe ihn auch nicht mehr, ehrlich gesagt. In der letzten

Zeit ist er mir fremd geworden. Irgendetwas stimmt nicht mit ihm, aber ich komme nicht dahinter. Heute Morgen ist er nicht wach geworden, als der Wecker klingelte, obwohl er gestern Abend zeitig im Bett war. Ich habe ihn angestoßen, an den Schultern gepackt, gerüttelt und geschüttelt, und er hat mich nur angeraunzt, ich solle ihn in Ruhe lassen. Ich bin dann unter die Dusche gegangen und habe mich nicht weiter um ihn gekümmert. Irgendwann kam er ins Bad getorkelt. Ich habe ihn gefragt, ob er etwas eingenommen oder getrunken habe, er hat nur stumm den Kopf geschüttelt. Dann hat er sich übergeben und ist anschließend zurück ins Bett. Er sei krank, hat er gemurmelt. Dann musste ich zur Arbeit fahren. Er ist völlig verändert. So kenne ich ihn gar nicht.«

»Das ist seltsam, das stimmt.«

»Ich frage mich die ganze Zeit, was mit ihm los ist«, sagte Anneke mit brüchiger Stimme. »Mario ist nicht mehr der Mann, den ich geheiratet habe. Wenn das so weitergeht, dann …«

»Sprich es nicht aus«, sagte Miriam. »Sprich es lieber gar nicht erst aus.« In dem Moment kam ein heulendes Mädchen angerannt, das sich das Knie aufgestoßen hatte, und Miriam stand auf, um die kleine Wunde zu versorgen.

*

»Gibt es schon nähere Einzelheiten zu der Detonation?«, fragte Carlo Oltmann und massierte sein Doppelkinn.

»Zum Glück ist niemand zu Schaden gekommen«, antwortete Olaf Hurdelkamp, Birthes und Carlos Vorgesetzter, der die Teamsitzung einberufen hatte. »Das hätte auch anders ausgehen können. Es müssen mindestens zwei Personen beteiligt gewesen sein. Ein bis zwei Männer in der Bank, einer hat möglicherweise im Wagen gewartet. Das Fluchtfahrzeug ist mittlerweile gefunden und sichergestellt worden. Es handelt sich um einen dunkelblauen Opel Corsa, der am Tag zuvor in der Innenstadt entwendet worden ist. Es wurde auf einem abgelegenen Parkplatz in Brochterbeck aufgefunden.«

»Können wir davon ausgehen, dass die Täter im Umkreis von Brochterbeck zu finden sind?«, fragte ein Polizist.

»Da wir momentan keine andere Spur haben, werden dort verstärkt Kontrollen durchgeführt.«

»Ist es Zufall, dass es sich bei der Bankfiliale um dieselbe handelt, in der das Mordopfer Simon Birklund als Filialleiter tätig gewesen ist?«, fragte Birthe.

»Das wissen wir noch nicht«, sagte Hurdelkamp knapp. »Es ist nicht auszuschließen, dass da ein Zusammenhang besteht.«

»Ich war übrigens gestern noch einmal bei seinem Chef, Herrn Stuckenbrock«, sagte Birthe. »Meine Vermutungen haben sich bestätigt.«

»Welche Vermutungen?«, fragte Hurdelkamp zerstreut.

»Na, dass Birklund Geld unterschlagen hat. Stuckenbrock war selbst überrascht. Angeblich wusste er nichts davon, hat erst mit mir zusammen Einsicht in die Konten genommen.«

»Aha«, sagte Hurdelkamp wenig interessiert. »Den richterlichen Beschluss hatten Sie, davon gehe ich aus. Trotzdem hätten Sie mit mir Rücksprache halten müssen. Darüber werden wir zwei uns noch mal unterhalten müssen. Und? Wie viel war's?«

»Eine ganze Menge. Den genauen Betrag kann ich Ihnen nachher per Mail durchgeben.«

Hurdelkamp nickte. »Machen Sie das. Und jetzt lassen Sie uns auf das Ereignis der vergangenen Nacht zurückkommen.«

»Gibt es Zeugen?«, fragte Carlo.

»Ja, es liegt die Aussage eines Mannes vor, der im Haus gegenüber der Bank wohnt und durch die Wucht der Detonation wach geworden ist. Als er aus dem Fenster schaute, hat er zwei Männer gesehen, die aus der Bank gerannt und wenig später zurückgelaufen sind. Er hat die Polizei verständigt. Möglicherweise hat jemand im Fluchtfahrzeug gewartet. Aber dafür gibt es keine Zeugen.«

»Wann hat er die Polizei gerufen?«

»Um 2.34 Uhr ging der Notruf ein.«

»Wie hat er sie beschrieben?«

Hurdelkamp stöhnte. »Wie schon. Dunkle Kleidung, groß und schlank. Jung bis mittleres Alter. Sehr hilfreich.«

Carlo zuckte mit den Schultern. »Hab ich mir gedacht.«

»Laut Aussage des Zeugen war der Knall ohrenbetäubend«, fuhr Hurdelkamp fort. »Zunächst habe er an einen schweren Unfall gedacht. Er habe das Gefühl gehabt, ein LKW sei in sein Haus gerast. Mauerbrocken und Scherben flogen herum. Bei einem Blick aus dem Küchenfenster seiner Wohnung habe er die Verdächtigen gesehen. Erst da sei ihm klar geworden, dass es sich um eine gewaltige Explosion gehandelt haben muss. Nachdem die Personen im Auto geflüchtet sind, sei er auf die Straße gelaufen und habe sich den Schaden angesehen. Die Druckwellen der Detonation haben seine Eingangstür und seine Hauswand beschädigt. Man kann von Glück sagen, dass niemand verletzt wurde!«

Birthe nickte. »Gibt es Fingerabdrücke?«

»Nein, die hatten wohl Handschuhe an. Das Landeskriminalamt sichert Spuren. Vielleicht bringt uns ein DNS-Abgleich weiter. Die Männer werden sicher nicht das erste Mal in Erscheinung getreten sein. Bisher gehen die Experten davon aus, dass es sich um Profis handelt.«

»Was war die Explosionsursache?«, fragte einer der Kollegen.

»Ist noch nicht bekannt«, antwortete Hurdelkamp mürrisch.

»Wie viel haben sie erbeutet?«, wollte Birthe wissen.

»Sie sind mit zwei Geldkassetten geflüchtet. Zum Glück ist es ihnen nicht gelungen, alle Kassetten an sich zu nehmen, weil sich der stählerne Kern des Geldautomaten infolge der Explosion verzogen hat. Die Bank schätzt den Verlust auf 100.000 Euro.«

Carlo stieß einen Pfiff aus. »Immerhin!«, sagte er. »Davon kann man eine ganze Weile leben.«

Hurdelkamp bedachte ihn mit einem missfälligen Blick. »Der Vollständigkeit halber sei erwähnt, dass der ganze Spuk um 2.40 Uhr vorbei war. Das war nach Zeugenaussage der Zeitpunkt, als das Fahrzeug in hohem Tempo davongebraust ist.«

»Was ist mit der Bank? Wurde sie geschlossen?«, fragte Birthe.

»Die Bank ist momentan nicht geöffnet«, sagte Hurdelkamp. »Wie ich soeben gehört habe, soll aber noch heute ein mobiler Geldautomat auf dem Kundenparkplatz errichtet werden.«

»Ich weiß nicht, ob das jetzt wichtig ist«, sagte Birthe, »aber auf dem PC des ehemaligen Filialleiters ist ein Abschiedsbrief gefunden worden.«

Hurdelkamp zog die buschigen Augenbrauen hoch. »Wieso soll das nicht wichtig sein? Was steht drin?«

»Ihm sei alles zu viel geworden, er käme mit den Mitarbeiterentlassungen nicht klar und wäre für den Posten nicht geschaffen. Er würde keinen Ausweg sehen und deshalb freiwillig aus dem Leben scheiden.«

Hurdelkamp faltete die Hände wie zum Gebet. »Und ob

das wichtig ist, Frau Schöndorf! Also doch Selbstmord! Da haben wir's!« Er sah Birthe ernst an und überlegte angestrengt, bevor er weitersprach. »War nicht die Rede von einer Strangulation? Und was ist mit den K.-o.-Tropfen?«

Birthe nickte. »Klar. Das ist der letzte Stand der Gerichtsmedizin. Dr. Schröder hat zwei Furchen entdeckt, waagerecht und senkrecht, die einen Selbstmord ausschließen. Eigentlich. Was es mit den K.-o.-Tropfen auf sich hat, wissen wir noch nicht.«

»Und nun also der Abschiedsbrief. Wobei zu prüfen wäre, ob der echt ist. Könnte ja auch ein Fake sein. Was ist mit den Entlassungen? Wie viele sind es?«

»Stuckenbrock hat zwei Namen genannt.«

»Und die wären?«

»Thore Strohbecke und Andreas Middendorf. Strohbecke ist wohnhaft im Stadtteil Wüste, Hiärm-Grupe-Straße, und Middendorfs Adresse ist Sonnenhügel, Am Bürgerpark.«

»Aha, soso. Ich nehme an, Sie haben den Herren bereits einen Besuch abgestattet?«, fragte Hurdelkamp stirnrunzelnd.

»Wir sind dabei. Haben sie bisher nicht angetroffen.«

»Wann haben Sie das vor, das nachzuholen?«

»Noch heute. Hätte es diese Dringlichkeitssitzung nicht gegeben, wären wir schon vor Ort.«

»In der Filiale?«

»Natürlich. Und bei denen zu Hause.«

»Dann erkläre ich die Sitzung hiermit für geschlossen«, sagte Hurdelkamp und klappte seine Mappe zu.

*

»Möchten Sie noch einen Kaffee?«, fragte Inge Kloß fürsorglich. Birthe und Carlo lehnten dankend ab. »Obwohl wir alle im Moment besser einen Schnaps vertragen könnten, auf den Schreck. So etwas ist in unserer Filiale noch nie passiert. Kein Banküberfall, nicht einmal ein versuchter, kein Einbruch, nichts. Wir haben immer gedacht, uns vergessen sie, hier ist die Welt noch in Ordnung. Und dann fliegt auf einmal ein Bankautomat in die Luft.«

»Die Welt wird immer ungemütlicher«, sagte Günter Meier und stopfte sein Hemd in die Hose. »Man ist eben nirgendwo mehr sicher.«

»Ich kann verstehen, dass es ein riesiger Schreck für Sie war heute Morgen«, meinte Birthe. »Sie sagten eben, Simon Birklund sei ein beliebter Chef gewesen.«

»Äußerst beliebt«, sagte Inge Kloß und schälte eine Banane. »Jeder mochte ihn. Einen besseren Chef kann man sich nicht vorstellen.«

»Und der Meinung sind hier alle?«

Die Anwesenden nickten.

»Auch die beiden Herren, die von den Entlassungen betroffen waren?« Sie sah Andreas Middendorf und Thore Strohbecke nacheinander an. Zufällig saßen sie nebeneinander. In der kurzen Vorstellungsrunde zu Beginn der Befragung hatten sie zurückhaltend gewirkt.

»Warum nicht?«, gab Andreas Middendorf zurück und rückte den Knoten seiner Krawatte zurecht. »Das eine hat mit dem anderen nichts zu tun. Mein Gott, wir sind erwachsene Menschen. Wir können Berufliches und Privates trennen. Entlassungen waren notwendig, so ist es überall, Weltwirtschaftskrise eben, uns hat es nun getroffen, fertig. Das ist kein Weltuntergang.«

»Sehe ich genauso, Andreas. Absolut«, mischte sich Thore ein. »Das Leben geht weiter. Das ändert nichts an unserer Einstellung: Simon Birklund war ein fairer und gerechter Chef, absolut zuverlässig und jovial seinen Mitarbeitern gegenüber. Dagegen ist nichts zu sagen.«

»Wenn Sie mich bitte entschuldigen würden«, sagte Günter Meier und stand auf. Birthe und Carlo sahen überrascht zu ihm auf. »Ich habe gleich ein wichtiges Kundengespräch außer Haus und muss mich noch vorbereiten.« Im Stehen zog er sich seine Anzugjacke an.

»Du?«, fragte Andreas. Seine Gesichtszüge entglitten ihm.

»Ja, ich«, gab Günter zurück, äußerlich ruhig.

»Herr Meier, darf ich Sie vorher noch zu Ihrem Verhältnis zu Simon Birklund befragen?« Carlo spielte mit einem Kugelschreiber der Bank.

Günter Meier blieb wie angewurzelt stehen. Wie alle Bankangestellten trug auch er sein Namensschildchen am Revers. »Herr Birklund wusste, was zu tun war. Das ist alles, was ich dazu sagen kann.« Seine Handbewegung unterstrich die Entschiedenheit, mit der er sprach.

»Er wusste, was zu tun war?«

»Er hat stets nach Anweisung gehandelt. So wie wir alle, oder?« Sein Blick streifte Andreas Middendorf. Der schlug die Augen nieder.

Birthe wandte sich an Nadja Sieben, die mit ihrem geglätteten Pferdeschwanz und dem dunkelblauen Hosenanzug aussah wie eine Stewardess. »Wie war Ihre Meinung zu Ihrem Chef, Frau Sieben?«

»Ich kann nichts Nachteiliges über Herrn Birklund sagen«, antwortete sie. »Ich dachte, Sie wären wegen des Automaten gekommen.«

»Weniger«, antwortete Carlo knapp. »Dafür gibt es eine eigene Untersuchungsgruppe. Wir ermitteln im Mordfall Simon Birklund. Allerdings könnte es durchaus sein, dass der eine Fall etwas mit dem anderen zu tun hat, da haben Sie recht.«

»Übrigens ist es gut möglich«, fügte Birthe hinzu, »dass wir den einen oder anderen noch einmal persönlich befragen. Dazu bitte ich Sie, Ihre Adressdaten in diese Liste einzutragen.« Sie reichte ein Blatt an Inge Kloß, die ihre Banane weglegte und sofort begann, eifrig zu schreiben.

*

»Sieht nach wohlhabenden Leuten aus«, sagte Birthe, als sie vor dem Wohnhaus der Middendorfs im Osnabrücker Stadtteil Sonnenhügel standen. »Martina Middendorf, Immobilien, Andreas Middendorf, Betriebswirt.«

»Schönes Haus in einer guten Gegend. Direkt am Bürgerpark möchte ich auch gerne wohnen. So heißt sogar die Straße. Schicke Adresse.«

»Kinderspiel für eine Maklerin«, sagte Birthe.

Carlo räusperte sich. »Wie war eigentlich dein Shoppingerlebnis mit Jana? War sie einigermaßen erträglich?«

»Jana? Ja, total. Ich mag sie. Sie erinnert mich an mich selbst in dem Alter. So war ich auch. Also alles im grünen Bereich, Carlo.« Sie zwinkerte ihm zu.

»Jana findet dich auch nett. Sie hat sogar selbst den Vorschlag gemacht, ob wir nicht mal zusammen grillen könnten, bei uns im Garten in der Danziger Straße, sobald es etwas wärmer ist. Dann könntest du auch Gudrun kennenlernen, meine Frau, und Hugo, unsere stürmische, verschmuste Fellnase. Hugo ist ein Prachtexemplar von Berner Sennenhund.«

»Klar, gerne! Sehr gerne sogar. Bestell Jana einen schönen Gruß, und sobald es warm ist, komme ich und bringe meinen superleckeren Walnuss- und Eiersalat mit.«

»Gebongt. Ich werde es ausrichten, Birthe.« Seine blauen Augen blitzten.

»Na, mal sehen, ob der Herr Middendorf uns nicht doch etwas zu sagen hat. Die haben ja gemauert ohne Ende. Toller Chef, tolles Betriebsklima, alles toll.« Sie betätigte die

Türklingel. Als niemand öffnete, warf sie einen Blick auf ihre Armbanduhr. Es war kurz vor der Tagesschau. Durch die matte Scheibe der anthrazitfarben eingefassten Haustür fiel ein schwacher Lichtschein. »Da ist jemand zu Hause«, murmelte Birthe, »ohne Zweifel. Es steht ja auch ein Auto in der Einfahrt.« Sie klingelte ein zweites Mal, diesmal ausdauernder. Endlich vernahm sie Geräusche, und hinter der Milchglasscheibe tauchte ein Schatten auf. Zaghaft wurde die Tür geöffnet. Andreas Middendorf stand vor ihr. Er war unrasiert, hatte zerzauste Haare und trug zerknitterte Kleidung. Trotzdem sah er blendend aus, ein Typ wie aus einem Modekatalog. Verlegen strich er sich die ein wenig zu langen, schwarzen Strähnen aus dem Gesicht. Sein Blick zeigte Erstaunen. »Ach, Sie?«, rief er aus, »die Kommissare? Ich habe Ihnen alles gesagt, was von Interesse sein könnte.«

»Dürfen wir hereinkommen?«

»Ist das notwendig, ich meine, müssen wir uns unbedingt jetzt unterhalten? Ich bin müde und wollte mich gerade ausruhen.«

»Das kann ich verstehen, aber es ist wichtig«, sagte Birthe freundlich.

»Bitte!« Andreas Middendorf ging voran in die imposante, offene Wohnhalle mit Blick auf freigelegte Sandsteinfundamente. Seine Körperhaltung war aufrecht, gespannt und zeugte von antrainiertem Selbstbewusstsein. Birthe erkannte dahinter dennoch seine Unsicherheit. Mit einer knappen Handbewegung bot er den beiden Kommissaren die weiche Sitzlandschaft an.

»Sie spielen Billard?«, fragte Carlo mit Blick auf den Billardtisch, der mitten in der Wohnhalle stand.

»Mehr schlecht als recht«, gab Middendorf zurück. »Bei meinen Freunden kommt es gut an. Der Tisch ist immer umlagert. Auch unsere Kinder lieben das.«

»Wie alt sind sie?«

»Acht und zehn. Sie besuchen die Grundschule. Nettes Alter, mit denen kann man schon was anfangen. Mittlerweile spielen sie sogar besser Billard als ich.«

»Ihnen wurde von Simon Birklund die Kündigung ausgesprochen. Ist das richtig?«

»Richtig, Frau Kommissarin«, sagte Andreas Middendorf mit leicht ironischem Unterton. »Aber wissen Sie das nicht schon von Ihrem Besuch in der Bank?«

»Wann war das?«

Andreas stopfte sich im Sitzen sein Hemd in die Hose. »Ist fast einen Monat her. Am 15. Februar.«

»Wie gehen Sie damit um?«

»Was soll ich machen? Es muss ja weitergehen.«

»Darf ich fragen, warum Birklund Ihnen gekündigt hat?«, schaltete sich Carlo ein.

»Betriebsbedingte Gründe«, gab Andreas tonlos zurück. »Hat alles mit der Bankenkrise zu tun. Da werden momentan überall Stellen abgebaut.«

»Haben Sie eine Abfindung bekommen?«

Andreas nickte. »Reicht allerdings bei Weitem nicht, um mich auf die faule Haut zu legen. Ich schreibe fleißig Bewerbungen. Hier zu Hause wird mir sehr bald die Decke auf den Kopf fallen. Fürs Nichtstun bin ich nicht geschaffen. Außerdem gibt es in dieser Gegend keine weiteren Arbeitslosen. Da möchte ich keine Ausnahme bilden.«

»Ich kann verstehen, dass Sie eine Menge Wut auf Ihren Chef hatten«, sagte Birthe.

»Halb so wild«, winkte Andreas ab, »am Anfang vielleicht, aber ich habe mich schnell beruhigt. Was soll die ganze Aufregung, andere hängen genauso mit drin; Birklund trifft nicht allein die Schuld.«

»Ich vermute, dass Sie dennoch nicht allzu sehr getrauert haben, als Sie von seinem Tod erfahren haben«, setzte Birthe nach.

Andreas sah gelangweilt aus. »Möchten Sie die Wahrheit wissen?« Er verschränkte die Hände hinter dem Kopf. »Es hat mich nicht sonderlich tangiert.«

»Ihnen ist es egal, dass er Opfer einer Straftat geworden ist?«

Er zog die Augenbrauen hoch. »Egal nicht, aber traurig macht es mich auch nicht gerade. Ich will Ihnen mal was sagen. Vom Verstand her habe ich die Kündigung vielleicht verstanden. Ich habe sie intellektuell erfasst. Aber mehr auch nicht. Der Rauswurf fühlte sich an wie eine schmutzige Scheidung. Es war ein fürchterliches, vernichtendes Gefühl. Es hat mir den Boden unter den Füßen weggezogen. Ich habe immer nach dem Motto gehandelt und gearbeitet: *Streng dich an und du wirst belohnt.* Es hat sich immer ausgezahlt. Ich war Birklunds bestes Pferd im Stall. Es ging jahrelang nur aufwärts. Dann wurde ich krank, hatte einen Bandscheibenvorfall. War vier Wochen lang arbeitsunfähig. Bei meiner Rückkehr war die Stimmung gekippt. Der Chef beschwerte sich, dass ich so lange gefehlt hätte. Ein halbes Jahr zuvor hatte ich ein Gespräch mit Birklund und Stuckenbrock: Sie fanden meine Arbeit gut, es gab sogar eine Gehaltserhöhung. Wären sie unzufrieden gewesen, hätten sie es mir sagen können. Ich hatte das Gefühl, sie wollten mich rauskicken. Birklund wollte wohl einen weniger ambitionierten Mitarbeiter an seiner Seite.«

»Ich verstehe Ihre Wut«, sagte Birthe. »Sie ist durchaus nachvollziehbar. Besonders, wenn man sich all die Jahre angestrengt hat und der Chef das nicht zu schätzen weiß.« Sie dachte an Hurdelkamp, der oft etwas an ihr auszusetzen hatte.

»Halten Sie eigentlich Haustiere?«, fragte Carlo unvermittelt.

»Wie bitte? Nein!«, antwortete Andreas zerstreut.

»Warum?«

»Exoten? Vogelspinnen zum Beispiel?«

»Gott bewahre! Was soll ich damit?«

»Ihre Frau auch nicht? Sie sind doch verheiratet?«

»Meine Frau auch nicht, mit Sicherheit nicht!«, wehrte Andreas ab. »Meine Frau kann mit Tieren nichts anfangen. Bei ihr gedeihen nicht einmal Zimmerpflanzen.«

»Wir haben eine Vogelspinne in Birklunds Arbeitszimmer gefunden«, sagte Carlo.

Andreas zuckte die Schultern. »Nicht meine Welt.«

»Halten Sie es für möglich, dass er solche Tiere gehalten hat?«

»Ehrlich gesagt, nein.«

»Wir haben gehört, dass Sie sich auch privat mit den Birklunds getroffen haben.«

»Wir haben uns manchmal gegenseitig eingeladen, auch mit unseren Frauen, wenn Sie es genau wissen wollen. Von Freundschaft konnte allerdings keine Rede sein. Es waren eher dienstliche Treffen. Und nun glauben Sie, dass ich bei ihm war, um eine Vogelspinne auszusetzen?« Er lächelte breit.

»Herr Middendorf, trotzdem komme ich nicht darum herum, Sie nach Ihrem Alibi zu fragen. Was haben Sie am Donnerstag, den 28. Februar, zwischen 9.30 Uhr und 11.30 Uhr gemacht?«, fragte Birthe.

»Meine Güte, das ist fast zwei Wochen her! Woher soll ich das noch wissen? Muss ich das sofort beantworten?«

»Es wäre auf jeden Fall von Vorteil.«

»Frau Schöndorf, ich will nichts Falsches sagen. Ich muss meinen Terminkalender befragen.«

»Ich warte gern«, sagte Birthe und schlug ihre langen Beine übereinander.

Andreas Middendorf stand auf und ging ins Nebenzimmer. Nach einer Weile kam er zurück. »Ah, dachte ich mir's doch«, sagte er noch im Gehen. »Da hatte ich einen Zahnarzttermin. Ich war mir fast sicher und hier haben wir es schwarz auf weiß.« Er hielt Birthe und Carlo die entsprechende Kalenderseite hin.

Birthe nickte. »Wir werden das nachprüfen«, sagte sie. »Eine weitere Frage habe ich. Und zwar geht es um letzte Nacht.«

»Um letzte Nacht?«, fragte Andreas erregt. Er knöpfte sich den drittoberen Knopf seines Hemdes auf. Der ersten beiden waren bereits offen.

Birthe und Carlo musterten ihn ernst. Sie waren darauf geschult, auf jedes kleinste Detail der Körpersprache zu achten.

»Was war denn los in der letzten Nacht? – Ach so«, sagte er gedehnt, »der Bankautomat. Das trauen Sie mir zu?«

»Sie sind recht groß. Groß und schlank. Zufällig wurde einer der Täter so beschrieben.«

»Warum sollte ich das tun?«

»Was haben Sie zwischen 2.00 Uhr und 2.45 Uhr gemacht?« Birthe schaute ihn ungerührt an und der Banker hielt ihrem Blick stand.

»Geschlafen habe ich, was sonst.«

»Kann das jemand bezeugen?«

Andreas legte die Hände hinter den Kopf. »Nicht wirklich. Meine Frau besteht seit einiger Zeit auf getrennte Schlafzimmer.«

»Ist Ihre Frau da?«

»Nein, sie ist mit den Kindern zu ihren Eltern gefahren.«

»Gut«, sagte Birthe und erhob sich. »Dürfte ich Ihre Toilette aufsuchen, bevor ich mich verabschiede?«

»Bitte, da entlang, die nächste Tür links!«

Birthe ging um das Sofa herum. Plötzlich bückte sie sich und hob etwas auf. Es war ein kleines Stück hellblauer Stoff. Andreas Middendorf hatte es offenbar erkannt und stöhnte auf.

»Gehört der Ihnen?«

Carlo grinste. »Sexy String. Der Dame muss heiß geworden sein.«

»Geben Sie her«, forderte Andreas und raffte den Slip an sich. Ungeschickt stopfte er ihn in seine Hosentasche »Nein, gehört er nicht. Und das bleibt bitte unter uns!«

»Einverstanden, wenn Sie mir sagen, wem er gehört!«, sagte Birthe.

Der Banker rollte mit den Augen. »Okay. Er gehört Gala, einem Escortgirl. Ist es verboten, ein bisschen Spaß zu haben in diesem erbärmlichen, kurzen Leben?«

»Na, da wollen wir Ihr Stelldichein nicht länger stören.« Carlo klopfte sich auf die Oberschenkel und erhob sich.

»Ich kann Ihre Frau verstehen«, sagte Birthe, ohne eine Miene zu verziehen.

＊

Mario saß auf seinem Bett und zählte das Geld. Es waren 150 Bündel mit 200-Euro-Noten. Verwundert blickte er auf die Scheine. Es waren genau die 30.000 Euro, die er verloren hatte. Nun hatte er sie wieder. Warum freute er sich nicht? Er lauschte in sich hinein und wartete auf die Reaktion, die er sich vorgestellt hatte. Aber sie blieb aus. Stattdessen fühlte er eine Leere in sich, eine plötzlich aufkeimende Depression, die er sich nicht erklären konnte. Es war fremdes Geld, das er als Teil eines Trios ergaunert hatte. Er konnte plötzlich keinen Zusammenhang mehr herstellen, zu dem Geld, das er verloren hatte. Es kam ihm schmutzig und verboten vor, die Scheine überhaupt anzufassen. Aber er musste diesen Weg nun weitergehen. Andernfalls würde er seine Familie mit hineinreißen.

Igor und Arthur saßen sicher längst im Flieger. Alles hatte wie am Schnürchen geklappt. Nie hatte Mario damit gerechnet, dass die Geldkassetten die gewaltige Explosion überstehen würden. Erstaunlicherweise waren sie unversehrt geblieben. Er dachte zurück an die Nacht der Explosion. In einem Wahnsinnstempo waren sie über Autobahn und Landstraße geheizt und hatten in knapp 20 Minuten Brochterbeck erreicht. Dort wechselten sie das Fahrzeug, das Igor an einem Feldweg abgestellt hatte. Erst jetzt fühlten sie sich wirklich sicher. Die Fahrt ging weiter zu einer Scheune in Alleinlage, wenige Kilometer von Brochterbeck entfernt. Arthur wusste über Bekannte von den Besitzern, dass diese vor Kurzem nach Bayern gezogen waren. Dort hatte er die Schweißgeräte deponiert. Während Arthur und Igor sich daran machten, die Geldkassetten aufzuschweißen, hielt Mario vor der Scheune Wache. Es dämmerte bereits, aber weit und breit war niemand zu sehen, es fuhr auch kein Auto vorbei. In der Ferne ertönte Hundegebell. Mario zuckte kurz zusammen und lauschte in die Richtung, aus der das Geräusch gekommen war. Der Lärmpegel blieb jedoch gleich, es war also nicht davon auszugehen, dass plötzlich Menschen mit ihren Hunden auftauchten. Die Scheune lag in völliger Abgeschiedenheit. Arthur wusste offensichtlich, was er zu tun hatte. Er war kein Anfänger, er schien alles im Griff zu haben. Das beruhigte Mario. Dann ging alles sehr schnell. Arthur und Igor kamen aus der Scheune heraus, mit den offenen Geldkassetten im Arm. Sie hatten sich umgezogen, die dunklen Pullover gegen Hemden und Sakkos getauscht, und sahen völlig verändert aus. Die Pullover stopften sie in ihre Rucksäcke, die sie in ihrem neuen Wagen gelassen hatten. Mit dem Seat Ibiza setzten sie ihre Fahrt fort. Es ging zurück nach Osnabrück. In der Natruper Straße hielten sie an und Mario stieg aus. Die beiden anderen wollten zum Bahnhof weiterfahren und das Auto im Parkhaus abstellen. Sie hatten vor, dort bis zum Morgengrauen zu warten. Mit ihrer neuen Kleidung wirkten sie wie normale Geschäftsleute und würden niemandem auffallen. Im Kofferraum lagen sogar kleine schwarze Trolleys bereit, wie sie Businessmen als Handgepäck mit sich führten. Igor hatte über das Internet die gesamte weitere Reise organisiert. Nicht nur das. Er hatte geklaute Pässe von ähnlich aussehenden Männern besorgt – ein Kinderspiel für Igors Freunde, die sich mit solchen Dingen auskannten. Arthur und Igor würden das Land verlassen, mit unbekanntem Ziel. Unbekannt jedenfalls für Mario. Sie hatten ihn nicht in ihre Pläne eingeweiht und er war froh darüber. Je weniger er wusste, desto sicherer war er.

Er schaltete das Radio ein und fuhr zusammen. »›… nach wie vor gibt es keine Hinweise auf die Straftäter. Die Ermittler setzen weiter auf die Aufmerksamkeit der Bevölkerung, denn bisher fehlt jede Spur von den Tätern. Bitte melden Sie alle Beobachtungen, die in Zusammenhang mit der Tat stehen könnten‹, so der Pressesprecher der Polizei. Was genau die gewaltige Explosion ausgelöst hatte, die sogar Löcher ins Mauerwerk gerissen hatte, ist unklar. Unmittelbar am Tatort waren die beiden Räuber mit einem dunkelblauen Opel Corsa gesehen worden. Diesen Pkw mit dem amtlichen Kennzeichen OS-JA-19 hatten die Täter noch in der Tatnacht in Brochterbeck zurückgelassen. Es ist davon auszugehen, dass sie sich zum aktuellen Zeitpunkt in Brochterbeck oder Tecklenburg aufhalten. Nehmen Sie bitte in dem Bereich keine Anhalter mit. Die Bank ist bis auf Weiteres geschlossen. Den Kunden steht ein mobiler Bankautomat vor der Filiale zur Verfügung.«

Mario schaltete das Radio aus. Er atmete tief durch. Viel war es nicht, was sie wussten, der Schreck saß ihm trotzdem in den Gliedern. Jemand hatte sie beobachtet. Wahrscheinlich aus einem der Häuser ringsum, denn auf der Straße hatte sich niemand aufgehalten. Das hatten sie befürchtet, es gab jedoch keine Möglichkeit, es zu verhindern. Blieb nur zu hoffen, dass derjenige nicht viel gesehen hatte und keine genauen Personenbeschreibungen abgeben konnte. Gut, dass sie das Fluchtfahrzeug gewechselt hatten. Sonst wäre es viel einfacher gewesen, ihre Spur zu verfolgen. Der Wagen im Parkhaus am Bahnhof – einen besseren Hinweis auf eine geplante Flucht könnte es nicht geben.

Mario stopfte das Geld in einen Müllsack und brachte ihn in den Keller, wo er ihn in einer alten Umzugskiste deponierte. Er würde sich bei Gelegenheit ein besseres Versteck überlegen. Zurück in der Wohnung griff er nach Jacke und Haustürschlüssel. Er wollte gerade die Tür hinter sich zuziehen, da prallte er mit Anneke zusammen.

※

»Ja bitte?«, dröhnte es aus der Sprechanlage.

»Kripo Osnabrück«, antwortete Birthe. »Öffnen Sie bitte, Herr Strohbecke!«

Birthe und Carlo standen vor dem gepflegten Mehrfamilienhaus in der Hiärm-Grupe-Straße. Die »Wüste« galt als beliebte Wohngegend und hätte Carlo auch gefallen. Sie war stadtnah und ruhig, mit einer guten Infrastruktur.

Nach einer sekundenlangen Pause ertönte erneut die Männerstimme, und die Haustür sprang mit einem Summton auf. »Zweiter Stock, links.«

»Treppe oder Fahrstuhl?«, fragte Birthe ihren Kollegen.

»Fahrstuhl bitte«, ächzte Carlo.

»War mir klar.«

Wenig später saßen sie in Thore Strohbeckes Wohnzimmer. Die breite Fensterfront gab den Blick frei auf einen großzügigen Garten. Thore stand immer wieder auf, um aus dem Fenster zu sehen. »Die Kinder«, erklärte er. »Sie spielen draußen auf der Wiese. Meine Frau arbeitet noch und ich muss auf sie aufpassen. Besonders der Kleine läuft ständig weg. Da habe ich keine Ruhe.«

»Verstehe«, sagte Birthe. »Es wird auch nicht lange dauern. Nur ein paar Fragen. Ich möchte gerne von Ihnen hören, aus welchem Grund Sie Simon Birklund entlassen hat.«

»Allgemeine Bankenkrise«, antwortete Thore knapp. »Ich bin nicht als Einziger davon betroffen.«

»Das ist uns bekannt. Trotzdem fragen Sie sich sicher, warum es ausgerechnet Sie getroffen hat. Wie gehen Sie mit der Situation um?«

»Die Frage habe ich mir nie gestellt. Irgendjemanden muss es schließlich treffen. Noch darf ich ja arbeiten. Allerdings habe ich mir heute Nachmittag freigenommen, weil meine Frau lange arbeiten muss und wir sonst niemanden für die Kinder hatten. Und demnächst? Bewerbungen schreiben, auf dem Amt rumsitzen, am Computer daddeln, nachmittags auf die Kinder aufpassen.«

»Wie war Ihr Verhältnis zu Simon Birklund?«

Thore nahm einen Schluck Wasser, bevor er sprach: »Ganz okay. Ich kann mich nicht über ihn beklagen. Er war manchmal ein wenig hektisch, wenn er im Stress war, aber im Großen und Ganzen völlig korrekt.«

»Bis zu dem Zeitpunkt, als er Ihnen gekündigt hat.«

»Nein, nein, er hat ja nur nach Weisung gehandelt. Ich trage ihm nichts nach. Er hat nur das getan, was von ihm verlangt worden ist, mehr nicht.«

»Herr Strohbecke, sagen Sie mir bitte, was Sie am 28. Februar zwischen 9.30 Uhr und 11.30 Uhr gemacht haben«, sagte Birthe.

Thore Strohbecke stellte etwas ungelenk das Glas zurück. Er sammelte sich kurz, bevor er sprach. »Nun gut, das kann ich Ihnen genau sagen. Zufällig ist das der Geburtstag meiner Frau. Wir haben zusammen gefrühstückt.«

»Hier? Bei Ihnen zu Hause?«

»Ja, hier. Ich habe verschiedene Leckereien eingekauft und den Tisch schön gedeckt. Habe meine Frau damit überrascht. Und sie hat es genossen und sich rundum verwöhnen lassen.«

»Ihre Frau hat an dem Tag nicht gearbeitet?«

»Nein, an Geburtstagen nehmen wir uns immer frei, wenn es irgendwie möglich ist.« Thore stand auf und ging zum Fenster. »Alles in Ordnung«, stellte er fest und steckte seine Hände in die Hosentaschen. »Die Kinder spielen immer noch auf der Wiese. Ich werde gleich mal runtergehen und sie holen.«

Birthe und Carlo erhoben sich nun ebenfalls und gesellten sich zu ihm. »Was haben Sie eigentlich gedacht, als Sie von der Sprengung des Bankautomaten gehört haben?«, fragte Carlo und blickte zu Thore hoch.

»Puh, ehrlich gesagt nicht viel. Solche Dinge passieren. Kriminelle gibt es überall. Manchmal werden sie gefasst, manchmal nicht. Ich denke, damit muss man leben.«

»Haben Sie nicht so etwas wie Schadenfreude verspürt?«

»Wie meinen Sie das?«

»Nun, schließlich ist Ihrer Bank Schaden zugefügt worden.«

»Es ist nicht mehr meine Bank. Außerdem stehe ich da drüber. Es ist Vergangenheit. Ich habe bereits abgeschlossen.«

»Sie sind recht groß, Herr Strohbecke«, fiel Birthe auf. »Über 1,90 Meter, schätze ich.«

»Ja, und? Sie sind selbst nicht gerade ein Winzling!«

»Nein, das bin ich nicht. Mit hohen Absätzen dürfte ich mit Ihnen auf Augenhöhe sein.« Sie warf einen Blick in den weitläufigen Garten. »Ihre Kinder können sich da unten richtig austoben. Und mit Spielsachen, die wir als Kinder schon hatten. Sieht man nicht mehr häufig.«

»Nein, da haben Sie recht. Meine Frau achtet sehr darauf, womit sie sich beschäftigen. Sie ist Erzieherin.«

»Finde ich gut. Viel zu viele Eltern stellen ihre Kinder mit Fernsehen und Computer ruhig. Dabei ist Spielen sehr wichtig.«

»Ich werde es meiner Frau ausrichten. Sie wird sich über Ihr Kompliment freuen.«

»Zuvor wüsste ich noch gern, was Sie heute Nacht zwischen 2 Uhr und 3 Uhr gemacht haben.«

Thore lachte laut auf. »Das ist nicht Ihr Ernst! Jetzt halten Sie mich auch noch für einen Bankräuber?« Als er in die unbeweglichen Gesichter der Kommissare blickte, erstarb sein Lachen. »Ich habe geschlafen wie jeder andere ehrbare Bürger auch um diese Uhrzeit.«

In diesem Moment drehte sich ein Schlüssel im Schloss.

»Das muss meine Frau sein«, sagte Thore und ging ihr entgegen. Birthe und Carlo folgten ihm.

»Sie sind Frau Strohbecke?«, fragte Birthe im Flur.

»Ja«, antwortete Miriam zaghaft und wurde rot. »Und wer sind Sie?«

»Die Herrschaften sind von der Polizei«, rief Thore. »Sie wollten gerade gehen.«

»Von der Polizei?«, fragte Miriam und erstarrte.

»Frau Strohbecke, ich hätte auch noch ein bis zwei Fragen an Sie. Können wir uns bitte kurz ins Wohnzimmer setzen?«

✻

Mario saß mit Bier und Chips vor dem Fernseher, als im Flur das Telefon klingelte. Arthur? Augenblicklich schnürte es ihm den Hals zu. Anneke war schneller als er. Er hörte ihre freundliche Stimme, die sie besonders beim Telefonieren hatte: »Augenblick bitte, warten Sie einen Moment, ich sage meinem Mann Bescheid.«

Er stellte die Bierflasche ab und stand auf, unruhig, voller erwartungsvoller Spannung.

Sie kam ihm mit dem Telefon in der Hand entgegen und raunte ihm zu: »Für dich – Ronnys Chef!«

»Heesing?« Er wunderte sich über den Anruf und befürchtete, dass etwas mit Ronny sein könnte. »Ja bitte?«, fragte Mario mit klopfendem Herzen.

»Heesing hier. Wie geht es Ihnen, Herr Roggenkamp?«

»Danke, gut«, sagte Mario mit belegter Stimme. »Ist etwas mit meinem Sohn?«

»Ganz und gar nicht. Wir sind äußerst zufrieden mit Ronny. Er hat ein ausgesprochenes Händchen für die Arbeit, macht seine Sache wirklich prima. Weshalb ich anrufe: Mir ist zu Ohren gekommen, dass Sie zurzeit arbeitssuchend sind. Ist das richtig?«

Mario räusperte sich. »Ja, das stimmt leider. Ich kann momentan nicht so frei sprechen.« Er ging mit dem Telefon ins Schlafzimmer und schloss die Tür hinter sich. »Wer hat es Ihnen gesagt?«

»Ist egal. Der Name tut nichts zur Sache. Ihr Sohn war es jedenfalls nicht. Nun ja, mit Hagedorn ist ja auch nicht gut

Kirschen essen. Ich kenne ihn seit vielen Jahren, ein unangenehmer Zeitgenosse. Unter seiner Fuchtel möchte ich nicht stehen, ehrlich gesagt. Seien Sie froh, dass Sie ihn los sind. Ich habe gehört, dass Sie ein hervorragender Schreiner sind. Das würde ich mir gerne mal anschauen. Bei Zufriedenheit möchte Ihnen ein Angebot machen. Ich suche nämlich zufällig einen guten Tischler. Hätten Sie morgen Zeit? Sagen wir, gegen 9 Uhr?«

Mario errötete. Sein Herz wummerte. »Klar«, war alles, was er herausbrachte.

Anneke erwartete ihn schon im Flur mit schreckgeweiteten Augen. »Was ist mit Ronny?«, platzte es aus ihr heraus.

Mario lächelte verschmitzt. »Nichts! Alles bestens«, sagte er.

*

»Sie hat beide Alibis bestätigt«, sagte Birthe, als sie wieder im Dienstwagen saßen. »Miriam Strohbecke hat tatsächlich am 28. Februar Geburtstag. Sie hat mit ihrem Mann gefrühstückt. In der zweiten Tatnacht hat sie neben ihrem Mann geschlafen.«

»Sie ist eine Angehörige«, sagte Carlo unbeeindruckt. »Und dazu seine Frau.«

»Ja, aber beide haben glaubwürdig gewirkt. Ich kann mir nicht vorstellen, dass Strohbecke dermaßen blöd ist, einen Geldautomaten in die Luft zu jagen. Der hat eine ziemlich fette Abfindung bekommen, wie ich von seinem Vorgesetzten erfahren habe. Warum sollte er so ein Risiko eingehen?«

»Und der Mord an Birklund? Immerhin hat er ein Motiv.«

Birthe kaute an ihrem Daumennagel. »Habe ich dir übrigens erzählt, dass ich mit dem Versicherungsvertreter von Simon Birklund gesprochen habe?«

»Nein, hast du nicht.«

»Er sagt, die Lebensversicherung würde lediglich im Falle eines natürlichen Todes zahlen. Bei Selbstmord nicht und bei Mord nur in begründeten Ausnahmefällen. Die Witwe kann bei der aktuellen Sachlage nicht mit der Auszahlung rechnen.«

»Wussten die das schon? Ursprünglich stand doch ›natürlicher Tod‹ auf dem Totenschein.«

»Sie wussten es. Es geht schließlich um eine enorm hohe Versicherungssumme.«

Carlo nickte. »Dann verstehe ich, warum die Witwe immer wieder auf die Aussage ihres Hausarztes pocht.«

»Und wenn sie erst nachträglich ihre Pläne geändert hat?«

»Wie meinst du?«

»Angenommen, sie wollte ursprünglich einen Selbstmord vortäuschen. Sie verabreicht ihrem Mann K.-o.-Tropfen, führt ihn zum Sofa und wartet ab, bis er eingeschlafen ist. Dann schreibt sie in aller Ruhe den Abschiedsbrief, legt ihm ein Seil um den Hals, zieht zu, bis er kein Lebenszeichen mehr von sich gibt. Erst später dämmert ihr, dass der fingierte Selbstmord keine gute Idee war, weil die Lebensversicherung nicht zahlen würde. Daraufhin löscht sie den Abschiedsbrief, verdeckt die Strangulationsmale am Hals mit Make-up, versteckt das Werkzeug und ruft ihren Hausarzt, der den Totenschein ausstellen soll. Sie faselt etwas von Herzbeschwerden, um keinen Zweifel an einem natürlichen Tod aufkommen zu lassen.«

»Sorry, aber das klingt unglaubwürdig. Sie muss doch im Vorfeld die Frage geklärt haben, ob die Versicherung bei Selbstmord zahlt oder nicht. Dieser Gedanke kann ihr nicht spontan gekommen sein, während alles andere durchgeplant war.«

»Die Idee mit dem Selbstmord war für sie vielleicht reizvoll. Zumal so etwas erst kürzlich in einem Krimi vorkam. Atypisches Erhängen in horizontaler Lage. Das muss sie inspiriert haben, und sie wollte es nachmachen. Außerdem, Carlo, sei ehrlich: Macht die Birklund auf dich den Eindruck einer hochintelligenten Frau?«

»Das sicher nicht, trotzdem kann ich dir nicht ganz folgen. Dafür hätte auch die Zeit nicht ausgereicht. Sie war zwischen ihren Friseuraufenthalten nur eine Dreiviertelstunde weg. Ich glaube eher, dass noch jemand im Spiel war. Ein angeheuerter Killer?«

»Aber warum? Mitwisser sind gefährlich. Die Tat ließe sich besser allein durchführen und wäre unter Zuhilfenahme der K.-o.-Tropfen, die nachweislich eingesetzt wurden, überhaupt kein Problem! Zumal Birklund seiner Frau sicher grenzenlos vertraut hat. Das erklärt auch, dass am Leichnam keinerlei Abwehrspuren gefunden wurden. Davon abgesehen, den Abschiedsbrief könnte sie genauso gut hinterher noch geschrieben haben.«

»Und die Spinne? Die Schuhspuren?«

»Die Spinne kann vorher ins Haus gebracht worden sein und hat möglicherweise gar nichts mit dem Tod Birklunds zu tun«, überlegte Birthe. »Die Abdruckspuren der Schuhe erklärt Iris Birklund mit regelmäßigen Besuchern. Auch Handwerker sollen sich in der Zeit im Hause aufgehalten haben. Also alles in allem ausschließlich tatortberechtigte Personen. Spuren sind in diesem Fall sowieso schwierig zu sichern, weil zwischen Birklunds Tod und der Entdeckung der Straftat ganze fünf Tage liegen. Die Putzfrau hat in der Zwischenzeit gründlich saubergemacht und fast alle Spuren verwischt. Zudem glaubt die Witwe an einen harmlosen Streich. Oder daran, dass die Spinne in einer Obstkiste war, die am Tag zuvor angeliefert worden war.«

»Glaubst du daran, Birthe?«

Sie zuckte ratlos mit den Schultern, und er manövrierte den Dienstwagen in die für ihn reservierte Lücke des Fuhrparks.

»Wir brauchen den Namen der Putzfrau, die bei Iris Birklund beschäftigt ist. Kümmerst du dich darum, Carlo? Und ich werde mich noch einmal um einen Termin mit Michael Stuckenbrock bemühen.«

*

Miriam hörte ihren Mann nebenan im Bad hantieren. Gleich würde er zu ihr kommen. Sie drehte sich zur Wand, schloss die Augen und bemühte sich um gleichmäßige Atemzüge.

Ihre Schwiegermutter war am Morgen abgereist, endlich, nach Tagen zermürbender Diskussionen über Kindererziehung und Haushalt. Obwohl Miriam die Kinder bei ihr in guten Händen wusste, war sie unglaublich erleichtert, als sie endlich ihren Koffer packte und abfuhr.

Miriam hatte sich am Nachmittag mit Ben in der Stadt getroffen, während ihr Mann auf die Kinder aufgepasst hatte. Sie hatten im Marktcafé einen Latte macchiato getrunken und waren danach durch die Stadt geschlendert, ohne Ziel, einfach so. Ohne es zu merken, waren sie im Kreis gelaufen, denn irgendwann fanden sie sich vor der Marienkirche wieder.

»Ich wohne hier in der Nähe«, druckste Ben herum.

»Ach ja? Und wo?«, fragte Miriam. Ihr Blick fiel auf das Häuserensemble mit den bunten Treppengiebeln.

»Hinter der Kirche, in der Turmstraße«, sagte Ben und deutete in die entgegengesetzte Richtung.

Miriam nickte. Sie war auf einen Abschied gefasst und

wollte ihn noch etwas hinauszögern. Sie fühlte sich zu Ben hingezogen, wusste gleichzeitig jedoch, dass es nicht der richtige Zeitpunkt für eine neue Beziehung war. Manchmal dachte sie, dass es ihm genauso ging. Hin und wieder sah er sie lange an, verklärt und wie verzaubert, dann wirkte er in sich gekehrt und verschlossen. Wenn sie sich jetzt verabschiedeten, war sie sich nicht sicher, ob sie ihn wiedersehen würde.

Er war vor ihr stehen geblieben, ganz nah, berührte sie jedoch nicht. Für einen kurzen Moment fragte sie sich, ob er sie küssen würde. Er tat es jedoch nicht. Der Moment war so spannungsgeladen, dass Miriam das Gefühl hatte, sie würde gleich in Tränen ausbrechen. Dann war er auch schon wieder vorbei.

»Kommst du mit?«, fragte er mit sanfter Stimme und blinzelte mit seinen langen Wimpern.

Sie konnte nicht antworten, schluckte lediglich und nickte. Da nahm er sie bei der Hand und führte sie an der Marienkirche vorbei in die kleine Straße, in der er zu Hause war.

»Lass das Lämpchen ruhig noch ein Weilchen an.«

Miriam wusste, was das bedeutete. Sie öffnete die Augen. Thore war leise ins Bett gestiegen. Seine Hand kroch unter die Bettdecke und schlug sie auf. Sie fuhr unter ihr Nachthemd, streichelte ihren Rücken, ihren Po.

»Thore, nicht!«, murmelte Miriam. »Ich bin müde und mir ist nicht danach. Das Ganze ist nicht einmal eine Woche her.«

»Ich wollte mich noch mal bei dir bedanken. Für die Alibis, die du bestätigt hast. Ich weiß es sehr zu schätzen, Schatz. Komm, hab dich nicht so. Du gehst schon wieder arbeiten. Von meiner Mutter wolltest du dir nicht einmal im

Haushalt helfen lassen. Ich sehe nicht, dass du noch großartig Schonung brauchst.«

»Ja, aber das hier ist etwas anderes, ich kann es noch
nicht. Versteh das doch bitte!«

»Nein, das verstehe ich nicht. Seit Wochen haben wir
nicht mehr miteinander geschlafen. Dann war meine Mutter da und es ging nicht. Du bist meine Frau. Stell dich nicht
so an! Ich verspreche dir, ich werde vorsichtig sein.« Seine
Hand glitt ein Stück tiefer und erreichte die Stelle, an der
sie nicht berührt werden wollte. Nicht von ihm.

»Vielleicht in ein paar Tagen«, sagte Miriam ausweichend.
»Heute nicht.«

Er schob ihr Nachthemd ein Stück höher und legte ihre
Brüste frei. »Wenn es wirklich nicht geht, sagst du mir
Bescheid, aber ich will, dass du es mir zuliebe versuchst.
Immerhin bin ich dein Ehemann.«

Miriam schloss die Augen. Ihre Gedanken wanderten
zurück zu Ben und sie stellte sich vor, dass er es war, der
gerade bei ihr lag.

Ben hatte eine kleine, gemütliche Altbauwohnung mit alten
Holzdielen und einem Kaminofen. Er hatte sie zu seiner
Couch geführt und ihr einen Drink gemixt, wobei sie ihm
zugesehen hatte. Danach hatten sie endlos lange nebeneinander auf der Couch gesessen und sich unterhalten. Sie
hatte ihm gerne zugehört und auch viel von sich erzählt.
Irgendwann hatte er sie geküsst und seine Hand war dabei
unter ihren Rock gerutscht. Es hatte sie erregt. Spätestens
in dem Moment hatte sie alles um sich herum vergessen.

»Zieh das Ding aus«, hörte sie Thore sagen. Er klang völlig anders als Ben, und das warf sie brutal in die Gegenwart zurück.

Bens Stimme hatte sie von Anfang an berührt. Sie war tief, männlich und hatte dennoch einen zärtlichen, fast erotischen Klang. Ein Hauch Melancholie lag darin, der sie sehr berührte. Miriam hätte ihm stundenlang zuhören können. Thores Stimme hingegen hatte einen metallischen Unterton und konnte regelrecht schneidend klingen. Er zerrte ihr das Nachthemd über den Kopf. Seine Hände waren plötzlich überall, bearbeiteten routiniert ihre erogenen Zonen. Es fühlte sich technisch an und erregte sie kein bisschen. Miriam vermied es, ihn dabei anzusehen.

Ben hatte ihr ebenfalls dabei geholfen, sich auszuziehen. Miriam war ihm entgegengekommen und hatte ihre Bluse aufgeknöpft. Er hatte sie ihr nur noch über die Schultern streifen müssen. Beide waren aufgestanden. Miriam hatte das Gefühl genossen, wie er hinter ihr gestanden und seinen Atem auf ihre Schulter gehaucht hatte. Wie er ihren Hals, ihren Nacken berührt und hauchzarte Küsse vom Hals abwärts auf ihrem Rücken verteilt hatte. Wie seine Hände dabei tiefer geglitten waren, bis sie ihren Po erreicht hatten.

»Jetzt das Höschen«, raunte Thore und zerrte an dem Stoff.
Sie fügte sich widerstrebend. Er roch nach Hochprozentigem. Ihr Stöhnen interpretierte er falsch.
»Na also«, sagte er heiser, »geht doch.« Er schob ohne Umschweife ihre Beine auseinander.
Sie hoffte, dass es bald vorbei war und zwang sich mit aller Kraft, an Ben zu denken, nur an Ben. Ihr kurzes Beisammensein hatte sie wie im Rausch genossen. Sie wollte ihn so schnell wie möglich wiedersehen. Einzig der Gedanke an Ben half ihr, die nächsten Minuten zu überstehen.

MITTWOCH, 13. MÄRZ 2013

Carlo klappte seine Frühstücksdose zu und sah auf seine Armbanduhr. »Gleich müsste sie da sein. Sie ist bisher die Einzige, deren Alibi äußerst schwach ist und die sich in Widersprüche verstrickt hat. Sie hatte die Gelegenheit, ihren Mann mühelos ins Jenseits zu befördern, und ein Motiv hatte sie auch: die Lebensversicherung ihres Mannes.«

»Thore Strohbecke und Andreas Middendorf sind jedenfalls raus. Ihre Alibis sind stimmig und auch sonst spricht im Augenblick nichts gegen sie.«

»Wobei beide ebenfalls ein Motiv hätten.«

»Das stimmt. Aber da sind sie nicht die Einzigen.«

Es klopfte an der Tür. Draußen stand Iris Birklund mit ihrem Hündchen auf dem Arm.

Birthe bot ihr den Platz am anderen Ende des Tisches an. Nach einem kurzen Small Talk kam sie gleich zur Sache. »Ich nehme an, Sie können sich denken, was die Kollegen von der Spurensicherung gefunden haben.«

Iris zuckte mit den Schultern. »Ich wüsste nicht ... Aber Sie werden es mir ja gleich sagen.« Sie sah verwirrt aus und spielte nervös mit den Händen. »Spinnengift?«, fragte sie, ohne eine Miene zu verziehen, als sie die Stille nicht länger aushielt. »Ihrer Mimik nach zu urteilen, habe ich nicht ins Schwarze getroffen. Ich vermute, mein Mann hat sich beim Anblick der Spinne so erschrocken, dass er einen Herzinfarkt erlitten hat.«

Birthe zog die Stirn kraus. »Es war kein Herzinfarkt,

wie Sie wissen. Davon abgesehen, in unseren Obstkisten finden sich ja auch haufenweise Vogelspinnen«, sagte sie trocken.

Iris verstand die Ironie nicht und nickte.

»Ich frage noch einmal: Was könnten die Kollegen gefunden haben? Auf der Festplatte des Laptops? Keine Idee?«

Iris zog es vor, nicht zu antworten.

»Sie haben uns sogar selbst darauf hingewiesen. Sie haben gesagt, die Antwort stecke in dem Laptop.«

»Unsinn. Da müssen Sie etwas missverstanden haben.«

»Ihr Mann hat einen Abschiedsbrief geschrieben. Sie haben ihn gelöscht. Leider haben Sie vergessen, dass er sich noch im Papierkorb des Rechners befand.«

Iris starrte Birthe mit offenem Mund an. Dann räusperte sie sich. »Könnte ich bitte ein Glas Wasser haben?«

»Natürlich.« Birthe stand auf und holte es ihr.

Iris trank in langsamen, kleinen Schlucken. Sie schien gedanklich weit weg zu sein. Schließlich seufzte sie auf und stellte das Glas ab. »Mit der Antwort im Laptop meinte ich eigentlich etwas anderes. Ich dachte, Sie sehen dort, dass mein Mann immer weniger Aktien und Wertpapiere verkauft hat. So hat er es mir zumindest erklärt. Diese Sorgen müssen ihn krank gemacht haben.« Sie machte sogleich wieder eine Sprechpause. »Mein Mann hatte Depressionen, seit Langem. Ich wollte nicht, dass jemand davon erfährt. Es würde zu viel Gerede geben, wir haben einen großen Freundeskreis. Mir blieb keine Wahl, ich musste den Brief löschen.«

»Soll ich Ihnen helfen?«, fragte Birthe. »Um die Todesursache zu vertuschen, haben Sie ihm das Seil abgenommen und die Male am Hals mit hautfarbenem Make-up überdeckt. Sie waren ohnehin am Anfang nicht stark sichtbar.

Das hängt, wie ich mir habe sagen lassen, mit der Blutzirkulation zusammen. Erst nach Stunden treten die Male deutlich hervor und dann nützt selbst die beste Schminke nichts mehr.«

Iris war bleich geworden. »Seil? Nein, kein Seil.«

»Was dann?«

Iris griff wieder nach dem Wasserglas.

»Ein Schal, Frau Birklund? Und soll ich Ihnen verraten, wo wir ihn gefunden haben?«

Iris schluckte. »Ja«, hauchte sie.

»Sagen Sie es mir, Frau Birklund!«

»In der Hutschachtel«, sagte Iris resigniert.

»Genau. Mit diversem anderem Erwachsenenspielzeug. Faserspuren, Hautschuppen und Abdrücke des Schals am Hals Ihres verstorbenen Mannes haben Sie verraten.«

Iris räusperte sich. »Wir haben manchmal Fesselungsspiele gemacht. Mein Mann liebte es. Ist das verboten?«

»Das nicht. Vorausgesetzt, man versteht sich auf diese Spiele. Nun sagen Sie mir bitte, wie es genau abgelaufen ist am Morgen des 28. Februar.«

Iris zeigte keine Regung.

Schließlich ergriff Birthe das Wort. »Wussten Sie, dass Ihr Mann Geld unterschlagen hat?«

»Nein!« Iris zwirbelte nervös eine lange Haarsträhne. »Woher haben Sie die Information? Ich dachte, es gäbe ein Bankgeheimnis.«

»Das Bankgeheimnis gilt in Deutschland wie in den meisten westlichen Staaten bei Straftatenermittlungen nicht. Wir dürfen im Zusammenhang einer Straftat Konten einsehen.«

»Ich kann mir nicht vorstellen, dass Sie einfach zur Bank gehen können und Auskünfte bekommen. Da könnte sich ja jeder eine Uniform besorgen und mit gefälschter Polizeimarke am Schalter aufmarschieren.«

»So einfach ist das natürlich nicht. Wir brauchen einen richterlichen Beschluss dafür.«

Iris setzte Otto-Egon in die Hundetragetasche von Burlington, die sie neben sich gestellt hatte, und strich sich die Hundehaare von der Kleidung. »Wie viel hat mein Mann unterschlagen?«

»Nun, die Summe entspricht in etwa dem, was Normalverdiener für ein Einfamilienhaus hinblättern. Also, von finanziellen Sorgen können wir hier nicht gerade sprechen.«

»Nicht schlecht«, resümierte Iris. Ein leichtes Lächeln umspielte ihre Mundwinkel. »Mit was für einer Strafe muss ich eigentlich rechnen?«

»Für was?«

»Na, ich meine, dafür, dass ich nicht gleich die Wahrheit gesagt habe. Ich hatte schließlich meine Gründe. Immerhin geht es um meinen guten Ruf. Den will ich nicht aufs Spiel setzen.«

»Das kann ich verstehen«, sagte Carlo und kratzte sich am Kopf.

»Wie meinen Sie das?«, fragte Iris verwundert.

»Nun, als Irina Popowa dürften Sie in der Ukraine nicht den allerbesten Ruf gehabt haben.«

Iris lief rot an. »Woher wissen Sie das?«

»Das ist unser Job«, grinste Carlo. »Das Internet vergisst nichts.«

»Ich sage Ihnen eins: Wenn das in Osnabrück die Runde macht, werde ich Sie verklagen. Niemand weiß das hier, nicht einmal mein Mann hat davon gewusst. Ich habe ihm gesagt, ich sei Assistentin der Geschäftsleitung eines mittleren Unternehmens gewesen und er hat das nie infrage gestellt.«

»Warum sollte das in Osnabrück die Runde machen?«, fragte Carlo in ruhigem Tonfall.

»Na, ich weiß nicht. Sie reden ständig mit der Nachbarschaft, also werden Sie auch das nicht für sich behalten.«

»Wir sind Ermittler. Wir stellen nur Fragen, rein beruflich, keine Sorge, Frau Birklund.«

»Ich habe Polizisten noch nie über den Weg getraut«, sagte Iris mit ausdrucksloser Miene.

»Aber nun haben Sie die Wahrheit gesagt?«, schaltete sich Birthe wieder ein, das Vorhergesagte bewusst ignorierend.

Iris nickte. »Natürlich.«

»Sind Sie sicher?«

Iris schien überrascht. »Was soll das? Wie meinen Sie das?«

»So wie ich es gesagt habe«, meinte Birthe. »Wie ist Ihr Mann gestorben, Frau Birklund?«

Iris Birklund zuckte unwillkürlich zurück. Sie kramte ein Aspirin aus ihrer Handtasche und warf es in ihr Wasserglas.

»Er hat sich erhängt«, sagte sie leise.

»Mit dem Schal aus Ihrer Hutschachtel?«

»Ja, womit denn sonst?«

»Das Tuch, von dem Sie sprechen, hat tatsächlich um seinen Hals gelegen. Wir haben Fasern auf seiner Haut entdeckt. Aber er ist dadurch nicht zu Tode gekommen.«

»Jetzt versteh ich gar nichts mehr.«

»Laut Aussage des Gerichtsmediziners gab es noch eine zweite Furche am Hals, eine, die eher waagerecht verläuft. Und diese zweite Furche stammt nicht von dem Schal.«

»Woher denn sonst?«

»Von einem Seil.«

»Ich habe gar kein Seil.« Iris blickte erschrocken von

einem zum anderen. »Sie wollen mir nichts anhängen, oder? Ich habe zugegeben, dass es Selbstmord war und kein natürlicher Tod. Mehr kann ich dazu nicht sagen.«

»Hatte Ihr Mann eigentlich seine Brille auf, als Sie ihn fanden?«, schaltete sich Carlo ein.

Iris fuhr herum. Verwirrt strich sie sich durch die Haare. »Ich weiß nicht … Ich glaube ja.«

»Ihnen ist bekannt, dass sich Selbstmörder, bevor sie sich erhängen, die Brille abnehmen?«

»Nein, warum?«

»Nun, es ist ein bekanntes Phänomen. Kein Selbstmörder hat noch seine Brille auf, wenn man ihn findet. Häufig nicht einmal mehr eine Armbanduhr. Es ist, als wollten sie pur aus dem Leben scheiden.«

»Das wusste ich nicht.«

»Frau Birklund, wir wissen inzwischen, dass es kein natürlicher Tod war. Es war allerdings auch kein Selbstmord.«

»Ich habe jedenfalls nichts damit zu tun! Ich habe meinen Mann nicht umgebracht«, schrie Iris Birklund und stand auf.

»Setzen Sie sich wieder!«, forderte Carlo in barschem Tonfall.

Es entstand eine Pause, in der Iris Birklund wie in Zeitlupe zurück auf den Stuhl sank und in sich zusammensackte. Sie war kreidebleich.

»Soll ich Ihnen noch Wasser nachschenken?«, fragte Carlo.

Iris nickte stumm.

Während Carlo den Raum verließ, um eine neue Flasche zu holen, flüsterte Birthe ihr zu: »Mensch, Frau Birklund, jetzt verheddern Sie sich nicht weiter in Widersprüche, sondern erzählen uns, wie es wirklich war!«

*

»Hast du dich inzwischen etwas eingelebt?«, fragte Miriam und rührte mit ihrem Strohhalm in ihrem Cocktailglas herum, das sie schon fast ausgetrunken hatte. Sie hatte sich nach der Arbeit mit Anneke im kleinen Szenelokal Lotter Leben in der Lotter Straße verabredet.

»Sogar mehr als das«, sagte Anneke. »Ich fühle mich pudelwohl bei euch. Meine eigenen Kinder sind groß, da kann ich das jetzt richtig genießen. Ich überlege ernsthaft, ob ich noch mal eine Ausbildung mache. So alt bin ich ja auch noch nicht.«

»Das wäre super! Erzieherinnen werden dringend gesucht! Und ich hatte schon Angst, du könntest abspringen.«

»Für mich ist es das Beste, was mir passieren konnte. Noch nie war ich dermaßen überzeugt von einer Sache. Ich habe das Gefühl, endlich etwas gefunden zu haben, was zu mir passt. Abgesehen davon bin froh, dass ich eine Ablenkung habe.«

»Wovon?« Miriam nippte an ihrem Cocktail.

»Mario macht mir zu schaffen. Er ist richtig seltsam in letzter Zeit. Unausgeglichen, nervös, wortkarg. Er redet nur das Allernötigste. Ich weiß nicht, was mit ihm los ist. Wenn ich ihn darauf anspreche, weicht er aus. Angelogen hat er mich auch. Er hat mir verschwiegen, dass er nicht mehr bei Hagedorn, seiner früheren Firma, arbeitet, weil ihm gekündigt wurde. Ich habe es zufällig herausgefunden, als ich neulich dort angerufen habe. Erst als ich es ihm auf den Kopf zugesagt habe, hat er es zugegeben. Er arbeitet jetzt bei Heesing, der Firma unseres Sohnes.«

»Heftig! Weißt du den Grund?«

»Ehrlich gesagt nicht. Alles fing damit an, dass er mir plötzlich erzählte, er habe viel Geld. Irgendwelche Wertpapiere, die enorm im Kurs gestiegen seien. Davon wusste ich aber nichts. Und unser Konto ist nach wie vor im Minus. Da hat sich nichts verändert. Das ist das Seltsame. Ich muss dazu sagen, Mario träumt schon lange davon, sich selbstständig zu machen, er will eine eigene Schreinerei aufbauen. Vor Wochen hat er mir erzählt, das Geld wäre demnächst zuteilungsreif, er hätte eine geeignete Scheune gefunden und nun könne es losgehen. Dann hieß es auf einmal, die Scheune sei doch nicht so geeignet, Schimmel oder Ähnliches, und er wolle bei Hagedorn bleiben, bis er etwas Besseres gefunden habe. Und plötzlich wurde der Termin der Auszahlung verschoben. Ohne weitere Begründung. Das Geld haben wir immer noch nicht. Nun das … die Firma, in der Ronny arbeitet … Wie soll ich das alles verstehen?« Annekes Augen füllten sich mit Tränen, die sie heftig wegklimperte. »Er verschweigt mir doch etwas. Ich habe sogar seinen ehemaligen Chef angerufen und ihn gefragt, warum er Mario entlassen hat. Er hat gesagt, ich solle mit meinem Mann reden, er habe mir bestimmt einiges zu sagen. Na toll. Vielleicht hat er eine andere und jeder weiß das, außer mir.« Anneke zerstach mit ihrem Strohhalm die Eiswürfel. »Und du? Wie läuft es bei euch zu Hause?«

Miriam atmete tief durch. »Nichts läuft. Ich kann nicht länger mit Thore zusammenbleiben. Es geht einfach nicht.«

»Bist du sicher?«

»Ja. Da ist nichts, was uns noch verbindet, abgesehen von den Kindern. Das reicht allerdings nicht, um unsere Ehe zu kitten. Ich kann nicht richtig durchatmen, wenn er in meiner Nähe ist. Ich ersticke an seiner bloßen Anwesenheit. Mir ging es in der Zeit, als er bei seiner Mutter war, wesentlich besser. Ich weiß inzwischen, dass ich alleine zurechtkomme und mich damit viel wohler fühle. Ich brauche ihn nicht. Nein, anders gesagt: Ich will ihn nicht mehr!«

Anneke nickte. »Weiß er es schon?«

»Ich habe mir vorgenommen, es ihm heute Abend zu sagen. Jeder weitere Tag verschlimmert unsere Situation. Je eher er auszieht, desto besser ist es für uns alle. Außerdem …«, sie schluckte und sah Anneke unsicher an, »habe ich jemanden kennengelernt.«

»Oh, das ist natürlich etwas anderes. Schön, aber es vereinfacht die Sache nicht gerade. Glaubst du, Thore wird freiwillig die Segel streichen? Oder verlangt er am Ende, dass du mit den Kindern ausziehst?«

»Es wäre einfacher und gerechter, wenn er den Schritt macht. Und ich kann nur hoffen, er tut es. Seine Kinder kann er trotzdem regelmäßig sehen, ich würde es sogar unterstützen. Lilly und Kurt brauchen ihren Vater, ganz klar.« Sie nahm den letzten Schluck und stellte das Glas ab.

Die Kellnerin erschien und fragte, ob sie etwas bringen sollte. »Willst du auch noch einen?«, fragte Anneke. »Ich nehme einen alkoholfreien und bringe dich später nach Hause.«

Miriam lächelte. »Okay, bleiben wir noch.«

»Also, eine Runde Caipirinha, einmal mit und einmal ohne Alk, bitte«, bestellte Anneke.

*

Es war fast Mitternacht und sie saßen immer noch in der Küche, inzwischen beim dritten Glas Wein. Anneke sah müde aus, aber immerhin sprach sie jetzt. Lange hatte sie einfach still dagesessen und ihn wie Luft behandelt.

»Okay, ich kann nachvollziehen, dass du nicht gleich mit der Wahrheit rausgerückt bist, aber du hättest mir doch sagen können, dass du jetzt bei Heesing bist. Und noch weniger will mir einleuchten, dass Ronny mir nichts gesagt hat, er arbeitet doch schließlich auch da.«

»Ich verstehe, dass du sauer bist, aber ich hätte es dir noch erzählt«, sagte Mario. »Du solltest dir keine Sorgen machen. Und Ronny weiß es erst seit heute.«

»Wie lange wolltest du mich belügen?«

Er schwieg bedrückt.

»Wir haben uns doch immer alles gesagt!« Sie sah ihn ernst an, allerdings nicht mehr so streng wie vorhin. »Oder, Mario?«

Er nickte. »Doch, klar. Aber ich hatte einfach das Gefühl, ich habe dich überfordert. Von Anfang an. Du hast sicher gedacht, ich habe sie nicht mehr alle. So ein sprunghaftes Verhalten kann man schlecht nachvollziehen.«

»Für mich war dein Schweigen viel schlimmer. Alles andere hätte ich eher verstehen und verzeihen können. Schweigen ist das Schlimmste, was man einem Menschen antun kann.«

Er wich ihrem Blick aus.

»Was war eigentlich gestern Morgen los? Warum warst du nicht auf der Arbeit?«

»Ich war krank.« Er wand sich. »In der Nacht fing es an. Magen-Darm, irgendein Virus muss es sein. Ich habe mir wohl etwas eingefangen.«

»Und jetzt ist alles wieder gut?« Sie taxierte sein Äußeres. »Du siehst schlecht aus. Grau und eingefallen.«

»Das ist das Virus. Es geht sicher schnell vorbei. Wenn du nichts dagegen hast, werde ich mich gleich schlafen legen. Ich muss morgen fit sein.«

»Soll ich dir einen Tee kochen? Einen Zwieback dazu?«

Er schüttelte den Kopf, musste unwillkürlich lächeln. Die stets besorgte Anneke, so kannte er sie. Vor Erleichterung hätte er sie am liebsten geküsst, er wollte ihr jedoch nicht das Gefühl geben, seine angebliche Erkrankung auf die leichte Schulter zu nehmen.

»Ruh dich aus, damit du dich bei Heesing nicht gleich wieder krank melden musst. Und das nächste Mal sagst du mir gleich die Wahrheit, hörst du?«

»Ich habe Mist gebaut, das stimmt«, gab er zerknirscht zu. »Es wird nicht wieder vorkommen, Anneke, ich verspreche es dir.«

»Versprich nichts, was du nicht halten kannst.«

»Glaub mir, das werde ich halten. Es war mir nie etwas so wichtig wie das! Das musst du mir einfach glauben.«

»Ich weiß nicht, was ich dir überhaupt noch glauben kann. Was ist eigentlich aus deinem Traum geworden? Aus unserem Traum? War das alles bloß ein Hirngespinst?«

Mario schüttelte den Kopf. »Manchmal kann sich ein Traum auch als Albtraum herausstellen.«

»Jetzt verstehe ich gar nichts mehr«, sagte Anneke und schüttelte verblüfft den Kopf.

Donnerstag. Eva-Siebkötter-Tag.

Als es morgens klingelte, atmete Birthe tief durch und lief im Bademantel über den langen Flur. Durch die Milchglasscheibe erkannte sie die voluminösen Umrisse von Eva Siebkötter. Zaghaft öffnete sie die Tür, um gleich wieder dahinter zu verschwinden, denn ihre Nachbarin, eine alleinstehende ältere Dame, streckte gern ihren Kopf ins Treppenhaus, sobald jemand klingelte.

»Dunni noch eins, was ein Dusselkopp da draußen«, schrie die Putzhilfe aufgebracht, kaum hatte sie die Türschwelle überschritten. »Hat mich mit seiner Klapperchaise fast übern Haufen gefahrn. Hier wohnen wohl nix als Studenten! Die hams immer eilig, dabei ham die doch wohl alle Zeit der Welt, nich wahr! Student müsste man sein!« Eva Siebkötter regte sich gern auf, blieb jedoch stets gut gelaunt dabei.

»Tag, Frau Siebkötter, schön, dass Sie da sind.« Birthe schaute demonstrativ auf ihre Armbanduhr. Zehn Minuten zu spät. »Wie geht es Ihnen?«

»Muss ja wohl. Bin noch einholn gewesen. Ob ich denn was bei Ihn inne Kühlschrank leegen dürfte?« Eva Siebkötter schnaufte und zog eine Plastiktüte hinter ihrem Rücken hervor. Die schwarzen Haare klebten ihr im Gesicht.

»Kein Problem, und um die Zeit wieder reinzuholen, machen Sie einfach eine längere Kaffeepause.«

Frau Siebkötter nickte glücklich. Wie immer verstand sie Birthes Ironie nicht.

»Da bin ich gut zufrieden, Frau Schöndorf, wenn Se jetzt gleich ein schönen Kaffee für mich haben wüaden, bin wüaklich platt von de Tuua! De Berch macht mich noch ma fertich. Ich musste noch ma nache Aldi hin und Kindorwuost fürn Kalle holen un für mich Nivärkräm. Die muss sofort inne Kühlschrank. Ich mein natürlich de Kindorwuost. Die mach er gean leidn, auch noch mit 16.«

Birthe seufzte. »Sie dürfen sich gerne einen Kaffee machen, aber ich kann Ihnen keine Gesellschaft leisten, Frau Siebkötter, ich muss gleich los.«

Eva Siebkötter konnte ihre Enttäuschung nicht verbergen. »Na ja, kann man nix für, nech? Aabeit geht nu ma vor. Und wenn Se noch n lecker Brot mit gute Butter für mich haben wüaden, wär ich echt gut zufrieden.«

Birthe ging nicht auf sie ein. »Ich hab Ihnen hier aufgeschrieben, was heute alles dran ist. Lassen Sie sich ruhig Zeit. Ich bin dann weg.«

»Sind de Schnesen denn heute da?«

»Yuki und Hoi-Hoi? Sie sind auf dem Sprung. Die Wohnung wird gleich leer sein. Soweit ich weiß, sind die beiden ab elf an der Uni.«

»Dann bin ich best zufrieden. Es gibt sögge und sögge, aber die zwei Schnesen lassen mich nie inne Küche. Da wüad ich auch gar nicht reingehen. Und ich kann nich aabeiten, wenn es riecht wie aufm Hamburger Fischmarkt. Is nich!«

Birthe atmete auf und ging in ihr Zimmer zurück, um sich umzuziehen. Frau Siebkötter bedachte sie mit einem enttäuschten Blick. Allein zu sein, war nicht nach ihrem Geschmack. Zu gerne erzählte sie, von Nachbarn, die Birthe nicht kannte, ihrem pubertierenden Sohn Kalle oder von ellenlangen Krankheitsgeschichten anderer Leute. Ihre eigenen gesundheitlichen Probleme ließ sie dabei ebenfalls nicht außer Acht. Als Birthe wieder aus ihrem Zimmer kam, umgezogen und dezent geschminkt, baute sich Frau Siebkötter vor ihr auf.

»Also tu ich heute überall durchputzn, nur dass ich das richtig verstehn tu, un das olle Bad ma wieda auf Vordermann bringen, näh? Hörnsema, de Winter wird doch wohl bald vorbei sein? Wir brauchen kein Schnee mehr, näh? Brauchen Sie noch Schnee, Frau ... Schöndorf? Nich eine Schneeflocke. Nu is genuch. Besser, wir komm noch ma drumrum, näh? Ich bin frooh, wenn de ersten Blättoh wieda anne Bioke sind. Dann bin ich frooh. Ham Se schon gehört von dem Heinzi, der jetzt Büogormeister weaden will in Osnabrück? Mit so langen Haarn? De Pistorius tut ja weggehn un dann kommt jemand anners, nich wahr. Man weiß ja nich, wem man noch vertraun soll bei de Politikor. Aba man muss ja wähln gehn, nich wahr? Wähln is erste Büogorpflicht, hörnse Se ma. Aber am Ende sindse alle vom gleichen Schlach. Erst tun se mächtich auffe Sahne haun, tun ein inne Große Straße irre aufn Senkel gehn un Kulis verteiln un Fähnchen un dann, haste nich gesehn, tun se ein nich mehr kenn, näh? Das ist fiesen. De Politikor tun nich alle stramm ham. Echt, in ernst mal! Kann ich nich gut am Kopp ham«, sagte sie und fasste sich an den Kopf.

Birthe verschwand mit einem kurzen Abschiedsgruß.

Eine halbe Stunde später traf sie sich mit Carlo vor dem Iduna-Hochhaus am Herrenteichswall, in der Iris Birklunds Putzfrau ein Zweizimmerappartement bewohnte.

Der Fahrstuhl beförderte sie in den siebten Stock. Eine rundliche, stark geschminkte Frau mit schwarz gefärbter Dauerwelle erwartete sie bereits. Die Wohnung wirkte durch die wuchtigen Möbel, die dunkel schimmernden Tapeten, unzähligen Brokatkissen, gemusterten Decken, Plüschtiere und Porzellanpuppen kleiner und gedrungener, als sie war. Es war sehr warm und roch nach kaltem Rauch und Katzenpisse.

»Frau Schmid, wie lange arbeiten Sie schon für die Birklunds?«, fragte Birthe und zwang sich, flach zu atmen.

Rita Schmid streichelte eine fette Katze auf ihrem Schoß. Sie trug eine kaschierende Bluse im Tigermuster und eine farblich passende braune Hose.

»Im Januar war es ein Jahr«, sagte sie mit der Stimme einer Kettenraucherin.

»Fühlen Sie sich dort wohl?«, fragte Birthe und legte ein paar Kissen beiseite, damit sie mit ihren langen Beinen auf dem altmodischen, schmalen Sofa Platz fand.

»Nun ja, was tut man nicht alles für Geld, nicht wahr?«

»Das klingt nicht nach einem super Arbeitsverhältnis.«

»Frau Birklund ist nicht gerade die Traumchefin, die man sich wünscht. Aber behalten Sie das für sich.«

»Wie meinen Sie das?«

»Na, so eine Piefige. Lümmelt den ganzen Tag im Jogginganzug auf der Couch herum und steht nur auf, wenn es unbedingt sein muss. Zum Beispiel, um sich einen Kaffee zu holen. Ich bekomme allerdings keinen ab, nicht, dass sie das denken! Und bei der Gelegenheit steckt sie ihre Nase überall rein, rubbelt mit den Fingern über alle Stellen, von denen sie meint, dass ich sie nicht ordentlich geputzt habe, und dann muss ich noch mal ran. Sie selber tut keinen Handschlag. Aber wenn sie in die Stadt fährt, ist sie nicht wiederzuerkennen. Sie ist dann gestylt wie ein Promi. Solche Klamotten und Schuhe könnte ich mir nie leisten.«

»An welchem Wochentag kommen Sie in der Regel?«, fragte Carlo. Er stopfte sich die Kissen, die Birthe gerade weggelegt hatte, in den Rücken. Der machte ihm heute zu schaffen. Er zwang sich, nicht zur Etagere voller Süßigkeiten zu schauen, die direkt vor ihm stand. Die zog ihn magisch an. Den übervollen Aschenbecher daneben ignorierte er.

»Ich komme an allen Tagen. Immer drei Stunden vormittags. Nur Samstag und Sonntag nicht. Da mache ich bei mir zu Hause sauber. Muss schließlich auch mal sein, oder?«

Birthe nickte ungläubig. Hier roch es alles andere als sauber. Und überhaupt: jeden Tag eine Putzfrau! Welch Luxus! Aber wollte sie das überhaupt? Jeden Tag eine Eva Siebkötter um sich herum? Sie musste unwillkürlich schmunzeln. Insgeheim fragte sie sich, welche Meinung Eva Siebkötter wohl von ihr hatte. Gleichgültig war es ihr nicht.

Carlo riss sie aus ihren Gedanken. »Und Herr Birklund? Wie war der?«

»Och, der war ganz nett. Ich habe ihn nicht oft gesehen. Aber wenn er da war, war er höflich und korrekt. Manchmal hat er mich sogar gefragt, wie es mir geht. Aber ich glaube, eine Antwort wollte er gar nicht hören. Hat sich schnell wieder umgedreht und weitergearbeitet. Immer am Computer, ein ganz Fleißiger war der. Na ja, einer muss schließlich das Geld heimbringen, nicht wahr? Immerhin hat er nie an mir rumkritisiert, hat mich einfach machen lassen. Schade, dass der Mann tot ist, wenn Sie mich fragen, wirklich schade. Hat er nicht verdient, der Herr Birklund.«

»Und das Verhältnis zwischen den Eheleuten?«

Rita Schmid wiegte den Kopf. »Jeder machte so sein Ding«, sagte sie. »Mehr kann ich dazu nicht sagen.«

»An dem Tag, als er starb, waren Sie nicht da?«, fragte Birthe.

»Nein. Ich hatte starken Husten und bin zu Hause geblieben.« Sie zündete sich eine Zigarette an.

Birthe warf Carlo einen vielsagenden Blick zu. »Wann haben Sie davon erfahren?«

»Erst am Samstag. Frau Birklund war plötzlich ganz in Schwarz und hatte ein ernstes Gesicht. Das hat mir einen riesigen Schock versetzt. Ich konnte es erst gar nicht glauben. Am Mittwoch war Herr Birklund ja noch wie immer.«

»Sie kamen also zwei Tage nach seinem Tod wieder.«

»Genau. Ich bin nie lange krank. Am Samstag war ich wieder bei der Arbeit. Außer der Reihe. Frau Birklund hat das so gewollt.« Sie nahm einen tiefen Zug von der Zigarette. An ihren Fingernägeln splitterte roter Nagellack ab.

»Was hat Frau Birklund Ihnen erzählt? Wie ist er zu Tode gekommen?«

»Wissen Sie das nicht? Er hatte einen Herzinfarkt. Ein ganz plötzlicher Tod muss das gewesen sein.«

Birthe nickte. Ein plötzlicher Todesfall war es in der Tat. »Erinnern Sie sich an den 2. März, Frau Schmid. Was genau war Ihr Auftrag an dem Tag?«

»Ich sollte hauptsächlich das Arbeitszimmer putzen. Warten Sie. Und das Bettzeug wegbringen.«

»Von dem Bett im Arbeitszimmer?«

»Ja. Alles sollte in den Altkleidercontainer. Ich musste mit dem Auto hinfahren.«

»Warum? Haben Sie nachgefragt?«

»Frau Birklund wollte das Zeug aus dem Haus haben. Mehr hat sie nicht gesagt.«

»Welche Farbe hatte das Bettzeug?«

»Schwarz mit Tigermuster. Es war Frau Birklunds Lieblingsbettwäsche.«

»Richtige Bettwäsche?«

»Jawohl, die lag da immer. Im Wechsel mit schwarzer Seidenbettwäsche.«

»Aber jetzt liegt da nur noch eine graue Tagesdecke mit Zierkissen.«

»Die sind neu. Die waren vorher nicht da.«

»Sie haben also das Bettzeug aus dem Haus gebracht. Und danach haben Sie weitergeputzt?«

»Ja, genau. Ich musste alles dreimal putzen. Mit viel Seife, wenig Wasser und schließlich mit Desinfektionstüchern. Frau Birklund war die ganze Zeit in meiner Nähe und hat mich nicht aus den Augen gelassen.«

»Was haben Sie sich dabei gedacht?«

»Nichts. Gar nichts habe ich mir gedacht. Ich bin es gewohnt, nach Anweisung zu handeln. Wenn ich arbeite, denke ich an nichts, nur an das Geld, das ich dabei verdiene. Über die Arbeit habe ich mir noch nie Gedanken gemacht. Reine Gewohnheit. Allerdings habe ich mich schon kurz darüber gewundert, dass Frau Birklund auf einmal so viel Energie hatte. Sonst hat sie ja immer nur auf dem Sofa gelegen und ferngesehen oder gelesen und ihren Köter gestreichelt.«

Birthe und Carlo wechselten einen kurzen Blick. Im nächsten Moment ruhten Carlos Augen wieder sehnsüchtig auf der Etagere mit den Plätzchen und Pralinen.

»Greifen Sie ruhig zu«, sagte Rita Schmid mit tiefer, rauer Stimme. »Die sind zum Verzehr gedacht.«

»Oh, danke schön«, sagte Carlo und ließ sich nicht zweimal bitten.

»Danke nein«, sagte Birthe fast gleichzeitig und schauderte. Sie hätte in der stickigen Luft und bei dem Geruch, der in der Wohnung hing, nichts heruntergekommen. Der volle Aschenbecher auf dem Couchtisch ekelte sie. Die ganze Person stieß sie ab – die altmodische, steife Frisur, die an eine Perücke erinnerte, die billige Aufmachung, die gelbe, ledrige Haut mit dem dicken Make-up, die ungepflegten Fingernägel. Sie fragte sich, wie Iris Birklund es mit ihr aushielt. Aber offenbar war sie mit ihr zufrieden; vielleicht war sie in fremden Haushalten durchaus eine Perle. »Haben Sie eigentlich einen Haustürschlüssel für die Birklund-Villa?«, fragte Birthe.

»Ja, von Anfang an. Damit Frau Birklund nicht jedes Mal zu Hause sein muss, wenn ich komme. Genauer gesagt, damit sie nicht aufstehen muss von ihrem Sofa.«

»Wie geht es jetzt weiter? Putzen Sie weiterhin für Frau Birklund?«

»Ja, natürlich. Die Stelle ist gut bezahlt. Warum sollte ich aufhören?«

»Was für einen Eindruck macht Frau Birklund auf Sie in letzter Zeit?«

»Wie immer. Faul, verwöhnt und motzig. Mir soll das egal sein. Geht zum einen Ohr rein und zum anderen raus.«

»Nichts Außergewöhnliches?«

»Nein, nichts. Alles wie immer.«

»Hat Frau Birklund manchmal Besuch?«

Rita Schmid drückte ihre Zigarette aus. Ein weiterer Stummel im randvollen Aschenbecher. »Nicht, wenn ich da bin. Mehr kann ich Ihnen leider nicht dazu sagen. Ich freue mich aber über Ihren guten Appetit, Herr Kommissar. Greifen Sie ruhig weiter zu, das Zeug muss weg. Außerdem komme ich dann nicht selbst in Versuchung.« Sie tätschelte ihren rundlichen Bauch.

*

Zurück im Büro schenkte Birthe ihrem Kollegen Kaffee ein. »Der hat dir eben gefehlt, stimmt's? Die Kekse und Pralinen alleine waren ja wohl etwas trocken.«

»Das wär's gewesen, allerdings. Die nette Dame hätte mir gerne einen Kaffee anbieten dürfen.«

Birthe schüttelte sich. »Dass du da überhaupt etwas essen konntest! Das stank doch erbärmlich. Ich hätte kotzen können!«

»Jetzt übertreib nicht, Birthe. Ich habe nichts gerochen.«

Birthe schüttelte den Kopf und füllte ihren eigenen Becher. »Immerhin haben wir die Bestätigung, dass die Dame alles gründlich sauber gemacht und schön alle Spuren beseitigt hat, bis auf die wenigen Schuhabdrücke, die wir gefunden haben. Und dass Iris Birklund entgegen ihrem Naturell plötzlich aktiv geworden ist, sieht schon arg nach Vertuschung aus, was meinst du?«

Carlo nippte an seinem Kaffee. »Ich fand sie eigentlich ganz nett.«

Birthe stand auf und stellte sich ans Fenster. »Wir kommen nicht weiter. Irgendwie stockt es hier.« Sie starrte auf den Parkplatz herunter. »Das Gespräch mit der Putzfrau hat nichts gebracht. Außer, dass wir jetzt wissen, dass die Bettwäsche gewechselt wurde. Den Betreiber des Containers rufe ich gleich mal an. Die sollen kommen und den Container öffnen. Vielleicht finden sich verwertbare Spuren an der Wäsche. Und sonst? Die Banker haben einwandfreie Alibis. Iris Birklund mauert.« Sie drehte sich zu Carlo um. »Wir brauchen die Namen der Kleinanleger. Birklund hatte zuletzt schwierige Kundengespräche zu führen. Er musste den Anlegern mitteilen, dass sie zum Teil viel Geld verloren hatten. Wir müssen herausfinden, wer das war. Weißt du was? Ich fahre noch einmal in die Zentrale der Bank und versuche, einen Termin mit Michael Stuckenbrock zu bekommen.«

*

Die gertenschlanke Sekretärin mit der Hochsteckfrisur stellte sich Birthe in den Weg. »Sie können nicht zu ihm. Herr Stuckenbrock hat eine Besprechung.«

»Dann sagen Sie ihm, dass ich hier auf ihn warte.«

»Haben Sie einen Termin?«

Birthe zückte ihren Dienstausweis. »Kriminalpolizei, Birthe Schöndorf ist mein Name. Ich war neulich schon mal hier. Es ist sehr wichtig. Ich brauche keinen Termin.«

Stuckenbrocks Sekretärin bedachte Birthe mit abschätzigem Blick. »Ich werde sehen, was ich tun kann.« Sie stöckelte voran. Birthe folgte ihr bis zum Ende des Ganges und beobachtete, wie die Sekretärin an eine Tür klopfte, eintrat und die Tür hinter sich schloss. Wenig später kam sie wieder heraus.

»Es geht leider nicht«, sagte sie kopfschüttelnd. »Er ist mitten in einer Konferenz. Sie müssen hier warten, bis Herr Stuckenbrock Zeit hat.« Damit entfernte sie sich auf ihren Pfennigabsätzen.

Birthe warf ihr einen ärgerlichen Blick hinterher und nahm an einer Tischgruppe Platz. Kaum war die Sekretärin aus ihrem Blickfeld verschwunden, hielt es Birthe nicht länger auf ihrem Stuhl. Sie ging zu dem Raum, in dem sie Stuckenbrock vermutete, und klopfte an.

Etwa zehn Männer hatten sich um einen Konferenztisch versammelt. Stuckenbrock saß mit dem Rücken zu ihr und sprach mit raumgreifenden Gesten. »… nichtsdestotrotz erfolgreich. Ohne Ihren Einsatz wäre die Bank nicht da, wo sie heute steht. Wir sitzen alle in einem Boot, auch wenn wir uns bedauerlicherweise von einigen Mitarbeitern trennen mussten. Lassen Sie uns nach vorne schauen und hier weitermachen. In diesem Jahr haben wir Großes vor. Wir stehen schon jetzt großartig da, aber …« Stuckenbrock stockte und drehte sich um, als er bemerkte, dass alle Blicke auf die Tür in seinem Rücken gerichtet waren. Er funkelte die Kommissarin wütend an. »Hat meine Sekretärin Ihnen nicht gesagt, dass es jetzt nicht geht?«

»Ich brauche höchstens fünf Minuten«, erklärte Birthe. »Es ist dringend.«

»Himmelherrgott noch mal«, sagte Stuckenbrock und erhob sich. »Dann kommen Sie eben.« An die Konferenzteilnehmer gewandt sagte er: »Entschuldigen Sie mich bitte. Machen Sie ruhig eine kurze Kaffeepause. Ich bin gleich wieder da.«

Er führte Birthe zwei Räume weiter und öffnete die Tür zu einem kleinen Besprechungszimmer. »Bitte«, sagte er schlecht gelaunt. Mit einer winzigen Handbewegung bot er der Kommissarin einen Platz an. »Ich finde Ihre Art und Weise unverschämt. Sie können nicht einfach hereinplatzen und den Betrieb stören. Ich habe eine wichtige Besprechung. Nun sagen Sie endlich, worum es geht, meine Zeit ist begrenzt.«

»Dann will ich gleich zur Sache kommen«, sagte Birthe. »Ich habe inzwischen Ihre Angestellten vernommen. Der Verdacht hat sich nicht ergeben, dass sie etwas mit der Sache zu tun haben.«

»Dann ist es ja gut«, gab Michael Stuckenbrock unwirsch zurück.

»Der nächste Schritt wäre, dass ich mit den Anlegern sprechen möchte. Mit jenen, die Verluste einstecken mussten.«

»Oh, das dürften einige sein«, sagte der Banker unmotiviert. »Es gab viele Enttäuschungen in der letzten Zeit, aber so ist das nun einmal, wenn man sich auf spekulative Produkte einlässt.«

»Mich würde interessieren, ob es jemanden besonders hart getroffen hat, ob jemand besonders herbe Verluste erlitten hat und sich heftig darüber beschwert hat. Vielleicht sogar jemand, dessen Existenz davon abhing.«

»Da kann ich Ihnen nicht weiterhelfen, weil ich mit Kleinanlegern nichts zu tun habe. Das ist nicht meine Welt. Ich bin für die Großkunden zuständig und die nehmen solche Dinge nicht persönlich. Die verlieben sich nicht in ihre

Aktien. Die wissen ganz genau, worauf sie sich einlassen, es ist nichts anderes als ein Spiel. Man kann gewinnen und ebenso gut verlieren. Das wissen sie. Die Regeln sind von vornherein klar. Die lesen wenigstens das Kleingedruckte.«

»Und die Kleinanleger werden nicht auf das Kleingedruckte in den Verträgen hingewiesen?«

»Nicht ausdrücklich, jedenfalls nicht in der Vergangenheit. Bis vor wenigen Jahren haben unsere Mitarbeiter ihnen einfach Kurven vorgelegt und das hat meistens genügt, dass sie gekauft haben. Kurven, die stetig nach oben gingen und eine gute Wachstumsprognose versprochen haben. In aller Regel hat das ausgereicht, die Kunden sogar zum Kauf von hochspekulativen Produkten zu bewegen. Jahrelang gab es einen regelrechten Gewinnhype. Die Kurven kletterten stetig nach oben – ohne nennenswerte Einbrüche. Wir alle wurden von diesem Sog mitgerissen und haben gekauft ohne Ende. Mittlerweile haben wir dazugelernt, sind selbst vorsichtiger geworden und weisen die Kleinanleger genauer auf das Risiko hin, das sie mit dem Kauf von Aktien und Wertpapieren eingehen.«

»Nicht gerade ein faires Geschäft«, sagte Birthe.

»Ach, hören Sie, lesen Sie immer das Kleingedruckte? Wenn Sie eine Waschmaschine kaufen, wissen Sie dann genau, wie es mit der Gewährleistung funktioniert? Werden Sie in allen Details darüber aufgeklärt? Lassen Sie sich aufklären? Interessiert Sie das überhaupt in dem Moment? Die wenigsten kümmern sich darum.«

»Mal für Dumme: Wie muss ich mir das mit den Aktien genau vorstellen? Wie funktioniert das eigentlich?«

Stuckenbrock lehnte sich zurück. »Stellen Sie sich vor, Sie kaufen ein Ei im Supermarkt. Das Ei kostet 30 Cent. Alternativ könnten Sie sich selbst ein Huhn kaufen. Das Huhn kostet vielleicht 10 Euro. Es braucht aber auch Futter. Sie gewinnen also nicht sofort beim ersten Ei, das das Huhn legt. Der Preis für das Huhn plus Futter ist der Aktienkurs, die Eier sind die Gewinne des Unternehmens pro Huhn. Das Ganze lässt sich in einer Zahl ausdrücken: Dem Kurs-Gewinn-Verhältnis. Dabei geht es darum, wie lange es dauert, bis ich das Geld für die Aktien wieder heraus habe und in die Gewinnzone komme. Auf das Huhn übertragen hieße das: Es müsste mindestens 34 Eier legen, damit es sich rentiert. Ab da komme ich in die Gewinnzone und profitiere von der Hühnerhaltung. Nun kann es allerdings passieren, dass das Huhn vorher von einem Fuchs gerissen wird oder eine Krankheit bekommt und keine Eier legen kann. Das ist das Risiko, das ich in Kauf nehme. Dann habe ich umsonst investiert und alles verloren. So in etwa ist es vielen Anlegern passiert. Die Pleite der Lehman Brothers hat die weltweite Finanzkrise ausgelöst, vergleichbar mit dem Fuchs, der das Huhn gefressen hat. So einfach ist das. Das Ganze ist nichts für Leute, die an ihren Aktien kleben. Man sollte sich niemals in das Huhn verlieben, das die Eier legt.«

»Sie sagten, Sie hätten dazugelernt. Wenn ich heute als Kundin zu Ihnen käme, was würden Sie mir raten?«

»Ich betreue keine Privatkunden, wie ich bereits sagte. Aber wenn Sie mich schon so direkt fragen, würde ich Ihnen hochspekulative Produkte gar nicht erst empfehlen. Trotzdem ist es Zeit für vorsichtigen Optimismus: In diesem Jahr schütten 30 Dax-Unternehmen rund 28 Milliarden Dividende an ihre Aktionäre aus, so viel wie zuletzt 2008. Es lohnt sich also durchaus wieder Aktien zu kaufen. Aber natürlich die richtigen. Sie können gerne einen Termin bei uns ausmachen. Ich kann Ihnen einen erstklassigen Broker empfehlen. Wenn Sie ganz sichergehen wollen, investieren Sie in Betongold. Die Bauzinsen sind zurzeit niedrig, es lohnt sich wieder zu bauen. Wenn Sie wollen, kann ich selbstverständlich den Kontakt zu einem Bauträger herstellen. Er wird alles für Sie in die Wege leiten.«

»Vielen Dank«, sagte Birthe. »Und jetzt bitte ich Sie um die Namen der Kleinanleger, denen der Verlust Ihres Geldes besonders zu schaffen gemacht hat.«

»Sie lassen nicht locker, wie? Einen Moment bitte, Frau Schöndorf.« Er griff zum Telefon. »Herr Middendorf, es geht um Folgendes …«, schilderte er die Situation.

»So, Frau Schöndorf«, sagte er, nachdem er keine zwei Minuten später aufgelegt hatte. »Wie ich gerade erfahren habe, sind die meisten Anleger sehr entspannt mit den Verlustszenarien umgegangen. Sie hatten einfach Geld übrig, das sie entbehren konnten. So sollte es sein. Zwei Kunden fielen allerdings auf: Eine ältere Dame war besonders entrüstet. Sie hat angeblich ihre gesamten Ersparnisse verloren. Und einen Schreiner hat es hart getroffen. Er wollte sich selbstständig machen und muss seine Pläne nun vorerst verwerfen. Obwohl es in beiden Fällen um geradezu lächerliche Beträge ging. Hier sind die Namen.«

Er überreichte Birthe einen Zettel und sie las laut: »Helga Hedemann und Mario Roggenkamp.«

»Die Adressen wird Ihnen meine Sekretärin heraussuchen.«

✻

Eine halbe Stunde später war Birthe zurück im Büro. »Carlo!«, rief sie. »Carlo!«, rief sie. »Ich habe die Namen einiger Kleinanleger, die ihr Geld verloren und heftig reagiert haben. Vielleicht endlich eine heiße Spur!«

»Zeig her«, sagte Carlo und besah sich den Zettel. »Mario Roggenkamp. Die Natruper Straße ist nicht allzu weit von meinem Haus entfernt. Ich kann nach der Arbeit bei ihm vorbeifahren. Übrigens habe ich mit dem Betreiber des Containers gesprochen. Der Container wurde am 8. März geleert, der Inhalt bereits aussortiert und die brauchbaren Textilien nach Afrika geflogen.«

»Das ist ja schon eine Woche her! Mist. Iris Birklunds Tigerbettwäsche liegt bestimmt schon auf einem afrikanischen Bett.«

»Dann lass uns mit den Anlegern weitermachen.«

»Ich rede mit der Frau, die um ihre Ersparnisse gebracht wurde. Helga Hedemann ist ihr Name. Ich weiß nicht wieso, aber irgendwie tut sie mir besonders …«

Sie wurde vom Läuten des Telefons unterbrochen. Birthe erkannte die Nummer ihres Dienstvorgesetzten Olaf Hurdelkamp.

»Frau Schöndorf, wo bleiben Sie denn? Ich versuche die ganze Zeit, Sie zu erreichen. Das zweite Fahrzeug, das als Fluchtauto genutzt worden ist, ist gefunden worden. Ein weißer Seat Ibiza, abgestellt im Parkhaus am Hauptbahnhof. Am 26.02. ist er als gestohlen gemeldet worden, am selben Tag wie der Corsa. Es dürfte jetzt klar sein, warum die Suche rund um Brochterbeck ein Flop war. Die Straftäter haben dort das Fluchtauto gewechselt und sind noch in der Nacht nach Osnabrück zurückgefahren. Die Vermutung liegt nahe, dass beide Autos die ganze Zeit über dort in einer Scheune versteckt worden waren, bis sie zu der Straftat eingesetzt wurden.«

»Und weiter ging's ab Osnabrück Hauptbahnhof mit dem Zug«, ergänzte Birthe.

»Messerscharf kombiniert, Frau Kollegin. Das nutzt uns leider nicht viel. Wir haben noch in der Tatnacht Personenbeschreibungen durchgegeben. Die Bahnhofspolizei und der Zoll waren informiert. Auch an den Flughäfen waren die Beamten vorbereitet.«

»Die Personenbeschreibungen waren ja auch so was von präzise!«

»Jetzt warten Sie erst mal ab, was ich Ihnen gleich zu sagen habe«, schnaubte Hurdelkamp. »Die Spurenermittlung ist eingeschaltet. Das Fahrzeug wird gerade untersucht. Wir müssen abwarten, wobei erste Ergebnisse bereits vorliegen. Waren Sie eigentlich noch einmal bei der Witwe?«

»Immer und immer wieder. Warum?«

»Sie wissen, dass sie im Rotlichtmilieu tätig war?«

»Das habe ich bereits recherchiert, ja. Vor ihrer Heirat hieß sie Irina Popowa und lebte in der Ukraine. Aber nach unserem Kenntnisstand hat sie ihrer Vergangenheit abgeschworen.«

»Gut möglich, da ist mir auch nichts Gegenteiliges bekannt. In der Ukraine soll sie als Edelprostituierte in einem Bordell gearbeitet haben. Der Datenabgleich der Kollegen von der Spurensicherung hat jedoch etwas Interessantes zutage gefördert. Es gibt eine Verbindung zu jemandem, der ebenfalls aus diesem Milieu stammt und wegen illegaler Geschäfte gesessen hat. Genmaterial von dieser Person ist in Birklunds Haus gefunden und sichergestellt worden.«

»Ich bin ganz Ohr.«

»Es handelt sich um einen gewissen Arthur Schlicker, einen Russlanddeutschen. Sein Vater ist übrigens der berüchtigte Pavel Schlicker, der Chef eines Mafiarings in Frankfurt. Er ist kürzlich in der Osnabrücker Bahnhofsgegend gesehen worden. Es besteht der Verdacht, dass er vorhat, eine ähnliche Organisation in Osnabrück aufzuziehen. Sein Sohn Arthur ist uns damals bei einer Razzia wegen illegaler Drogengeschäfte und Prostitution ins Netz gegangen. Er hat zwei Jahre gesessen.«

»Das sind in der Tat interessante Neuigkeiten.«

»Das ist noch nicht alles.«

Birthe blickte auf.

»Ich habe ja eben von ersten Ergebnissen gesprochen. Schlickers DNS ist in beiden Fluchtautos sichergestellt worden. Zusammen mit fremder DNS, die noch nicht bestimmt werden konnte. Gut möglich, dass sie vom Fahrzeuginhaber stammt. Wir sind gerade dabei, das zu prüfen.«

»Geben Sie mir bitte Schlickers Adresse.«

Olaf Hurdelkamp diktierte sie ihr.

»Soll ich sofort hinfahren?«, wollte die Kommissarin wissen.

Hurdelkamp antwortete nicht gleich. Erst nach einer kurzen Bedenkzeit bellte er: »Quetschen Sie lieber noch mal diese Popowa ... äh ... Birklund aus. Ich vermute stark, sie ist das Bindeglied. Nicht nur zum Mord an ihrem Mann, auch zum Überfall auf den Geldautomaten. Besorgen Sie sich vorsichtshalber einen Haftbefehl. Sie hängt mit drin, kein Zweifel.«

»Mach ich, Chef. Ich wollte auch noch einmal mit den Kleinanlegern sprechen, die ihr gesamtes Geld verloren haben.«

»Das hat Zeit.« Er hängte auf.

»Was ist los?«, fragte Carlo und kaute an seinem Kugelschreiber.

»Cheffe, hektisch wie immer. Wir sollen einen Haftbefehl für Iris Birklund besorgen. Angeblich soll sie Verbindung zu einem verurteilten Straftäter haben. Kennt sie wohl aus ihrer aktiven Zeit. Arthur Schlicker heißt er. Er wohnt in der Möserstraße. Seine DNS ist in Birklunds Haus und in den gestohlenen Fluchtfahrzeugen gefunden worden.«

»Was ist mit dem Zeugen Mario Roggenkamp?«

»Das hat Zeit, hat Hurdelkamp gesagt.«

»Na, Mario, alles in Ordnung?« Rolf Heesing war von hinten an ihn herangetreten und sah ihm über die Schulter.

Mario nickte eifrig. »Macht echt Spaß hier. Vor allem ohne Zeitdruck zu arbeiten, was sich immer durch Qualität auszahlt.«

»Na ja, unendlich Zeit können wir uns auch nicht lassen.«

»Schon klar, Chef, aber kein Vergleich zu Hagedorn. Hier habe ich das Gefühl, etwas wert zu sein. Bei Hagedorn war jeder eine Nummer, absolut ersetzbar. Wissen Sie, was sein Lieblingsspruch war? *Wer sich für unersetzlich hält, sollte seinen Finger in ein Glas Wasser stecken und sich das Loch anschauen, das bleibt, wenn er ihn wieder herauszieht.*«

Heesing lachte. »Typisch Hagedorn! Hauptsache, es macht dir Spaß hier! In unserem Betrieb hinterlässt jeder ein Riesenloch, der geht, das kann ich dir sagen. Aber ich hoffe nicht, dass du mir das antust. Pass auf, ein Kunde hat eben angerufen. Er ist Pastor und hat Schimmel in der Kirche. Ich möchte, dass du dir das anschaust.«

»Kein Problem«, sagte Mario. »Jetzt sofort oder soll ich das hier erst fertig machen?«

»Jetzt sofort. Kirchengemeinden sind äußerst dankbare Kunden. Schau dir bitte alles genau an. Durch die unzureichende Lüftung und unregelmäßige Beheizung der Kirchen ist grundsätzlich mit Schimmel und Schwamm zu rechnen. Das könnte uns einen großen Auftrag bringen.«

»Soll ich allein hinfahren oder fährt jemand mit?«

»Du schaffst das allein, Mario, ich vertraue dir.« Heesing klopfte ihm freundschaftlich auf die Schulter. »Hier ist die Adresse. Rechne mit 20 Minuten Fahrzeit. Wir sehen uns später.«

✳

»Haftbefehl?« Iris Birklund war bleich geworden.

»Ich muss Sie bitten, mitzukommen, Frau Birklund!«, sagte Birthe in einem Tonfall, der keinen Widerspruch duldete.

»Das können Sie vergessen.«

»Wie bitte?«

»Wie ich schon sagte, ich komme nicht mit. Ich habe mir nichts zuschulden kommen lassen. Ich dachte, wir hätten alles geklärt.«

»Leider nicht, Frau Birklund. Gegen Sie besteht der Verdacht, Ihren Mann Simon Birklund getötet zu haben.«

»Was? Getötet? Ich soll meinen Mann getötet haben? Ich bin doch keine Mörderin! Sehe ich so aus? Können Sie mir irgendetwas beweisen?«

»Es gibt eine Reihe von Indizien. Ihr Alibi ist schwach, zudem hätten Sie ein Motiv. Dann die Sache mit dem Make-up. Sie verstricken sich in Widersprüche. Erst sehr spät haben Sie zugegeben, Ihren Mann mit einem Schal um den Hals gefunden zu haben. Den Schal haben wir bei einer Hausdurchsuchung gefunden. Bis zu diesem Zeitpunkt bestanden Sie immer noch darauf, dass Ihr Mann an einem Herzinfarkt gestorben war. Im Moment spricht vieles gegen Sie, Frau Birklund. Deshalb muss ich Sie bitten, mitzukommen.«

Carlo Oltmann trat einen Schritt vor. »Machen Sie es uns und Ihnen doch nicht so schwer. Tun Sie, was meine Kollegin von Ihnen verlangt!«

Iris Birklund blickte mit weit aufgerissenen Augen von einem zum anderen. »Kommen Sie herein«, sagte sie resigniert. »Ich glaube, ich habe Ihnen etwas zu sagen.«

Sie führte die Beamten ins Wohnzimmer und setzte Otto-Egon auf seinem mit goldenen Krönchen bestickten Hundekissen ab. »Ich habe noch einmal nachgedacht«, sagte sie. »Ich weiß nicht, warum es mir nicht gleich eingefallen ist – ich muss unter Schock gestanden haben, anders kann ich es mir nicht erklären. An dem Tag, als mein Mann starb, war jemand hier im Haus. Ein Mann. Er kam, als ich ging. Ich habe ihn hereingelassen.«

»Was für ein Mann?«

»Ein Handwerker. Er war vorher auch schon mal da und wollte etwas an der Heizung reparieren. Mein Mann hatte ihn bestellt.«

»Hat Ihr Mann Ihnen das gesagt?«

»Nein, der Handwerker.«

»Warum haben Sie ihn nicht gleich erwähnt? Das könnte enorm wichtig sein!«

»Wie ich schon sagte, ich stand unter Schock. Außerdem bin ich ja davon ausgegangen, dass Simon … dass er einen Herzinfarkt hatte. Beziehungsweise, sich umgebracht hat. Oder beides zusammen. Ach, ich bin schon ganz kirre.«

»Wie sah der Mann aus?«

Iris faltete die Hände und blickte konzentriert zur Zimmerdecke. »Wenn ich es nur wüsste«, seufzte sie. »Ehrlich gesagt, habe ich gar nicht genau hingesehen, deshalb kann ich mich nicht erinnern. Er war groß, sogar sehr groß. Ich musste zu ihm aufschauen. Auf jeden Fall größer als mein Mann, und der war 1,86 m. Er hatte einen Koffer dabei, eine Handwerker- oder Monteurtasche oder eine große Aktentasche, das weiß ich nicht genau. Er hatte kurze Haare, sehr kurze. An mehr erinnere ich mich nicht.«

»Sind Sie sicher?«

»Ja, ich kann ihn nicht weiter beschreiben.«

»Versuchen wir es. Was hatte er an?«

»Etwas Dunkles, Hose, Pulli, Jacke, alles in dunklen Farben, schwarz oder grau, vielleicht auch braun. Es ist so lange her.«

»Erinnern Sie sich an seinen Namen?«

»Nein«, sagte Iris, ohne nachzudenken. »Ich habe ihn auch nie gewusst. Er hat sich mir nicht vorgestellt.«

»Sie müssen doch wissen, von welcher Firma er gekommen ist.«

Iris atmete schwer. »Sie haben recht, ich sollte es wissen, aber ich weiß es wirklich nicht. Ich dachte ja, dass mein Mann ihn bestellt hat, und habe gar nicht weiter nachgefragt.« Iris klang wie ein Kind, das sich verteidigen musste. Sie fing den Blickwechsel der beiden Kommissare auf und stöhnte: »Ich bin dumm und ungebildet, ich weiß. Es tut mir leid. Alles, woran ich mich erinnere, ist, dass er irgendwie komisch geguckt hat. Und dass mein Mann mir hinterher rief, er habe gar keinen Handwerker bestellt. Das kam mir für einen kurzen Moment komisch vor, aber ich habe es schnell verdrängt. Ich hatte es eilig, hatte einen Termin beim Friseur und war spät dran. Ich habe nicht weiter darüber nachgedacht. Erst jetzt ist mir das wieder eingefallen, weil alles so seltsam ist.«

»Wie meinen Sie das?«

»Ich habe meinem Mann ja den Schal abgenommen, mit dem er sich erhängt hat. Dabei ist mir aufgefallen – nein, nicht gleich, erst später, dass der Knoten irgendwie seltsam lag. Er lag so, dass Simon ihn unmöglich selbst hätte zuziehen können.«

»Zeigen Sie uns bitte, was Sie meinen, Frau Birklund. Gehen wir hinüber ins Arbeitszimmer Ihres Mannes und nehmen Sie bitte einen ähnlichen Schal mit.«

Sie wechselten in den Raum nebenan und stellten sich vor das Bett in Birklunds Arbeitszimmer.

»Carlo, würdest du dich bitte hinlegen?«, fragte Birthe.
Carlo rollte die Augen.

»Nur zur Veranschaulichung, Carlo. Du wirst es überleben.«

Iris reichte Birthe einen roséfarbenen Seidenschal und Carlo ließ sich vorsichtig auf dem metallumrandeten Tagesbett nieder. »Ob es mich aushält?«, fragte er misstrauisch.

Birthe ignorierte ihn und wandte sich an Iris. »Binden Sie den Schal bitte um seinen Hals«, forderte Birthe sie auf. »Und zwar auf die Weise, wie Sie es bei Ihrem Mann vorgefunden haben.«

Iris verknotete den Schal in Carlos Nacken. Sie demonstrierte, wie die Schlinge an der oberen Eisenverstrebung angebracht gewesen war.

»Der Knoten war direkt in seinem Nacken positioniert? Sind Sie sicher? Er lag darauf?«

Iris Birklund nickte. »So war es. Wie gesagt, ich habe mich viel, viel später gewundert, weil sich ja niemand so erhängen würde. Ich jedenfalls nicht. Aber in dem Moment, als ich ihn gefunden habe, ist es mir nicht aufgefallen. Da war ich einfach nur geschockt.«

»Darf ich aufstehen?«, ächzte Carlo.

»Bleib noch einen Moment liegen«, sagte Birthe. »Bis ich die Fotos gemacht habe.«

Sie holte ihre Digitalkamera aus dem Rucksack und fotografierte aus verschiedenen Blickwinkeln und Richtungen. Dann öffnete sie den Knoten und befreite Carlo aus seiner Lage.

»Können wir bitte zurück ins Wohnzimmer gehen?«, fragte Iris. »Dieser Raum erstickt mich. Ich ertrage ihn nicht.«

»Kann ich verstehen«, sagte Birthe und folgte Iris Birklund.

»Sagt Ihnen der Name Arthur Schlicker etwas?«, fragte Birthe, nachdem sie Platz genommen hatte.

Iris schüttelte den Kopf. »Nie gehört.«

Birthe hielt ihr ein Foto hin. Iris warf einen kurzen Blick darauf und schüttelte erneut den Kopf. »Nie gesehen. Ist er das?«

»Können Sie ausschließen, dass der Mann, der sich als Handwerker ausgegeben hat, der Mann auf dem Foto ist?«

Iris betrachtete das Foto genauer. »Bei uns gehen viele Handwerker ein und aus. Ganz sicher bin ich mir natürlich nicht. Mir sind diese Menschen nicht so wichtig. Ich sehe sie mir nicht genau an, rede nur das Nötigste mit ihnen. Ich würde wahrscheinlich keinen von ihnen wiedererkennen. Hauptsache, sie machen zuverlässig ihre Arbeit! Es sei denn, einer sieht besonders gut aus, dann merke ich mir vielleicht sein Gesicht. Aber glauben Sie mir, das kommt nicht oft vor. Dieser Mann auf dem Foto ist zum Beispiel nicht mein Fall.«

»Arthur Schlicker muss hier gewesen sein. Dafür gibt es Beweise.«

»Wer ist das überhaupt? Ein Verbrecher?«

»Ein verurteilter Straftäter. Wir sind ihm auf der Spur.«

Iris zuckte zusammen. »Ist er geflohen?«, fragte sie schaudernd.

»Zurzeit ist er nicht in seiner Wohnung anzutreffen, sagen wir mal so«, sagte Birthe geduldig.

»Was hat er angestellt?«

»Frau Birklund, sind Sie sicher, dass Ihr Mann nur den Seidenschal um seinen Hals gehabt hat?«

»Ja, absolut. Sonst war da nichts.«

»Lag vielleicht irgendwo etwas herum? Ein Strick oder ein seilähnlicher Gegenstand?«

»Nein, nichts dergleichen.«

»Wie ist Ihr Mann an den Schal gekommen? Hat er ihn selbst aus der Hutschachtel genommen?«

»Nein, er lag schon da.«

»Einfach so? Da lag ein Schal herum?«

»Nun, er lag auf dem Bett, seit wir das letzte Mal …
nun ja, ein bisschen Spaß hatten. Eines unserer Spiele, Sie
wissen schon. Keiner hat anschließend daran gedacht, ihn
wegzuräumen. Er hat uns nicht gestört.« Sie lächelte verlegen. »Im Gegenteil.«

»Wann war das?«

»Kurz vor seinem Tod. Vielleicht ein paar Tage vorher.
Glauben Sie, dieser Mann, dieser Arthur soundso hat meinen Mann umgebracht?«

»Seien Sie vorsichtig, Frau Birklund! Öffnen Sie niemand-
dem die Tür, den Sie nicht kennen, und seien Sie zurückhaltend am Telefon.«

»Bin ich in Gefahr?«

»Nein, es ist nicht damit zu rechnen, dass Schlicker
zurückkommt, aber mit Sicherheit lässt sich das natürlich
nicht ausschließen. Rufen Sie sofort die Polizei, falls Ihnen
etwas ungewöhnlich vorkommt.«

»Halt, warten Sie! Ich brauche Polizeischutz. Man kann
mich doch nicht diesem … Mörder einfach ausliefern. Bin
ich Ihr Köder, oder was? Sie veranlassen bitte sofort, dass
ich Polizeischutz bekomme. Sonst werde ich jede weitere
Aussage verweigern.«

»Sie sind nicht in Gefahr, Frau Birklund. Schließen Sie
Fenster und Türen und melden Sie sich, falls Sie irgendetwas Verdächtiges bemerken.«

*

Vor der Kirche wartete ein großer, schlaksiger Mann. Er
trug eine robuste Jacke, die ihm eindeutig zu weit war,
eine schlammfarbene Cordhose und Wanderschuhe. Seine

grauen, zerzausten Haare und der üppige graue Vollbart verliehen ihm das Aussehen eines Gelehrten aus dem 19. Jahrhundert. Der Mann kam lächelnd auf Mario zu. »Firma Heesing, zuverlässig wie immer!«, rief er und reichte Mario die Hand.

»Ich heiße Mario Roggenkamp.«

»Und mein Name ist Meierbrink. Udo Meierbrink. Ich bin der hiesige Pastor. Schön, dass Sie so schnell Zeit gefunden haben!« Er führte Mario in das Innere des Kirchenschiffs und blieb vor dem Taufstein stehen. Als Mario sich umsah, nutzte der Pastor die Zeit für einen kleinen Vortrag, den er mit lebendiger Gestik unterstrich. »Die Kirche ist ein einschiffiger Bau mit einem Westturm und einem Chorraum im Osten. Der untere Teil des Turmes ist romanisch, der obere Teil ist gotisch. An der Ostwand des Querhauses hängt ein 1,20 Meter hoher Christuskörper aus Holz, dem die Arme fehlen. Das wäre schon mal eine Aufgabe für Sie.«

»Ist die Kirche überhaupt schon mal saniert worden?«, fragte Mario mit Kennermiene.

»Zuletzt 1970«, sagte der Pastor kleinlaut.

»Ups, das ist ja schon eine Weile her. Da gibt es sicher eine Menge zu tun. Weshalb haben Sie mich gerufen?«

»Die Kanzel, die Sakristei und einzelne Balken machen mir Sorgen. Das Holz … es sieht aus, als wäre es von Schimmel befallen. Aber sehen Sie selbst.«

Mario klopfte fachmännisch hier und da das Gebälk ab, um nach wenigen Minuten zu einem ersten Urteil zu gelangen: »Tja, nicht nur Schimmel, würde ich sagen. Da kommt einiges an Arbeit auf uns zu.«

»Wie meinen Sie?«

»Schwamm«, sagte Mario wichtig. »Der gemeine Hausschwamm hat hier übelst sein Unwesen getrieben. Die Kirche muss von Grund auf saniert werden. Und da die letzte

Komplettsanierung mehr als 40 Jahre her ist, würde ich das durchaus empfehlen.«

Pastor Meierbrink sah ihn entrüstet an. »Das ist nicht Ihr Ernst!«

»Doch, leider«, sagte Mario mit gespielter Betroffenheit. »Es wird eine größere Sache, Herr Pastor Meierbrink. Da kommen wir nicht drum herum.«

Der Pastor musste sich erst einmal setzen. Niedergeschlagen ließ er sich in seine rot gestrichene Kirchenbank sinken und stützte seinen Kopf in beide Hände. »Herrgott bewahre. Hoffentlich werden Gelder dafür genehmigt«, sagte er trübsinnig. »Das bisschen, was die Weihnachtstombola hergegeben hat, ist nicht der Rede wert. Die Spendenbereitschaft ist allgemein zurückgegangen. Und unsere Kirchengemeinde hat sich gerade erst eine neue Einbauküche geleistet.«

»Die Firma Heesing macht faire Preise«, sagte Mario geschäftig. »Der Chef kommt Ihnen sicher entgegen. Wir können ja auch erst mal die notwendigsten Arbeiten erledigen. Die Kanzel zum Beispiel. Ich meine, die fällt ja am meisten auf. Und dem Christus neue Arme anzufertigen, wird auch noch drin sein.«

Pastor Meierbrink nickte geistesabwesend.

Mario nahm neben ihm Platz. Beide Männer schwiegen und blickten andächtig zur Kanzel auf. Nach gut einer Minute brach Mario das Schweigen: »Sie sind doch Pastor.«

»Ja und?«, fragte Meierbrink, ohne seinen Blick von der Kanzel zu lösen.

Mario holte tief Luft. »Sie … Sie sind doch zum Stillschweigen verpflichtet.«

»Ja, bin ich.«

»Darf man bei Ihnen auch beichten?«

»Natürlich dürfen Sie das. Auch bei uns Evangelischen

gibt es ein Beichtgeheimnis. Wollen Sie Ihr Gewissen erleichtern?«

Mario nickte. »Ich habe Mist gebaut«, sagte er.

»Ich höre Ihnen zu.«

Mario erzählte von Anfang an. Von seiner Vorfreude auf den bevorstehenden Geldsegen, den Plänen, die er gehabt hatte, dem Verlust, dem Scheitern, der Enttäuschung, den Eheproblemen mit Anneke und schließlich dem allmählichen Hineinrutschen in die Kriminalität. Ausführlich berichtete er, wie er bei der Sprengung des Geldautomaten dabei gewesen war, wie er Schmiere gestanden hatte und wie er in den Besitz von 30.000 Euro gekommen war.

Der Pfarrer hatte die ganze Zeit über zugehört, ohne ein Wort zu sagen. Manchmal hatte er genickt oder durch seine Mimik zu erkennen gegeben, dass er alles verstanden hatte.

»Ich habe von der Geschichte in der Zeitung gelesen«, sagte er, als Mario zum Ende gekommen war. »Sie waren das also.«

»Nicht allein«, sagte Mario und sah den Geistlichen angstvoll von der Seite an. »Ich war nur der dritte Mann, der Aufpasser sozusagen. Die Tat haben die anderen begangen.«

»Das spielt keine Rolle«, sagte Udo Meierbrink leise. »Sie sitzen mit im Boot, Herr Roggenkamp. Es trifft Sie die gleiche Schuld wie die beiden anderen. Da gibt es vor Gott keinen Unterschied.«

»Vor Gott vielleicht nicht. Klar, ich habe gesündigt. Aber vor einem Gericht? Die anderen haben den Bankautomaten in die Luft gejagt, nicht ich. Es war nicht meine Idee. Sie wollten, dass ich mit dabei bin. Ich sollte aufpassen, mehr nicht. Ich bin da quasi hineingerutscht.«

»Wurden Sie zu der Tat gezwungen, Herr Roggenkamp?«

Mario blickte den Geistlichen erstaunt an. »Nein, das nicht. Ich war in Geldnot. Das war der Auslöser. Und die

Sorge um meine Existenz, um die Familie. Außerdem war die Bank schuld. Hätte ich das Geld nicht verloren, hätte ich mich nicht mit Kriminellen eingelassen. Von solchen Typen habe ich mich mein Leben lang ferngehalten. Und ich habe das Geld gebraucht! Ach, es ist alles unglaublich verfahren!«

»Sie sind in einen Gewissenskonflikt geraten, Herr Roggenkamp. Ich spüre, dass Sie sich nicht wohl in Ihrer Haut fühlen. Sie haben eine Straftat begangen und würden das Ganze am liebsten ungeschehen machen, habe ich recht?«

Mario nickte. Tränen standen ihm in den Augen. »Ich hätte mich niemals in diese Scheiße hineinbegeben sollen«, sagte er deprimiert. »Verzeihung für den Kraftausdruck.«

»Was werden Sie tun?«

»Was kann ich denn überhaupt noch tun? Was geschehen ist, ist geschehen.«

»Es ist im Grunde ganz einfach: Rückgängig machen können Sie es nicht, aber Sie können sich stellen und damit Ihr Gewissen erleichtern.«

Mario stöhnte und verschränkte seine Arme vor der Brust. »Habe ich auch schon überlegt, doch wie stehe ich dann da? Vor meiner Familie? Meiner Frau, meinen beiden Söhnen? Ich bin doch immer ihr Vorbild gewesen. Außerdem habe ich gerade eine neue Stelle angefangen, bei Heesing. Ich bin noch in der Probezeit. Alles hängt davon ab, ob ich den Auftrag hier an Land ziehe. Der Chef hat es nicht direkt gesagt, aber ich spüre es. Er testet mich aus.«

Der Pastor seufzte und kraulte seinen Bart. »Das ist in der Tat schwierig«, sagte er. »Ich verstehe. Ich werde sehen, was ich für Sie tun kann.«

Sie schwiegen eine Weile. Nach wie vor saßen sie nebeneinander und sahen sich nicht an.

»Was ist eigentlich aus den anderen beiden geworden?«, fragte Udo Meierbrink.

Mario musste unwillkürlich grinsen. »Sie sitzen in Brasilien unter Palmen und lassen es sich gut gehen. Ich habe eine SMS bekommen. Von einem geklauten Handy, das sie anschließend im Meer versenkt haben. Sie sind gut angekommen und haben eine Hütte irgendwo am Strand gemietet. Der eine will Tätowierer werden, das ist sein größter Wunsch, der andere ist Schreiner wie ich und will sich da unten selbstständig machen. Der hat's gut. Die Jungs sind eigentlich nicht schlecht. Ich bin sicher, sie schaffen es.«

Der Pastor zeigte keine Reaktion. »Möchten Sie, dass ich Sie begleite?«

Mario drehte sich abrupt zu ihm um. »Wohin? Zur Polizei?«

Udo Meierbrink nickte.

»Ich muss mir das in Ruhe durch den Kopf gehen lassen. So schnell kann ich das nicht entscheiden. Sie verpfeifen mich nicht?«

»Nein, Sie haben mein Wort. Sie haben meine seelsorgerlichen Dienste in Anspruch genommen. Unser Gespräch unterliegt der Schweigepflicht.«

Mario atmete auf. »Egal, wie ich mich entscheide, Sie haben mir sehr geholfen. Danke!« Er schenkte dem Pastor ein scheues Lächeln, das dieser knapp erwiderte.

»Muss ich jetzt eigentlich beten?«, fragte Mario. »Ich meine, das Vaterunser oder so. Gehört sich doch nach einer Beichte, oder nicht?«

»Wenn Sie wollen, kann ich mit Ihnen zusammen ein Gebet sprechen. Wenn es Sie erleichtert.«

»Muss das sein?«

»Nein, das ist kein Zwang. Nur, wenn Sie möchten. Wenn es Ihnen hilft, bete ich gerne mit Ihnen.«

Marios Blick wanderte erst zur Kanzel, dann zur Christusfigur mit den abgebrochenen Armen. Er rang mit sich. »Ach nee, lassen wir das besser«, sagte er.

✳

»Ich habe das Gefühl, sie kennt Schlicker«, sagte Carlo.

Birthe wiegte den Kopf. »Ich bin mir nicht sicher … Du darfst nicht vergessen, sie kommt aus einer Branche, in der es üblich ist, zu schweigen. Darauf werden sie sicher genauso geeicht wie auf ihr Handwerkszeug. Wie verhalte ich mich bei einer Durchsuchung? Was darf ich sagen, was auf keinen Fall? Wie ziehe ich am besten meinen Kopf aus der Schlinge? Vor allem lernen sie früh, ihren Mund zu halten.«

»Du hast recht, darauf versteht sie sich.«

»Umso mehr verwundert es, dass sie auf einmal redet. Möglicherweise gibt es einen Grund dafür.«

»Und der wäre?«

»Ich habe mich noch einmal bei ihrer Versicherung erkundigt. Die Risikolebensversicherung, die ihr Mann für sie abgeschlossen hat, setzt im Falle eines Kapitalverbrechens die Zahlung aus, bis der Fall komplett abgeschlossen ist. Nun hat sie also ein starkes Interesse daran, dass der Mordfall aufgeklärt wird.«

»Ah, ich verstehe. Da die Birklund zur Aufklärung der Straftat bisher nur häppchenweise beigetragen hat, können wir also davon ausgehen, dass wir plötzlich die Wahrheit auf dem Silbertablett serviert bekommen?«

Birthe zupfte sich am Ohrläppchen. »Wer weiß? Schön wär's ja, oder?«

»Hast du einen Trick auf Lager, ihr auf die Sprünge zu helfen, dass sie sich vielleicht doch noch an Schlicker erinnert?«

»Möglicherweise wird er sich an sie erinnern. Das dürfte genügen. Morgen statten wir in aller Herrgottsfrühe Herrn Schlicker einen Besuch ab.«

»An welche Uhrzeit dachtest du?«, fragte Carlo und gähnte demonstrativ. »Ich meine ja nur.«

»Sagen wir 7 Uhr oder kurz danach?«

Carlo stöhnte. »7.15. Okay, Birthe, ist notiert. Ich tue ja alles für dich.« Seine braunen Hundeaugen klimperten.

In diesem Moment klingelte das Telefon. Birthe hob ab. Dr. Schröder teilte ihr lapidar mit, dass am Hals des Toten eine Fremd-DNS gefunden worden war. Das Genmaterial sei nicht identisch mit Iris Birklunds DNS. Außerdem seien winzige fremde Faserspuren an Hals und Rumpf des Toten entdeckt worden. Ein Selbstmord sei dadurch gänzlich ausgeschlossen.

»Wir brauchen einen Abgleich«, sagte Birthe zu Carlo. »Ich rufe im Labor an. Wir müssen so schnell wie möglich wissen, ob es sich bei dieser Fremd-DNS um Genmaterial von Arthur Schlicker handelt.«

Jemand klopfte an die Bürotür. Birthe und Carlo wechselten einen Blick und sagten wie aus einem Munde: »Ja bitte?«

Ein Mann steckte seinen Kopf herein und grinste. Er hatte blonde, streichholzkurze Haare, die mit Gel hochgekämmt waren, und ein braun gebranntes Gesicht mit strahlend blauen Augen.

»Nein!«, rief Birthe und sprang auf. »Das gibt es doch nicht! Daniel, du? Was machst du denn hier?«

»Hi, Kommissarin! Du hast ja rote Bäckchen, wie süß! Sag bloß, gilt die zarte Röte mir?« Er nahm sie in die Arme, wirbelte sie herum und drückte ihr einen Kuss auf die Wange.

»Darf ich vorstellen?«, fragte Birthe verwirrt und

machte sich von ihm frei. »Daniel Brunner, mein ehemaliger Arbeitskollege, und Carlo Oltmann, der neue.«

Die Männer standen sich gegenüber, gaben sich die Hand und musterten einander. »Erfreut«, sagte Daniel und taxierte Carlos ausladenden Bauch.

»Ebenfalls«, sagte Carlo und bewunderte Daniels trainierten Oberkörper, der ganzjährig von stramm sitzenden Markenshirts betont wurde.

»Was machst du hier?«, wiederholte Birthe ihre Frage und bot Daniel einen Stuhl an. »Möchtest du Kaffee?«

»Du weißt, da sage ich nicht nein.« Er lächelte charmant.

»Schau mal«, sagte Birthe, »hier ist sogar noch dein Becher mit dem Smiley.« Sie füllte ihn fast randvoll und gab einen Schluck Milch hinein. »Deine neue Frisur steht dir übrigens gut. Weißt du, was Frau Siebkötter sagen würde? Du siehst nach wie vor aus wie Florian Silbereisen, jetzt wieder, wo du dich ihm frisurtechnisch angepasst hast.«

Sie lachten. »Bis auf Florians Haartönung«, sagte Daniel. »Blond steht mir besser. Ist die Schrulle immer noch bei dir?«

»Ja, sie hilft eben gerne. Es gibt Tage, da könnte ich ihr den Hals umdrehen. Und dann gibt es Tage, da bin ich froh, dass ich sie habe.«

Er nickte und wirkte plötzlich eine Spur ernster.

»Hast du dich gut eingelebt in Langenhagen?«, fragte Birthe und griff nach ihrem Kaffeepot.

»Du weißt, ich lebe mich überall ein. Darum geht es nicht.«

Birthe kannte ihn lange genug, um zu wissen, was sein Gesichtsausdruck zu bedeuten hatte. »Deine Neue? Schon wieder Vergangenheit?«

Daniel grinste verlegen und seufzte. »Was soll ich

machen? Ich vermisse euch alle«, sagte er. »Es war toll hier in Osnabrück. Vor allem vermisse ich dich, Birthe! Jetzt habe ich keinen mehr, den ich ärgern kann und der trotzdem meine Sprüche toleriert.«

»Tja, kann ich mir vorstellen.« Birthe strich sich eine Strähne hinters Ohr. Sie war immer noch rot bis zu den Ohren. »Nun lenk' nicht ab! Es ist also tatsächlich aus. Länger als ein Vierteljahr hältst du nicht durch, oder?«

Er wiegte den Kopf. »Das Leben ist ein Spiel, bei dem sich ständig die Spielregeln ändern.«

»Schwierig, in der Tat. Typisch Daniel, nie um einen Spruch verlegen.«

»Ich hätte ebenfalls einen«, schaltete sich Carlo ein. »Das Leben ist ein Maskenball. Kaum einer zeigt sein wahres Gesicht …«

Daniel sah irritiert zu ihm hinüber.

Birthe wandte sich an Daniel. »Und nun?«

Daniel wurde ernst. »Ist bei euch noch eine Stelle frei?«

»Hier?«, fragte Birthe. »Siehst du irgendwo einen freien Platz? Der Stuhl ist nur für Besucher da und zu dritt ist es definitiv zu kuschelig.«

»Ich meine … grundsätzlich. Irgendwo halt. Ich mach alles, notfalls sogar reine Nachtdienste, Streifen- und Schichtdienst – ist mir ganz egal.«

»Du musst mal mit Hurdelkamp reden. Vielleicht hast du Glück.«

»Ist er da?«

»Zufällig ja.«

Er drückte sie zum Abschied. »Ich melde mich in den nächsten Tagen«, flüsterte er in ihr Ohr. »Tschüss, Herr Oltmann, machen Sie es gut!« Er winkte und war so schnell verschwunden, wie er gekommen war.

»Hast du etwas anderes erwartet?« Carlo zwinkerte Birthe zu. Er war ungewöhnlich gut gelaunt für die frühe Uhrzeit. Sie standen fröstelnd vor dem Mehrfamilienhaus in der Möserstraße, in dem Arthur eine winzige Wohnung bewohnte, und warteten darauf, dass jemand die Tür öffnete und sie wenigstens in den Hausflur ließ. Alle Hausbewohner schienen sich jedoch noch im Reich der Träume zu befinden.

»Sag mal, Birthe, dieser sonnengebräunte Bodybuilder, dieser Traumtyp, der gestern unser Büro für sich eingenommen hat … Meinst du, er macht Ernst und kommt zurück?«

Birthe zuckte mit den Schultern. »Keine Ahnung. Der ist halt ein bisschen sprunghaft. Aber keine Angst, Carlo, wie auch immer, du bleibst!«

Birthes Handy summte. Auf dem Display erschien die Nummer eines Kollegen.

»Wo seid ihr gerade?«, wollte er wissen.

»In der Möserstraße. Wir warten auf Arthur Schlicker.«

»Dann bleibt, wo ihr seid, und geht in Deckung. Wir haben soeben von einem verdeckten Ermittler erfahren, dass Pavel Schlicker voraussichtlich auf dem Weg zu seinem Sohn ist. Er ist heute Morgen um kurz nach 4 Uhr mit seinem Wagen in Frankfurt gestartet und müsste bald in Osnabrück eintreffen. Es handelt sich um einen mattschwarzen Maybach 57 S. Er hat einen Fahrer, der für ihn als Personenschützer arbeitet. Wir können davon ausgehen, dass beide bewaffnet sind. Es ist Verstärkung unterwegs.« Er gab ihr das Autokennzeichen durch.

»Okay. Halte uns auf dem Laufenden!«

»Dietmar?«, fragte Carlo, nachdem Birthe das Gespräch beendet hatte. »Was wollte er?«

Birthe berichtete es ihm in knappen Worten. »Lass uns im Auto warten, okay?«

Sie stiegen in ihre Fahrzeuge. Birthe und Carlo stellten die Sitze ein wenig zurück und richteten sich auf eine längere Wartezeit ein. Das Funkgerät knarzte. »Osna 13/20. Achtung. Zielperson verlässt den Kurt-Schumacher-Damm in Richtung Martinistraße. Wir hängen uns dran. Sind genug Kollegen vor Ort?«

Birthe übernahm. »Osna 11/20. Verstanden. Wie hoch ist der Kräfteeinsatz?«

»Fünf Fahrzeuge.«

»Weiteres Fahrzeug unterwegs. Melde mich wieder.«

In dem Moment summte Birthes Handy in der Jackentasche. Das Display zeigte eine unbekannte Nummer. »Ja?«, nahm Birthe das Gespräch entgegen.

Am anderen Ende war eine aufgeregte Frauenstimme. »Sind Sie Frau Schöndorf? Ich weiß nicht, ob Sie sich an mich erinnern, Sie waren vorgestern bei uns. Mein Name ist Miriam Strohbecke. Sie haben meinen Mann vernommen, Thore Strohbecke. Er ist seit gestern mit unseren Kindern unterwegs. Sie wollten in den Zoo, aber sie sind nicht zurückgekommen. Eigentlich wollte er spätestens um 19 Uhr mit Lilly und Kurt wieder da sein. Ich mache mir große Sorgen. Mein Mann geht nicht an sein Handy. Die Mailbox ist an und ich habe schon gefühlte tausendmal draufgesprochen.«

»Wo sind Sie gerade, Frau Strohbecke?«

»Ich bin zu Hause. Ich muss wissen, was mit meinen Kindern ist. Ich habe riesengroße Angst, dass mein Mann ihnen etwas angetan haben könnte.«

»Gibt es Veranlassung dazu?«

»Wir hatten gestern Streit. Nicht nur gestern. Seit längerer Zeit geht das so. Wir verstehen uns überhaupt nicht mehr. Unsere Ehe ist am Ende.«

»Ist Ihr Mann mit seinem eigenen Fahrzeug unterwegs?«

»Ja.«

»Nennen Sie mir bitte Automarke und Kennzeichen.«

»Moment, ich muss nachsehen, konnte mir das Nummernschild noch nie merken.«

Birthe schirmte das Handy mit ihrer Hand ab. »Carlo, ich muss sofort losfahren. Thore Strohbecke hat möglicherweise seine Kinder entführt. Steig bitte aus, die Kollegen sind schon da.«

Carlo brummte ein paar unverständliche Worte und verließ das Fahrzeug.

Miriam gab die geforderten Daten durch.

»Ich brauche eine möglichst genaue Beschreibung Ihrer Kinder, wenn möglich, auch der Kleidung, die sie und Ihr Mann gestern getragen haben.«

»Lilly ist blond, circa 1,20 Meter groß und trägt einen roten Anorak und eine Jeans. Kurt ist ein bisschen kleiner, mittelblond und hat einen blaukarierten Anorak an und auch eine Jeans. Meinen Mann kennen Sie ja. Ich habe nicht auf seine Kleidung geachtet.«

»Bleiben Sie, wo Sie sind, Frau Strohbecke, ich gebe eine Suchmeldung durch und mache mich auf den Weg zu Ihnen.«

*

Carlo gesellte sich zu den Kollegen, die das Einsatzfahrzeug um die Ecke geparkt hatten und dort mit kugelsicheren Westen schussbereit auf die Ankunft Pavel Schlickers warteten. Eben wurde durchgesagt, dass sein Wagen bereits das Landgericht passiert hatte. Carlos Unterkiefer begann, vor Aufregung zu beben. Er vergewisserte sich, dass seine Dienstwaffe einsatzbereit war, und hoffte inständig, sie nicht benutzen zu müssen. Er hatte Glück gehabt, dass er noch nie auf einen Menschen zielen musste. Carlo zweifelte daran, dass er überhaupt noch schusstechnisch in Übung war. Ein guter Schütze war er obendrein nie gewesen und seine letzte Schießübung lag einige Zeit zurück. Er konnte sich nicht einmal an das genaue Datum erinnern, doch es war definitiv während seiner Dienstzeit in Lüneburg gewesen. Er setzte auf seine jüngeren Kollegen. Seine Gedanken wanderten zu seiner Familie, wie immer, wenn er sich unwohl fühlte, es sich jedoch nicht eingestehen wollte. Er stellte sich vor, mit ihnen am Tisch zu sitzen, vor einer Schwarzwälder Kirschtorte und einer starken Tasse Kaffee. Er sah Gudrun mit ihrer Karobluse, Jana mit ihren langen Haaren, wie immer viel zu dünn angezogen, und selbst Hugo, den Berner Sennenhund, genau vor sich. Dieses Bild beruhigte ihn irgendwie. Es erdete ihn, gab ihm Kraft. Er schämte sich für den Gedanken, hätte ihn nie geäußert, aber er bekam Appetit, ausgerechnet jetzt. Auf ein ordentliches Stück Sahnetorte oder etwas richtig Herzhaftes, ein Bauernbrot mit Speck und Schmalz … Seit seiner Kindheit tröstete und beruhigte ihn Essen, allein schon der Gedanke daran. Vielleicht war er deshalb Polizist geworden – um sich nicht länger schwach zu fühlen. Um sich nie mehr wegen seines Übergewichts zum Gespött zu machen. Die Sportprüfung war die größte Hürde gewesen. Er hatte sie nur mit Ach und Krach bestanden. Vielleicht hatte er gehofft, durch den Beruf und den damit verbundenen Status seine Ängste in den Griff zu bekommen. Doch beides konnte ihn nicht darüber hinwegtäuschen, dass er in kritischen Situationen am liebsten das Weite gesucht hätte. In diesem Moment fiel sein Blick auf einen mattschwarzen Maybach, der langsam die Straßenecke passierte. Allein das Gefährt flößte gehörigen Respekt ein. Eine Luxuskarosse, mindestens 600 PS, schätzte er, selbst gebraucht nicht unter 250.000 Euro zu bekommen.

Nie zuvor hatte er es mit Straftätern vom Kaliber eines Pavel Schlicker zu tun gehabt. Er hatte keinen Plan, wie er ihm entgegentreten sollte. Sein Herz schlug stark und unregelmäßig. Er sollte wieder mit Sport anfangen. Vielleicht hatte seine Frau doch recht. Einige Kilo müssten dringend runter.

Pavels Wagen fuhr vor. Ein großer, kahlköpfiger, kräftiger Kerl stieg aus, ging erhobenen Hauptes um den Maybach herum und riss mit Schwung die hintere Wagentür auf. Ein älterer Herr mit schlohweißem Haarkranz und Schnauzbart schälte sich heraus. Die Autotür fiel mit sattem Klang zu. Die Herrschaften näherten sich Arthurs Wohnhaus in der Möserstraße.

Aus der Deckung heraus beobachteten Carlo und seine Kollegen, wie Pavel Schlicker vor dem Haus Position bezog und die Klingel betätigte. Sein Bodyguard stand breitbeinig einen Meter hinter ihm. Er sah nicht gerade vertrauenerweckend aus.

»Zugriff!«, zischte einer der Polizisten und sie preschten fast gleichzeitig nach vorn. »Stehen bleiben, Polizei!«, schrie die gleiche Stimme, die einem breitschultrigen, durchtrainierten Polizisten gehörte. Carlo zuckte zusammen.

»Sie sind vorläufig festgenommen! Gesicht zur Wand, Beine auseinander, strecken Sie die Arme aus! Alle beide!«

Zu viert klopften sie die Kleidung der Festgenommenen ab, die völlig überrascht zu sein schienen, und beförderten diverse Waffen aus Jacken- und Hosentaschen. Anschließend forderten sie die Männer auf, ihre Arme am Rücken zusammenzuführen, und legten ihnen Handschellen an.

Carlo beobachtete die Szenerie aus sicherer Entfernung. Er war erleichtert, dass er sich auf seine jüngeren, eindeutig sportlicheren Kollegen verlassen konnte. Die Vernehmung gleich würde er führen. Das konnte er. Darin hatte er jahrzehntelange Erfahrung. Jeder hatte seine Stärken und Schwächen, sagte er sich.

»Meine Herren, beruhigen Sie sich doch«, näselte Pavel Schlicker. »Würden Sie mich bitte aufklären, was man mir vorzuwerfen hat?«

»Anstiftung und Beihilfe zu schwerer Körperverletzung, illegale Prostitution, Drogen- und Waffengeschäfte, Schutzgelderpressung und Geldwäsche. Reicht das?«, leierte der Kollege von der Schutzpolizei herunter.

Schlicker lachte heiser. »Donnerwetter! Sie haben offensichtlich einige Probleme hier in Osnabrück. Aber bitte schön, meine Herrschaften, was habe ich damit zu tun?«

Carlo war vorgetreten. »Wollten Sie zu Ihrem Sohn?«, fragte er mit belegter Stimme.

»Ist das verboten? Darf ein Vater nicht mehr seinen Sohn besuchen?«

»Er hat wohl nicht mit Ihnen gerechnet, sonst wäre er da. Ich bin mir jedoch sicher, Sie können uns Tipps geben bezüglich seines Aufenthaltsortes.«

Erneut ertönte das heisere Lachen. »Bin ich Gott?«

»Abführen!«, sagte Carlo.

*

Birthe nippte an einem Glas Apfelschorle und hörte Miriam Strohbecke aufmerksam zu.

»Der Streit zwischen meinem Mann und mir ist eskaliert. Wir haben uns gegenseitig immer heftigere Vorwürfe gemacht, uns irgendwann nur noch angeschrien. Ich habe meinem Mann mitgeteilt, dass ich nicht mehr mit ihm zusammenleben will. Ich habe ihn gebeten, auszuziehen. Nein, ich habe ihn regelrecht rausgeschmissen.«

»Wie hat er das aufgefasst?«

»Er war verärgert, wurde wütend. Er hat gesagt, ich würde meine Quittung dafür bekommen. Er hat seine Hand gegen mich erhoben. Für einen Moment hatte ich Angst, er würde mich schlagen. Aber das hat er nicht getan.«

»Ist er gegangen?«

»Ja, er hat seine Sachen gepackt und ist in ein Hotel gezogen. Gestern ist er zurückgekommen und wollte mit mir reden. Er war auf einmal sehr nett, ungewöhnlich sanft und freundlich, wie ausgewechselt. Ich weiß selbst nicht, was in mich gefahren ist, aber ich hatte auf einmal Mitleid mit ihm. Er hat mir richtig leidgetan, wie er mich so treuherzig angesehen hat. Ich konnte es nicht ertragen, ihn dermaßen traurig zu sehen. Immerhin ist er der Vater meiner Kinder und der Mann, den ich geliebt habe, mit dem ich jahrelang zusammen war. Ich habe mir eingeredet, dass alles meine Schuld war; ich hatte heftigste Gewissensbisse. Er hatte Sehnsucht nach den Kindern, hat gebettelt und gefleht, er wollte mit ihnen einen Ausflug machen, sie von der Kita abholen und mit ihnen in den Zoo fahren. Und dann bin ich eingeknickt. Ich habe eingewilligt, weil ich ihm vertraut habe! Und jetzt sitze ich hier und warte und warte, dass er endlich wiederkommt. Ich habe schon im Zoo angerufen, niemand erinnert sich an sie. Es hätte mich auch gewundert, aber ich musste es versuchen, was blieb mir anderes übrig, ich habe keine Ruhe.«

»Ich habe eine Suchmeldung durchgegeben, Frau Strohbecke. Nach dem Fahrzeug Ihres Mannes wird gefahndet. Er kann nicht weit kommen. Die Personenbeschreibungen werden im Radio und in Zeitungen veröffentlicht.«

»In Zeitungen! Wissen Sie, was Sie da sagen? Die erscheinen erst morgen! Da ist sowieso alles zu spät!« Sie schluchzte auf.

»Wichtig ist, dass wir das Kennzeichen haben. Wir werden Ihren Mann finden, Frau Strohbecke, ganz sicher.«

»Um meinen Mann sorge ich mich nicht, aber um die Kinder. Sie sind alles für mich. Alles! Haben Sie Kinder?« Birthe schüttelte den Kopf. »Noch nicht. Aber ich habe zwei kleine Nichten. Ich kann Sie verstehen.«

»Nein, können Sie nicht. Das ist nicht das Gleiche. Sie können das nicht nachvollziehen.« Miriam blickte mit ausdrucksloser Miene vor sich hin.

»Ich verstehe trotzdem, was Sie gerade durchmachen. Sie müssen entsetzliche Ängste ausstehen. Wir versuchen alles, was in unserer Macht steht. Mehr können wir im Augenblick nicht tun.«

»Da ist noch etwas«, sagte Miriam mit erstickter Stimme. Birthe nickte ihr auffordernd zu.

»Ich habe gelogen, was das Alibi anbelangt. Wir haben an meinem Geburtstag nicht zusammen gefrühstückt. Und ich könnte niemals beschwören, ob er die Nacht vom 11. auf den 12. März neben mir im Bett verbracht hat. Ich weiß es, ehrlich gesagt, nicht mehr. Ich habe das nur gesagt, um ihn zu schützen. Aus einem Instinkt heraus, ohne nachzudenken. Weil es doch normal ist, sich vor seine Familie zu stellen.«

»Das ist nicht schlimm. Ich verstehe Sie. Sie haben wegen der Falschaussage nichts zu befürchten. Gut, dass Sie jetzt die Wahrheit sagen. Erzählen Sie von Anfang an. Wie haben Sie den 28. Februar erlebt?«

»Es war mein Geburtstag. Mein Mann hat mir noch im Bett gratuliert. Aber irgendwie lieblos, nicht wie früher. Es hat mich traurig gemacht. Ich hätte schon morgens heulen können. Er sagte, das Geschenk käme später. Wir würden es gemeinsam aussuchen. Frühstücken wollte er nicht. Nur eine Tasse Kaffee hat er getrunken und ist aus dem Haus gegangen, ohne mir zu sagen, wohin. Gegen Mittag kam er zurück. Er hatte seine Aktentasche dabei, sonst nichts, nicht einmal einen Blumenstrauß. Normalerweise hat er mir immer Blumen zum Geburtstag geschenkt. Im ersten Moment habe ich gedacht, in der Tasche sei das Geschenk für mich. Aber es kam nichts. Ich war enttäuscht, hab mich allerdings nicht getraut nachzufragen. Er blickte so düster drein, war vollkommen neben der Spur. Er hat mich nicht beachtet, ist an mir vorbei ins Schlafzimmer gegangen und hat die Tür hinter sich abgeschlossen.«

Das Springseil, schoss es Birthe durch den Kopf. »Frau Strohbecke, Ihre Tochter hat doch neulich mit einem Springseil gespielt. Darf ich das mal sehen?«

Miriam blickte erstaunt drein. »Das Springseil? Warum?« Als sie Birthes eindringlichen Blick auffing, setzte sie nach: »Ja … ja, natürlich«, und verließ das Zimmer. Kurz darauf kam sie mit dem Kinderspielzeug in der Hand zurück.

Birthe zog eine durchsichtige Tüte aus ihrem Rucksack und steckte das Seil hinein. »Ich muss das leider mitnehmen. Es könnte ein wichtiges Beweisstück sein.«

»Beweisstück? Wofür?«, fragte Miriam erschrocken.

»Das kann ich zu diesem Zeitpunkt nicht sagen.«

»Lilly wird traurig sein.«

»Sagen sie ihr, sie bekommt ein neues. Okay?«

Miriam nickte verständnislos.

»Frau Strohbecke, Sie sagten eben, als Ihr Mann am 28. Februar zurückkam, wäre er neben der Spur gewesen. Können Sie das näher beschreiben?«

Miriam musste nicht lange überlegen. »Er war irgendwie komisch. Das war er allerdings nicht nur an dem Tag. Schon eine ganze Weile ging das so. Wir lebten nur noch nebeneinander her.«

»War er besonders aufgeregt oder nervös? Hat er Dinge getan, die Sie nicht von ihm kannten?«

»Er war ungewöhnlich müde und blass, hat sich ins Bett gelegt. Ich habe das auf seine bevorstehende Arbeitslosigkeit geschoben.«

»Und als er wieder aufgestanden ist? Wie hat er sich da verhalten?«

»Er hat bis nachmittags geschlafen. Ich habe Lilly und Kurt von der Kita abgeholt und wir haben Kuchen gegessen. Die Kinder waren fröhlich wie immer, haben mir voller Stolz ihre selbstgebastelten Geschenke und gemalten Bilder überreicht und ich habe nicht mehr auf meinen Mann geachtet.« Ihre Augen füllten sich mit Tränen. »Entschuldigung!«, murmelte sie.

»Das macht doch nichts, Frau Strohbecke, ich lasse Sie für einen Moment allein und gehe schnell nach draußen, um zu telefonieren. Bin gleich wieder da.« Mit diesen Worten erhob sie sich, um die Wohnung zu verlassen. Sie ging über den Parkplatz zu ihrem Wagen. Noch bevor sie ihr Handy aus dem Rucksack holte, hörte sie es schon summen. Sie erkannte die Nummer von Dr. Schröder auf dem Display.

»Ich habe den Abgleich der DNS«, sagte er. »Die fremde Genspur am Hals des Opfers ist nicht identisch mit dem Genmaterial, das wir von Arthur Schlicker gesichert haben.«

»Ich weiß«, sagte Birthe mit trockenem Mund.

»Ach! Dann haben Sie einen anderen Verdacht?«

»Ja, Herr Dr. Schröder. Ich muss Sie leider unterbrechen, ich habe etwas Wichtiges zu erledigen.«

In ihrem Fahrzeug setzte sie einen Funkspruch ab. »Osna 11/20 an Zentrale. Der flüchtige Thore Strohbecke ist dringend tatverdächtig, den Mord an Simon Birklund begangen zu haben. Er ist mit seinen zwei Kindern unterwegs. Es besteht der Verdacht eines erweiterten Suizids.«

»Verstanden.«

Birthe gab noch über Funk den Fahrzeugtyp und das Kennzeichen durch.

Als sie wieder das Haus betrat, fand sie eine tränenüberströmte Miriam Strohbecke im Eingangsbereich vor. Sie sah Birthe mit angstgeweiteten Augen an. Birthe schüttelte unmerklich den Kopf und begleitete Miriam in die Wohnung zurück.

*

»So, jetzt mal Butter bei die Fische«, sagte Carlo und gab sich Mühe, eine möglichst dominante Körperhaltung einzunehmen. Pavel Schlicker sollte auf keinen Fall bemerken, dass ihm in Wahrheit die Knie schlotterten. »Ihr Sohn Arthur ist flüchtig. Ihm wird vorgeworfen, am Mord an Simon Birklund und an der Sprengung eines Geldautomaten beteiligt zu sein.«

»Donnerwetter! So etwas soll mein Sohn zustande gebracht haben?«

»Nun werden Sie nicht zynisch, Herr Schlicker. Sagen Sie mir lieber, wo Ihr Sohn sich aufhalten könnte!«

Pavel lehnte sich zurück und schlug ein Bein über das andere. »Darf ich hier rauchen?«, fragte er und zog eine Zigarre aus der Brusttasche seines Sakkos hervor.

»Nein, dürfen Sie nicht!«, entgegnete Carlo barsch.

»Schade. Mir wäre nach einer guten Havanna gewesen. Das hätte meinen Kopf wieder klar gemacht.«

»Wann haben Sie Ihren Sohn zum letzten Mal gesehen?«

»Wieso ist hier überhaupt die Rede von meinem Sohn? Ich dachte, es ginge um mich. So hat es sich zumindest für mich angehört, bei der lächerlichen Festnahme vor dem Haus meines Sohnes.«

»Um Ihre Belange werden sich die Kollegen in Frankfurt

kümmern. Das Landeskriminalamt in Wiesbaden erwartet Sie bereits. Wir sind hier sozusagen nur die Vorhut.«

»Soso«, sagte Schlicker mit abschätzigem Blick, »die Vorhut. Dann muss ich mir ja nicht das Hemd nass machen.«

Carlo konnte sich nicht länger beherrschen. Er sprang auf und beugte sich mit hochrotem Kopf über Schlicker, bis dieser sich endlich gezwungen sah, zu ihm aufzublicken. »Sie wollen doch sicher mildernde Umstände für Ihr umfangreiches Straftatenregister, oder nicht? Andernfalls kann ich dafür sorgen, dass Sie nie wieder aus dem Bau herauskommen.«

»Können Sie das?«, fragte Schlicker mit eiskalter Miene. »Soll ich Ihnen mal was sagen? Wenn ich Sie mir anschaue, habe ich gewisse Zweifel.«

Carlo setzte sich wieder und ballte die Hände zu Fäusten. Der Frankfurter machte ihn aggressiv, doch das durfte er nicht zulassen. Er versuchte, Schlicker mit seinem Blick in die Mangel zu nehmen, und zählte innerlich bis zehn. Doch der andere war viel zu geübt in Vernehmungen dieser Art, als dass er sich dadurch beeindrucken ließe.

»Ist Ihnen die Puste ausgegangen?«, fragte Schlicker zynisch.

»Ich habe Zeit«, sagte Carlo äußerlich ruhig, während er nicht verhindern konnte, dass sich sein Brustkorb auffällig hob und senkte. »Wir werden sehen, wem als Erstes die Puste ausgeht.«

»Sicher werden wir das«, antwortete der andere schmallippig.

»Also, noch einmal von vorn«, schnaufte Carlo. »Wann und wo haben Sie Ihren Sohn zum letzten Mal gesehen?«

»Wo ist eigentlich mein Begleiter?«, wollte Schlicker wissen.

»Sie antworten jetzt auf meine Frage!«, polterte Carlo.

»Das Muskelpaket wird in einem anderen Raum vernommen. Also?«

»Sie können mich mal!«

Es klopfte. Hurdelkamp erschien im Türrahmen und gab Carlo mit vielsagender Mimik zu verstehen, was er von ihm wollte. Carlo warf dem Bewacher einen mahnenden Blick zu und verließ den Raum.

»Ich bezweifle, ob Arthur Schlicker für alles verantwortlich gemacht werden kann«, raunte Hurdelkamp draußen vor der Tür. »Ich habe gerade Meldung bekommen, dass wir dem mutmaßlichen Mörder von Simon Birklund dicht auf der Spur sind.«

»Und der wäre?«

Hurdelkamp murmelte seinen Namen. Carlo sah ihn überrascht an, nickte und ging in den Vernehmungsraum zurück.

»Also gut«, sagte er und nahm wieder Platz. »Ihr Sohn wird mit internationalem Haftbefehl gesucht. Je nachdem, wo er sich gerade aufhält, könnte das sehr ungemütlich für ihn werden. Sollte er sich stellen, werde ich mich persönlich dafür einsetzen, dass er sofort ausgeliefert wird, einen guten Anwalt und angenehme Haftbedingungen bekommt.«

Schlicker seufzte theatralisch. »Ich bin nicht mehr für ihn verantwortlich. Er ist erwachsen. Nun gut, die letzte Begegnung mit ihm ist nicht allzu lange her«, sagte er mit gespielter Langeweile. »Lassen Sie es letzte Woche gewesen sein. Irgendwann am Wochenende.«

»Sie wissen es, also raus mit der Sprache!«

Schlicker zwirbelte an seinem Bart und sah an Carlo vorbei aus dem Fenster.

»Herr Schlicker, Sie stellen meine Geduld auf eine harte Probe! Ich weiß nicht, was Sie sich davon versprechen.«

»Ich will mal nicht so sein, es war am Samstag. Zufrieden?«

Carlo warf einen Blick auf den dreiteiligen Kalender neben der Tür. »Das wäre der 9. März. Erzählen Sie mir von der Begegnung! Waren Sie in der Wohnung Ihres Sohnes?«

»Ja.«

Carlo wartete ab, ob Schlicker noch etwas hinzufügen wollte. »Und weiter? Ich nehme an, es war kein gemütlicher Kaffeeklatsch zwischen Vater und Sohn, oder? Worum ging es, Herr Schlicker?«

»Warum soll es nicht gemütlich gewesen sein? Das Verhältnis zwischen Arthur und mir könnte nicht besser sein. Nun gut, Mister Superschlau. Da Sie ohnehin alles über meinen Sohn zu wissen meinen – er hat den Mord an dem Banker zugegeben.«

Carlo stand der Mund offen. »Ach.«

Ein Lächeln huschte über Schlickers Gesicht. »Ich habe es, offen gestanden, nicht für möglich gehalten. Das hätte ich meinem Herrn Sohn gar nicht zugetraut. Aber er hat es tatsächlich durchgezogen.« Er machte eine Kunstpause und sah den Kommissar herausfordernd an.

»Durchgezogen? Das klingt nach einem Plan.«

Schlicker zuckte mit den Schultern. »Wenn Sie so wollen.«

»Und wie? Wie hat er das gemacht?«, fragte Carlo.

»Er hat ihn erwürgt, ganz einfach.«

»Mit seinen Händen? Einfach so, einen erwachsenen Mann?«

»Nun, er hat sich als Handwerker verkleidet und diesen Banker von hinten erdrosselt, als er gerade am Computer saß. Mit einem Kabel oder so. Der Mann hatte keine Chance.« Schlicker wirkte fast ein bisschen stolz.

Carlo leckte sich über die Lippen. Er hätte lachen mögen, wenn die Sache nicht so ernst gewesen wäre. »Soso, mit einem Kabel also. Sie scheinen in Ihrer Familie ein hohes Gewaltpotenzial zu haben. Hat Ihr Sohn die Sprengung des Geldautomaten ebenfalls zugegeben?«

Schlicker hob eine Augenbraue. »Des Geldautomaten?«, echote er.

Carlo zwang sich zur Ruhe. »Hat er oder hat er nicht?«

Schlicker zuckte erneut mit den Schultern. »Eine ungewöhnliche Vorstellung, Herr Kommissar. Meinem Sohn Arthur traue ich manches zu, aber so ein Ding? Davon abgesehen, Arthur hat genug Geld. Es sei denn, er hatte Großes vor, dann vielleicht.«

»Eine Auswanderung ist schließlich kein Pappenstiel.«

»Da gebe ich Ihnen recht. Ja, vielleicht hat er selbst das fertiggebracht. Einen Bankautomaten geknackt.« Pavel Schlicker grinste und schüttelte ungläubig den Kopf.

»Sie tun gerade so, als sei das eine Heldentat.«

»Wenn Sie es genau wissen wollen – meine Achtung meinem Sohn gegenüber wächst von Minute zu Minute.«

»Das glaube ich Ihnen. Umso mehr, als inzwischen bekannt geworden ist, dass Ihr Sohn als Mörder des Bankkaufmanns nicht infrage kommt.«

»Sie bluffen.«

»Ich bluffe nicht. Noch etwas. Hatte Ihr Sohn ein Haustier? Genauer gesagt eine Spinne?«

Schlicker verzog seinen Mund zu einem breiten Grinsen. »Tatsächlich, ja! Eine entzückende kleine Vogelspinne mit einem divenhaften Namen. Er nannte sie … Warten Sie … Wie hieß die langbeinige Dame noch? Samantha! Ja, so hieß sie. Ist das nicht reizend?«

»Was hatte er mit der Spinne vor?«

»Überhaupt nichts. Sie war sein Ein und Alles. Eine verrückte Tierliebe, nichts weiter.« Er lachte hämisch.

Carlos Diensttelefon läutete. Er ging ran, ohne Pavel

Schlicker aus den Augen zu lassen. Eine Weile hörte er zu, dann legte er auf. »Wie wäre es jetzt mal mit der Wahrheit?«, fragte er.

*

Miriam konnte nicht aufhören zu weinen. Birthe legte eine Hand auf ihren Unterarm. »Soll ich jemanden für Sie anrufen? Ihre Mutter oder einen anderen nahestehenden Menschen? Wen hätten Sie gern in Ihrer Nähe?«

Miriam schüttelte stumm den Kopf und wand sich aus Birthes Berührung.

»Oder brauchen Sie einen Arzt? Einen Seelsorger?«, fragte Birthe besorgt.

»Niemanden! Ich möchte allein sein«, presste Miriam unter Schluchzen hervor.

»Das kann ich verstehen, trotzdem sollten Sie in diesem Zustand nicht allein sein. Wenn Ihnen keiner einfällt, den ich anrufen könnte, bleibe ich einfach noch ein bisschen bei Ihnen, okay? Sie müssen Ihre Gefühle nicht verbergen. Weinen Sie ruhig.« Sie reichte Miriam ein weiteres Taschentuch. Dann stand sie auf und sah in den großen Garten hinunter. Es war ein Gemeinschaftsgarten, der von allen Parteien genutzt wurde. Er war sehr gepflegt; der Rasen sehr kurz gemäht. Obwohl er Birthe nicht gefiel, konnte sie sich dennoch vorstellen, dass Kinder hier gerne spielten – ein idealer Fußballplatz.

»Wenn Sie versuchen, sich in Ihren Mann hineinzuversetzen«, sagte sie ruhig, die Hände in den Taschen, »wo würde er mit den Kindern hinfahren?«

»Als Erstes würde mir seine Mutter einfallen, aber …«

»Haben Sie die schon angerufen?«

Miriam schüttelte stumm den Kopf. In diesem Moment

klingelte das Telefon. Miriam zuckte zusammen und sah Birthe hilflos an.

»Gehen Sie ran«, sagte Birthe sanft, »vielleicht ist er es. Erkennen Sie die Nummer?«

Erneut schüttelte Miriam den Kopf. Sie ließ ein paar Sekunden verstreichen, unfähig zu handeln.

»Soll ich …?«, fragte Birthe und machte einen Schritt auf das Telefon zu.

»Nein!«, sagte Miriam und erhob sich. Panisch griff sie nach dem Telefon. »Strohbecke«, rief sie atemlos in den Hörer. Sie lauschte einer Stimme und ihre Gesichtszüge entspannten sich ein wenig. »Ach, Ben, du bist es. Ich bin fix und fertig.« Ihre Stimme zitterte. Mit dem Mobilteil in der Hand setzte sie sich wieder auf die Couch. Sie erzählte die Geschichte in Kurzfassung. Das ganze Gespräch dauerte keine zwei Minuten.

»Er kommt«, sagte sie tonlos.

»Wer ist Ben?«, fragte Birthe.

Miriam starrte auf ihre Hände. »Ich habe ihn kürzlich kennengelernt. In der Klinik, in der ich wegen … in der ich ein paar Tage liegen musste.«

»War er selbst dort Patient?«

»Nein, Krankenpfleger.«

Birthe nickte. »Ist er der Grund, weswegen Ihr Mann … weshalb Sie sich gestritten haben?«

»Nein. Das hat mit Ben nichts zu tun. Das war schon vorher. Wenn wir uns nicht schon vor längerer Zeit auseinandergelebt hätten, hätte ich Ben nie kennengelernt. Jedenfalls nicht so.«

»Deute ich es richtig, dass Sie mit ihm zusammen sind?«

Miriam knetete ihre Hände. »Ob man das schon so sagen kann – hm, vielleicht. Ich glaube, ich habe mich verliebt. Ben ist der erste Mann in meinem Leben, der mir das Gefühl gibt, dass ich richtig bin, wie ich bin, dass ich mich nicht verstellen und verbiegen muss.«

»Weiß Ihr Mann davon?«

»Ich glaube nicht.«

»Hat er Zugang zu Ihrem Handy? Schickt Ben Ihnen Kurznachrichten?«

»Ja, aber die lösche ich sofort. Nein, ich glaube nicht, dass Thore etwas weiß.«

»Ihr Mann hat Ihnen nichts dagelassen? Keine Nachricht, kein …«

»Abschiedsbrief?«, ergänzte Miriam und bekam sofort wieder feuchte Augen. »Nein, er hat mir nichts dagelassen«, sagte sie leise.

»Wollten Sie nicht Ihre Schwiegermutter anrufen?«

Miriam starrte regungslos auf das Telefon, das jetzt vor ihr auf dem Tisch lag.

»Sie müssen es versuchen«, insistierte Birthe. »Es ist immerhin eine Chance.«

Miriam saß da wie versteinert. In Sekundenschnelle brach ihr der Schweiß aus, ihre Beine verwandelten sich in Pudding.

»Soll ich?«, fragte Birthe. »Möchten Sie, dass ich anrufe? Dann geben Sie mir die Nummer Ihrer Schwiegermutter.«

Miriam schüttelte den Kopf. Ihre Lippen waren fest zusammengepresst.

Birthe wartete geduldig ab. »Frau Strohbecke«, begann sie schließlich erneut, »wir müssen wissen, ob sie da sind. Bitte!« Unvermittelt summte Birthes Handy. Sie stand auf und verließ den Raum.

*

Arthur hatte seine Füße in den weißen, warmen Sand gegraben und schwenkte einen trockenen Martini in der Hand.

In der anderen hielt er eine Zigarre, von der er hin und wieder einen tiefen Zug nahm. »Zigarrenrauch erinnert mich an meinen Vater«, sagte er, blies den Rauch aus und drehte sich zu Igor hin. »Eigentlich konnte ich diesen Geruch nie ausstehen, aber im Moment … hier und jetzt … ich glaube, ich könnte mich daran gewöhnen.«

»Ich könnte mich an alles hier gewöhnen«, sagte Igor genießerisch und hob sein Cocktailglas. »Das Meer, die Sonne, der Traumstrand der Copacabana, jeden Morgen in unserer Stammbar frühstücken, den Mädels mit ihren Traumbodys hinterherschauen – Prost, Arthur, auf unser neues Leben!«

Arthur schüttelte ungläubig den Kopf. »Mann, wer hätte gedacht, dass wir so schnell in Rio landen! Rio de Janeiro – davon habe ich mein Leben lang geträumt! Ich glaube, wenn ich es jetzt nicht gewagt hätte, ich hätte es nie gemacht.« Arthur blinzelte und sah aufs türkisblaue Meer hinaus.

»Am liebsten würde ich gar nicht mehr arbeiten!«

»Dafür reicht die Kohle nun auch wieder nicht. Ich freue mich auf mein Tattoostudio. Noch drei Monate, dann ist mein Praktikum bei Charlie vorbei und ich mache mein eigenes auf.«

»Weißt du schon, wie du es nennst?«, fragte Igor und saugte an seinem Strohhalm.

»*Arthur's Tattoo*, wie sonst?« Beide lachten.

»Ein bisschen freue ich mich auch. Wenn ich gewusst hätte, dass Schreiner hier dermaßen gesucht sind, besonders Schreiner aus *good old Germany*, hätte ich die Auswanderung viel eher in Angriff genommen! Man wagt immer viel zu wenig, traut sich zu wenig zu.«

»Wann ist dein erster Arbeitstag?«

»Am 1. Mai. So lange gönne ich mir noch das süße Leben hier.« Er stellte sein Glas ab. »Sag mal, Arthur, bisher habe ich mich nicht getraut zu fragen, es lässt mich aber nicht los. Ich frage mal ganz direkt. Hast du etwas mit dem Mord an Simon Birklund zu tun?«

Arthur warf einen langen Blick auf Igor. »Nein, nichts.«

»Wirklich nicht?«

»Wirklich nicht. Warum sollte ich dich belügen? Ich habe meinem Vater eine krude Story erzählt, die er mir sowieso nicht abgenommen hat. Ich wollte ihn damit beeindrucken, einmal in meinem Leben von ihm gelobt werden. Mittlerweile lege ich gar keinen Wert mehr darauf. Mir ist es egal, was er von mir denkt. Ich könnte keinen Menschen töten, nicht einmal einer Fliege kann ich etwas zuleide tun. Ich wollte Birklund nur erpressen, habe ihm unterstellt, Geld unterschlagen zu haben, was ich natürlich nicht beweisen konnte, und aus diesem Grund habe ich meine Spinne mitgenommen. Ich wollte Birklund einfach einen Schreck einjagen.

Als ich zu ihm kam, war die Haustür angelehnt. Ich habe geklingelt und geklopft, und als niemand reagierte, bin ich einfach eingetreten. Ich kannte mich aus, weil ich am Vortag als Handwerker verkleidet schon mal da war, um mich mit den Räumlichkeiten und der Situation vertraut zu machen. Die Tür zu Birklunds Arbeitszimmer war ebenfalls nur angelehnt. Und da sah ich ihn. Er lag ausgestreckt auf seinem Bett. Ich habe sofort gesehen, dass er tot war. Der Kopf hing in einer Schlinge. Das Gesicht war leichenblass. Mein erster Gedanke war: Selbstmord. Dann bin ich näher ans Bett getreten und habe gesehen, dass der Knoten im Nacken so positioniert war, dass er es unmöglich selbst gemacht haben konnte. Jemand hatte ihn umgebracht! Ich habe einen Riesenschreck bekommen. Ich muss unbewusst am Behälter mit meiner Vogelspinne herumgenestelt haben, sodass er aufgesprungen ist und Samantha abhauen konnte.

Ich hatte keine Zeit, nach ihr zu suchen, musste selbst so schnell wie möglich das Weite suchen. Ich hatte eine Wahnsinnsangst, glaub mir! Wie hätte ich beweisen können, dass ich es nicht war? Um Samantha tut es mir heute noch leid. Ich hätte sie nicht mitnehmen sollen.«

»Ist das die Wahrheit, Arthur? Du weißt, ich würde dich niemals verpfeifen.«

»Die reine Wahrheit, ich schwöre es dir!« Er bückte sich, um einen Hund zu streicheln, der neben seinem Liegestuhl hockte und sehnsüchtig zu ihm aufschaute. Er war kniehoch, struppig und nicht mehr ganz so mager wie noch vor wenigen Tagen. Arthur hatte ihn am Strand gefunden, wo er herrenlos umhergeirrt war, und ihn sofort in sein Herz geschlossen. Am selben Tag hatte er ihn adoptiert und ihm einen Namen gegeben. Er hatte ihm eine Leine gekauft und eine Floh- und Wurmkur verabreicht. Einen Tierarzttermin hatte er auch schon. Der Hund musste durchgecheckt und geimpft werden. »Ach, Oscar«, sagte er zärtlich, »ich verspreche dir, dich niemals irgendwo zurückzulassen. Niemals!« Er gab ihm einen Hundecracker, den er aus seiner Hosentasche gezogen hatte. Der Mischling bedankte sich mit einem freundlichen Wedeln.

»Ich glaube dir«, sagte Igor, »du bist ein Seelchen.«

»Was Mario wohl macht? Ich frage mich oft, wie es ihm geht. Hoffentlich haben sie ihn nicht geschnappt. Wenn er es schon nicht so gut hat wie wir, soll er wenigstens in Frieden mit seiner Familie leben können.«

»Auf Mario«, sagte Igor und hob sein Glas.

»Auf Mario, uns beide und Oscar!«, sagte Arthur feierlich und nippte an seinem Martini. »Auf unsere Zukunft hier in Rio!« Er ließ seinen Blick schweifen und sagte mit leicht veränderter Stimme. »Ganz schön viel Polizeipräsenz hier am Strand, findest du nicht?«

Igor folgte seinem Blick und entdeckte nun ebenfalls die Militärpolizisten, die Patrouille liefen. Zwei von ihnen näherten sich der Strandbar.

»Sie sollen ein Gefühl von Sicherheit vermitteln«, sagte Igor. »Wegen der Straßenkinder, wegen der Banden, was weiß ich ... Ich brauche diese Art von Sicherheit jedenfalls nicht.«

»Ich auch nicht«, sagte Arthur mit klopfendem Herzen. »Hoffentlich hat das nichts mit uns zu tun. Siehst du, was ich sehe? Sie kontrollieren Ausweise. Hast du deinen dabei?«

»Lass uns von hier verschwinden«, sagte Igor und zückte seine Geldbörse.

»Aber wir haben nicht bezahlt.«

»Komm, ich lege einen Schein auf den Tisch und dann nichts wie weg.«

»Bom dia!«, sagte der Polizist am Nebentisch. »Vens de que pais?«

»Was hat er gesagt?«, flüsterte Igor.

»Sie suchen jemanden, fragen, aus welchem Land er kommt«, raunte Arthur und griff nach Oscars Leine.

*

»Sie haben sie gefunden«, sagte Birthe, als sie wieder ins Wohnzimmer kam. »Ihren Kindern geht es gut. Sie sind seit einer Stunde bei Ihrer Schwiegermutter.«

»Was heißt das? Wer hat sie gefunden? Und mein ... äh ... Und Thore? Was ist mit Thore?«

»Er hat sich soeben gestellt. Er ist auf dem Präsidium.«

»Was heißt das: ›gestellt‹? Was hat er denn getan?« Ihre Zähne schlugen kaum hörbar aufeinander.

Birthe betrachtete sie mitleidig. »Ihr Mann hat eine Straftat begangen«, sagte sie leise.

»Was für eine Straftat?« Miriam sah aus, als würde sie jeden Augenblick kollabieren. »Dass er die Kinder entführt hat? Aber es sind doch seine. Vielleicht hat er es selbst gar nicht so gesehen. Er kann es sicher erklären. Wo war er denn mit den Kindern?«

»Er ist ziellos umhergefahren und hat die Nacht mit ihnen irgendwo auf einem Parkplatz verbracht.«

Miriam atmete hörbar aus.

»Möchten Sie mitfahren aufs Präsidium?«

»Und meine Kinder?«

»Die sind sicher bei Ihrer Schwiegermutter. Machen Sie sich keine Gedanken.«

Auf dem Weg zum Parkplatz, der zu dem Mehrfamilienhaus der Familie Strohbecke gehörte, stießen sie auf einen kräftig gebauten, gut aussehenden Mann in Jeans und Lederjacke. Miriam warf sich in seine Arme. »Ben!«, schluchzte sie, »endlich bist du da!«

MONTAG, 18. MÄRZ 2013

Thore Strohbecke umklammerte sein Wasserglas so fest, als wolle er es zerdrücken.

»Fragen Sie mich nicht, warum, ich kann es selbst nicht verstehen. Irgendwie stand ich an dem Tag, nein, in den ganzen Tagen davor schon, neben mir. Ich war gar nicht mehr ich selbst. Es begann mit der Kündigung. Die hat mir buchstäblich den Boden unter den Füßen weggezogen. Ich dachte, ich sei für den Rest meines Berufslebens richtig gut aufgestellt bei der Bank, hatte Karrierepläne, wollte weiterkommen, und dann verliere ich von einem Tag auf den anderen meinen Job. Von da an wusste ich, es würde nichts mehr so sein wie bisher. Ich war plötzlich ein Nichts mehr, ein Niemand.«

»Das geht anderen auch so«, sagte Carlo ungerührt, »und die bringen nicht gleich einen Menschen um.«

»Das ist noch nicht alles. Es ist so viel hinzugekommen, dass ich den Kopf verloren habe. Ich hatte schon jahrelang das Gefühl, meine Frau will mich gar nicht mehr, nur die Kinder. Für sie zählten immer nur die Kinder, ihre eigenen und die in der Tagesstätte, die sie betreut. Ich spielte seit der Geburt unseres ersten Kindes eine winzige Nebenrolle, wenn überhaupt. Eigentlich war ich komplett überflüssig. Aber mein Geld nahm sie gerne. Als ich meine Arbeit verloren habe, habe ich gemerkt, dass ich für sie vollkommen wertlos geworden bin.

Mir ist plötzlich alles über den Kopf gewachsen. In Gedanken sah ich mich schon auf dem Flur des Sozialamts und gleichzeitig beim Scheidungsrichter. So einen gesellschaftlichen Abstieg hätte ich nicht verkraftet. Ich wollte wenigstens meinen Job wiederhaben. Ich habe mehrmals versucht, Herrn Birklund umzustimmen, dass er mich wieder einstellt. Doch er hat komplett dichtgemacht, mich jedes Mal abblitzen lassen. Ich habe nicht einmal mehr einen Gesprächstermin bekommen. Meine Wut wurde von Tag zu Tag stärker. In meinem Kopf gab es nur noch einen Gedanken: Ich wollte diesen Mann, der mir alles genommen hat, was mein Leben ausgemacht hat, dazu zwingen, mit mir zu reden und mich wieder einzustellen.« Er stockte und nahm einen Schluck Wasser.

»Nur reden, Herr Strohbecke?«, fragte Birthe. »Sie sind nicht mit leeren Händen zu den Birklunds gefahren.«

Thore blickte sie mit ausdruckslosen Augen an. Eine Weile schwieg er. »Okay«, sagte er schließlich. »Okay.«

»Woher hatten Sie die K.-o.-Tropfen?«

»Als ich Lilly mit ihrem Springseil gesehen habe, kam mir die Idee. Ich wollte ihn vernichten. Ich wollte Birklund auslöschen und damit alles, was er mir angetan hat. Aber ich wusste, ich würde es nicht aus eigener Kraft schaffen, also habe ich mir K.-o.-Tropfen über das Internet besorgt.« Er machte eine kurze Pause und trank ein paar Schlucke Wasser. Das Diktiergerät summte. Ansonsten war es still in dem Vernehmungsraum.

»Erzählen Sie weiter«, forderte Birthe ihn auf.

»Jetzt ist eh alles egal«, sagte Thore lakonisch. »Am Geburtstag meiner Frau bin ich zu seiner Villa gefahren. Frau Birklund hat mich reingelassen. Sie hat mich für einen Handwerker gehalten, keine Ahnung, warum. Vielleicht hat sie mich einfach verwechselt. Ich bin gleich zu Birklunds Arbeitszimmer gegangen. Ich wusste ja, wo das war. Die Tür war angelehnt. Er saß an seinem Schreibtisch und hat sich umgedreht, als ich seinen Namen rief. ›Sie?‹, hat er gefragt. ›Ich dachte, da sei ein Handwerker.‹ Ich habe ihm erklärt, dass sich seine Frau geirrt habe. Natürlich war er überrascht, hat mich aber nicht hinausgeworfen. Ich bin gleich zur Sache gekommen, habe ihn noch einmal angefleht, mich wieder einzustellen. Er hat Nein gesagt. Ich habe ihn gefragt, ob ich wenigstens ein besseres Arbeitszeugnis bekommen kann. Er war wohl so überrumpelt, dass er zugestimmt hat. Als er mir den Rücken zuwandte, um das Dokument im Computer zu suchen, habe ich eine Flasche Korn und zwei Stumpen aus meiner Tasche gezogen und großzügig eingeschenkt.« Er holte tief Luft und griff erneut zum Wasserglas. Birthe und Carlo sahen ihn schweigend an. Sie wussten, er würde weitersprechen. Thore räusperte sich. »›Was machen Sie da?‹, hat Birklund gemurmelt, ohne mich anzusehen. ›Ich möchte mit Ihnen anstoßen. Auf unsere Versöhnung‹, habe ich gesagt. Ich nahm die K.-o.-Tropfen heraus und gab sie, ohne zu zögern, in sein Glas. Er hat nichts gemerkt. Nach einer Weile hat er sich umgedreht und mir das frisch ausgedruckte, geänderte Zeugnis gegeben. Wir haben den Korn auf ex gekippt und ein bisschen geplaudert. Kurze Zeit später hat er die Augen verdreht, ist in sich zusammengesackt und hat gemurmelt, er sei plötzlich sehr müde. Ich habe ihn aufgefordert, sich aufs Bett zu legen. Das tat er dann auch. Als er sich dort ausgestreckt hatte, vollkommen schlaff und apathisch, habe ich von hinten ein Seil um seinen Hals gewunden und kräftig zugezogen. Fest und lange, bis ich sicher sein konnte, dass er tot war. Er hat sich kein bisschen gewehrt. Das Seil habe ich wieder eingesteckt. Anschließend bin ich zu seinem Schreibtisch gegangen und habe an seinem Computer einen Abschiedsbrief in seinem Namen geschrieben. Ich wollte, dass es wie Selbstmord aussah. Auf seinem Bett entdeckte ich einen Seidenschal, der ideal für mein Vorhaben war. Ich habe daraus eine Schlinge geformt, sie um seinen Kopf gelegt und den Schal an die Metallstäbe des Bettes gebunden. Es sah aus, als hätte er es selbst getan. So habe ich es neulich in einem Krimi gesehen. Alles hätte geklappt, wenn nicht seine Frau dazwischengefunkt hätte. Sie wollte wohl unbedingt verhindern, dass sich der Selbstmord herumsprechen und ihren Ruf gefährden würde. Deshalb hat sie überall herumposaunt, ihr Mann sei an einem Herzinfarkt gestorben. Irgendein Arzt muss misstrauisch geworden sein.«

»Da liegen Sie richtig, Herr Strohbecke«, sagte Carlo.

»Was ich noch sagen wollte: Ich habe einen Menschen umgebracht. Das ist nicht wieder gutzumachen, und es tut mir leid. Ich bereue es zutiefst. Ich wünschte, ich könnte es ungeschehen machen, doch es ist nicht mehr zu ändern. Vielleicht bekomme ich wenigstens einen guten Anwalt, der dafür sorgt, dass ich nicht allzu lange von meinen Kindern getrennt werde und dass sie mich oft im Gefängnis besuchen dürfen. Wenn ich ehrlich bin, war mein erster Gedanke, mit Lilly und Kurt gemeinsam zu sterben. Ich wollte um jeden Preis verhindern, dass sich Miriam mit Ben und den Kurzen zusammen ein neues Leben aufbaut. Dass sie zu einer richtigen Familie zusammenwachsen. Ich habe es aber nicht übers Herz gebracht; ich hänge an meinen Kindern, ob Sie es glauben oder nicht. Deshalb bin ich nach dem Zoobesuch mit ihnen herumgefahren. Als es dunkel wurde, habe ich das Auto auf einem Firmengelände in Bramsche abgestellt. Dort haben wir die Nacht verbracht. Ich wollte Miriam eine Lektion erteilen, weil mir nicht verborgen geblieben ist, dass sie einen anderen liebt.« Seine Stimme brach.

Carlo drückte auf die Pause-Taste des Aufnahmegeräts. »Mach du hier weiter, Birthe«, raunte er ihr zu, »ich unterhalte mich noch einmal mit Pavel Schlicker, bevor er nach Frankfurt überführt wird.«

Es war Birthes Idee gewesen, den vorläufigen Abschluss des Falles im Alimentari zu feiern. Birthe hatte sich einen Salat bestellt, Carlo eine große Pizza.

»Was machen eigentlich deine Abnehmpläne?«, fragte Birthe beiläufig.

Carlo zuckte die Schultern. »Och«, meinte er schlicht. »Verschieben wir auf übermorgen. Ich finde außerdem, das Leben ist zu kurz dafür.« Genüsslich schob er sich ein Stück Meeresfrüchtepizza in den Mund.

»Hast auch wieder recht, Carlo«, lächelte Birthe.

Der Kellner kam und brachte die zweite Runde Getränke.

»Prima, dass es so schnell geht«, sagte Carlo mit leuchtenden Augen. »Ich habe nämlich gleich noch etwas vor!«

»So?« Birthe zog die Augenbrauen hoch und beobachtete, wie er voller Eifer an seiner Pizza herumsäbelte. »Soll ich dir etwas sagen? Ich bin froh, dass sich Thore Strohbecke freiwillig gestellt hat. Aber auch sonst hätte eine Festnahme gestern noch stattgefunden. Seine DNS am Springseil und am Körper von Simon Birklund hätte genügt, um ihn zu überführen.«

»Und das Kind hat anschließend nichtsahnend damit gespielt.« Carlo schüttelte ungläubig den Kopf. »Mit einem Mordwerkzeug.«

»Die Kleine wird es hoffentlich nie erfahren. Schlimm genug, dass sie einen Vater hat, der wegen Mordes im Gefängnis sitzt. – Wie hat Pavel Schlicker es eigentlich aufgefasst, dass sein Sohn nicht der Mörder von Simon Birklund ist? War er erleichtert?«, fragte Birthe.

»Die Frage hast du jetzt nicht ernst gemeint«, sagte Carlo und tupfte sich mit einer Serviette die Mundwinkel ab. »Wenn du es genau wissen willst, er hat nur ein einziges Wort gesagt.«

»Und das wäre?«

»Schlappschwanz.«

Birthe lachte. »Das passt zu ihm. Toller Vater, muss ich sagen. Wenigstens konnten wir mit seiner Festnahme sicherstellen, dass die Osnabrücker Geschäftsleute weiterhin gut schlafen können. Hast du herausbekommen, wo sich sein Sohn aufhält? Und der zweite Mann?«

»Die Enttäuschung über seinen Sohn hat ein wenig seine Zunge gelockert. Immerhin hat er uns verraten, dass es Arthurs großer Traum war, sich in Brasilien mit einem Tattoostudio selbstständig zu machen. Das BKA und Interpol sind ihm auf den Fersen. Einfach wird es nicht sein, aber irgendwann werden sie ihn schnappen. Ihn und den zweiten Mann.«

»Entschuldigst du mich für einen Moment?«, fragte Birthe und stand auf. Auf dem Weg zu den Toiletten kam sie an einem Pärchen vorbei, das an einem Zweiertisch saß und Händchen hielt. Obwohl die Frau ihr den Rücken zukehrte, erkannte Birthe sie.

»Schönen guten Abend, Frau Birklund«, sagte sie und lächelte schief. »Hat das Essen geschmeckt?«

Iris Birklund zuckte zusammen und ließ die Hand ihres überaus attraktiven Begleiters los. »Ach«, sagte sie lediglich.

»Sind Sie öfter hier?«, fragte Birthe beiläufig.

»Ja«, sagte Iris kurz angebunden und lief rot an. Doch schnell fing sie sich und verfiel in einen hektischen Plapperton. »Es ist doch gemütlich hier … Gemütlich und stilvoll zugleich … Finden wir beide. Das Essen war vorzüglich wie immer. Darf ich vorstellen – Robert von Hagen, millionenschwerer Erbe einer Schmuckdynastie. Er hat vor, demnächst in Marbella zu investieren. Wir haben uns beim Golfen kennengelernt.« Sie strahlte übers ganze Gesicht und zeigte dabei ihre gebleachten Zähne. »Leider kommt er im Moment nicht an sein Geld heran, weil seine Mutter ihm Schwierigkeiten macht. Irgendwelche alten Familienstreitigkeiten. Deshalb möchte ich ihm vorübergehend unter die Arme greifen. Sobald die Lebensversicherung zahlt. Könnten Sie nicht dort mal anrufen, ein bisschen Dampf machen und sagen, dass der Fall abgeschlossen ist?«

»Guten Tag«, sagte Birthe förmlich und sah Robert von Hagen kurz ins Gesicht. Er erwiderte ihren Gruß mit einem höflichen Nicken.

»Glauben Sie ihr nicht alles, was sie sagt«, sagte er jovial. »Sie neigt zur Übertreibung. Und sie hat leider ein bisschen zu viel getrunken, was ihre Zunge lockert. Ich hingegen lege Wert auf Understatement. Ich bin nicht angewiesen auf das Geld anderer Leute. Da hat sie wohl etwas falsch verstanden.«

»Ich rufe Sie in den nächsten Tagen an, Frau Birklund«, sagte Birthe geschäftig. »Sie können Ihren Anwalt schon mal informieren.«

Das Lächeln gefror auf Iris' Gesicht.

Robert von Hagen lächelte Birthe charmant an und warf anschließend seiner Begleitung einen weniger charmanten Blick zu.

»Dann noch einen schönen Abend.« Birthe ging an den Tischen vorbei zu den Toiletten.

»Weißt du, wer da hinten sitzt?«, fragte sie, nachdem sie wieder zurück an ihrem Platz war.

»Nein«, sagte er und kräuselte die Stirn.

Sie senkte die Stimme, obwohl sie ohnehin niemand hören konnte. Erst drei Tische weiter saß eine größere Damengruppe beisammen, die in lebhafte Gespräche vertieft war. »Iris Birklund mit einem überaus attraktiven Begleiter.«

»Ach.«

»Vielleicht musst du ja auch austreten, dann sieh ihn dir an.« Birthe sah an Carlo vorbei aus dem Fenster. Die Lichter der Straßenlaternen warfen einen matten Schein auf die sonst so betriebsame Lotter Straße, auf der jetzt endlich Ruhe eingekehrt war. »Und das Ganze ist nur ans Licht gekommen, weil sie auf einer Urnenbestattung bestanden hat.«

»Tja, Birthe, was meinst du, wie viele angebliche natürliche Todesfälle eigentlich gar keine sind? Viele Mordfälle bleiben im Dunkeln. Iris Birklund hat wohl nicht gewusst, dass vor einer Einäscherung eine gründliche zweite Leichenschau stattfindet. Wenn uns der Zufall nicht in die Hände gespielt hätte, wären wir nie auf den Fall aufmerksam geworden.«

Birthe starrte in ihr Wasserglas. »Ich denke die ganze Zeit darüber nach, ob sich die Birklund wirklich nicht an Arthur Schlicker erinnern konnte. Sie hat es ja heftig abgestritten, als ich ihr sein Foto gezeigt habe.«

»Mittlerweile denke ich, sie hat ihn tatsächlich mit Thore Strohbecke verwechselt. Sie sind ähnlich groß, über 1,90 Meter, vergleichbare Figur und tragen beide diesen Millimeterschnitt, falls der Schlicker ihn noch hat. Zumindest bestand auf den Fotos eine gewisse Ähnlichkeit.«

»Sei ehrlich, hast du Strohbecke in Verdacht gehabt?«, fragte Birthe.

»Ausgeschlossen hatte ich ihn nicht, aber er stand nicht gerade auf Platz eins der Verdächtigenhitliste.«

»Die Position hatte ja auch viel zu lange die Witwe inne.«

»Kein Wunder, wie die sich in Widersprüche verstrickt hat. Übrigens, Birthe, ich kann den Hass auf Banker sogar irgendwie nachvollziehen, auch wenn er bei mir nicht für Mordgedanken reicht.«

Birthe sah ihn ungläubig an.

»Es ist doch so: Es lohnt sich nicht mehr für den kleinen Mann zu sparen. Ich habe es selbst erlebt. Gewinne fließen an die Aktionäre, die Boni gehen an die Banker, und wer trägt das Risiko? Das Risiko trägt der Staat, tragen wir alle. Daran hat sich seit der Finanzkrise nichts geändert. Es ist ein unmoralisches System und es fordert Opfer, wie wir gesehen haben. Mit Marktwirtschaft hat das meiner Meinung nach nichts zu tun.«

»Siehst du das nicht ein bisschen eng? Es scheint doch wieder aufwärts zu gehen. Die Talsohle ist überwunden.«

»Ach was, Birthe, Augenwischerei ist das. Wenn eine Bank so groß ist, dass ein Zusammenbruch nicht tragbar wäre, dann ist die Bank selbst untragbar. So sehe ich das. Ein Unternehmen, das privat geführt wird, im Notfall allerdings von öffentlicher Hand aufgefangen werden muss, kann doch nicht funktionieren.«

»Es gibt auch Banken, die funktionieren. Und die ihre Kunden nicht bescheißen. Carlo, gut, dass wir zwei keine Politiker sind.«

Die Kellnerin war lautlos an sie herangetreten und erkundigte sich freundlich, ob sie noch einen Wunsch hatten.

»Ja, die Rechnung, bitte!«, sagte Carlo. »Oder – nein, nein, warten Sie. Das Essen war wirklich hervorragend, das verlangt nach einer Zugabe, nach einem i-Tüpfelchen. Können Sie mir ein Dessert empfehlen?«

»Hast du nicht gesagt, du hättest noch etwas vor?«, fragte Birthe, als die Kellnerin mit der Bestellung verschwunden war.

»Das läuft mir nicht weg«, sagte er schelmisch.

»Darf ich raten?«

»Klaro, gerne.« Er sah sie gespannt an.

»Fängt es mit einem W an?«

Carlo zwinkerte ihr zu.

»Doch nicht etwa … ein Wohn…«

Carlo zwinkerte heftig.

»…accessoire?«

Seine Augen verzogen sich zu Schlitzen.

»Darf ich mitkommen, das Wohnmobil anschauen?«, fragte Birthe und stützte ihren Kopf in beide Hände.

MITTWOCH, 20. MÄRZ 2013 – FRÜHLINGSANFANG

Mario hatte sich den Vormittag frei genommen, um endlich sein Gewissen zu erleichtern. Nach und nach konnte er alle Punkte auf seiner Liste abhaken und fühlte sich immer unbeschwerter.

Punkt eins stand unten vor der Haustür. Ein acht Jahre alter VW Polo in einem sehr ordentlichen Zustand. Er hatte ihn vor wenigen Tagen von einem Arbeitskollegen, der in seiner Freizeit gern an Autos herumschraubte, zu einem Schnäppchenpreis erstanden und vor einer Stunde abgeholt. Die Schlüssel und Papiere lagen auf dem Küchentisch, zusammen mit einer Grußkarte, die er für Ronny ausgesucht hatte. Darauf war ein roter Rennwagen abgebildet, der in der Sonne glänzte. Mario freute sich auf Ronnys Reaktion und lächelte in sich hinein.

Für Luca lag eine Pappschachtel mit dem neuen I-Phone bereit, das er sich gewünscht hatte. Mit Vertrag. Auch dazu hatte Mario eine Karte gelegt, die er in Annekes Schreibtischschublade gefunden hatte, eine schön kitschige mit Glitzerelch und Tannengirlande. Zu den vorgedruckten Weihnachtsglückwünschen fügte er in seiner schönsten Handschrift hinzu: *Betrachte es als nachträgliches Weihnachtsgeschenk. Papa.*

Er bekam eine Gänsehaut, als er sich Lucas strahlendes Gesicht vorstellte.

Nun kam das Beste: das Geschenk für Anneke. Sein Herz klopfte gewaltig, als er sich ausmalte, wie sie von der Arbeit kam, erst einmal in die Küche ging, um sich einen

Tee zu kochen und dann das Präsent an ihrem gewohnten Essplatz vorfand. Das größte Geschenk, das er ihr je gemacht hatte.

Er hatte bereits vor längerer Zeit eine kleine Freiheitsstatue für sie gekauft, die ihm im Schaufenster eines Ladens in der Großen Straße aufgefallen war. Sie hatte ihm den Anstoß gegeben, die Reiseplanung für Anneke in Angriff zu nehmen.

Das Geld dazu hatte er endlich. Er konnte es ohnehin nicht zur Bank bringen, gestohlen, wie es nun einmal war. Damit war auch die Möglichkeit ausgeschlossen, mit dem Geld den Sprung in die Selbstständigkeit zu wagen. Vorerst jedenfalls. Eines Tages würde er es schaffen, aus eigener Kraft und Anstrengung, davon war er überzeugt.

Das ergaunerte Geld steckte nach wie vor in dem blauen Müllbeutel, den er im Kellerverschlag in einer Umzugskiste versteckt hielt. Es war nicht zum Sparen, sondern einzig und allein zum Ausgeben gedacht. Wie gut, dass der Kellerverschlag ihm allein zugänglich war. Anneke war dieser Ort nicht geheuer; sie schickte ihn immer vor, um etwas zu holen. Die Jungs zog es ebenfalls nicht hierhin. Egal, wie cool sie sich gaben, sie fürchteten sich wie kleine Mädchen vor Spinnen.

Den Vormittag im Reisebüro hatte er genossen. Schon lange war er nicht mehr in einem Reisebüro gewesen – viel zu lange. Er hatte einer freundlich aussehenden Angestellten in einem roten Kleid stotternd sein Vorhaben erklärt. Diese hatte nur kurz genickt, als sei es die größte Selbstverständlichkeit der Welt, dass ein Mario Roggenkamp mal eben so eine Reise in die USA bucht. Sie machte verschiedene Vorschläge und er musste nicht lange überlegen. Das Bild eines Hotels sprach ihn sofort an. Er bezahlte in bar. Das war der einzige Moment, in der die Dame in Rot Mario einen irritierten Blick zuwarf. Doch sie zählte kommentarlos die Geldscheine und händigte ihm seine Unterlagen aus.

Kurze Zeit später hielt er die Reisebestätigung sowie zwei Flugtickets nach New York in den Händen. Ein Hotel in Manhattan mit Broadway-Besuch über die verlängerten Osterfeiertage, Direktflug von Düsseldorf nach New York. Er selbst würde nicht mitfliegen, da er sich noch in der Probezeit befand. Er würde gar nicht erst um Urlaub betteln – die neue Stelle war ihm viel zu wichtig. Sobald er diese Zeit überstanden hatte, würde er mit Anneke auf Wohnungssuche gehen. Eine größere Wohnung in einem besseren Stadtteil, das müsste drin sein. Für jeden der beiden Jungs ein eigenes Zimmer und für Anneke eine neue Küche.

Dass er nicht mitkonnte nach New York, war zwar schade, aber nicht wirklich schlimm. Anneke hatte eine neue Freundin. Er wusste, wie sehr sie sich eine Freundin gewünscht hatte, eine, mit der sie stundenlang quatschen und durch dick und dünn gehen konnte, und er war sich sicher, dass sie sich zusammen mit ihr eine tolle Mädels-Zeit in New York machen würde. Mit An- und Abreise waren es sechs Tage. Sie würden sicher jede Minute auskosten.

Liebevoll dekorierte er Annekes Platz. In die Mitte stellte er die bronze schimmernde Freiheitsstatue, links und rechts davon drapierte er die Flugtickets. Darunter legte er eine CD, die er für Anneke gebrannt hatte. Sie enthielt ein einziges Lied: *Ich war noch niemals in New York*. Das Cover hatte er aus Schnipseln eines Reisekatalogs gestaltet.

Lange saß er davor und betrachtete das Arrangement. Hin und wieder überkam ihn ein wohliger Schauer. Es war großartig, seine Liebsten beschenken zu können, ein völlig neues Lebensgefühl, und er wollte diesen Moment genießen. Er wusste nicht, wie lange er dort gesessen hatte, als das Telefon klingelte und ihn aus seinen Gedanken riss. Es war sein Chef.

»Heesing hier. Mario, ganz kurz. Es ist gerade ein Mordsding reingekommen. Die Kirchengemeinde hat umfangreiche Arbeiten in Auftrag gegeben. Ein Riesenprojekt. Dachstuhl, Kanzel, Empore, Holzböden, irgendeine Christusfigur, was weiß ich – alles von Grund auf. Wir werden Leiharbeiter einstellen müssen, mit unseren Leuten alleine ist das nicht zu stemmen. Wenn du willst, also, nur wenn du wirklich willst … Mario, ich bin zufrieden mit dir und biete dir einen neuen Vertrag an. 200 Euro weniger als bei Hagedorn. Wäre das okay für dich? Mehr kann ich im Moment nicht zahlen. Aber wenn die Kirchengemeinde die ersten großen Rechnungen beglichen hat, sieht die Sache anders aus. Dann gibt es eine Erhöhung. In zwei Jahren setze ich mich zur Ruhe, du könntest eventuell mein Nachfolger werden, wenn du dir das vorstellen kannst. Deine Probezeit ist ab heute zu Ende. Aber nur, wenn du …«

»Ja!«, schrie Mario in den Hörer. »Ja, klar! Danke, danke, ja!«

Er legte auf. Pastor Meierbrink hatte sein Versprechen gehalten. Er hatte an ihn gedacht und den Auftrag erteilt. Mario war nun festangestellter Schreiner mit einem guten Gehalt und einer rosigen Zukunft. In einem Betrieb, der zu ihm passte und in dem er sich wohlfühlte. Pudelwohl. Am liebsten wäre er jubelnd, singend und tanzend durch die Wohnung gehüpft, wie vor nicht allzu langer Zeit mit Anneke, als er ihr von dem bevorstehenden Geldsegen erzählt hatte.

Aber er war noch nicht fertig.

Das Gespräch mit Pastor Meierbrink hatte ihn zwar nicht dazu gebracht, sich zu stellen, trotzdem hatte es etwas in ihm ausgelöst. Auf seiner Liste befand sich ein weiterer

Punkt, unter den er einen Haken setzen wollte. Erneut ging er in den Keller, zog den Müllbeutel hervor und zählte mit zittrigen Händen 5.000 Euro ab.

Zurück in seiner Wohnung setzte er sich an den Küchentisch und schrieb auf einen Zettel:

Ich habe Sie nicht vergessen. Wenigstens einen Teil sollen Sie zurückerhalten. Machen Sie etwas Sinnvolles damit und denken Sie manchmal an mich.

Viele Grüße

Mario Roggenkamp

Den Zettel und das Geld steckte er in einen wattierten Umschlag, klebte ihn zu, schrieb die Adresse von Helga Hedemann darauf und verließ die Wohnung.

ENDE

DANKE

den Lektoren Katja Ernst und
René Stein

meinem Mann Thomas Leimbach

meiner Mutter Sonja Janowski

den Polizeibeamten Willi Schwarz und
Thorsten Mohr vom Polizeipräsidium Gießen und
Frank Henseler von der Polizei Bohmte

Andreas Doppler, einem Meister seines Fachs

sowie Jochen Wörner

Kalla Wefel und Heiko Schulze, ohne die Frau Siebkötter
nicht ganz so überzeugend Osnabrückisch sabbeln könnte
(Kär, Kär, Kär, Osnabrücker Möchtegern-Wörterbuch,
Geest-Verlag) sowie

Der Facebook-Gruppe *Du lebst schon lange in Osnabrück,
wenn …*, die die Feinheiten der Osnabrücker Sprache sam-
melt und mich unterstützt.

Weitere Krimis finden Sie auf den folgenden Seiten und im Internet:
www.gmeiner-verlag.de

Alida Leimbach
Villenzauber
978-3-8392-1376-6

»Die Autorin versteht es glänzend, Spuren zu legen, die nicht zum Ziel führen.« *Magazin Streifzug*

Neid, Missgunst und Intrigen sprengen einen seit Kindertagen bestehenden Freundeskreis. Muttersöhnchen Eberhard hat genau das, was die anderen begehren: eine repräsentative Villa in einem angesagten Osnabrücker Stadtteil, dem Westerberg. Frühere Konflikte und alte Wunden brechen auf, als eine von ihnen einem Verbrechen zum Opfer fällt. Die Kommissare Birthe Schöndorf und Daniel Brunner nehmen die Ermittlungen auf und finden sich bald in einem Netz aus zerstörten Träumen und Eitelkeiten wieder …

Wir machen's spannend

Alida Leimbach
Wintergruft
978-3-8392-1201-1

»Alltägliches, Skurriles und allzu Menschliches im Umfeld der Kirche!«

Die umstrittene Osnabrücker Pfarrerin Heike Meierbrink ist spurlos verschwunden. Sie hinterließ einen Abschiedsbrief, aus dem hervorgeht, dass sie sich von ihrem Mann trennen will. Ihr Ehemann Udo Meierbrink, ebenfalls evangelischer Pfarrer, zweifelt an der Echtheit des Briefs und informiert die Polizei, wird jedoch nicht ernst genommen. Das ändert sich, als das Auto von Heike Meierbrink gefunden wird, in dem sich ein blutverschmierter Drehmomentschlüssel befindet. Birthe Schöndorf und Daniel Brunner, Kommissare der Osnabrücker Polizei, beginnen zu ermitteln …

Wir machen's spannend

Heike Maria Fritsch
Blindes Blut
978-3-8392-1594-4

»Spannend und aufwühlend – mit einem zeitgeschichtlichen Hintergrund, der einen bisher eher unbeachteten Aspekt der Forschung im Dritten Reich behandelt.«

Miriams und Boris' Mutter ist spurlos verschwunden, als sie beide Kinder waren. Jetzt werden sie mit der Gewissheit konfrontiert, dass sie damals ermordet wurde. Zur gleichen Zeit wird ein Mann vor der Wohnung der Geschwister überfahren; ein unbekannter jüngerer Bruder, wie sich herausstellt. Miriams Nachforschungen führen sie zu ihrer Großmutter, einst Blutgruppenforscherin im Dritten Reich – und zu einer Gemeinschaft, die auch heute noch gefährlich werden kann …

Wir machen's spannend

Unser Lesermagazin
2 x jährlich das Neueste aus der Gmeiner-Bibliothek

24 x 35 cm, 40 S., farbig; inkl. Büchermagazin »nicht nur« für Frauen und HistoJournal

Das KrimiJournal erhalten Sie in Ihrer Buchhandlung oder unter www.gmeiner-verlag.de

GmeinerNewsletter
Neues aus der Welt der Gmeiner-Romane

Haben Sie schon unsere GmeinerNewsletter abonniert?

Monatlich erhalten Sie per E-Mail aktuelle Informationen aus der Welt der Krimis, der historischen Romane und der Frauenromane: Buchtipps, Berichte über Autoren und ihre Arbeit, Veranstaltungshinweise, neue Literaturseiten im Internet und interessante Neuigkeiten.

Die Anmeldung zu den GmeinerNewslettern ist ganz einfach. Direkt auf der Homepage des Gmeiner-Verlags (www.gmeiner-verlag.de) finden Sie das entsprechende Anmeldeformular.

Ihre Meinung ist gefragt!
Mitmachen und gewinnen

Wir möchten Ihnen mit unseren Romanen immer beste Unterhaltung bieten. Sie können uns dabei unterstützen, indem Sie uns Ihre Meinung zu den Gmeiner-Romanen sagen! Senden Sie eine E-Mail an gewinnspiel@gmeiner-verlag.de und teilen Sie uns mit, welches Buch Sie gelesen haben und wie es Ihnen gefallen hat. Alle Einsendungen nehmen automatisch am großen Jahresgewinnspiel mit attraktiven Buchpreisen teil.

Wir machen's spannend